D0777909

Sacré

Du même auteur
dans la collection Rivages/Thriller

Un dernier verre avant la guerre
Ténèbres, prenez-moi la main
Sacré
Mystic River
Gone, Baby, Gone
Shutter Island

dans la collection Rivages/noir

Un dernier verre avant la guerre (n° 380)
Ténèbres, prenez-moi la main (n° 424)
Mystic River (n° 515)

Dennis Lehane

Sacré

Traduit de l'anglais (États-Unis)
par Isabelle Maillet

Collection dirigée par
François Guérif

Rivages/noir

Photo de couverture : Stock Image

Titre original : *Sacred*

© 2001, Éditions Payot & Rivages
pour la traduction française
© 2003, Éditions Payot & Rivages
pour l'édition de poche
106, boulevard Saint-Germain – 75006 Paris

ISBN : 2-7436-1100-6
ISSN : 0764-7786

À Sheila

Remerciements

Toute ma gratitude à Claire Wachtel et Ann Rittenberg, qui ont su voir le roman à l'intérieur du manuscrit, et m'ont soutenu jusqu'à ce que je le voie moi aussi.

Je dois mes quelques connaissances concernant le démontage d'un pistolet semi-automatique à Jack et Gary Schmock, chez Jack's Guns and Ammo à Quincy, dans le Massachusetts.

Mal et Dawn Ellenburg ont pallié les défaillances de ma mémoire sur la région St Petersburg/Tampa, le Sunshine Skyway Bridge et certains points bien spécifiques de la loi en Floride. Toute erreur éventuelle serait donc de mon fait.

Et comme toujours, merci à ceux qui ont lu les premières versions et m'ont donné un point de vue honnête : Chris, Gerry, Sheila, Reva Mae et Sterling.

Ne donnez pas les choses saintes aux chiens,
et ne jetez pas vos perles devant les pourceaux,
de peur qu'ils ne les foulent aux pieds,
ne se retournent et ne vous déchirent.

Mathieu, 7:6

Première partie

SOS DÉTRESSE

1

Un bon conseil : si vous devez filer quelqu'un dans mon quartier, évitez le rose.

Le jour où Angie et moi, on a repéré le petit gros derrière nous, il portait une chemise rose sous un costume gris et un pardessus noir. Le costume était croisé, italien, trop chic de quelques centaines de dollars pour cette partie de la ville. Le pardessus était en cachemire. Les gens d'ici pourraient s'offrir du cachemire, j'imagine, mais en général, ils claquent tellement en ruban adhésif pour maintenir le pot d'échappement de leurs vieilles Chevy 82 qu'ils n'ont même plus les moyens de s'offrir une croisière dans les îles. C'est dire.

Le deuxième jour, le petit gros a remplacé la chemise rose par une blanche plus sobre, laissé tomber le cachemire et le costume italien, mais avec son chapeau, il était aussi discret que Michael Jackson dans une halte-garderie. Personne dans ce quartier – ni à ma connaissance dans aucun quartier du centre de Boston – ne se balade avec sur le crâne autre chose qu'une casquette de base-ball, voire une casquette de tweed. Or, notre copain Culbuto s'était coiffé d'un chapeau melon. Un beau chapeau melon, entendons-nous bien, mais un chapeau melon quand même.

– Peut-être qu'il vient d'ailleurs, a suggéré Angie.

J'ai regardé par la vitre du Avenue Coffee Shop. Culbuto a tourné la tête avant de se pencher pour tripoter ses lacets.

– D'ailleurs ? Mais d'où, exactement ? De France ? ai-je demandé.

Elle m'a adressé un froncement de sourcils réprobateur avant d'étaler du fromage frais sur un bagel tellement farci d'oignons que j'en avais les larmes aux yeux rien qu'à le regarder.

– Non, tête de nœud. Du futur. T'as jamais vu ce vieil épisode de *Star Trek* où Kirk et Spock débarquent sur la Terre dans les années 30 et sont complètement déphasés ?

– Je hais *Star Trek*.

– Mais t'en as entendu parler, quand même.

J'ai acquiescé, avant de bâiller. Culbuto examinait maintenant un poteau téléphonique comme s'il n'en avait jamais vu de sa vie. Angie avait peut-être raison, finalement.

– Comment tu peux ne pas aimer *Star Trek* ? a-t-elle lancé.

– Facile. Je regarde, ça me gonfle, j'éteins.

– Même *Next Generation* ?

– C'est quoi ?

– Le jour de ta naissance, je parie que ton père a annoncé à ta mère : « Regarde, chérie, tu viens d'accoucher d'un vieux grincheux ! »

– Qu'est-ce que t'essaies de me dire, là ?

.

Le troisième jour, on a décidé de rigoler un peu. Le matin, quand on a quitté la maison, Angie est partie vers le nord et moi vers le sud.

C'est elle que Culbuto a suivie.

Mais c'est moi que le Zombie a suivi.

Je ne l'avais encore jamais vu, et je ne l'aurais

sans doute pas remarqué si la présence de Culbuto ne m'avait pas incité à la méfiance.

Avant de sortir, j'avais déniché dans un carton rempli d'affaires d'été une paire de lunettes noires dont je me sers quand il fait suffisamment beau pour rouler en vélo. Sur le côté gauche de la monture, elles sont équipées d'un petit miroir orientable qui permet de regarder derrière soi. D'accord, elles ne valaient pas les gadgets que l'agent Q donnait à Bond, mais elles me seraient bien utiles, et en plus, je n'avais pas besoin de flirter avec miss Money-penny pour les obtenir.

C'était l'équivalent d'un œil derrière le crâne, et je parie que j'étais le premier dans ma rue à en avoir eu un.

J'ai repéré le Zombie quand je me suis arrêté net à l'entrée de Patty's Pantry, où je comptais m'offrir un café. J'ai contemplé la porte comme si la carte y était affichée, écarté le miroir et tourné la tête jusqu'à ce que j'aperçoive de l'autre côté de l'avenue, près de la pharmacie de Pat Jay, un type qui ressemblait à un croque-mort. Les bras croisés sur sa poitrine de moineau, il fixait ouvertement ma nuque. Des sillons profonds comme des rivières creusaient ses joues hâves et la ligne d'implantation de ses cheveux démarrait au milieu de son front.

Chez Patty, j'ai rabattu le miroir contre la monture et commandé un café.

– T'es devenu aveugle, tout d'un coup, Patrick ?

J'ai levé les yeux vers Johnny Deegan qui versait de la crème dans ma tasse.

– Hein ?

– Les lunettes. Je veux dire, on est quoi, à la mi-mars, et y a pas eu un rayon de soleil depuis Thanksgiving. T'es devenu aveugle, ou t'essaies juste de te la jouer branchée ?

– J'essaie juste de me la jouer branchée, Johnny.

Il a fait glisser le café sur le comptoir vers moi et pris mon argent.

– Ben, c'est raté.

Dans l'avenue, j'ai contemplé le Zombie qui ôtait quelques peluches de la jambe de son pantalon puis, à l'instar de Culbuto la veille, se penchait pour renouer ses lacets.

J'ai enlevé mes lunettes en repensant à Johnny Deegan. Bond était cool, aucun doute, mais il n'avait jamais eu à s'aventurer chez Patty's Pantry. Allez donc demander une vodka-martini dans le quartier, tiens ! Pour peu que dans le style de ce bon vieux James, vous ajoutiez « Secouée, pas remuée », vous passez illico par la fenêtre.

Alors que le Zombie se concentrait sur son lacet, j'ai traversé la rue.

– Salut.

Il s'est redressé, et il a jeté un coup d'œil autour de lui comme si quelqu'un l'avait appelé d'un peu plus loin.

– Salut, ai-je répété, la main tendue.

Il l'a regardée, avant de regarder de nouveau l'avenue.

– Waouh ! ai-je repris. Vous êtes nul à chier quand il s'agit de filer quelqu'un, mais question bonnes manières, vous êtes au top.

Sa tête a pivoté aussi lentement que la terre sur son axe jusqu'à ce que ses yeux gris caillou rencontrent les miens. Pour ce faire, il a dû également la baisser, et l'ombre de son crâne squelettique a glissé sur ma figure pour se répandre sur mes épaules. Et croyez-moi, je ne suis pas petit.

– Nous nous connaissons, monsieur ? a-t-il demandé d'une voix laissant supposer un retour imminent au tombeau.

– Bien sûr ! Vous êtes le Zombie. (J'ai scruté la rue dans les deux sens.) Où sont vos copains les morts vivants ?

– Vous êtes loin d'être aussi drôle que vous l'imaginez, monsieur.

J'ai levé ma tasse de café.

– Attendez que j'aie eu ma dose de caféine. D'ici quinze minutes, vous aurez devant vous un comique patenté.

Quand il m'a souri, les sillons dans ses joues ont pris les proportions de canyons.

– Vous devriez être un peu moins prévisible, monsieur Kenzie.

– Comment ça ?

Une grue m'a balancé un poteau en ciment dans les reins, un truc armé de petites dents pointues a mordu ma chair sur le côté gauche de mon cou et le Zombie est sorti de mon champ de vision alors que le trottoir se précipitait brusquement à la rencontre de mon oreille.

– J'adore vos lunettes, monsieur Kenzie ! a lancé Culbuto au moment où son visage flou flottait devant moi. Elles sont vraiment classe.

– Très high-tech, a renchéri le Zombie.

Quelqu'un s'est marré, quelqu'un d'autre a fait démarrer une bagnole, et je me suis senti très con.

L'agent Q aurait été atterré.

– J'ai mal au crâne, a marmonné Angie.

Elle était assise près de moi sur un canapé de cuir noir et elle aussi avait les mains attachées dans le dos.

– Et vous, monsieur Kenzie ? a demandé une voix. Comment va votre crâne ?

– Secoué, pas remué, comme dirait l'autre.

J'ai tourné la tête en direction de la voix, mais mon regard n'a rencontré qu'une lumière jaune crue frangée de brun. J'ai cligné des yeux, senti la pièce tanguer légèrement.

– Désolé pour les narcotiques, a repris la voix. S'il y avait eu un autre moyen...

– Ne regrettez rien, monsieur, a répliqué une deuxième voix que j'ai reconnue comme étant celle du Zombie. Il n'y avait pas d'autre moyen.

– S'il vous plaît, Julian, veuillez apporter de l'aspirine à M. Kenzie et à Mlle Gennaro. (Derrière la lumière jaune crue, la voix a soupiré.) Et les détacher.

– Mais s'ils bougent ?

– Veillez à ce qu'ils n'en fassent rien, monsieur Clifton.

– Bien, monsieur. Avec plaisir.

– Je m'appelle Trevor Stone, a déclaré l'homme derrière la lumière. Mon nom vous dit quelque chose, peut-être ?

Je frottais les marques rouges sur mes poignets.

Angie frottait les siennes en aspirant quelques bouffées d'oxygène dans ce que je supposais être le bureau de Trevor Stone.

– Je vous ai posé une question.

J'ai plongé les yeux dans la lumière jaune.

– Très juste. Tant mieux pour vous. (Je me suis tourné vers Angie.) Comment tu te sens ?

– J'ai mal aux poignets et j'ai mal à la tête.

– À part ça ?

– Je suis globalement en rogne.

J'ai reporté mon attention sur le halo lumineux.

– Nous sommes en rogne, ai-je annoncé.

– Je m'en doute.

– Je vous emmerde.

– Spirituel, a observé Trevor Stone derrière la lumière, tandis que Culbuto et le Zombie étouffaient un petit rire.

– Spirituel, a répété Culbuto.

– Monsieur Kenzie, mademoiselle Gennaro, a repris Trevor Stone, je peux vous assurer qu'il n'est pas dans mes intentions de vous faire du mal. J'y serai sans doute contraint, mais je n'en ai aucune envie. J'ai besoin de votre aide.

– Ben voyons.

Je me suis redressé sur mes jambes flageolantes et j'ai senti Angie, à côté de moi, se redresser aussi.

– Si un de vos abrutis de sbires pouvait nous ramener..., a-t-elle marmonné.

J'ai agrippé sa main alors que mes mollets repartaient vers le canapé et que la pièce penchait un peu trop vers la droite. Le Zombie a effleuré mon torse d'un index si léger que je m'en suis à peine rendu compte, et avec Angie, on est retombés lourdement sur la banquette.

Encore cinq minutes, ai-je dit à mes guiboles, et on refait une tentative.

– Monsieur Kenzie, a repris Trevor Stone, nous pouvons continuer comme ça – vous à essayer de vous relever et nous à vous forcer d'un souffle à vous rasseoir – pendant encore au moins, oh, une trentaine de minutes selon mes estimations. Alors, détendez-vous.

– Kidnapping, a déclaré Angie. Séquestration. Ces termes vous sont familiers, monsieur Stone ?

– Tout à fait.

– Bon. Vous savez donc que ce sont des crimes fédéraux, passibles de peines sévères ?

– Mmm... Mademoiselle Gennaro, monsieur Kenzie, jusqu'à quel point avez-vous connaissance de votre condition mortelle ?

– On s'y est frottés, a répondu Angie.

– Oui, j'en ai entendu parler, a-t-il répliqué.

Angie a arqué un sourcil interrogateur dans ma direction. J'en ai arqué un en retour.

– Mais ce n'étaient que des frottements, comme vous l'avez dit fort justement. Des aperçus rapides, à peine entrevus et déjà disparus. Aujourd'hui, vous êtes tous les deux bien vivants, tous les deux jeunes, tous les deux en mesure d'espérer raisonnablement être encore sur Terre dans trente ou quarante ans. Le monde – ses lois, ses us et ses coutumes, ses peines sévères pour des crimes fédéraux – exerce pleinement son emprise sur vous. Pour ma part, je n'ai plus ce problème.

– C'est un fantôme, ai-je chuchoté à Angie, ce qui m'a valu de sa part un coup de coude dans les côtes.

– Très juste, monsieur Kenzie, a-t-il déclaré. Très juste.

La lumière jaune s'est écartée de mes yeux, laissant à la place un trou d'ombre devant lequel j'ai cillé. Le minuscule point blanc que je distinguais au milieu du noir a pirouetté en cercles orange de plus en plus grands qui ont fusé tels des traceurs au-delà de mon champ de vision. Enfin, ma vue s'est clarifiée, et j'ai découvert Trevor Stone.

Le haut de son visage paraissait sculpté dans du chêne blond – sourcils pareils à des falaises projetant des ombres sur des yeux verts perçants, nez aquilin, pommettes saillantes, teint couleur perle.

Le bas, en revanche, s'était littéralement affaissé sur lui-même. La mâchoire s'était désagrégée des deux côtés, les os semblaient avoir fondu quelque part au milieu. Le menton, réduit à presque rien, pointait vers le sol dans une enveloppe de chair caoutchouteuse, et la bouche avait perdu toute forme identifiable ; avec ses lèvres décolorées, elle évoquait une amibe flottant dans un magma indescriptible.

Trevor Stone pouvait avoir entre quarante et soixante-dix ans.

Des pansements fauves formaient comme des cloques sur sa gorge. Il s'est levé derrière son bureau massif en s'appuyant sur une canne d'acajou au pommeau d'or en forme de tête de dragon. Son pantalon gris à carreaux flottait autour de ses jambes maigres, mais sa chemise de coton bleu et sa veste de lin noir moulaient comme une seconde peau ses épaules et son torse puissants. Quant à la main qui agrippait le pommeau, elle paraissait capable de réduire en miettes d'une seule pression plusieurs balles de golf.

Il s'est campé devant nous, tremblant sur sa canne tandis qu'il nous toisait.

– Regardez-moi bien, a dit Trevor Stone. Ensuite, je vous parlerai de la douleur du deuil.

2

— L'année dernière, a commencé Trevor Stone, ma femme s'est rendue à une soirée au Somerset Club, dans Beacon Hill. Mais vous connaissez, peut-être ?

— Bien sûr, c'est là qu'on organise toutes nos réceptions, a ironisé Angie.

— Euh, oui. Bon, quoi qu'il en soit, sa voiture est tombée en panne. J'allais quitter mon bureau, en ville, quand elle m'a téléphoné pour que j'aille la chercher. C'est drôle...

— Quoi ?

Trevor Stone a cillé.

— Je me disais juste que ça ne nous était pas arrivé souvent. De prendre la route ensemble. Cela faisait partie des choses que j'avais sacrifiées à mon acharnement au travail. Rien de plus simple que de rester assis côte à côte dans la même voiture pendant vingt minutes, et pourtant, c'était bien le bout du monde si nous partagions ce moment six fois par an.

— Que s'est-il passé ? a demandé Angie.

Avant de répondre, il s'est éclairci la gorge.

— À la sortie du Tobin Bridge, un véhicule a essayé de nous envoyer dans le fossé. Ces gens-là, on les appelle des pirates de la route, je crois. Je venais d'acheter ma voiture, une Jaguar XKE, et il n'était pas question pour moi de l'abandonner à une bande de voyous persuadés que vouloir quelque chose revient à y avoir droit. Alors...

Il a regardé un moment par la fenêtre, perdu – du moins, je le supposais – dans le souvenir des tôles froissées, des moteurs vrombissants, de l'odeur qui imprégnait l'air ce soir-là.

– La Jaguar s'est renversée côté conducteur. Ma femme, Inez, n'arrêtait pas de hurler. Je ne pouvais pas le savoir, mais elle avait la colonne vertébrale brisée. Nos assaillants ont vu rouge, car j'avais détruit la voiture qu'ils considéraient déjà comme la leur. Ils ont abattu Inez alors que je luttais pour ne pas perdre conscience. Après, ils ont mitraillé la carrosserie et j'ai reçu trois balles dans le corps. Curieusement, aucune n'a causé de dommages irréparables – pas même celle qui a touché ma mâchoire. Ces trois hommes se sont ensuite évertués à incendier la Jaguar, mais ils n'ont pas pensé un seul instant à percer le réservoir d'essence. Alors, ils ont fini par se lasser et s'en aller. Et moi, je suis resté étendu là, avec trois balles dans le corps, plusieurs fractures et ma femme morte à côté de moi.

Nous avions quitté le bureau de Trevor Stone, laissant derrière nous le Zombie et Culbuto, pour nous diriger d'un pas mal assuré vers la salle de jeux, ou le fumoir, ou quel que soit le nom donné à une pièce de la taille d'un hangar à jets comportant une table de billard et une autre de snooker, un jeu de fléchettes avec support en merisier, une table de poker et un petit practice de golf dans un coin. Un bar en acajou courait le long d'une cloison, avec assez de verres suspendus au-dessus pour approvisionner les fêtes des Kennedy pendant un mois.

Trevor Stone a versé deux doigts de pur malt dans son verre, penché la bouteille vers le mien, puis vers celui d'Angie, mais nous avons tous deux décliné l'offre.

– Les hommes – ou plutôt les gamins – qui ont commis ce crime ont été assez vite jugés, et ils ont récemment entamé à Norfolk une détention à perpétuité sans possibilité de libération conditionnelle ; c'est ce que l'on pouvait espérer de mieux en matière de justice, je suppose. Ma fille et moi, nous avons enterré Inez, et normalement, mis à part le chagrin, les choses auraient dû s'arrêter là.

– Mais ?

– Alors que les médecins retiraient la balle de ma mâchoire, ils ont découvert les premiers signes d'un cancer. Et quand ils ont approfondi l'examen, ils les ont décelés également dans mes ganglions lymphatiques. Ils s'attendent maintenant à les trouver dans mon intestin grêle et mon gros intestin. Bientôt, j'en suis sûr, ils n'auront plus rien à enlever.

– Combien de temps ? ai-je demandé.

– Six mois. D'après eux. Mais mon corps me dit cinq. Dans tous les cas, j'ai vu mon dernier automne.

Il a fait pivoter son fauteuil pour contempler une nouvelle fois la mer derrière la vitre. En suivant son regard, j'ai remarqué la courbure d'une crique rocheuse de l'autre côté de la baie – laquelle crique dessinait une fourche dont les pointes évoquaient des pinces de homard. J'ai reporté mon attention au milieu, où j'ai reconnu un phare familier. La propriété de Trevor Stone se dressait sur un promontoire quelque part dans Marblehead Neck, sorte de langue de terre déchiquetée proche du littoral nord de Boston, où le prix d'une maison était à peine moins élevé que celui d'une ville entière.

– Le chagrin, poursuivait Trevor Stone, est carnivore. Il se repaît de vous, que vous en soyez conscient ou non, que vous luttiez ou non. En cela, il ressemble beaucoup au cancer. Et puis, un beau matin, quand vous vous réveillez, il a englouti toutes les autres émotions – joie, envie, convoitise, et même amour. Alors, vous vous retrouvez seul, complètement nu devant lui. Et il prend possession de vous.

Il a baissé les yeux vers les glaçons qui tintaient dans son verre.

– Pas forcément, a dit Angie.

Trevor Stone a tourné la tête vers elle et sa bouche-amibe a esquissé un sourire. Sur fond de chair ravagée et d'os pulvérisés, ses lèvres blanches ont été parcourues de frémissements, puis le sourire a disparu.

– Vous en savez vous-même long sur le chagrin, a-t-il déclaré avec douceur. Je suis au courant. Vous avez perdu votre mari il y a cinq mois, n'est-ce pas ?

– Ex-mari, a-t-elle répondu, le regard fixé sur le sol. Oui.

J'ai voulu lui prendre la main, mais elle l'a placée sur son genou en remuant la tête.

– J'ai lu tous les comptes rendus dans la presse, a-t-il expliqué. J'ai même lu ce bouquin minable soi-disant « véridique » qui en a été tiré. Vous avez combattu le mal. Et gagné.

– On a fait match nul, suis-je intervenu, avant de m'éclaircir la gorge à mon tour. Vous pouvez me croire.

– Peut-être, a-t-il dit en rivant aux miens ses yeux verts perçants. Peut-être que pour vous deux, ç'a été une épreuve. Mais pensez à toutes les prochaines victimes que vous avez sauvées de ces monstres.

– Avec tout le respect que je vous dois, monsieur Stone, a repris Angie, je vous demanderai de ne pas aborder ce sujet.

– Pourquoi ?

Elle a levé la tête.

25

– Parce que vous ne savez pas de quoi vous parlez, et du coup, vous passez pour un imbécile.

D'une main, Trevor Stone a caressé légèrement le pommeau de sa canne avant de se pencher pour effleurer de l'autre le genou d'Angie.

– Vous avez raison. Veuillez m'excuser.

Elle a fini par lui sourire comme je ne l'avais plus vue sourire à personne depuis la mort de Phil. Comme si Trevor Stone et elle étaient de vieux amis qui auraient tous deux vécu en des lieux inaccessibles à la lumière et à la chaleur humaine.

– Je suis toute seule, m'avait dit Angie un mois plus tôt.

– Non, c'est faux.

Elle était alors allongée sur le matelas que nous avions installé dans mon salon. Son lit, ainsi que la plupart de ses affaires, se trouvaient toujours chez elle, à Howes Street, car elle ne se sentait pas la force de retourner dans cette maison où Gerry Glynn avait tiré sur elle, où Evandro Arujo s'était vidé de son sang sur le carrelage de la cuisine.

– Tu n'es pas seule, lui avais-je affirmé, assis derrière elle, en l'enveloppant de mes bras.

– Oh, si. Et pour le moment, ni tes attentions ni ton amour ne peuvent rien y changer.

– Monsieur Stone..., a commencé Angie.

– Trevor.

– Monsieur Stone, a-t-elle poursuivi, je compatis à votre douleur. Sincèrement. Mais vous nous avez kidnappés. Vous...

– Il ne s'agit pas de moi. Non, non. Ce n'est pas à mon chagrin que je faisais allusion.

– À celui de qui, alors ? ai-je demandé.

– De ma fille. Desiree.

Desiree.

Dans sa bouche, le nom avait résonné comme le refrain d'une prière.

Son bureau, une fois bien éclairé, apparaissait comme un véritable autel érigé à sa fille.

Là où auparavant je n'avais distingué que des ombres, je voyais maintenant sur des photos et des tableaux une jeune femme à presque tous les stades de sa vie – instantanés d'elle bébé, petite fille à l'école primaire, portraits de l'annuaire du lycée et la montrant le jour où elle avait reçu son diplôme universitaire. De vieux Polaroid abîmés remplissaient des cadres neufs en teck. Il y avait aussi un cliché sur lequel elle figurait en compagnie d'une femme – sa mère, de toute évidence – sûrement lors d'un barbecue en plein air, car toutes deux se tenaient près d'un grill au gaz et, une assiette en carton à la main, ignoraient le photographe. Il s'agissait d'un tirage banal aux bords flous, représentant un moment sans importance, pris sans tenir compte du soleil qui brillait à gauche des femmes et projetait une ombre sur l'objectif. Bref, tout à fait le genre de photo qu'on pourrait vous pardonner de ne pas intégrer dans un album. Mais dans le bureau de Trevor Stone, encadrée d'argent et montée sur un fin piédestal d'ivoire, elle semblait déifiée.

Desiree Stone était une superbe jeune femme. De sa mère – probablement d'origine latine, ai-je supposé en la voyant sur plusieurs photos –, elle avait hérité l'opulente chevelure couleur miel, la ligne gracieuse de la mâchoire et du cou, l'ossature bien dessinée, le nez fin et une peau qui paraissait perpétuellement éclairée par la lumière du couchant. De son père, Desiree tenait ses yeux couleur de jade et

27

ses lèvres pleines à l'expression farouchement déterminée. La symétrie de cette influence génétique
était particulièrement manifeste sur la seule photo
qui ornait la table de travail : celle de Desiree entre
son père et sa mère, arborant la toque et la toge vio-
lettes des nouveaux diplômés, avec derrière elle le
campus principal de Wellesley College ; un bras
passé autour du cou de ses parents, elle attirait leurs
visages près du sien. Tous trois souriaient, rayon-
nants de santé financière et physique, et la beauté
délicate de la mère ainsi que la formidable aura de
puissance qui émanait du père semblaient fusionner
sur les traits de la fille.

– C'était deux mois avant l'accident, a précisé
Trevor Stone en saisissant la photo.

Alors qu'il la contemplait, un spasme que j'ai pris
pour une tentative de sourire a contracté la moitié
inférieure de sa figure dévastée. Il a replacé le cadre
sur la table avant de nous regarder nous asseoir en
face de lui.

– Est-ce que l'un de vous connaît un certain Jay
Becker, détective privé ?

– Oui, ai-je répondu.

– Il bosse pour l'agence Hamlyn & Kohl, a renchéri Angie.

– Exact. Votre opinion sur lui ?

– D'un point de vue professionnel ?

Trevor Stone a haussé les épaules.

– C'est un bon, a déclaré Angie. Hamlyn & Kohl
n'embauche que les meilleurs.

Il a hoché la tête.

– D'après certaines sources, ils auraient d'ailleurs
proposé de vous racheter il y a quelques années, à
condition que vous acceptiez de travailler pour eux.

– D'où tenez-vous ça ? ai-je demandé.

– C'est vrai ?

J'ai acquiescé.

– Il s'agissait en outre d'une offre mirifique, à ce que j'ai compris. Pourquoi avez-vous refusé ?

– Monsieur Stone, a repris Angie, au cas où vous ne l'auriez pas remarqué, le style costume-cravate et salle de réunion, c'est pas vraiment nous.

– Contrairement à Jay Becker ?

– Il a passé plusieurs années au FBI avant de décider qu'il y avait plus de fric à gagner dans le privé, ai-je expliqué. Il aime les restaus chic, les belles fringues, les beaux apparts, ce genre de trucs. Et il porte bien le costume.

– En outre, comme vous l'avez souligné fort justement, c'est un bon détective.

– Un as, a confirmé Angie. C'est lui qui a levé le lièvre à propos de la Boston Federal Bank et de ses liens avec la Mafia.

– Je sais. À votre avis, qui l'avait embauché ?

– Vous ? ai-je lancé.

– Avec plusieurs autres hommes d'affaires en vue ayant subi de grosses pertes en 88, au moment de l'effondrement du marché immobilier et de la crise de l'épargne.

– Puisque vous avez déjà eu recours à ses services, pourquoi nous réclamer des renseignements sur lui ?

– Il se trouve, monsieur Kenzie, que je l'ai engagé, et Hamlyn & Kohl par la même occasion, pour rechercher ma fille.

– Ah bon ? Depuis combien de temps a-t-elle disparu ? a demandé Angie.

– Quatre semaines. Trente-deux jours pour être exact.

– Jay l'a retrouvée ? ai-je demandé à mon tour.

– Je l'ignore, monsieur Kenzie. Pour la bonne raison que Jay Becker a disparu lui aussi.

Ce matin, en ville, il faisait un froid raisonnable, avec un vent modéré et une température proche de zéro. Le genre de temps qui vous sensibilise, sans être pour autant insupportable.

Sur la pelouse derrière la maison de Trevor Stone, en revanche, le vent venu de l'Atlantique soufflait avec force, agitant les vagues moutonneuses, me cinglant le visage comme de la mitraille. J'ai remonté le col de mon blouson en cuir pour me protéger, Angie a fourré les mains dans ses poches et rentré les épaules, mais Trevor Stone s'est porté à la rencontre des bourrasques. Avant de nous guider jusqu'ici, il n'avait ajouté à sa tenue qu'un imperméable gris dont les pans ouverts voltigeaient maintenant autour de ses jambes alors qu'il marchait vers l'océan, défiant apparemment le froid de s'insinuer en lui.

– L'agence Hamlyn & Kohl a refusé de poursuivre les recherches et m'a remboursé la provision que j'avais versée, nous a-t-il appris.

– Pour quel motif?

– On ne me l'a pas dit.

– C'est contraire à l'éthique.

– Quelles sont mes options?

– Le tribunal civil, ai-je répondu. Vous pourriez les plumer.

Trevor Stone s'est retourné pour nous regarder, jusqu'au moment où nous avons enfin compris.

– Tout recours juridique est inutile, a murmuré Angie.

Il a hoché la tête.

– Je serai mort bien avant que l'affaire passe au tribunal. (Il a de nouveau pivoté vers la mer et s'est adressé à nous de dos, laissant le vent mordant porter ses paroles.) J'étais autrefois un homme puissant qui ne connaissait ni l'irrespect ni la peur. Aujourd'hui, je suis impotent. Tout le monde sait que je suis mourant. Tout le monde sait que je n'ai plus le temps de me battre. Tout le monde, j'en suis sûr, rit de moi.

J'ai fait quelques pas sur la pelouse pour le rejoindre. L'herbe disparaissait juste devant ses pieds, ai-je remarqué, révélant une falaise de roche noire anguleuse dont la surface brillait telle de l'ébène au-dessus des vagues déchaînées.

– Pourquoi nous ? ai-je demandé.

– Je me suis renseigné, monsieur Kenzie. Tous ceux à qui j'ai parlé m'ont affirmé que vous aviez les deux qualités que je recherche.

– Lesquelles ? a interrogé Angie.

– Vous êtes honnêtes.

– Dans la mesure...

– ... où on peut l'être dans un monde corrompu. Je sais, monsieur Kenzie. Mais vous êtes honnêtes vis-à-vis de ceux qui ont su gagner votre confiance. Ce que j'ai bien l'intention de faire.

– Nous kidnapper n'était sans doute pas le meilleur moyen d'y parvenir.

Il a haussé les épaules.

– Je suis un homme désespéré dont l'horloge interne a entamé le compte à rebours. Vous avez fermé votre agence, vous rejetez toutes les affaires, vous refusez même de rencontrer des clients éventuels.

– Exact.

– Je vous ai appelés plusieurs fois la semaine dernière, à l'agence et chez vous. Vous ne répondez pas au téléphone et vous n'avez pas de répondeur.

– J'en ai un, ai-je répliqué. Simplement, il n'est pas branché pour le moment.

– Je vous ai envoyé des lettres.

– Il n'ouvre que les factures, a expliqué Angie.

Trevor Stone a esquissé un hochement de tête entendu, comme s'il s'agissait d'une pratique courante dans certaines sphères.

– Par conséquent, il a bien fallu que j'envisage des mesures extrêmes pour vous obliger à m'écouter. Si vous n'acceptez pas mon affaire, je suis prêt à vous verser vingt mille dollars de dédommagement pour le temps que vous avez passé ici aujourd'hui et les désagréments liés à cette visite.

– Vingt mille dollars..., a répété Angie.

– Oui. L'argent ne signifie plus rien pour moi, et si je ne retrouve pas Desiree, je n'ai pas d'héritiers. Quoi qu'il en soit, lorsque vous vous serez renseigné à mon sujet, vous vous apercevrez que vingt mille dollars ne représentent qu'une broutille au regard de ma fortune. Alors, si vous le souhaitez, vous pouvez retourner dans mon bureau, prendre l'argent dans le tiroir supérieur droit et rentrer chez vous comme si de rien n'était.

– Et si on reste, vous voulez qu'on fasse quoi, au juste ? a demandé Angie.

– Retrouver ma fille. J'ai déjà envisagé la possibilité qu'elle soit morte. À vrai dire, je pense même que c'est probablement le cas. Mais je ne veux pas finir dans l'ignorance. Il faut que je sache ce que lui est arrivé.

– Vous avez prévenu la police ?

– Les inspecteurs m'ont écouté poliment. (Il a hoché la tête.) Mais tout ce qu'ils voient, c'est une jeune femme accablée de chagrin qui a décidé de partir un moment, le temps de se ressaisir.

– Une opinion que vous ne partagez pas, donc.

– Je connais ma fille, monsieur Kenzie.

Il a pivoté en s'appuyant sur sa canne avant de fouler la pelouse en direction de la maison. Nous l'avons suivi, et j'ai observé nos reflets dans les grandes baies vitrées de son bureau – celui de l'homme en pleine déchéance qui opposait au vent un dos bien droit alors que son imperméable lui battait les jambes et que sa canne cherchait une prise sur l'herbe gelée ; à sa gauche, celui d'une jolie femme menue dont les longs cheveux noirs se rabattaient sur ses joues et son visage dévasté par le chagrin ; à sa droite, celui d'un homme d'une trentaine d'années portant une casquette de base-ball, un blouson en cuir et un jean, qui regardait d'un air légèrement déconcerté les deux personnes éprouvées mais fières à côté de lui.

Sur la terrasse, Angie a ouvert la porte à Trevor Stone.

– Vous avez entendu dire qu'on avait les deux qualités les plus importantes pour vous, monsieur Stone.

– Oui.

– La première était l'honnêteté. Et la seconde ?

– On m'a rapporté que vous étiez tenaces, a-t-il répondu en pénétrant dans son bureau. Extrêmement tenaces.

3

– Cinquante mille, a dit Angie dans le métro qui nous emmenait de la station Wonderland au centre-ville.

– Je sais, ai-je répondu.

– Cinquante mille dollars... Vingt mille, ça me paraissait déjà dingue, mais maintenant, Patrick, c'est cinquante mille dollars qu'on trimballe.

J'ai parcouru des yeux la rame, survolant les deux pochetrons loqueteux à environ trois mètres de nous, la bande de petites frappes absorbées dans la contemplation du signal d'alarme dans un coin, le cinglé aux cheveux blonds coupés en brosse et au regard étrangement fixe qui agrippait la poignée à côté de moi.

– Parle plus fort, Ange. Je ne suis pas sûr que les loubards du fond t'aient entendue.

– Oups... (Elle s'est penchée vers moi.) Cinquante mille dollars, a-t-elle murmuré.

– Oui, ai-je murmuré aussi alors que le train négociait un virage avec force grincements métalliques et que les néons au-dessus de nos têtes s'éteignaient puis se rallumaient en grésillant.

Le Zombie – ou Julian Archerson, comme nous l'avions découvert – était prêt à nous reconduire jusque chez nous, mais lorsque nous avions rejoint les bouchons sur la nationale 1A après avoir passé quarante-cinq minutes dans une jungle automobile sur la nationale 129, nous lui avions demandé de nous déposer le plus près possible d'une station de métro et nous étions partis à pied vers celle de Wonderland.

C'est ainsi que, lestés de cinquante mille dollars prélevés sur la fortune de Trevor Stone, nous nous retrouvions coincés parmi les autres sardines dans cette rame décrépite qui se traînait à travers un dédale de tunnels alors que les lumières s'éteignaient puis se rallumaient. Angie avait fourré le chèque de trente mille dollars dans la poche intérieure de son blouson universitaire ; j'avais fourré les vingt mille dollars en liquide entre mon estomac et la boucle de ma ceinture.

– Vous aurez besoin de liquide si vous vous mettez au travail tout de suite, avait dit Trevor Stone. Ne regardez pas à la dépense. Cette somme ne couvre que les frais de fonctionnement. Appelez-moi dès que vous êtes à court.

Des « frais de fonctionnement »... Si Desiree Stone était vivante, ce dont je n'avais pas la moindre idée pour le moment, il faudrait au moins qu'elle ait atterri au fin fond de Bornéo ou de Tanger avant que je claque cinquante mille dollars pour la retrouver.

– Jay Becker, a fait Angie en ponctuant le nom d'un petit sifflement.

– Mouais. Pas croyable, hein ?

– C'était quand, la dernière fois où tu l'as vu ?

– À peu près six semaines, ai-je répondu avant de hausser les épaules. Lui et moi, on n'est pas sans arrêt sur le dos l'un de l'autre.

– Je ne l'ai pas revu depuis le grand prix de l'ABITE.

Le cinglé à ma droite s'est tourné vers moi en fronçant les sourcils.

J'ai de nouveau haussé les épaules.

– Je sais, même bien fringuées, elles sont pas sortables.

Sur un hochement de tête, il est retourné à la contemplation de son reflet dans la vitre noire.

Le « grand prix de l'ABITE » était décerné tous les ans au meilleur détective par l'Association bostonienne pour l'investigation et le travail d'enquêteur. Jay Becker l'avait remporté cette année, ainsi que l'année précédente et en 89, et pendant un temps, les rumeurs selon lesquelles il allait quitter Hamlyn & Kohl pour ouvrir sa propre agence étaient allées bon train dans la communauté des privés. Pour ma part, le connaissant bien, je n'avais pas été surpris lorsque ces rumeurs s'étaient révélées sans fondement.

Il ne risquait cependant pas de mourir de faim en s'installant à son compte. Au contraire, c'était certainement le privé le plus connu de Boston. Séduisant, malin comme un singe, il aurait pu sans problème demander des provisions à cinq chiffres s'il l'avait souhaité. Plusieurs des clients les plus fortunés de Hamlyn & Kohl n'auraient été que trop heureux de traverser la rue si Jay avait ouvert boutique de l'autre côté. Le hic, c'était que même s'ils lui avaient offert tout l'argent de la Nouvelle-Angleterre, Jay n'aurait pas été en mesure de traiter avec eux. Chaque enquêteur qui signait un contrat d'embauche avec Hamlyn & Kohl devait également signer une clause de non-concurrence valable trois ans. Or, dans ce métier, trois ans équivalaient à une décennie.

Autrement dit, il était coincé. Pourtant, s'il y avait bien un enquêteur suffisamment compétent et respecté pour abandonner le navire Hamlyn & Kohl avec une bonne chance de réaliser des bénéfices, c'était Jay Becker. Sauf qu'il était incapable de gérer son fric : sitôt gagné, sitôt flambé – fringues, bagnoles, femmes, canapés de cuir, et j'en passe. Everett Hamlyn et Adam Kohl prenaient en charge ses frais généraux et la location de son bureau, lui procuraient et protégeaient ses actions, son 401 (k) [1], son portefeuille de titres municipaux. Ils se montraient paternels envers lui, et Jay Becker avait besoin d'un papa.

Dans le Massachusetts, les aspirants détectives privés doivent effectuer deux mille cinq cents heures d'enquête avec un professionnel licencié avant de pouvoir décrocher leur propre licence. En raison de son expérience au FBI, Jay n'avait eu à faire que mille heures, qu'il avait passées avec Everett Hamlyn. Angie avait passé les siennes avec moi. J'avais passé les miennes avec Jay Becker.

C'était une des techniques d'embauche pratiquées par Everett Hamlyn et Adam Kohl que de mettre le grappin sur un débutant qu'ils pensaient prometteur et d'associer le candidat avide d'apprendre à un enquêteur chevronné chargé de lui enseigner les ficelles du métier, de lui fournir son quota d'heures et, bien sûr, de lui dessiller les yeux sur le monde doré de Hamlyn & Kohl. Tous ceux qui, à ma connaissance, avaient obtenu leur licence de cette façon étaient ensuite entrés chez Hamlyn & Kohl. Du moins, tous sauf moi.

Ce qui n'avait pas été du goût d'Everett Hamlyn, d'Adam Kohl et de leurs avocats. D'où, pendant un certain temps, des récriminations qui me parvenaient généralement sur le papier à lettres en fibres de coton portant l'en-tête des avocats de Hamlyn & Kohl, voire parfois sur le papier à lettres de l'agence elle-même. Mais je n'avais jamais signé aucun document ni laissé entendre verbalement que j'avais l'intention d'intégrer la société, et quand mon avo-

1. Équivalent d'un plan épargne-entreprise.

cat, Cheswick Hartman, l'avait inscrit sur son propre papier à lettres (en fibres de lin d'un très joli mauve), les récriminations avaient cessé d'affluer dans ma boîte aux lettres. D'une façon ou d'une autre, j'étais parvenu à monter une agence dont le succès avait dépassé mes espérances, et ce, en travaillant pour une clientèle qui pouvait rarement s'offrir Hamlyn & Kohl.

Mais récemment, traumatisés par notre exposition à la psychose maladive d'Evandro Arujo, de Gerry Glynn et d'Alec Hardiman – une exposition qui avait coûté la vie à Phil, l'ex-mari d'Angie –, nous avions mis la clé sous la porte [1]. Depuis, nous ne faisions plus grand-chose de notable, à moins de considérer que parler pour ne rien dire, regarder de vieux films et boire jusqu'à plus soif soient des occupations notables.

Je ne sais pas combien de temps cette situation aurait duré – peut-être encore un mois, peut-être jusqu'au moment où nos foies auraient demandé le divorce en invoquant un traitement aussi cruel qu'inhabituel –, mais en voyant Angie regarder Trevor Stone avec une compassion qu'elle n'avait manifestée envers personne d'autre depuis trois mois et lui adresser un vrai sourire dénué d'affectation, j'avais su que nous accepterions cette affaire même s'il avait eu l'impolitesse de nous kidnapper et de nous droguer en prime. Et puis, admettons-le, les cinquante mille dollars avaient largement contribué à nous faire oublier les mauvaises manières initiales de Trevor Stone.

Retrouver Desiree Stone.

L'objectif était simple. La simplicité de sa réalisation restait encore à déterminer. Pour l'atteindre, j'avais la certitude quasi absolue qu'il nous faudrait

1. Voir *Ténèbres, prenez-moi la main* du même auteur, dans la collection Rivages/Thriller.

d'abord retrouver Jay, ou du moins suivre ses traces. Jay, mon mentor, l'homme qui m'avait soufflé ma maxime professionnelle :

– Personne, m'avait-il confié un jour à la fin de mon apprentissage, et je dis bien personne, ne peut se cacher indéfiniment du moment qu'on confie les recherches au bon enquêteur.

– Ah oui ? Et les nazis qui se sont enfuis en Amérique du Sud après la guerre ? Aucun enquêteur n'a été capable de localiser Josef Mengele avant qu'il ne meure libre et en paix.

Jay m'avait alors gratifié d'un de ces regards auxquels il m'avait accoutumé pendant nos trois mois passés ensemble. Ce que j'appelais son regard « fédéral », celui d'un homme qui avait purgé sa peine dans les couloirs les plus sombres du gouvernement, qui savait où étaient enterrés les corps, quels documents avaient été détruits et pourquoi, qui comprenait les machinations du véritable pouvoir mieux que la majorité d'entre nous ne le pourraient jamais.

– Parce que tu t'imagines qu'on ne savait pas où était Mengele ? Tu te fous de moi ? (Il s'était penché par-dessus notre table au Bay Tower Room, prenant soin au préalable – élégance oblige – de glisser sa cravate dans sa ceinture malgré la disparition des assiettes et des miettes sur la nappe.) Laisse-moi te dire une chose, Patrick : Mengele disposait de trois avantages énormes sur la plupart de ceux qui essaient de disparaître.

– Lesquels ?

– Un, avait-il répondu en levant l'index, Mengele avait de l'argent. Des millions, au début. Mais les millionnaires, on peut les retrouver. Deux (son majeur a rejoint son index), il détenait des informations – sur les autres nazis, sur les fortunes ensevelies dans le sous-sol de Berlin, sur toutes sortes de découvertes médicales qu'il avait faites en se servant des Juifs comme cobayes – négociables auprès de différents gouvernements, dont le nôtre, censés le traquer.

Il avait haussé les sourcils avant de s'adosser à sa chaise en souriant.

– Et la troisième raison ?

– Ah, oui. Raison numéro trois, la plus importante : Josef Mengele ne m'a jamais eu à ses trousses. Car personne ne peut échapper à Jay Becker. Et maintenant que je t'ai formé, d'Artagnan, mon jeune Gascon, personne ne peut échapper non plus à Patrick Kenzie.

– Merci, Athos.

Il avait fait un grand geste avant de porter la main à sa tête.

Jay Becker. Personne au monde n'avait plus de panache.

J'espère que t'avais raison, Jay, pensais-je alors que le métro débouchait dans la lumière verdâtre de Downtown Crossin. Parce que la partie de cache-cache a commencé.

De retour dans mon appartement, j'ai planqué les vingt mille dollars à la cuisine, dans l'espace derrière la plinthe où je stockais mes flingues de réserve. Après, avec Angie, nous avons débarrassé la table de la salle à manger pour y déposer tout ce que nous avions accumulé depuis le début de la matinée : quatre photographies de Desiree Stone et les comptes-rendus quotidiens que Jay avait envoyés à Trevor jusqu'à sa disparition, treize jours plus tôt.

– Pourquoi avoir attendu aussi longtemps pour prendre contact avec un nouvel enquêteur ? avais-je demandé à Trevor Stone.

– Adam Kohl m'avait assuré qu'il confierait l'affaire à quelqu'un d'autre, mais je crois qu'il essayait surtout de gagner du temps. Une semaine plus tard, l'agence a laissé tomber mon affaire. J'ai passé cinq jours à me renseigner sur tous les détectives jouissant d'une réputation d'honnêteté, et j'ai fini par arrêter mon choix sur vous deux.

Dans la salle à manger, j'ai envisagé de téléphoner à Hamlyn & Kohl pour demander à Everett Hamlyn sa version des faits, mais j'avais le sentiment qu'il éluderait mes questions. Quand on laisse tomber un client ayant l'envergure de Trevor Stone, on évite de le crier sur les toits et d'en parler avec un concurrent.

Angie a fait glisser les rapports de Jay devant elle ; de mon côté, j'ai parcouru les notes que nous avions prises dans le bureau de Trevor.

— Au cours du mois qui a suivi la mort de sa mère, nous avait raconté Trevor quand nous étions rentrés du jardin, Desiree a subi deux traumatismes capables chacun d'anéantir une jeune fille. D'abord, on m'a diagnostiqué un cancer en phase terminale, et ensuite, un garçon qu'elle avait fréquenté à l'université est mort.

— Comment ? avait demandé Angie.

— Il s'est noyé. Accidentellement. Mais voyez-vous, Desiree avait été, eh bien, protégée par sa mère et moi quasiment toute sa vie. Jusqu'au décès d'Inez, notre fille a mené une existence enchantée, épargnée par les drames mêmes les plus insignifiants. Elle s'estimait forte. Sans doute parce qu'elle était têtue et obstinée comme moi, et qu'elle confondait ces traits de caractère avec le genre de courage que l'on acquiert face à l'adversité. Ce que je veux vous dire par là, c'est qu'elle n'avait jamais été mise à l'épreuve. Pourtant, après que sa mère a été tuée et que je me suis retrouvé en soins intensifs, je l'ai sentie résolue à tenir le coup. Et je crois qu'elle aurait réussi. Mais là-dessus est survenue

41

l'annonce de mon cancer, suivie presque aussitôt par la mort d'un ancien petit ami. Boum. Boum. Boum.

D'après Trevor, sa fille avait commencé à se désagréger sous le poids de ces trois tragédies. Elle était devenue insomniaque, avait beaucoup maigri et ne prononçait guère plus d'une phrase entière par jour.

Son père l'avait poussée à solliciter l'aide d'un psychologue, mais elle avait annulé les quatre rendez-vous qu'il avait pris pour elle. Au lieu de quoi, comme le Zombie, Culbuto et quelques amis en avaient informé Trevor, elle avait été vue dans le centre-ville, où elle passait la plupart de ses journées. Elle garait dans un parking de Boylston Street la Saab Turbo blanche offerte par ses parents pour son diplôme, puis marchait des heures à travers les rues ou les pelouses du Emerald Necklace, le réseau de parcs à Back Bay qui entoure la ville sur une dizaine de kilomètres. Une fois, elle était allée jusqu'aux Fens derrière le musée des Beaux-Arts, mais en général, avait rapporté le Zombie à Trevor, elle préférait la promenade bordée d'arbres qui s'étend au milieu de Commonwealth Avenue et donne sur le Public Garden proche.

C'était dans ce parc, avait dit Desiree à son père, qu'elle avait rencontré quelqu'un qui, prétendait-elle, lui avait enfin apporté un peu du réconfort et de la grâce qu'elle avait cherchés à la fin de l'été et au début de l'automne. Cet homme, de sept ou huit ans son aîné, s'appelait Sean Price, et lui aussi avait été frappé par le destin. Sa femme et sa petite fille de cinq ans, avait-il confié à Desiree, étaient mortes l'année précédente lorsqu'un climatiseur défectueux avait libéré de l'oxyde de carbone dans leur maison à Concord.

Sean, alors en déplacement pour affaires, les avait découvertes inanimées le lendemain soir en rentrant de voyage, avait révélé Desiree à Trevor.

– Ça fait un sacré bout de temps, ai-je déclaré en levant les yeux.

Angie a délaissé les rapports de Jay Becker.

– Quoi ?

– D'après ce que Desiree a raconté à son père, la femme de Sean Price et leur gosse n'ont été retrouvées que vingt-quatre heures après leur mort.

Elle a tendu la main, récupéré ses propres notes posées près de mon coude et les a parcourues.

– Mouais. C'est ce que nous a dit Trevor.

– Ça me paraît bien long. L'épouse d'un homme d'affaires sûrement plein aux as puisqu'il vivait à Concord et sa gamine de cinq ans disparaissent pendant vingt-quatre heures sans que personne ne remarque rien ?

– De nos jours, tu sais, les voisins sont de moins en moins sympas et de moins en moins concernés par ce qui arrive à leurs semblables.

J'ai froncé les sourcils.

– Peut-être dans certains quartiers de la ville ou dans les banlieues moins chic. Mais on parle de Concord, là. Le royaume des victoriens, des calèches et du Old North Bridge. L'Amérique haut de gamme, plus blanche que blanche. La gamine de Price a cinq ans. Elle ne va pas à la crèche ? Ou au jardin d'enfants, à des cours de danse, ce genre de truc ? Sa femme ne fait pas d'aérobic, n'a pas des activités ou un déjeuner avec une copine ?

– Ça te chiffonne, hein ?

– Un peu. Il y a quelque chose qui me gêne là-dedans.

Elle s'est adossée à sa chaise.

– Dans le métier, on appelle ça une « intuition ».

Mon crayon à la main, je me suis penché vers mes notes.

– Comment t'épelles ça ? Avec un « h » au début ?

– Non, avec un « i » comme « imbécile ». (Elle a tapoté la pointe de son crayon sur ses feuilles avant de me sourire.) Se renseigner sur Sean Price, a-t-elle déclaré en griffonnant ces mêmes mots dans la marge. Et sur un éventuel décès par empoisonnement à l'oxyde de carbone à Concord en 95 ou 96.

– Et l'ancien petit copain défunt, comment il s'appelait ?

Elle a tourné une page.

– Anthony Lisardo.

– Bon.

Angie a esquissé une grimace en regardant les photos de Desiree.

– On meurt beaucoup autour de cette fille...

– Mouais.

Alors qu'elle examinait de plus près un des clichés, son expression s'est adoucie.

– Dieu qu'elle est belle ! Mais tu sais, je comprends qu'elle ait pu trouver un certain réconfort auprès d'un autre rescapé. (Elle m'a dévisagé.) Tu vois ce que je veux dire ?

J'ai soutenu son regard, dans lequel j'ai cherché le reflet de la souffrance et des agressions subies qu'il recelait d'ordinaire, de cette peur de s'attacher au point d'accepter à nouveau d'être maltraitée. Mais je n'y ai décelé que les vestiges de l'empathie et de la compassion suscitées par la photo de Desiree, ces mêmes vestiges dont il avait gardé la trace après qu'elle avait sondé les yeux de Trevor Stone.

– Ouais, je vois.

– Mais quelqu'un pourrait en profiter, a-t-elle ajouté en reportant son attention sur le portrait de Desiree.

– Comment ça ?

– Si tu voulais toucher une personne écrasée de chagrin, et si tu n'étais pas forcément motivé par des intentions louables, tu t'y prendrais comment ?

– Si j'étais un manipulateur cynique ?

– Oui.

– J'établirais un lien basé sur une détresse commune.

– En prétendant avoir toi-même vécu un drame terrible, peut-être ?

J'ai hoché la tête.

– Ce serait la meilleure tactique d'approche.

– Je crois vraiment qu'on devrait s'intéresser de près à ce Sean Price.

Ses yeux brillaient d'une excitation grandissante.

– Il y a quelque chose sur lui dans les rapports de Jay ? ai-je demandé.

– Attends, je regarde. Non, rien qu'on ne sache déjà.

Elle feuilletait les pages quand soudain, elle a suspendu son geste pour lever vers moi un visage radieux.

– Quoi ? ai-je lancé, conscient du sourire qui s'épanouissait sur mes lèvres, de son enthousiasme contagieux.

– C'est cool.

– Quoi ?

Angie a soulevé une feuille, puis indiqué le monceau de paperasse sur la table.

– Ça. Tout ça. On est revenus dans la course, Patrick.

– T'as raison, c'est cool.

Jusque-là, je ne m'étais pas rendu compte à quel point ce boulot me manquait – débrouiller les embrouilles, flairer les pistes, franchir la première étape dans la démystification de ce qui était auparavant inconnaissable et inaccessible...

Mais soudain, j'ai senti mon sourire vaciller, car c'était cette même excitation, ce même besoin compulsif de dévoiler certaines choses qu'il aurait mieux valu laisser cachées qui m'avait forcé à affronter la pestilence insoutenable et la pourriture morale infestant la psyché de Gerry Glynn.

Et à cause de cette compulsion, Angie avait reçu une balle dans le corps, je gardais des cicatrices sur le visage et des nerfs endommagés dans une main, et j'avais vu Phil, l'ex-mari d'Angie, agoniser dans mes bras, hoquetant et terrifié.

– Ça va aller, lui avais-je dit.

– Je sais, m'avait-il répondu.

Et il était mort.

Or, je savais très bien où risquaient de nous mener toutes ces recherches, ces découvertes, ces révélations : à la certitude glacée que nous n'allions pas bien, ni l'un ni l'autre. Que si nos cœurs et nos esprits restaient protégés, c'était sans doute parce qu'ils demeuraient fragiles, mais aussi parce qu'il en suppurait souvent quelque chose de trop sinistre et dépravé pour être exposé à tous les regards.

– Hé, a lancé Angie, toujours souriante, mais moins assurée, qu'est-ce qui se passe ?

J'adore son sourire.

– Rien. T'as raison. C'est cool.

– Tu m'étonnes ! a-t-elle lancé, et nous nous sommes tapé dans les mains par-dessus la table. On s'est remis en piste. Gare aux criminels de tout poil.

– Ils sont déjà morts de trouille, lui ai-je assuré.

4

HAMLYN & KOHL
ENQUÊTES INTERNATIONALES
JOHN HANCOCK TOWER, 33ᵉ ÉTAGE
150 CLARENDON STREET
BOSTON, MA 02116

Rapport d'enquête

À : M. Trevor Stone
De : M. Jay Becker, enquêteur
Sujet : Disparition de Mlle Desiree Stone

16 février 1997

Premier jour d'enquête sur la disparition de Desiree Stone, vue pour la dernière fois le 12 février à 11 heures du matin (heure d'hiver de New York) alors qu'elle quittait son domicile, 1468 Oak Bluff Drive, Marblehead.

L'enquêteur susnommé a interrogé M. Pietro Leone, caissier du parking situé au 500 Boylston

Street, à Boston, ce qui lui a permis de découvrir la Saab Turbo blanche modèle 95 de Mlle Stone garée au niveau 2 dudit parking. Le ticket retrouvé dans la boîte à gants indique que Mlle Stone est arrivée à précisément 11 h 51 le 12 février. La fouille du véhicule et des alentours n'a révélé aucun indice laissant supposer une agression criminelle. Les portières étaient verrouillées, l'alarme enclenchée.

Pris contact avec Julian Archerson (le majordome de M. Stone), qui a accepté de venir chercher la voiture de Mlle Stone en utilisant le trousseau de secours et de la ramener à la résidence mentionnée ci-dessus pour des recherches plus approfondies. L'enquêteur susnommé a réglé à M. Leone cinq jours et demi de frais de stationnement, pour un montant total de 124 $, avant de quitter le parking. (Voir reçu agrafé au récapitulatif des dépenses quotidiennes.)

L'enquêteur susnommé a ensuite exploré les parcs de l'Emerald Necklace, en commençant par le Boston Common, puis le Public Garden, Commonwealth Avenue Mall et enfin, les Fens au niveau de l'Avenue Louis Pasteur. En montrant aux promeneurs plusieurs photographies de Mlle Stone, il a identifié trois individus qui prétendent l'avoir vue au cours des six derniers mois :

1. *Daniel Mahew, 23 ans, étudiant en musicologie à Berklee.*
A aperçu Mlle Stone au moins à quatre reprises assise sur un banc dans Common. Ave. Mall entre Massachusetts Avenue et Charlesgate East. Les dates sont approximatives, mais se situent aux alentours de la troisième semaine d'août, de la deuxième semaine de septembre, de la

deuxième semaine d'octobre et de la première semaine de novembre. L'attention portée par M. Mahew à Mlle Stone était de nature romantique, mais n'a rencontré qu'une totale absence d'intérêt chez Mlle Stone. Lorsque M. Mahew a tenté d'engager la conversation, Mlle Stone s'est éloignée les deux premières fois, l'a ignoré la troisième et a mis un terme à la quatrième, d'après M. Mahew, en lui projetant dans les yeux soit du gaz lacrymogène soit du spray au poivre.

M. Mahew a déclaré qu'en chacune de ces occasions, Mlle Stone était incontestablement seule.

2. *Agnes Pascher, 44 ans, SDF.*
Le témoignage de Mme Pascher est sujet à caution dans la mesure où l'enquêteur susnommé a noté chez elle des signes physiques révélateurs d'un abus d'alcool et de drogue (héroïne). Mme Pascher prétend avoir vu Mlle Stone à deux reprises – en septembre (à peu près) – dans le Boston Common. Mlle Stone, d'après Mme Pascher, assise sur l'herbe près de l'entrée à l'angle de Beacon Street et de Charles Street, nourrissait les écureuils avec des poignées de graines de tournesol. Mme Pascher, qui n'a eu aucun contact avec Mlle Stone, l'avait surnommée « la fille aux écureuils ».

3. *Herbert Costanza, 34 ans, technicien des services sanitaires, Entretien des parcs et des aires de loisirs de Boston.*
De la mi-août au début novembre, M. Costanza a aperçu en de nombreuses occasions

Mlle Stone, qu'il avait baptisée « la jolie fille triste », assise sous un arbre dans la zone nord-ouest du Public Garden. Ses contacts avec elle se sont limités à des « bonjours polis » auxquels elle répondait rarement. M. Costanza prenait Mlle Stone pour une poétesse, bien qu'il ne l'ait jamais vue écrire quoi que ce soit.

Vous remarquerez que personne n'a revu Mlle Stone après le début du mois de novembre. Mlle Stone affirmait avoir rencontré un certain Sean Price à cette même période.

Une recherche informatique des Sean ou S. Price abonnés au téléphone dans l'État de New York a débouché sur 124 noms. Un recoupement avec le service des cartes grises a permis de réduire ce nombre à 19 dans la tranche d'âge concernée (25-35). Comme la seule description physique donnée de Sean Price par Mlle Stone faisait référence à son âge et à ses origines (caucasiennes), ce nombre a encore été réduit à 6 par recoupement avec le critère ethnique.

L'enquêteur susnommé commencera à interroger ces six Sean Price dès demain.

Sincères salutations,
Jay Becker
Enquêteur

Cc : M. Hamlyn, M. Kohl, M. Keegan, Mme Tarnover.

Angie a détaché son regard des rapports avant de se frotter les yeux. Assis côte à côte, nous lisions les documents ensemble.

– Bon sang, qu'est-ce qu'il est méticuleux ! s'est-elle exclamée.

– Hé, tu parles de Jay. Un modèle pour nous tous.

Elle m'a donné un coup de coude.

– Vas-y, dis-le que c'est ton héros.

– Un héros ? Un vrai dieu, oui ! Jay Becker pourrait retrouver Hoffa [1] en un rien de temps.

– Tiens donc, a-t-elle répliqué en tapotant les feuilles. Pourtant, il semble patauger pour localiser Desiree Stone ou Sean Price.

– Aie confiance, lui ai-je recommandé avant de tourner la page.

Les recherches menées par Jay sur les six Sean Price lui avaient pris plusieurs jours mais n'avaient rien donné. Le premier, libéré sur parole, avait séjourné en prison jusqu'à la fin du mois de décembre 1996. Le deuxième, paraplégique, restait terré chez lui. Le troisième, ingénieur-chimiste pour Genzyme Corporation, travaillait comme consultant sur un projet à UCLA pendant l'automne. Sean Edward Price, de Charleston, officiait comme couvreur à temps partiel et raciste à plein temps. Lorsque Jay lui avait demandé s'il avait récemment fréquenté le Public Garden ou le Boston Common, il avait répondu : « Avec toutes ces tantouzes, ces gauchistes et ces putains de bougnoules qui font la manche pour pouvoir se payer du crack ? Y devraient plutôt foutre une barrière autour et balancer une bombe dessus, vieux ! »

Sean Robert Price, de Braintree, représentant chauve et grassouillet pour une entreprise de textile, avait déclaré après avoir jeté un coup d'œil à la

1. Jimmy Hoffa, dirigeant du syndicat américain des camionneurs, a disparu en 1975. À l'époque, on a évoqué un règlement de comptes mafieux.

photo de Desiree : « Si une femme comme ça tournait la tête vers moi, j'aurais une attaque sur-le-champ. » Dans la mesure où son travail l'amenait à couvrir la côte sud et la partie supérieure du cap, il lui aurait été impossible de revenir à Boston sans se faire remarquer. Son assiduité, assurait son patron, était irréprochable.

Sean Armstrong Price, de Dover, était consultant en investissements pour Shearson Lehman. Il avait passé trois jours à esquiver Jay, dont les rapports quotidiens s'étaient teintés d'une pointe d'excitation jusqu'à ce qu'il coince enfin Price au Grill 23 où celui-ci avait invité des relations d'affaires. Jay avait approché une chaise de leur table, avant de demander à Price pourquoi il l'évitait. Ce dernier (qui prenait Jay pour un enquêteur de la SEC[1]) avait immédiatement avoué une combine frauduleuse pour inciter ses clients à acheter des parts dans des entreprises en faillite où il avait lui-même investi par l'intermédiaire d'une société écran. Une magouille, avait découvert Jay, qui durait depuis des années ; au cours du mois d'octobre et début novembre, Sean Armstrong Price avait effectué plusieurs voyages aux îles Caïman, aux Antilles et à Zurich pour planquer de l'argent qui n'aurait jamais dû lui revenir.

Deux jours plus tard, avait noté Jay, un des convives de Price ce soir-là l'avait dénoncé aux véritables inspecteurs de la SEC, qui étaient venus l'arrêter dans son bureau de Federal Street. En lisant entre les lignes le reste des informations rassemblées par Jay, il était évident qu'il jugeait Price trop bête, trop transparent et trop obsédé par la finance pour chercher à berner Desiree ou même à établir un lien avec elle.

1. Securities and Exchange Commission, équivalent de la COB.

Hormis ce semblant de victoire, cependant, Jay n'allait nulle part, et au bout de cinq jours, sa frustration devenait manifeste dans ses comptes-rendus. Les quelques amis proches de Desiree avaient perdu tout contact avec elle après la mort de sa mère. Elle s'entretenait rarement avec son père et ne se confiait ni au Zombie ni à Culbuto. Hormis la fois où elle avait envoyé du gaz lacrymogène à la figure de Daniel Mahew, elle avait fait preuve d'une remarquable discrétion lors de ses expéditions en ville. Si elle n'avait pas été aussi jolie, avait écrit Jay, elle serait sans doute passée complètement inaperçue.

Depuis sa disparition, elle n'avait ni utilisé sa carte de crédit ni rédigé de chèques ; son fonds commun de placement, ses diverses obligations et ses certificats de dépôt demeuraient intacts. L'examen des listings de sa ligne téléphonique privée révélait qu'elle n'avait émis aucun appel entre juillet et la date de sa disparition.

Aucun appel téléphonique, avait souligné Jay en rouge dans son rapport du 20 février.

Jay n'était pas du genre à souligner, et je sentais bien qu'il avait franchi le cap de la frustration et du coup porté à sa fierté d'enquêteur pour s'acheminer vers l'obsession. « C'est comme si cette fille superbe n'avait jamais existé », écrivait-il dans son rapport du 22 février.

Etonné par le caractère peu professionnel de cette observation, Trevor Stone avait pris contact avec Everett Hamlyn et, dans la matinée du 23, Jay Becker avait été convoqué à une réunion d'urgence avec Everett Hamlyn, Adam Kohl et Trevor Stone dans la propriété de celui-ci. Trevor avait ajouté une transcription de leur entretien au dossier constitué par Jay :

HAMLYN : Nous devons discuter de la nature de ce rapport.

BECKER : J'étais fatigué.

KOHL : Et cela justifie d'après vous l'emploi de qualificatifs tels que « superbe » ? Dans un document que vous savez appelé à circuler dans l'entreprise ? Où aviez-vous la tête, monsieur Becker ?

BECKER : Je vous le répète, j'étais fatigué. Veuillez m'excuser, monsieur Stone.

STONE : Je crains que vous ne soyez en train de perdre votre objectivité professionnelle, monsieur Becker.

HAMLYN : Avec tout le respect que je vous dois, monsieur Stone, je pense que mon enquêteur a déjà perdu son objectivité.

KOHL : C'est indéniable.

BECKER : Vous me retirez l'affaire ?

HAMLYN : Si M. Stone est d'accord avec nos conclusions.

BECKER : Monsieur Stone ?

STONE : Persuadez-moi de ne pas vous la retirer, monsieur Becker. C'est de la vie de ma fille qu'il s'agit.

BECKER : Monsieur Stone, je reconnais avoir éprouvé de la frustration en l'absence d'indices concrets concernant la disparition de votre fille ou de ce Sean Price qu'elle affirmait avoir rencontré. C'est vrai, cette frustration a engendré une certaine confusion. Et, oui, ce que vous m'avez raconté sur votre fille, ce que m'en ont dit les témoins et son incontestable beauté m'ont conduit à ressentir pour elle un attachement qui ne favorise pas le recul exigé par une enquête de ce genre. Je ne le nie pas. Mais je touche au but. Je la retrouverai.

STONE : Quand ?

BECKER : Bientôt. Très bientôt.

HAMLYN : Monsieur Stone, je ne saurais trop vous conseiller de nous autoriser à charger de cette affaire un autre enquêteur.

STONE : Je vous donne trois jours, monsieur Becker.

KOHL : Monsieur Stone !

STONE : Trois jours pour m'apporter une preuve tangible des agissements de ma fille.

BECKER : Merci, monsieur. Merci. Merci beaucoup.

– C'est grave, ai-je conclu.

– Qu'est-ce qui est grave ? a demandé Angie en allumant une cigarette.

– Laisse tomber le reste de la transcription et regarde la dernière ligne. Jay est obséquieux, presque flagorneur.

– Il remercie Stone de ne pas le virer.

J'ai fait non de la tête.

– Ça ne lui ressemble pas. Jay est trop orgueilleux. Tu le sauverais d'une voiture en flammes qu'il te dirait à peine « merci ». Ce genre de truc, ça lui écorche la bouche. Il est tellement arrogant... Tel que je le connais, il devait en être malade qu'ils aient envisagé de lui retirer l'affaire.

– N'empêche, il commençait à débloquer. T'as vu ce qu'il écrivait avant cette réunion ?

Je me suis levé pour longer la table de la salle à manger dans un sens, puis dans l'autre.

– Jay est capable de retrouver n'importe qui, Ange.

– C'est ce que tu m'as dit, oui.

– Mais au bout d'une semaine sur cette affaire, il n'a toujours rien découvert. Ni sur Desiree, ni sur Sean Price.

– Peut-être qu'il n'a pas cherché aux bons endroits.

Je me suis penché vers la table et, m'efforçant d'assouplir ma nuque, j'ai regardé Desiree Stone. Une des photos la montrait assise sur une balancelle à Marblehead, en train de rire en fixant l'objectif de ses yeux verts lumineux. Sa chevelure miel était tout emmêlée, son pull informe et son jean déchiré ; ses pieds étaient nus, ses dents blanches, éblouissantes.

Son regard vous retenait, sans aucun doute, mais lui seul n'expliquait pas la fascination qu'elle exerçait sur vous. Desiree avait ce qu'un directeur de casting à Hollywood appellerait sûrement « une présence ». Même figée dans le temps, elle rayonnait de santé, de vitalité, de sensualité naturelle – un curieux mélange de vulnérabilité et d'assurance, de désir et d'innocence.

– T'as raison, Ange.

– À quel sujet ?

– Elle est canon.

– Sans blague ! Je me damnerais pour avoir une allure pareille avec un vieux pull et un jean déchiré ! Merde, on jurerait qu'elle ne s'est pas coiffée depuis une semaine, et pourtant, elle est tout simplement parfaite.

Je l'ai gratifiée d'une grimace.

– Dans la catégorie canon, t'es bien placée aussi, Ange.

– Oh, je t'en prie. (Elle a écrasé sa cigarette avant d'étudier à son tour la photo.) Je suis plutôt mignonne, O.K. Certains pourraient même dire belle.

– Ou superbe. Ou sublime, ou à tomber, magni...

– O.K. Bon. Certains hommes, je te l'accorde. Certains. Mais pas tous. Beaucoup estimeraient que je ne suis pas leur genre, que j'ai trop le type italien, que je suis trop petite, trop ceci ou pas assez cela.

– Pour faire avancer la discussion, admettons.

– Mais celle-là, a-t-elle repris en tapotant de l'index le front de Desiree, il n'y a pas un hétéro sur cette planète qui ne la trouverait pas jolie.

– Elle vaut le coup d'œil, ai-je concédé.

– Le coup d'œil ? Elle est irréprochable, Patrick !

Deux jours après la réunion d'urgence chez Trevor Stone, Jay Becker avait pris une initiative qui aurait pu prouver qu'il avait définitivement pété les plombs si elle ne s'était pas révélée un coup de génie.

Il était devenu Desiree Stone.

Il avait cessé de se raser, négligé son apparence et arrêté de manger. Vêtu d'un costume chic mais froissé, il avait de nouveau suivi l'itinéraire de Desiree à travers le Emerald Necklace. Cette fois, cependant, il n'avait pas abordé les choses du point de vue d'un enquêteur ; il les avait abordées de son point de vue à elle.

Il s'était assis sur le même banc qu'elle dans Commonwealth Avenue, sur le même carré d'herbe dans le Common, sous le même arbre dans le Public Garden. Comme il l'avait noté dans ses rapports, il espérait au départ que quelqu'un – peut-être Sean Price – se mettrait en relation avec lui, se manifesterait d'une façon ou d'une autre en le croyant vulnérable, terrassé par le chagrin. Mais comme rien de tel ne se produisait, il s'était efforcé d'adopter ce qu'il supposait être l'état d'esprit de Desiree au cours des semaines précédant sa disparition. Il s'était imprégné des perspectives qu'elle avait contemplées, des sons qu'elle avait entendus, il avait attendu et espéré, comme elle avait sans doute attendu et espéré, un contact, quelque chose qui viendrait mettre un terme à son chagrin, un rapport humain fondé sur une douleur partagée.

« La détresse, avait écrit Jay dans son rapport ce jour-là. J'en reviens toujours à sa détresse. Comment la consoler ? Comment la manipuler ? Comment la toucher ? »

Seul la plupart du temps dans les parcs hivernaux, alors que les flocons de neige brouillaient son champ de vision, Jay avait failli ne pas remarquer ce qu'il avait sous les yeux et qui titillait son subconscient depuis qu'il avait accepté l'affaire, neuf jours plus tôt.

La détresse, songeait-il sans arrêt. La détresse.

Et il l'avait vue de son banc sur Commonwealth Avenue. Il l'avait vue de son carré d'herbe dans le Common. Il l'avait vue aussi de sous son arbre dans le Public Garden.

La détresse.

Pas l'émotion, mais la petite plaque dorée.

SOS DÉTRESSE, S.A., disait-elle.

Il y avait une première plaque dorée sur la façade du siège social juste en face de son banc dans Commonwealth Avenue, une seconde sur la porte du Centre thérapeutique de SOS Détresse à Beacon Street. Et les bureaux de SOS Détresse, S.A. se situaient à un pâté de maisons, dans une demeure de brique rouge à Arlington Street.

SOS Détresse, S.A. Quand le jour s'était fait dans son esprit, Jay Becker avait dû se tordre de rire.

Deux jours plus tard, après avoir informé Trevor Stone et Hamlyn & Khol qu'il avait rassemblé des indices laissant supposer que Desiree Stone s'était adressée à SOS Détresse, et que l'organisation lui paraissait suffisamment louche pour la justifier, Jay avait lancé une opération d'infiltration.

Dans les locaux de SOS Détresse, il avait demandé à rencontrer un thérapeute, à qui il avait raconté qu'à la suite d'une mission humanitaire pour les Nations unies au Rwanda et en Bosnie (une histoire qu'un ami d'Adam Kohl aux Nations unies confirmerait au besoin), il souffrait d'un effondrement total de ses forces morales, psychologiques et émotionnelles.

Ce soir-là, il avait assisté à un « séminaire intensif » destiné aux cas de détresse aggravée. Le 27 février à la première heure, Jay avait raconté à Everett Hamlyn lors d'une conversation enregistrée sur magnétophone que SOS Détresse répartissait ses clients en six catégories : Niveau Un (Malaise) ; Niveau Deux (Abattement) ; Niveau Trois (État sérieux, avec manifestation d'hostilité ou repli émotionnel) ; Niveau Quatre (État grave) ; Niveau Cinq (Crise aiguë) ; Niveau Six (Point de non-retour).

Au Niveau Six, avait expliqué Jay, le client avait atteint le stade où soit il implosait, soit il trouvait un état de grâce et d'acceptation.

Afin de déterminer si un Niveau Cinq risquait d'atteindre le Niveau Six, SOS Détresse encourageait les Niveaux Cinq à participer à une retraite. Par chance, avait ajouté Jay, un groupe devait quitter Boston pour Nantucket le lendemain, le 28 février.

Après un coup de téléphone à Trevor Stone, Hamlyn & Kohl avait accepté de débloquer deux mille dollars pour que Jay puisse y prendre part.

– Elle est venue ici, avait dit Jay à Everett Hamlyn au téléphone. Desiree. Elle est venue au siège de Comm. Ave.

– Comment le sais-tu ?

– Il y a un tableau d'affichage dans la salle de réception. Avec dessus toutes sortes de Polaroid – tu vois le genre ? Célébrations de Thanksgiving, petites fêtes entre gens tellement contents d'être redevenus normaux, des conneries comme ça. Je l'ai vue à l'arrière d'un groupe. Je la tiens, Everett. Je le sens.

— Sois prudent, Jay, lui avait recommandé Everett Hamlyn.

Et Jay l'avait été. Le 1er mars, il était revenu sain et sauf de Nantucket. Il avait appelé Trevor Stone pour lui dire qu'il venait d'arriver à Boston et qu'il passerait le voir à Marblehead une heure plus tard pour le mettre au courant de ses dernières découvertes.

— Vous l'avez retrouvée ? lui avait demandé Trevor.

— Elle est vivante.

— Vous en êtes sûr ?

— Comme je vous l'ai dit, monsieur Stone, avait répliqué Jay avec son arrogance coutumière, personne ne peut échapper à Jay Becker. Personne.

— Où êtes-vous ? J'envoie une voiture vous chercher.

Jay avait éclaté de rire.

— Ne vous en faites pas. Je ne suis qu'à trente kilomètres. Je serai chez vous en un rien de temps.

Mais quelque part en chemin, Jay avait lui aussi disparu.

5

– *La fin de siècle* [1], donc, a dit Ginny Regan.
– La fin de siècle, oui, ai-je répondu.
– Et ça vous inquiète ?
– Bien sûr. Pas vous ?

Ginny Regan, standardiste dans les bureaux de SOS Détresse, S.A., avait l'air un peu déconcerté. Je la comprenais. Chico Marx, me répétais-je sans arrêt, Chico Marx. Comment Chico se dépêtrerait-il d'une conversation pareille ?

– À vrai dire, je ne sais pas trop, a déclaré Ginny.
– Vous ne savez pas ? (Du plat de la main, j'ai frappé son bureau.) Comment pouvez-vous ne pas savoir ? Quand on parle de « fin de siècle », bon sang, c'est du sérieux ! L'achèvement du millénaire, le chaos intégral, l'Apocalypse nucléaire, des cafards de la taille d'une Range Rover...

Ginny m'a gratifié d'un regard empreint de nervosité alors qu'un type en costume brun terne enfilait un pardessus dans la pièce derrière elle, puis s'approchait du petit battant qui, à l'instar du comptoir de Ginny, séparait le hall des locaux.

– Euh, oui, a repris Ginny. Bien sûr. C'est très sérieux, en effet. Mais je...

1. En français dans le texte.

– Les écritures sur le mur, Ginny ! Notre société craque aux coutures, c'est évident. Les preuves sont partout : Oklahoma City, les attentats contre le World Trade Center, David Hasselhoff... Les signes sont tous là.

– B'soir, Ginny, a lancé l'homme au pardessus en poussant le portillon.

– Euh, b'soir, Fred, a répondu Ginny.

Fred m'a jeté un coup d'œil.

J'ai souri.

– B'soir, Fred.

– Hum, oui, a-t-il répliqué. Bon.

Et il est parti.

J'ai levé les yeux vers l'horloge murale derrière l'épaule de Ginny. 17 h 22. Tous les membres du personnel, pour autant que je puisse en juger, étaient déjà rentrés chez eux. Tous sauf Ginny. La pauvre.

Je me suis gratté la nuque à plusieurs reprises – le signal « la voie est libre » destiné à Angie – avant de prendre Ginny au piège d'un regard qui se voulait à la fois chaleureux, béat, bienveillant et allumé.

– Ça devient dur de se lever le matin, ai-je repris. Très dur.

– Vous êtes déprimé ! s'est exclamée Ginny avec soulagement, comme si elle venait enfin de comprendre un truc situé jusque-là hors de sa portée.

– Affligé, Ginny. Littéralement affligé.

Cette fois, quand j'ai prononcé son nom, elle a tressailli avant de sourire.

– À cause de, euh, cette histoire de « fin de siècle » ?

– Oui. Absolument. Je veux dire, je n'approuve pas ses méthodes, loin de là, mais si ça se trouve, Ted Kaczynski avait raison.

– Ted... ?

– Kaczynski.

– Kaczynski.

– L'Unabomber [1].

– L'Unabomber, a-t-elle répété lentement.

Je lui ai souri.

– Oh! a-t-elle lancé. L'Unabomber! (Son regard s'est éclairé, elle a paru tout excitée et brusquement libérée d'un grand poids.) Je vois.

– Ah oui?

Je me suis penché vers elle.

Le doute a de nouveau voilé son regard.

– Non, je ne vois pas.

– Oh.

Je me suis adossé à ma chaise.

Au fond du bureau derrière elle, par-dessus son épaule droite, j'ai vu se soulever une fenêtre. Le froid, ai-je pensé soudain. Elle va sentir un courant d'air froid dans son dos.

De nouveau, je me suis penché vers elle.

– Cette réaction critique moderne à la meilleure culture populaire me plonge dans les affres de la perplexité, Ginny.

Elle a encore tressailli et encore souri. Une sorte de tic chez elle, apparemment.

– Ah.

– Je vous assure, ai-je poursuivi. Et cette perplexité engendre la colère, la colère engendre la dépression, et la dépression... (Ma voix s'enflait, grondait alors qu'Angie enjambait le rebord de la fenêtre et que Ginny ouvrait des yeux grands comme des Frisbees en glissant la main gauche dans

---

1. Surnom formé à partir de « université » et « bombe » donné à Theodore Kaczynksi, qui s'était lancé en 1978 dans une croisade contre le progrès et la technologie en fabriquant des bombes qu'il envoyait par la poste à des universitaires. Ses colis piégés ont fait trois morts et vingt-trois blessés.

le tiroir de son bureau.)... engendre la détresse! La véritable détresse, entendons-nous bien, celle suscitée par la déchéance de l'art, le déclin de l'esprit critique, l'achèvement du millénaire et toute cette atmosphère de fin de siècle qui l'accompagne.

Du coin de l'œil, j'ai vu la main gantée d'Angie refermer la fenêtre derrière elle.

– Monsieur..., a commencé Ginny.

– Doohan. Deforest Doohan.

– Oui. Eh bien, monsieur Doohan, je ne suis pas certaine que le terme « détresse » s'applique à votre problème.

– Et Björk, hein? Vous pouvez m'expliquer Björk?

– Moi, non. Mais je suis sûre que Manny pourra.

– Manny? ai-je répété au moment où la porte s'ouvrait derrière moi.

– Oui, Manny, a confirmé Ginny avec l'ombre d'un sourire suffisant. C'est un de nos thérapeutes.

– Bonsoir, monsieur Doohan, a lancé le dénommé Manny en venant se camper devant moi, la main tendue.

Manny, ai-je constaté en me dévissant cou pour le regarder, était immense. Gigantesque, même. À vrai dire, Manny n'avait rien d'un être humain; c'était un complexe industriel sur pattes.

– Salut, Manny, ai-je fait alors que mes doigts disparaissaient dans l'un des gants de catcheur qui lui servaient de paluches.

– Salut, monsieur Doohan. Alors, quel est le problème?

– La détresse, ai-je répondu.

– C'est une véritable épidémie, dans le coin, a répliqué Manny.

Et de sourire.

Manny et moi, nous avons avancé avec précaution sur les trottoirs et chaussées verglacés pour contourner le Public Garden en direction du Centre thérapeutique sur Beacon Street. En chemin, Manny m'a expliqué gentiment que j'avais commis l'erreur courante, tout à fait compréhensible, de m'adresser aux bureaux de SOS Détresse alors que, c'était évident, je sollicitais un service d'ordre thérapeutique.

– C'est évident, ai-je approuvé.

– Alors, qu'est-ce qui vous tracasse, monsieur Doohan ?

Manny avait une voix étonnamment douce pour un homme de sa taille. À la fois calme et ardente, comme celle d'un tonton gâteau.

– Eh bien, je ne sais pas trop, Manny, ai-je répondu pendant que nous attendions, au croisement de Beacon Street et d'Arlington Street, une pause dans la circulation chargée en cette heure de pointe. Depuis quelque temps, tout ça me rend profondément triste. Ce qui se passe dans le monde, quoi. En Amérique.

Il m'a saisi par le coude pour profiter d'une accalmie momentanée dans le flot des voitures. Sa prise était ferme, solide, et sa démarche, celle d'un homme qui n'avait jamais connu ni la peur ni le doute. Quand nous sommes parvenus de l'autre côté de Beacon, il m'a relâché, et nous nous sommes dirigés vers l'est, face au vent cinglant.

– Et vous travaillez dans quel secteur, monsieur Doohan ?

– La publicité.

– Ah. Ah, oui. Un membre du conglomérat des mass media.

– Comme vous dites, Manny.

En approchant du Centre thérapeutique, j'ai remarqué un groupe d'adolescents vêtus d'une tenue identique : chemise blanche et pantalon vert olive au pli impeccable. Il n'y avait que des garçons, les cheveux coupés court, portant tous des bombers semblables en cuir.

– Avez-vous reçu le message ? a demandé l'un d'eux au couple d'âge mûr devant nous.

Il a tendu une feuille à la femme, qui l'a contourné d'un mouvement expert, le laissant agiter son papier dans le vide.

– Des messagers, ai-je glissé à Manny.

– Oui, a-t-il soupiré. C'est un de leurs coins favoris, pour je ne sais quelle raison.

Les Bostoniens appelaient ainsi les jeunes qui se détachaient brusquement de la foule pour vous brandir une brochure sous le nez. Pour la plupart, il s'agissait de garçons qui portaient l'uniforme blanc et vert olive, les cheveux courts, et en général, leur regard mêlait la douceur à l'innocence, avec juste une pointe de fébrilité dans l'iris.

Membres de l'Église de la Vérité et de la Révélation, ils se montraient toujours polis. Ils ne vous demandaient qu'une chose : quelques minutes pour écouter leur « message » qui, me semble-t-il, parlait de l'Apocalypse imminente, ou de la révélation imminente, peut-être ; bref, de ce qui devait se produire quand les quatre cavaliers descendraient des cieux pour galoper dans Tremont Street, et quand la terre s'ouvrirait pour précipiter en enfer les pécheurs ou ceux qui avaient ignoré le message – ce qui revenait au même, je crois.

Ces gamins-là faisaient du zèle, ai-je constaté, dansant autour des gens et s'insinuant dans la cohue des piétons fatigués qui rentraient chez eux après une dure journée de travail.

– Vous ne voulez vraiment pas recevoir le message pendant qu'il en est encore temps ? demandait désespérément un des gosses à un homme qui, sans ralentir, a fini par prendre la feuille avant de la froisser dans sa main.

Mais apparemment, Manny et moi étions invisibles. Aucun messager ne s'approchait de nous alors que nous avancions vers l'entrée du Centre thérapeutique. À vrai dire, ils avaient même tendance à s'écarter de concert.

J'ai regardé Manny.

– Vous connaissez ces mômes ?

Il a secoué son énorme tête.

– Non, monsieur Doohan.

– Ah bon ? Eux, ils ont l'air de vous connaître.

– Sans doute parce qu'ils m'ont croisé souvent par ici.

– Sans doute, oui.

Au moment où il ouvrait la porte et s'effaçait pour me laisser entrer, un des gamins a levé les yeux vers lui. Je lui donnais environ dix-sept ans. Il avait les joues parsemées d'acné, les jambes arquées, et sa maigreur était telle qu'un bon coup de vent aurait suffi à l'expédier au milieu de la rue, j'en étais sûr. Il n'a pas regardé Manny plus d'un quart de seconde, mais son expression en disait long.

Ce gosse avait déjà vu Manny, sans aucun doute, et il en avait peur.

6

– Bonjour !
– Bonjour !
– Bonjour !
– Content de vous revoir !

Quatre personnes sortaient au moment où nous entrions. Et Dieu que ces gens-là avaient l'air heureux ! Il y avait trois femmes et un homme, la mine béate, le regard clair et brillant, le corps vibrant littéralement d'énergie.

– C'étaient des employés ? ai-je demandé.
– Hein ?
– Ces quatre-là, c'étaient des employés ?
– Et des clients.
– Vous voulez dire que certains étaient des employés, et d'autres des clients ?
– C'est ça.

Pas causant, le salaud.

– Ils ne paraissent pas franchement abattus...
– Notre objectif est la guérison, monsieur Doohan. Je serais donc tenté de considérer votre remarque comme un point fort de notre opération, vous ne croyez pas ?

Après avoir traversé le hall, nous nous sommes dirigés vers la partie droite d'un escalier à double révolution qui semblait occuper presque tout le rez-de-chaussée. Les marches en étaient moquettées et un lustre de la taille d'une Cadillac était suspendu entre les deux volées.

Il en fallait, du malheur, pour financer une bâtisse pareille ! Pas étonnant que tout le monde ait l'air si radieux : selon toute vraisemblance, la détresse était une industrie en plein essor.

En haut, Manny a tiré deux grandes portes en chêne avant de me précéder sur un parquet qui semblait faire au moins un kilomètre de long. La pièce devait servir autrefois de salle de bal. Le plafond bleu vif, d'une hauteur de deux étages, s'ornait de dessins dorés qui représentaient des anges et des créatures mythiques flottant côte à côte parmi plusieurs autres lustres-Cadillac. Les murs disparaissaient derrière de lourdes tentures en brocart bordeaux et des tapisseries anciennes. Canapés, sofas et un bureau par-ci par-là étaient disposés sur ce plancher où un jour, je n'en doutais pas, les piliers de la société victorienne avaient dansé et échangé moult commérages.

– Sacrée bâtisse, ai-je lancé.

– Y a pas de doute, a déclaré Manny alors que plusieurs personnes joyeusement accablées de chagrin levaient les yeux vers nous depuis leurs canapés.

Il me fallait bien supposer que certains étaient des clients et d'autres des thérapeutes, mais je n'avais aucun moyen de distinguer les premiers des seconds, et j'avais le sentiment que ce bon vieux Manny ne m'aiderait pas à les différencier.

– Bonsoir tout le monde, a-t-il dit en louvoyant à travers le dédale de sofas. Je vous présente Deforest.

– Salut, Deforest ! ont crié à l'unisson une vingtaine de voix.

69

– Salut, ai-je répondu avant de regarder autour de moi à la recherche de leurs cosses [1].

– Deforest souffre dans une certaine mesure du malaise « vingtième siècle finissant », a expliqué Manny en m'entraînant à sa suite. Quelque chose que nous connaissons tous.

Remarque que plusieurs voix ont saluée d'un « Oui. Oh, oui ! » comme si nous étions en plein revival pentecôtiste avec entrée en scène imminente des chanteurs de gospel.

Manny m'a guidé vers un bureau tout au fond de la salle et m'a fait signe de m'asseoir dans le fauteuil en face de lui – un fauteuil d'aspect si moelleux que j'ai craint de me noyer dans ses profondeurs. J'y ai néanmoins pris place, et Manny a encore grandi de trente bons centimètres alors que je sombrais et qu'il s'installait derrière la table, sur une chaise à dossier droit.

– Alors, Deforest, a-t-il dit en retirant d'un tiroir un bloc-notes vierge qu'il a jeté sur le plateau, que pouvons-nous faire pour vous aider ?

– Je ne suis pas sûr que vous puissiez faire quelque chose.

Il s'est adossé à son siège avant de sourire en écartant largement les bras.

– Essayez toujours.

J'ai haussé les épaules.

– Si ça se trouve, c'était une idée idiote. Je passais devant le bâtiment, j'ai vu la plaque et...

Nouveau haussement d'épaules.

– ... et vous avez éprouvé un tiraillement.

– Un quoi ?

1. Allusion au film *L'Invasion des profanateurs de sépulture*, avec Donald Sutherland, où les envahisseurs venus de l'espace digèrent les humains dans une sorte de cosse avant de prendre leur apparence.

– Un tiraillement. (Il s'est penché en avant.) Vous vous sentez déphasé, n'est-ce pas ?

– Un peu, ai-je répondu en fixant du regard mes chaussures.

– Un peu ou beaucoup, ça reste à voir. Mais déphasé quand même. Tout à l'heure, vous avanciez dans la rue avec ce poids sur la poitrine qui vous écrase depuis si longtemps que vous ne vous en rendez presque plus compte, quand soudain, vous avez découvert cette plaque, SOS Détresse. Vous avez eu le sentiment qu'elle vous interpellait. Parce que c'est exactement ce que vous aimeriez. Une main secourable, pour vous libérer de cette confusion en vous. De cette solitude. De cette impression d'être déphasé. (Il a arqué un sourcil.) Je n'ai pas raison ?

Je me suis éclairci la gorge, me contentant d'effleurer son regard imperturbable comme si j'étais trop gêné pour le soutenir.

– Peut-être.

– Il n'y a pas de « peut-être ». C'est oui. Vous souffrez, Deforest. Or, nous pouvons vous aider.

– C'est vrai ? ai-je demandé, imprimant à ma voix le plus infime tremblement. Vous pouvez ?

– Nous pouvons. À condition, a-t-il ajouté en levant un doigt, que vous nous fassiez confiance.

– Ce n'est pas facile.

– Je vous l'accorde. Mais si nous voulons obtenir des résultats, il va falloir fonder notre relation sur la confiance. Vous devez me faire confiance. (Il s'est frappé le torse.) Et moi aussi, je dois vous faire confiance. C'est ainsi que nous parviendrons à établir un lien.

– Quel genre de lien ?

– Un lien humain. (Il s'exprimait désormais avec une douceur plus grande encore.) Le seul qui importe. C'est de là que provient la détresse, de là aussi que provient la douleur, Deforest : l'absence

71

de liens avec nos semblables. Il vous est arrivé autrefois de mal investir votre confiance, et votre foi en certaines personnes a été brisée, foulée aux pieds, même. On vous a trahi. On vous a menti. De sorte qu'aujourd'hui, vous avez choisi de vous retrancher derrière la méfiance. Une attitude qui, j'en suis certain, vous protège. Mais qui vous isole également du reste de l'humanité. Vous êtes déconnecté. Vous êtes déphasé. Et le seul moyen pour vous de retrouver votre place, de rétablir le lien, c'est de vous fier aux autres.

– Vous voulez donc que je me fie à vous.

Il a hoché la tête.

– Il faut savoir prendre des risques, parfois. Et je saurai mériter votre confiance, croyez-moi. Mais ça doit fonctionner dans les deux sens, Deforest.

J'ai plissé les yeux.

– J'ai besoin de vous faire confiance, a-t-il précisé.

– Et comment puis-je vous prouver que je suis digne de votre confiance, Manny ?

Il a croisé les mains sur son ventre.

– Commencez donc par m'expliquer pourquoi vous portez une arme.

J'avais affaire à un pro, incontestablement. Mon pistolet se trouvait dans le holster accroché à ma ceinture au niveau des reins. Je portais un costume ample, de coupe européenne, sous un pardessus noir – tous deux censés constituer l'uniforme du jeune cadre publicitaire –, et aucun de mes vêtements ne touchait l'arme. Manny était bon, très bon.

– La peur, ai-je répondu en prenant un air penaud.

– Oh ! Je vois.

Il s'est penché pour inscrire « peur » sur une feuille de papier rayé. Dans la marge au-dessus, il a écrit : « Deforest Doohan ».

– Ah bon ?

Son expression se voulait toujours neutre, réservée.

– La peur de quelque chose en particulier ?

– Non. Juste l'intuition que le monde est un endroit très dangereux où j'ai parfois le sentiment d'être complètement perdu.

Il a hoché la tête.

– Bien sûr. Il s'agit d'une affliction fort répandue, de nos jours. Les gens ont souvent l'impression que dans un univers aussi vaste, aussi moderne que le nôtre, même les plus petits détails leur échappent. Ils se sentent isolés, diminués, terrifiés à l'idée de s'être égarés dans les entrailles d'une technocratie, d'une société industrialisée qui s'est développée bien au-delà de sa capacité à maîtriser ses pires impulsions.

– Il y a de ça, ai-je déclaré.

– Comme vous l'avez dit très justement, ce genre d'appréhension se manifeste à chaque « fin de siècle ».

– Oui.

Sauf que je n'avais pas parlé de « fin de siècle » en présence de Manny.

Autrement dit, les bureaux étaient truffés de mouchards.

Je me suis efforcé de ne pas laisser transparaître dans mon regard cette soudaine prise de conscience, mais j'ai dû rater mon coup, car l'expression de Manny s'est assombrie alors que s'élevait entre nous la chaleur d'une brusque révélation.

Le plan consistait à permettre à Angie d'entrer avant que l'alarme soit branchée. Elle la déclencherait en sortant, évidemment, mais avant que quelqu'un arrive sur les lieux, elle aurait eu largement le temps de filer. Ça, c'était la théorie ; en pratique, aucun de nous n'avait envisagé la possibilité d'un système d'écoute interne.

Manny m'observait toujours, les sourcils arqués, les lèvres pincées par-dessus la pyramide que formaient ses mains. Il n'avait plus tellement l'air d'un gentil géant, ni d'un thérapeute spécialisé dans le traitement de la détresse. Il avait plutôt l'air d'un putain d'enfoiré à qui il valait mieux éviter de chercher des crosses.

– Qui êtes-vous, monsieur Doohan ? Vraiment ?

– Un publicitaire effrayé par la culture moderne.

Il a écarté ses mains, qu'il a contemplées.

– Pourtant, vos paumes ne sont pas lisses, a-t-il rétorqué. Et à voir quelques-unes de vos articulations, on jurerait qu'elles ont été brisées plus d'une fois. Quant à votre visage...

– Mon visage ?

Je me suis rendu compte du profond silence qui régnait désormais derrière moi.

Manny a jeté un coup d'œil par-dessus mon épaule à quelque chose ou à quelqu'un.

– Oui, votre visage. À la lumière, j'aperçois des cicatrices sur vos joues, sous votre barbe. Elles ressemblent à des coups de couteau, monsieur Doohan. Ou de rasoir, peut-être ?

– Qui êtes-vous, Manny ? Vous ne ressemblez pas à un thérapeute.

– Ah, mais nous ne parlons pas de moi, là. (Il a de nouveau regardé par-dessus mon épaule, et soudain, le téléphone sur son bureau a sonné. Manny a souri avant de décrocher.) Oui ? (Son sourcil gauche s'est soulevé tandis qu'il écoutait, et ses yeux ont accroché les miens.) Ça se tient, a-t-il dit dans le combiné. Il ne travaille sans doute pas seul. Quand vous aurez coincé les intrus, a-t-il ajouté en me souriant de plus belle, n'hésitez pas à cogner. Assurez-vous qu'ils le sentent passer.

Il venait de raccrocher et de plonger la main dans un tiroir quand j'ai balancé mon pied contre le

74

bureau avec une telle force que mon fauteuil s'est fait la belle et que la table a basculé sur la poitrine de Manny.

Le type avec qui il communiquait en silence m'a foncé dessus par la droite, mais j'ai senti sa présence avant même de le voir. J'ai pivoté, et mon coude l'a heurté si durement en plein visage que mes doigts se sont instantanément engourdis.

Manny a repoussé le bureau, et il se redressait déjà lorsque j'ai contourné la table pour lui enfoncer mon pistolet dans l'oreille.

Il est resté très calme, en dépit de l'arme automatique appuyée contre son crâne. Il n'avait pas l'air effrayé. De fait, il avait l'air agacé, comme quelqu'un qui a déjà connu ça.

– Tu vas me prendre en otage, je suppose ? (Il a rigolé.) Je te préviens, je suis plutôt encombrant. T'as bien réfléchi ?

– Absolument.

Sur ce, je lui ai balancé dans la tempe le canon de mon flingue.

Avec certains, il n'en faut pas plus. Comme dans les films, ils s'écroulent d'un coup, pareils à des sacs de sable, et ils restent étendus sur le carreau, le souffle coupé. Mais ça n'a pas marché avec Manny, ce dont je me doutais un peu.

Quand sa tête est partie en arrière à la suite du premier choc, je l'ai frappé à la jonction du cou et de la clavicule, et encore une fois à la tempe. Une initiative heureuse, vu qu'il levait déjà vers moi ses bras énormes, sans doute pour m'expédier à l'autre bout de la pièce comme un vulgaire coussin. Au lieu de quoi, les yeux révulsés, il s'est effondré sur sa chaise renversée avant de s'écraser au sol en faisant à peine plus de bruit qu'un piano lâché du plafond.

J'ai pivoté brusquement pour pointer mon pisto-let vers le type entré en collision avec mon coude. Il avait la constitution noueuse d'un coureur, et les courts cheveux noirs sur les côtés de sa tête contrastaient avec la bande de peau nue au sommet. Il s'est redressé en tenant son visage ensanglanté.

– Hé, toi, ai-je lancé. Le connard.

Il a levé les yeux vers moi.

– Mets les mains sur la tête et passe devant.

Il a cillé.

J'ai braqué mon arme sur lui.

– Tout de suite.

Les doigts entremêlés sur son crâne, mon arme entre les omoplates, il s'est mis à avancer. La foule d'imbéciles heureux s'est scindée par vagues à mesure que nous progressions ; bizarrement, ils n'avaient plus l'air aussi heureux qu'avant. Ils avaient l'air venimeux, comme des aspics dont le nid aurait été dérangé.

À mi-chemin de l'ancienne salle de bal, j'ai remarqué un type debout derrière un bureau, un téléphone contre l'oreille. J'ai armé mon pistolet avant de le diriger vers lui. Il a aussitôt lâché le combiné.

– Raccroche, ai-je ordonné.

Ce qu'il a fait d'une main tremblante.

– Écarte-toi.

Il s'est exécuté.

Devant moi, le type au visage éclaté a crié dans la pièce :

– Que personne n'appelle la police.

Et d'ajouter à mon adresse :

– T'es dans la merde.

– Comment tu t'appelles ?

– Va te faire foutre !

– Charmant, comme nom. C'est suédois ?

– T'es un homme mort.

– Mmm...

De ma main libre, j'ai giflé légèrement son nez cassé.

Une femme pétrifiée sur notre gauche a étouffé un « Oh, mon Dieu ! » et M. Va-te-faire-foutre a hoqueté et chancelé quelques instants avant de recouvrer son équilibre.

Nous approchions des doubles portes lorsque j'ai obligé Va-te-faire-foutre à s'arrêter en lui plaçant une main sur l'épaule et le canon de mon pistolet sous le menton. Après avoir retiré le portefeuille glissé dans sa poche arrière, je l'ai ouvert pour lire le nom sur son permis de conduire : John Byrne. Portefeuille que j'ai ensuite laissé tomber dans la poche de mon pardessus.

– Écoute-moi bien, John Byrne, lui ai-je glissé à l'oreille. Si jamais quelqu'un nous attend de l'autre côté de ces portes, tu te retrouves avec un trou supplémentaire dans la gueule. Compris ?

Des gouttes de sueur et de sang dégoulinaient de sa joue dans le col de sa chemise blanche.

– Compris, a-t-il répondu.

– Parfait. On y va, maintenant.

J'ai jeté un coup d'œil à la foule heureuse derrière moi. Personne n'avait bougé. Manny, ai-je deviné, était le seul à conserver une arme dans son bureau.

– Le premier qui s'avise de franchir cette porte après nous, ai-je lancé d'une voix légèrement rauque, je le descends. O.K. ?

En guise de réponse, j'ai eu droit à quelques hochements de tête nerveux, puis John Byrne a ouvert les portes.

Sans le lâcher, je l'ai poussé sur le palier.

Qui était vide.

J'ai fait pivoter John Byrne vers la salle de bal.

– Referme.

Il a obéi, je l'ai de nouveau fait pivoter et nous avons commencé à descendre les marches. Il n'y a pas beaucoup d'endroits qui offrent moins d'espace pour manœuvrer ou se cacher qu'un escalier à double révolution. Alors que mes yeux filaient vers la gauche, la droite, le haut, le bas, puis remettaient ça, j'essayais désespérément d'avaler ma salive, mais ma bouche était trop desséchée. À mi-parcours, j'ai senti John Byrne se raidir, et je l'ai tiré vers moi d'un coup sec en enfonçant le canon dans sa chair.

– C'est pas que t'aurais envie de me faire dévaler les marches, hein, John ?

– Non, a-t-il répondu entre ses dents serrées. Non, pas du tout.

– Tant mieux. Parce que ce serait vraiment stupide de ta part.

La tension l'a déserté, je l'ai de nouveau incité à avancer. Le mélange sang-sueur s'était frayé un chemin jusqu'à la manche de mon pardessus, où il formait désormais une tache humide couleur de rouille.

– T'as dégueulassé mon pardessus, John.

Il a jeté un coup d'œil à mon bras.

– Ça partira au lavage.

– C'est *du sang*, John ! Sur de la pure laine vierge.

– Oh, en le donnant à un bon pressing...

– J'espère. Parce que si ça ne part pas, j'ai toujours ton portefeuille. En d'autres termes, je sais où t'habites. Penses-y, John.

Nous nous sommes arrêtés devant la porte qui donnait sur le hall d'entrée.

– T'as réfléchi, John ?

– Mouais.

– Il y a quelqu'un, dehors ?

– Aucune idée. Les flics, peut-être.

– Je n'ai pas de problème avec les flics. À vrai dire, je serais même ravi d'être arrêté, John. Tu me suis ?

– Je crois.

– Ce qui m'inquiète plus, c'est la possibilité qu'une bande de balèzes en détresse style Manny nous attende dans Beacon Street avec plus de pistolets que moi.

– Qu'est-ce que tu veux que je te dise ? J'ai aucune idée de ce qui nous attend dehors. De toute façon, c'est moi qui recevrai la première balle.

Avec mon pistolet, je lui ai tapoté le menton.

– La deuxième aussi, John. N'oublie pas.

– Mais t'es qui, nom de Dieu ?

– Un type mort de trouille avec quinze balles dans son chargeur. Au fait, qu'est-ce qui se trafique, ici ? C'est une secte ?

– Ah non, pas question, a-t-il rétorqué. T'as plus qu'à me tirer dessus, parce que je dirai pas un mot.

– Desiree Stone. Tu connais, John ?

– Allez, vieux, presse la détente. Je suis pas du genre à cafter.

Je me suis penché vers lui pour examiner son profil, son œil gauche qui roulait dans son orbite.

– Où est-elle ? ai-je demandé.

– Je sais pas de quoi tu parles.

Je n'avais pas le temps de l'interroger plus avant ou de le tabasser pour le forcer à me répondre. Tout ce dont je disposais, c'était de son portefeuille, et il faudrait bien que je m'en contente pour organiser un deuxième round avec lui à une date ultérieure.

– Espérons qu'on ne vit pas la dernière minute de notre existence, John, ai-je dit avant de le pousser vers le hall.

7

La porte d'entrée de SOS Détresse, S.A., en hêtre noir, ne comportait même pas de judas. À droite, c'était le mur de brique, mais à gauche, il y avait deux petits rectangles vitrés verts, épais et embués sous l'effet du vent glacial à l'extérieur et de l'air chaud à l'intérieur.

J'ai forcé John à s'agenouiller devant les carreaux, que j'ai essuyés avec ma manche. Sans grand résultat : j'avais toujours l'impression d'observer le monde depuis un sauna à travers dix épaisseurs d'emballage plastique. Beacon Street s'étendait devant moi telle une peinture impressionniste, avec des formes floues que je supposais être des gens se mouvant dans la brume liquide ; les lampadaires blancs et les lampes jaunes à vapeur de sodium, loin de clarifier les choses, leur conféraient au contraire l'aspect d'une photo surexposée. De l'autre côté de la rue, les arbres du Public Garden, impossibles à distinguer les uns des autres, formaient de gros bosquets. Je n'étais pas certain de ce que je voyais, mais il m'a semblé que plusieurs petites lumières bleues clignotaient à intervalles réguliers à travers les arbres. Je n'avais aucun moyen de savoir ce qu'il y avait à l'extérieur, mais je ne pouvais pas rester plus longtemps à l'intérieur. Les voix résonnaient désormais avec plus de force dans la salle de bal, et à tout moment, quelqu'un risquait d'ouvrir la porte donnant sur l'escalier.

En ce début de soirée, juste après l'heure de pointe, il y aurait du monde dans Beacon Street. Même si des clones de Manny armés jusqu'aux dents nous attendaient dehors, il était peu probable qu'ils nous abattent devant témoins. Mais bon, encore une fois, je n'étais sûr de rien. Après tout, il s'agissait peut-être de Musulmans blancs pour qui me descendre représentait le plus court chemin jusqu'à Allah.

– Tant pis, ai-je dit en obligeant John à se redresser. Allez, on sort.

– Merde.

J'ai inspiré plusieurs fois à fond.

– Ouvre la porte, John.

Sa main s'est immobilisée au-dessus de la poignée. Il l'a laissée retomber avant de l'essuyer sur son pantalon.

– Ôte ton autre main de ta tête, John. Et ne fais rien de stupide.

Il s'est exécuté, puis il a reporté son attention sur la poignée.

A l'étage, un truc lourd a chuté par terre.

– Quand tu veux, John.

– Mmm.

– Ce soir, par exemple, ce serait bien.

– Mmm.

De nouveau, il a essuyé sa main sur son pantalon.

Avec un soupir, je l'ai écarté pour ouvrir moi-même la porte avant de lui enfoncer mon pistolet dans les reins au moment où nous débouchions sur le perron.

Pour nous retrouver nez à nez avec un flic.

Il longeait le bâtiment en courant quand, apercevant un mouvement, il s'est immobilisé net et tourné vers nous.

Sa main droite s'est portée vers sa hanche, juste au-dessus de son arme, tandis qu'il examinait le visage ensanglanté de John Byrne.

Au bout du pâté de maisons, au croisement avec Arlington Street, plusieurs voitures de patrouille stationnaient devant le siège de SOS Détresse, leurs gyrophares bleu et banc projetant à travers les arbres du Garden des rais de lumière qui rebondissaient sur les bâtiments de brique rouge juste à côté du bar Cheers.

Le flic a jeté un bref coup d'œil en direction du croisement, puis il s'est de nouveau intéressé à nous. C'était un gamin costaud, aux cheveux carotte et au nez de boxeur, avec le regard délibérément intimidant typique des policiers ou des voyous du coin. Le genre de gamin que certains auraient tendance à considérer comme lent uniquement parce qu'il se déplace sans hâte, jusqu'à ce qu'il leur prouve à quel point ils se gourent. Avec des arguments de choc.

– Hum, vous avez un problème, messieurs ?

Profitant de ce que le corps de John dissimulait le mien, j'ai glissé mon pistolet dans ma ceinture et rabattu par-dessus le pan de ma veste.

– Non, aucun problème, monsieur l'agent. Je m'apprêtais à accompagner mon ami à l'hôpital.

– Tiens donc, a lancé le gamin en avançant d'un pas vers les marches. Qu'est-ce que vous vous êtes fait au visage, monsieur ?

– J'ai raté une marche dans l'escalier, a prétendu John.

Curieuse initiative, John. Il te suffisait de balancer la vérité pour te débarrasser de moi. Mais tu n'as rien dit.

– Et vous avez arrêté la chute avec votre figure, c'est ça ?

John a étouffé un petit rire pendant que je boutonnais mon pardessus.

– Malheureusement, oui.

– Vous pourriez vous écarter de votre ami, monsieur ?

– Moi ? ai-je demandé.

Le flic a acquiescé.

Je me suis déplacé vers la droite de John.

– Tant que vous y êtes, ça ne vous dérangerait pas de descendre sur le trottoir, tous les deux ?

– Bien sûr que non, avons-nous répondu avec un bel ensemble.

Nous avions affaire à l'agent Largeant, ai-je découvert une fois suffisamment proche de lui pour pouvoir lire le nom cousu sur son uniforme. Un jour, il deviendrait sergent. Le sergent Largeant. J'avais le sentiment que personne ne l'embêterait avec ça. À vrai dire, j'étais prêt à parier que personne n'embêterait beaucoup ce gamin.

Il a attrapé la lampe torche accrochée à sa hanche pour la braquer sur la porte de SOS Détresse, dont il a lu la plaque dorée.

– Vous travaillez ici, messieurs ?

– Moi, oui, a répondu John.

– Et vous, monsieur ? a demandé Largeant en pivotant vers moi.

J'ai pris dans les yeux le faisceau de la torche électrique juste assez longtemps pour avoir mal.

– Je suis un vieux copain de John.

– Vous vous appelez John ?

Cette fois, la torche électrique a écorché les yeux de John.

– Oui, monsieur l'agent.

– John... ?

– Byrne.

Largeant a hoché la tête.

– Voyez-vous, je ne suis pas au mieux de ma forme, monsieur l'agent, a déclaré John. Nous comptions nous rendre à pied à Mass General pour faire examiner mon visage.

Le flic a de nouveau hoché la tête avant de contempler ses chaussures. J'en ai profité pour retirer de ma poche le portefeuille de John Byrne.

– Je peux voir vos papiers, messieurs ?

– Nos papiers ? a répété John.

– Monsieur l'agent, ai-je dit en plaçant mon bras dans le dos de John comme pour le soutenir. Mon ami souffre peut-être d'une commotion cérébrale.

– J'aimerais quand même voir vos papiers, a insisté Largeant, avant de sourire pour atténuer la sécheresse du ton. Et je vous demanderai de bien vouloir vous écarter de votre ami. Tout de suite, monsieur.

J'ai coincé le portefeuille dans la ceinture de John et, le temps de dégager ma main, j'ai entrepris de fouiller mes poches. Près de moi, John rigolait doucement.

Il a tendu son portefeuille à Largeant en souriant à mon intention.

– Tenez, monsieur l'agent.

Celui-ci en a examiné le contenu alors que les curieux se massaient autour de nous. Ils rôdaient à proximité depuis le début, mais maintenant que ça commençait à devenir vraiment intéressant, ils se rapprochaient. J'ai reconnu quelques-uns des messagers aperçus plus tôt ; tous, les yeux agrandis par la stupeur, avaient l'air de tomber des nues devant cet exemple de décadence caractéristique du vingtième siècle finissant. Deux types ramassés par la police sur Beacon Street : encore une preuve flagrante de l'Apocalypse imminente.

D'autres étaient des employés de bureau et des gens sortis promener leur chien ou boire un café au Starbucks, cinquante mètres plus loin. Certains avaient consenti à abandonner leur place dans la queue perpétuelle à l'entrée du Cheers, alors même qu'ils envisageaient sans doute de prendre une seconde hypothèque pour pouvoir s'y payer une bière quand ils en avaient envie, mais là, c'était spécial.

Et il y avait ceux dont la vue ne m'a pas réjoui du tout. Des hommes bien habillés, la veste boutonnée au niveau de la ceinture, les yeux comme des pointes d'épingle rivées sur moi. Manifestement issus du même moule que Manny. Ils se tenaient à la lisière de la foule, répartis de façon à pouvoir me cerner que je choisisse de me diriger vers Arlington, de descendre vers Charles ou de traverser en direction du Garden. Des hommes à la mine austère, sournoise.

Largeant a rendu son portefeuille à John, qui m'a encore gratifié d'un petit sourire en le replaçant dans la poche de son pantalon.

– À vous, monsieur.

Je lui ai remis mon portefeuille. Il l'a ouvert et éclairé avec sa lampe. Aussi discrètement que possible, John s'est dévissé le cou pour tenter d'apercevoir quelque chose, mais déjà, Largeant le refermait.

En croisant le regard de John, j'ai souri à mon tour. Pas de chance, connard.

– Voilà, monsieur Kenzie, a déclaré Largeant.

J'ai aussitôt senti plusieurs de mes organes internes chuter dans mon estomac. Quand le flic m'a redonné mon portefeuille, John Byrne s'est fendu d'un sourire aussi large que Rhode Island, puis il a articulé en silence « Kenzie » avec un hochement de tête satisfait.

J'avais envie de pleurer.

Et puis, lorsque j'ai de nouveau regardé dans Beacon Street, j'ai découvert la seule chose qui ne m'ait pas déprimé au cours des cinq dernières minutes : Angie au volant de notre Crown Victoria marron, moteur au ralenti devant le Garden. L'intérieur de la voiture était plongé dans la pénombre, mais je voyais rougeoyer l'extrémité de sa cigarette chaque fois qu'elle la portait à ses lèvres pour en tirer une bouffée.

– Monsieur Kenzie ? a dit une voix douce.

C'était celle de Largeant, qui levait vers moi des yeux de chiot. Et brusquement, j'ai été saisi par l'effroi, car je ne devinais que trop bien où tout cela allait nous mener.

– J'aimerais juste vous serrer la main, monsieur.

– Mais non, non, ai-je répondu, un sourire grimaçant aux lèvres.

– Mais si, a lancé John, tout joyeux. Serre-lui donc la main !

– Je vous en prie, monsieur. Ce serait un honneur pour moi de serrer la main de l'homme qui a abattu ces ordures d'Arujo et de Glynn.

John Byrne a arqué un sourcil dans ma direction.

Malgré ma folle envie d'étrangler cette pauvre andouille d'agent Largeant, j'ai fini par lui serrer la main.

– Tout le plaisir est pour moi, ai-je marmonné.

Largeant n'était que sourires, hochements de tête, frétillements de joie.

– Vous savez qui est cet homme ? a-t-il lancé à la cantonade.

– Non, qui c'est ?

Tournant la tête, j'ai aperçu Manny sur le perron au-dessus de nous. Il arborait un sourire plus large encore que celui de John.

– C'est Patrick Kenzie, a repris Largeant, le détective privé qui a permis de coincer ce serial killer, Gerry Glynn, et son complice. Le héros qui a sauvé cette femme et son bébé à Dorchester en novembre. Vous vous rappelez ?

Quelques personnes ont applaudi.

Mais pas avec autant de force que John et Manny.

J'ai dû rassembler toute ma volonté pour ne pas me prendre la tête entre les mains et fondre en larmes.

– Tenez, je vous laisse ma carte, m'a dit Largeant. Si vous avez envie de vous détendre, ou je sais pas, si vous avez besoin d'un coup de main sur une affaire, n'importe quand, vous décrochez le téléphone, monsieur Kenzie.

Un coup de main sur une affaire. Génial. Merci beaucoup.

À peu près certains désormais que personne ne se ferait descendre, les curieux se dispersaient. Mais pas les types à la veste boutonnée et à l'air impassible ; sans me quitter des yeux, ils se sont contentés de s'écarter pour laisser partir les autres.

Manny nous a rejoints sur le trottoir et s'est penché vers moi pour me glisser à l'oreille :

– Coucou !

– Bon, c'est pas tout ça, a déclaré Largeant, mais faut que vous emmeniez votre ami à l'hôpital et que je retourne là-bas. (Il a indiqué le croisement d'Arlington Street avant de me donner une claque sur l'épaule.) Ç'a été un vrai plaisir de vous avoir rencontré, monsieur Kenzie.

– Euh, oui, ai-je répondu alors que Manny se rapprochait.

– B'soir.

Largeant s'est avancé vers Beacon pour traverser.

À son tour, Manny m'a frappé l'épaule.

– Un vrai plaisir de vous avoir rencontré, monsieur Kenzie...

– Agent Largeant ! ai-je crié.

Manny a aussitôt laissé retomber sa main.

Le jeune flic s'est retourné.

– Attendez.

Je m'avançais à mon tour sur le trottoir quand deux malabars m'ont bloqué le passage. Et puis, l'un des deux a regardé par-dessus mon épaule, grimacé, et ils se sont poussés à contrecœur. Je suis passé entre eux pour m'engager sur Beacon.

– Oui, monsieur Kenzie ?

Largeant avait l'air déconcerté.

– Je me disais que ce serait sympa d'aller dire bonjour aux copains s'ils sont là-bas, ai-je prétendu en indiquant Arlington.

– Et votre ami ?

Je me suis retourné vers Manny et John qui, tête inclinée, attendaient ma réponse.

– Tu l'emmènes, Manny, hein ? C'est sûr ?

– Je..., a commencé Manny.

– T'as raison, ça ira plus vite en voiture qu'à pied.

– Ah, il a *une voiture*... ! s'est exclamé Largeant.

– Une belle, en plus. Pas vrai, Manny ?

– Super belle, a-t-il répondu avec un sourire crispé.

– Eh bien..., a repris Largeant.

– Eh bien, ai-je répété, tu ferais mieux d'y aller, Manny. Bonne chance, John, ai-je ajouté en agitant la main.

– Dites, monsieur Kenzie, je voulais vous demander un truc au sujet de Gerry Glynn. Comment vous avez...

La Crown Victoria s'est glissée derrière nous.

– C'est pour moi ! ai-je dit.

Largeant a pivoté vers la voiture.

– Hé, agent Largeant ? ai-je lancé. Appelez-moi donc un de ces jours. C'était super, franchement. Profitez-en bien. Bonne chance. (J'ai ouvert la portière côté passager.) Continuez comme ça. J'espère que tout se passera au mieux pour vous. À la prochaine !

Le temps de m'engouffrer à l'intérieur, et je claquais la portière.

– Démarre !

– Tout doux, tout doux, a répliqué Angie.

Nous nous sommes éloignés de Largeant, de Manny, de John et des clones, puis nous avons bifurqué dans Arlington et longé les trois voitures de patrouille garées devant le siège de SOS Détresse, dont les fenêtres illuminées par les gyrophares évoquaient de la glace en feu.

Lorsque nous avons été à peu près sûrs que personne ne nous avait suivis, Angie s'est garée derrière un bar dans Southie.

– Alors, mon chéri, comment s'est passée ta journée ? a-t-elle interrogé en se tournant vers moi.

– Eh bien...

– Demande-moi comment s'est passée la mienne. Allez, vas-y. Demande.

– O.K. Comment s'est passée ta journée, *mon petit cœur* ?

– Bon sang, il leur a pas fallu cinq minutes pour débarquer.

– Qui ? Les flics ?

– Les flics... (Elle a émis un petit reniflement méprisant.) Mais non, toute cette bande de malabars bizarroïdes. Ceux qui vous entouraient, toi, le flic et le type qui s'en était pris plein la gueule.

– Ah, eux.

– Sans déconner, Patrick, j'ai bien cru que j'étais foutue. Je fauchais des disquettes dans le bureau du fond, quand tout d'un coup, vlam, les portes se sont ouvertes à la volée dans tous les coins, les alarmes m'ont vrillé les oreilles et... c'était pas cool, partenaire, je te dis que ça.

– Quelles disquettes ?

Elle m'a montré une poignée de disquettes 3.5 attachées par un élastique rouge.

– Bon, à part éclater la gueule de ce type et échapper de justesse à une arrestation, t'as fait quoi ?

Angie s'était introduite dans le bureau du fond juste avant que Manny ne m'emmène au Centre thérapeutique. Elle avait attendu là-bas que Ginny ait éteint les lumières, débranché la cafetière et repoussé toutes les chaises sous les bureaux en chantant *Fox Lady*.

– La version de Hendrix ? ai-je demandé.

– À pleins poumons ! Y compris la mélodie de guitare.

Cette pensée m'a arraché un frisson.

– Tu devrais exiger une prime spéciale de risque.

– Ça, je te le fais pas dire.

Après le départ de Ginny, Angie avait voulu quitter sa cachette, mais elle avait remarqué les fins rais lumineux qui sillonnaient le bureau principal. Ils s'entrecroisaient tels des câbles et émergeaient du mur en plusieurs points – certains à vingt centimètres du sol, d'autres à deux mètres.

– Sacré système de sécurité, ai-je dit.

– Ultraperfectionné. Du coup, je me suis retrouvée coincée dans le bureau du fond.

Angie avait commencé par crocheter les serrures des classeurs de rangement, mais pour l'essentiel, elle n'avait trouvé à l'intérieur que des formulaires fiscaux, des fiches de descriptions de postes et des imprimés de déclaration d'accident du travail. Elle avait allumé l'ordinateur sur le bureau, sans réussir à aller au-delà du mot de passe. Elle explorait le bureau lui-même quand un choc avait retenti au niveau de la porte d'entrée. Pressentant que la fête était terminée, elle s'était servie du pied-de-biche qui lui avait permis de s'introduire par la fenêtre pour briser la serrure du tiroir à dossiers encastré dans la partie inférieure droite du meuble. Elle avait déchiqueté la façade en bois, arraché le caisson d'abord à ses glissières, puis au meuble lui-même avant de découvrir les disquettes qui l'attendaient gentiment.

– Tout en finesse, ai-je dit.

– Hé, ils ont fait irruption dans le hall comme des chars d'assaut. J'ai pris ce que j'ai pu avant de sortir par la fenêtre.

Un type l'attendait dehors, mais après avoir reçu quelques coups de pied-de-biche sur le crâne, il avait finalement décidé de s'accorder un petit somme.

Elle était ressortie sur Beacon par une petite cour devant un bâtiment de grès brun quelconque, puis avait rejoint un groupe d'étudiants d'Emerson College qui se rendaient à un cours du soir. Elle s'était mêlée à eux jusqu'à Berkeley Street, avant de récupérer la voiture en stationnement interdit dans Marlborough Street.

– Au fait, on s'est pris une contravention.

– Ça m'aurait étonné, ai-je marmonné.

Richie Colgan a été tellement content de nous voir qu'il a failli me casser le pied en essayant de claquer la porte dessus.

– Fichez le camp !

– Joli peignoir, ai-je dit. On peut entrer ?

– Non.

– S'il te plaît ? est intervenue Angie.

Derrière lui, j'ai aperçu dans le salon des bougies et une flûte de champagne à moitié pleine.

– C'est du Barry White que j'entends ? ai-je demandé.

– Patrick...

Il parlait entre ses dents serrées et une sorte de grognement sourd montait de sa gorge.

– Oui, j'avais raison, ai-je confirmé. C'est bien *Can't Get Enough of your Love* qui sort de tes enceintes, Rich.

– Cassez-vous.

– Inutile de prendre des gants avec nous, Rich, a fait Angie. Si tu préfères qu'on revienne plus tard...

– Ouvre, Richard, a intimé Sherilynn, sa femme.

– Salut, Sheri !

Angie a agité la main dans l'entrebâillement.

– Richard, voyons, a dit Sherilynn.

Richie s'est finalement écarté pour nous laisser entrer.

– Richard, voyons, ai-je dit.

– Suce-moi.

– Je crois qu'il serait trop gros, Rich.

Baissant les yeux, il s'est rendu compte que son peignoir s'était ouvert. Il l'a refermé avant de me flanquer un coup de poing dans les reins au moment où je passais devant lui.

– Espèce de salaud, ai-je murmuré en grimaçant de douleur.

Angie et Sherilynn, près du comptoir de la cuisine, étaient tombées dans les bras l'une de l'autre.

– Désolée, a dit Angie.

– Bah, tant pis, a répliqué Sherilynn. Alors, Patrick, comment ça va ?

– Ne les encourage pas, Sheri ! a protesté Richie.

– Ça va. Tu es superbe.

Seulement vêtue d'un kimono rouge, elle m'a gratifié d'une petite révérence, et comme d'habitude, je me suis senti tout chose, troublé comme un écolier. Richie Colgan, sans doute le meilleur éditorialiste de toute la ville, était grassouillet, avec un visage perpétuellement dissimulé sous une barbe naissante et un teint couleur d'ébène brouillé par l'abus de nuits blanches, de caféine et d'air aseptisé. Mais Sherilynn – avec sa carnation caramel, ses yeux gris clair, le galbe musclé de ses membres graciles et l'intonation mélodieuse de sa voix, vestige des couchers de soleil sur les plages jamaïcaines qu'elle avait vus tous les jours jusqu'à l'âge de dix ans – était l'une des plus belles femmes que j'aie jamais rencontrées.

Quand elle m'a embrassé la joue, j'ai humé un parfum de lilas sur sa peau.

– Tu te dépêches, d'accord ? m'a-t-elle glissé.

– Bon sang, j'ai une de ces faims ! ai-je lancé. Hé, les gars, z'auriez pas un truc à grignoter ?

Je tendais la main vers le réfrigérateur quand Richie m'a foncé dessus comme un bulldozer et entraîné de force dans le couloir jusqu'au salon.

– Ben, quoi ?

– Dis-moi seulement que c'est important. (Sa main n'était qu'à quelques centimètres de ma figure.) Vas-y, Patrick, je t'écoute.

– Eh bien...

Je lui ai parlé de ma soirée, de SOS Détresse, de Manny et de ses clones, de ma rencontre avec l'agent Largeant et d'Angie qui avait pénétré dans les locaux par effraction.

– Et tu dis que t'as vu des messagers devant le bâtiment ?

– Mouais. Au moins six, ai-je répondu.

– Mmm.

– Rich ?

– File-moi les disquettes.

– Quoi ?

– C'est bien pour ça que t'es venu, non ?

– Je...

– T'es un sous-doué de l'informatique. Angie aussi.

– Désolé. C'est grave, tu crois ?

Il a tendu la main.

– Les disquettes.

– Si tu pouvais juste...

– Ouais, ouais, ouais. (Il m'a arraché les disquettes, qu'il a fait rebondir quelques instants contre son genou.) Autrement dit, tu me demandes encore un service ?

– Ben, enfin, y a de ça.

J'ai déplacé mes pieds avant de lever les yeux vers le plafond.

– Oh, arrête, Patrick ! Garde tes discours vaseux pour ceux qui s'y laissent prendre. (Il m'a flanqué les disquettes contre le torse.) Si je te file un coup de main, je veux ce qu'il y a là-dessus.

– Comment ça ?

Il a remué la tête en souriant.

– Tu vois, tu crois que je rigole.

– Non, Rich, je...

– Juste parce qu'on était à la fac ensemble, et toutes ces conneries, tu t'imagines que je vais me contenter de dire : « Patrick a des ennuis. Dieu du ciel, je vais me mettre en quatre pour l'aider ! »

– Rich, je...

– Tu sais à quand remonte la dernière fois où j'ai passé une soirée romantique, genre « je vais coucher avec ma femme et prendre tout mon temps » ? a-t-il sifflé entre ses dents.

– Euh, non, ai-je répondu en reculant d'un pas.

– Moi non plus, figure-toi. (Il a fermé les yeux, resserré la ceinture de son peignoir.) Moi non plus, a-t-il répété dans un autre chuchotement sifflant.

– Bon, je vais te laisser.

Il m'a bloqué le passage.

– Pas avant d'avoir mis les choses au point.

– O.K.

– Si je trouve des infos utilisables sur ces disquettes, je les utilise.

– D'accord. Comme d'habitude. Dès que...

– Non. Pas de « dès que ». J'en ai jusque-là de tes « dès que ». Dès que ça t'arrange, c'est ça ? Non. *Dès que ça m'arrange moi*, Patrick. C'est la nouvelle règle. Je trouve un truc là-dessus, je m'en sers dès que possible. O.K. ?

Je l'ai regardé. Il m'a regardé.

– O.K., ai-je répondu.

– S'cuse-moi... (Il a levé la main vers son oreille.) J'ai pas bien entendu.

– O.K., Richie.

Il a hoché la tête.

– Parfait. Il te faut ça pour quand ?

– Demain matin. Au plus tard.

– Parfait.

Je lui ai serré la main.

– T'es le meilleur, Rich.

– Ben voyons. Allez, dégage, que je puisse coucher avec ma femme.

– Pas de problème.

– Tout de suite !

8

– Donc, ils savent qui tu es, a déclaré Angie quand nous sommes entrés dans l'appartement.

– Mouais.

– Autrement dit, ce n'est plus qu'une question d'heures avant qu'ils sachent aussi qui je suis.

– Je serais tenté de le croire.

– Pourtant, ils ne t'ont pas fait arrêter.

– Ça donne à réfléchir, hein ?

Elle a laissé tomber son sac dans le salon, près du matelas.

– Et Richie, il en pense quoi ?

– Au début, il était plutôt fumasse, mais il a dressé l'oreille quand j'ai mentionné les messagers.

Angie a jeté sa veste sur le canapé qui, depuis quelque temps, servait également de commode pour ses affaires. La veste a atterri sur une pile de T-shirts et de pulls propres et pliés avec soin.

– Tu crois que SOS Détresse a des liens avec l'Église de la Vérité et de la Révélation ?

– Ça ne m'étonnerait pas.

Elle a hoché la tête.

– Ce ne serait pas la première fois qu'une secte ou un truc de ce genre se cache derrière une façade.

– Et c'est une secte puissante.

– Et on risque de les avoir mis en rogne.

– C'est marrant, j'ai l'impression qu'on est assez doués pour ça : mettre en rogne des gens qui ne devraient pas être mis en rogne par des petits gars sans défense comme nous.

Elle a souri en allumant sa cigarette.

– On a tous besoin d'une spécialité.

J'ai enjambé son lit pour presser le voyant clignotant de mon répondeur.

– Hé ! a lancé Bubba. Oubliez pas de venir ce soir. Chez Declan's. Neuf heures.

Il a raccroché.

Angie a levé les yeux au ciel.

– Mince, la soirée d'adieu de Bubba ! J'ai failli oublier.

– Moi aussi. T'imagines le merdier dans lequel on serait ?

Elle a frissonné avant de serrer ses bras autour d'elle.

Bubba Rogowski était notre copain, pour le pire semblait-il parfois. Mais parfois aussi pour le meilleur, car il nous avait sauvé la vie à plusieurs reprises. Encore plus grand que Manny, à qui il ferait incontestablement de l'ombre, il était cent fois plus terrifiant. Nous avions tous grandi ensemble – Angie, Bubba, Phil et moi –, mais Bubba n'avait jamais été, disons, sain d'esprit. Et s'il avait eu autrefois la moindre chance de le devenir, elle s'était évanouie quand, à la fin de son adolescence, il avait rejoint les Marines pour échapper à la taule et s'était retrouvé affecté à l'ambassade américaine de Beyrouth le jour où un terroriste kamikaze avait foncé à travers les grilles et anéanti la moitié de sa compagnie.

C'était au Liban que Bubba avait pris les contacts requis pour développer son commerce illégal d'armes aux États-Unis. Ces dix dernières années, il avait étendu ses activités à d'autres domaines souvent plus lucratifs, tels que les fausses cartes d'identité et les faux passeports, la contrefaçon de monnaie et de produits de marque, l'imitation parfaite de cartes de crédit, permis et autres licences professionnelles. Bubba pouvait vous obtenir dans l'heure la maîtrise que Harvard aurait mis quatre ans à vous délivrer ; lui-même exhibait d'ailleurs fièrement sur un des murs de l'entrepôt où il avait aménagé son loft un doctorat obtenu à Cornell. En physique, rien que ça. Pas mal, pour un type qui avait laissé tomber l'école paroissiale de St Bartholomew en cours de CE2.

Il réduisait son trafic d'armes depuis déjà un certain temps, mais c'était surtout ce secteur-là (ainsi que la disparition mystérieuse de quelques mafiosi au fil des ans) qui lui avait valu sa notoriété. À la fin de l'année précédente, il s'était fait prendre dans une rafle, et les flics avaient découvert un Tokarev 9 mm non enregistré scotché derrière son garde-boue. Il n'existe pas beaucoup de certitudes en ce bas monde, mais dans le Massachusetts, si on vous trouve en possession d'une arme à feu non enregistrée, il est absolument certain que vous écoperez de douze mois fermes derrière les barreaux.

L'avocat de Bubba l'avait tenu à l'écart de la prison le plus longtemps possible, mais il n'était désormais plus question de différer la sentence. Demain soir, à neuf heures, Bubba devrait se présenter au pénitencier de Plymouth pour purger sa peine.

Ce qui ne le dérangeait pas particulièrement : presque tous ses copains étaient déjà là-bas. Les rares encore dehors le retrouveraient ce soir chez Declan's.

Declan's, à Upham's Corner, se situe en face d'un cimetière dans Soughton Street, au milieu d'une rangée de maisons condamnées et de magasins obstrués par des planches. De mon appartement, c'est seulement à cinq minutes de marche, mais c'est une marche à travers ce que l'environnement urbain peut offrir de plus typique en matière de misère et de délabrement aussi lent qu'inexorable. Les rues autour de chez Declan's montent en pente raide vers Meeting House Hill, alors que les habitations qui les bordent semblent toujours sur le point de glisser dans l'autre sens et de dévaler la côte jusqu'au cimetière en contrebas, comme si dans le coin la mort était la seule promesse ayant une quelconque valeur.

Nous avons rejoint Bubba au fond de la salle où il jouait au billard avec Nelson Ferrare et les frères Twoomey, Danny et Iggy. Pas exactement un brain-trust, sans compter qu'ils avaient l'air déterminés à bousiller ce qui leur restait de cellules grises en sifflant de l'alcool de grains.

Nelson était pour Bubba un pote de virée dont il faisait à l'occasion son associé. Petit, basané et noueux, il avait un visage qui semblait perpétuellement figé en un point d'interrogation furieux. Il ne parlait pas beaucoup, et les rares fois où ça lui arrivait, il s'exprimait tout doucement, comme s'il craignait que des oreilles indiscrètes ne l'entendent, et il y avait quelque chose d'attendrissant dans sa timidité envers les femmes. Mais ce n'était pas toujours facile de s'attendrir sur un type qui avait un jour arraché d'un coup de dents le nez d'un autre au cours d'une rixe dans un bar. Et qui l'avait rapporté chez lui en souvenir.

Quant aux frères Twoomey, c'étaient des hommes de main pour la bande de Winter Hill à Somerville. On les disait plutôt doués pour manier la gâchette et prendre la fuite au volant, mais si une pensée avait un jour germé dans leur cerveau, elle s'était desséchée illico faute d'un sol fertile. Bubba a détaché son regard de la table de billard au moment où nous approchions, et il a aussitôt bondi vers nous.

– Génial ! Je savais bien que vous me laisseriez pas tomber, tous les deux !

Angie l'a embrassé avant de lui glisser dans la main une pinte de vodka.

– On aurait pas raté ça pour un empire, gros bêta !

Bubba, beaucoup plus démonstratif que d'habitude, m'a étreint avec une telle force que j'ai cru sentir s'enfoncer une de mes côtes.

– Allez, a-t-il dit. On s'en jette un derrière la cravate, O.K. ? Merde, on s'en jette deux.

Bon, ce serait donc ce genre de soirée.

Mes souvenirs de cette petite fête devaient rester un brin confus. L'alcool de grains, la vodka et la bière font en général cet effet-là. Mais je me rappelle avoir parié sur Angie qui jouait au billard contre tous les types assez crétins pour investir leur monnaie dans une partie. Et je me rappelle être resté un moment assis avec Nelson, à me confondre en excuses pour lui avoir cassé les côtes quatre mois plus tôt, au plus fort de l'hystérie dans l'affaire Gerry Glynn.

– Pas grave, m'a-t-il dit. Nan, j't'assure. J'ai rencontré une infirmière quand j'étais à l'hosto. J'crois bien qu'j'suis amoureux.

– Et elle, qu'est-ce qu'elle ressent pour toi ?

– Ben, j'suis pas sûr. Y a un truc qui cloche avec son téléphone, et j'me d'mande si elle aurait pas déménagé en oubliant d'me l'dire.

Plus tard, pendant que Nelson et les frères Twoomey, installés au comptoir, s'attaquaient à une pizza d'aspect franchement douteux, Angie et moi, on s'est assis avec Bubba, nos trois paires de pieds sur la table de billard, le dos contre le mur.

– Putain, j'vais manquer toutes mes émissions, a déploré Bubba.

– Y a la télé, en prison, lui ai-je rappelé.

– Mouais, mais elle est monopolisée par les frères ou par les skins. Résultat, tu te tapes les sitcoms de la Fox ou les films de Chuck Norris. Fait chier.

– On peut toujours te les enregistrer, tes émissions, ai-je suggéré.

– Sérieux ?

– Évidemment, a renchéri Angie.

– C'est sûr, ça vous embête pas ? Je voudrais pas abuser.

– Mais non, lui ai-je assuré.

– Super, a-t-il dit en fouillant dans sa poche. Tenez, v'là ma liste.

Angie et moi, on l'a parcourue.

– *Tiny Toons* ? ai-je lu à haute voix. *Dr Quinn, femme médecin* ?

Il s'est penché vers moi.

– Ben quoi, y a un problème ? a-t-il demandé en approchant son énorme visage à quelques centimètres du mien.

– Non. Aucun problème.

– *Entertainment Tonight*, a lu Angie. Tu veux vraiment une année complète de *Entertainment Tonight* ?

– Ouais, j'aime bien me tenir au courant de ce qui arrive aux stars, a expliqué Bubba avant de lâcher un rot sonore.

– Des fois que tu croiserais Michelle Pfeiffer..., ai-je fait. Si t'as vu *ET*, tu sauras peut-être quoi lui dire.

Bubba a poussé Angie du coude et m'a désigné du pouce.

– Tu vois ? Patrick comprend, lui.

– Ah, les hommes..., a-t-elle dit en remuant la tête. Et d'ajouter : Non, minute, vous deux, vous êtes pas concernés.

Après avoir de nouveau éructé, Bubba m'a regardé.

– Où elle veut en venir, là ?

Quand la note est enfin arrivée, je l'ai arrachée des mains de Bubba.

– C'est pour nous.

– Non, a-t-il protesté. Ça fait deux mois que vous avez pas bossé, tous les deux.

– Jusqu'à aujourd'hui, a déclaré Angie. Aujourd'hui, on a accepté une grosse affaire. Avec de gros honoraires. Alors, tu nous laisses régaler.

J'ai tendu à la serveuse ma carte de crédit (après m'être assuré qu'ils en avaient déjà vu dans l'établissement), mais elle est revenue quelques minutes plus tard m'annoncer que le paiement était refusé.

Ce qui a beaucoup réjoui Bubba.

– Une grosse affaire, hein ? a-t-il croassé. Avec de gros honoraires.

– Vous êtes sûre ? ai-je demandé.

La serveuse était vieille et imposante, avec une peau aussi dure et tannée que le blouson d'un Hell's Angel.

– Z'avez pas tort. Peut-être que je me suis plantée les six premières fois où j'ai tapé la demande d'autorisation. Bougez pas, je recommence.

Je lui ai repris la carte alors que Nelson et les frères Twoomey ajoutaient leurs ricanements à ceux de Bubba.

– Ah, ces rupins ! a caqueté l'un des deux abrutis Twoomey. Z'ont dû exploser leur carte en s'offrant ce jet, la semaine dernière.

– Très drôle, ai-je dit. Aha.

C'est Angie qui a finalement réglé l'addition avec quelques billets prélevés sur la somme remise par Trevor Stone le matin même, et nous avons tous quitté le bar d'une démarche titubante.

Dans Stoughton Street, Bubba et Nelson ont entamé un débat pour déterminer quel club de strip-tease convenait le mieux à leurs goûts esthétiques raffinés, pendant que les frères Twoomey, après s'être entraînés au plaquage sur un tas de neige gelée, peaufinaient leur technique du coup du lapin.

– Quel débiteur t'as foutu en rogne, cette fois ? m'a demandé Angie.

– C'est bien ça qui m'étonne. Je suis sûr d'avoir tout remboursé.

– Patrick..., a-t-elle commencé du même ton que ma mère autrefois.

Jusqu'au froncement de sourcils maternel qu'elle imitait à s'y méprendre.

– Tu vas pas me brandir ton index sous le nez en menaçant de me priver de dessert, hein, Ange ?

– Manifestement, y a quelqu'un qu'a pas reçu son chèque, a-t-elle répondu.

– Mmm..., ai-je dit, parce que rien d'autre ne me venait à l'esprit.

– Hé, les mecs, vous nous suivez ? a lancé Bubba.

– Où ? ai-je demandé, par pure politesse.

– Mons Honey. À Saugus.

– C'est ça, a répliqué Angie. Bien sûr, Bubba. Donne-moi juste le temps d'aller faire de la monnaie pour avoir quelque chose à coincer dans leurs foutus strings.

– O.K.

– Bubba...

Il m'a regardé, il a regardé Angie, et il m'a de nouveau regardé.

– Oh ! s'est-il exclamé soudain en rejetant la tête en arrière. C'était pour déconner... !

Angie a porté la main à sa poitrine.

– Tu crois ?

Bubba l'a prise par la taille et soulevée du sol pour la serrer contre lui. Elle avait les talons au niveau de ses genoux.

– Tu vas me manquer.

– On se voit demain, Bubba. Repose-moi, maintenant, lui a-t-elle ordonné.

– Demain ?

– On doit te conduire en prison, lui ai-je rappelé.

– Ah, ouais, c'est vrai. Cool.

Il a relâché Angie.

– Peut-être que t'as vraiment *besoin* de prendre un peu le large, a-t-elle dit.

– Y a pas de doute, a déclaré Bubba avec un gros soupir. C'est dur d'avoir à cogiter pour tout le monde.

J'ai suivi son regard et vu Nelson se jeter sur les frères Twoomey ; tous trois ont glissé le long du tas de neige gelée en se bourrant de coups de poing et en rigolant comme des tordus.

– Chacun sa croix, ai-je répliqué en reportant mon attention sur Bubba.

Nelson a fait tomber Iggy Twoomey du tas de neige sur une bagnole en stationnement dont l'alarme s'est déclenchée, déchirant la nuit. « Oups ! » a lâché Nelson, provoquant de nouveaux rires en cascade.

– Voyez ce que je veux dire ? a lancé Bubba.

Je ne devais découvrir ce qui était arrivé à ma carte de crédit que le lendemain matin. L'opératrice automatisée que j'ai eue en ligne une fois rentré à l'appartement s'est contentée de m'annoncer que ma carte avait été bloquée. Quand je lui ai demandé des explications, elle a purement et simplement ignoré ma question, se bornant à m'indiquer de sa voix synthétique monotone que je pouvais presser la touche « Un » pour plus d'options.

– Vu qu'elle est bloquée, ça les restreint, mes options, ai-je rétorqué.

Avant de me rappeler que je m'adressais à un ordinateur. Et que j'étais bourré.

Quand je suis retourné au salon, Angie dormait déjà. Sur le dos. Son livre, *La Servante écarlate*, avait glissé de son ventre pour se nicher au creux de son bras. Lorsque je l'ai saisie, elle a ronchonné avant de se tourner sur le côté, d'attraper un oreiller et de le caler sous son menton.

C'était en général dans cette position que je la découvrais lorsque j'entrais dans le salon chaque matin. Elle ne glissait pas dans le sommeil ; elle s'y enfouissait, le corps recroquevillé en position fœtale, roulé en une boule si compacte qu'il occupait à peine un quart du lit. J'ai écarté une mèche de cheveux égarée sous son nez, et un sourire a flotté un moment sur ses lèvres avant qu'elle ne s'enfonce plus profondément dans l'oreiller.

À seize ans, nous avions fait l'amour. Une fois. La première pour nous deux. À l'époque, aucun de nous ne soupçonnait qu'au cours des seize années suivantes, nous ne ferions plus jamais l'amour, et pourtant, ça ne s'était pas reproduit. Elle avait suivi sa voie, comme on dit, et moi, la mienne.

Cette voie avait consisté pour elle en douze années d'un mariage marqué par la violence et voué à l'échec avec Phil Dimassi. Pour moi, en un mariage de cinq minutes avec la sœur d'Angie, Renee, puis en une succession d'aventures d'une nuit et de liaisons sans lendemain révélatrices d'une pathologie si prévisible, si typiquement masculine que j'en aurais sûrement rigolé si je n'avais pas été aussi occupé à la mettre en pratique.

Quatre mois plus tôt, nous avions commencé à opérer un rapprochement dans sa chambre à Howes Street, et c'était sublime, douloureusement sublime, comme si mon existence tout entière n'avait jamais tendu qu'à un seul but : vivre ce moment sur ce lit avec cette femme. Et puis, Evandro Arujo et Gerry Glynn avaient massacré un flic de vingt-quatre ans pour pouvoir entrer chez Angie, à qui ils avaient logé une balle dans l'abdomen.

Elle avait pourtant réussi à atteindre Evandro, à lui expédier dans le corps trois bastos furieuses qui l'avaient laissé à genoux sur le carrelage de la cuisine, cherchant un morceau de son crâne qui n'était plus là.

Et puis, Phil, moi et un flic du nom d'Oscar avions réglé son compte à Gerry Glynn pendant qu'Angie se trouvait en réanimation. Oscar et moi, on s'en étaient tirés. Mais pas Phil. Ni Gerry Glynn, mais je ne pense pas que sa mort ait été une grande consolation pour Angie.

Les blessures de la psyché, ai-je pensé en regardant son front se plisser et ses lèvres s'entrouvrir légèrement contre l'oreiller, sont bien plus difficiles à panser que celles de la chair. Des milliers d'années d'études et d'expériences ont facilité la guérison du corps, mais personne n'a encore trouvé de remède miracle pour l'esprit.

La disparition de Phil s'était profondément ancrée dans celui d'Angie, où elle s'était rejouée encore et encore, inlassablement. Le chagrin, la détresse, tout ce qui torturait Desiree Stone torturait aussi Angie.

Et à l'instar de Trevor avec sa fille, je ne pouvais pas faire grand-chose pour Angie tant que la douleur n'aurait pas achevé son cycle et fondu comme neige au soleil.

9

Richie Colgan affirme que ses ancêtres sont originaires du Nigeria, mais je ne suis pas certain de le croire. Vu son sens aigu de la vengeance, je serais prêt à jurer qu'il est à moitié sicilien.

Il m'a réveillé à sept heures le lendemain matin en jetant des boules de neige contre ma fenêtre jusqu'au moment où le bruit s'est insinué dans mes rêves et m'a arraché à une promenade avec Emmanuelle Béart dans la campagne française pour me renvoyer dans un gourbi boueux où l'ennemi nous bombardait inexplicablement de pamplemousses.

Je me suis assis sur mon lit alors qu'un gros morceau de neige s'écrasait contre la vitre. D'abord, je me suis réjoui que ce ne soit pas un pamplemousse ; et puis, mes idées se sont éclaircies, je me suis approché et j'ai vu Richie dehors.

Ce salopard m'a fait coucou de la main.

– SOS Détresse, société anonyme, a dit Richie en s'asseyant à la table de la cuisine, est une organisation tout à fait intéressante.

– Jusqu'à quel point ?

– Au point que, quand j'ai réveillé mon rédacteur en chef il y a deux heures, il a accepté de me dispenser de chroniques pendant deux semaines pour que je puisse enquêter, et de m'accorder cinq jours d'articles à la une si je déniche ce que je crois que je vais dénicher.

– Et tu crois que tu vas dénicher quoi? a demandé Angie.

Le visage gonflé, les cheveux dans les yeux, elle dardait sur lui un regard noir par-dessus sa tasse de café, l'air pas contente du tout de commencer la journée de cette façon.

– Eh bien... (Il a ouvert son bloc-notes posé sur la table.) Je me suis borné à survoler les infos stockées sur les disquettes que vous m'avez données, mais je peux vous dire que ces gens-là ne sont pas clairs! D'après ce que j'ai pu voir, leur « thérapie », avec ses différents « niveaux », implique une destruction systématique de la psyché, suivie par une reconstruction rapide. Ça ressemble beaucoup à l'approche cassez-les-pour-pouvoir-les-remodeler mise en œuvre par l'armée américaine avec les soldats. Sauf que les militaires, il faut le reconnaître, ne font pas mystère de leur technique. (Il a tapoté le bloc-notes devant lui.) Avec ces mutants, en revanche, c'est une tout autre histoire.

– Exemple, a marmonné Angie.

– O.K. Vous savez qu'ils ont établi différents niveaux – niveau un, deux, etc.?

J'ai hoché la tête.

– Eh bien, chaque niveau se subdivise encore en une série d'étapes. Le nom donné à ces étapes varie selon le niveau où vous vous situez, mais fondamentalement, elles sont toutes semblables. Et elles sont toutes centrées sur le « Point de non-retour ».

– Ça correspond au niveau six, non?

– Exact, a dit Richie. C'est aussi l'objectif supposé du système dans son ensemble. Donc, pour atteindre le « Point de non-retour », il faut franchir une série de passages obligés. Mettons que tu sois au niveau deux – un Abattu, par exemple –, tu vas devoir gravir une succession de paliers thérapeutiques, ou « étapes », pour progresser du stade « Abattement » au stade « Point de non-retour ». Ces étapes, ce sont : l'Honnêteté, la Nudité...

– La Nudité ? a répété Angie, incrédule.

– Oui. Émotionnelle, pas physique, bien que ce soit toléré. L'Honnêteté, disais-je, la Nudité, l'Exhibition et la Révélation.

– La Révélation, tiens donc, l'ai-je interrompu.

– C'est ça. Le stade « Point de non-retour » au niveau deux.

– Comment s'appelle le stade au niveau trois ? a demandé Angie.

Richie a consulté ses notes.

– « L'Illumination ». Vous voyez ce que je veux dire ? C'est du pareil au même. Au niveau quatre, ça s'appelle « le Dévoilement » ; au niveau cinq, « l'Apocalypse » ; au six, « la Vérité ».

– Comme c'est biblique, ai-je ironisé.

– Tout juste. SOS Détresse vend de la religion en utilisant l'argument de la psychologie.

– Qui est elle-même une religion, a ajouté Angie.

– Exact. Sauf qu'elle n'est pas organisée.

– Autrement dit, les grands prêtres de la psychologie et de la psychanalyse ne mettent pas leurs pourboires en commun.

Il a choqué sa tasse contre la mienne.

– En plein dans le mille, Patrick.

– Mais c'est quoi, leur but ? ai-je demandé.

– Celui de SOS Détresse ?

– Non, Rich. Celui de Burger King. M'enfin, on parle de qui, là ?

Richie a humé son café.

– C'est du spécial corsé ?

– Richie, s'il te plaît, l'a tancé Angie.

109

– Bon, à mon avis, le but de SOS Détresse, c'est de recruter pour l'Église de la Vérité et de la Révélation.

– T'as la preuve que les deux organisations sont liées ? s'est enquise Angie.

– Pas au point de pouvoir l'imprimer, mais oui, elles sont en rapport. L'Église de la Vérité et de la Révélation, pour autant qu'on le sache, est un culte bostonien. On est d'accord ?

Nous avons hoché la tête.

– Alors, comment se fait-il que leur contrôleur de gestion se trouve près de Chicago ? Leur agent immobilier aussi ? Et le cabinet juridique qui vient de déposer une requête auprès de l'IRS [1] pour leur obtenir une exemption d'impôts liée à leur statut religieux ?

– Ils aiment bien Chicago ? a suggéré Angie.

– Et SOS Détresse au moins autant qu'eux, a répondu Richie. Parce que tous ses intérêts sont aux mains de ces sociétés implantées à Chicago.

Il s'est adossé à sa chaise avant de tendre les jambes et de bâiller.

– Au moins deux semaines d'enquête, disais-je donc. Toute l'opération se dissimule derrière un réseau de sociétés écrans et de façades. Pour le moment, je ne peux que *supposer* un rapport entre SOS Détresse et l'Église de la Vérité et de la Révélation, mais en aucun cas je ne peux le prouver noir sur blanc. Quoi qu'il en soit, l'Église ne risque rien.

– Et SOS Détresse ? a interrogé Angie.

Richie a souri.

– Je vais les démolir.

– Comment ? ai-je demandé.

– Tu te souviens, je t'ai expliqué tout à l'heure que les différentes étapes de chaque niveau revenaient à la même chose. Bon, si tu considères la

1. Internal Revenue Service, le fisc américain.

situation d'un œil bienveillant, tu peux toujours dire qu'ils ont trouvé une technique efficace et qu'ils se contentent de l'appliquer à divers degrés de subtilité selon le niveau de détresse dont souffre une personne en particulier.

– Et si tu considères la situation d'un œil un peu moins bienveillant ?

– Ce que devrait faire tout bon journaliste...

– C'est l'évidence même...

– Eh bien, tu te rends compte que ces gens-là sont des arnaqueurs de première. Tiens, reprenons les étapes du niveau deux en gardant à l'esprit que toutes les autres, à tous les niveaux, désignent la même réalité sous des noms différents. La première étape, c'est l'Honnêteté. En substance, ça consiste à jouer franc-jeu avec ton thérapeute, à lui dire qui tu es, ce que tu fais là, ce qui te tracasse *vraiment*. Ensuite, tu passes à l'étape de la Nudité, où tu dévoiles ta personnalité intérieure.

– À qui ? a interrogé Angie.

– Seulement à ton thérapeute, à ce stade. En gros, toutes les conneries embarrassantes dont tu n'as pas voulu parler au cours de la première étape – t'as zigouillé un chat quand t'étais gosse, trompé ta femme, détourné des fonds, et autres trucs du même acabit –, sont censées resurgir au cours de la deuxième.

– Et ça sort tout seul ? Comme ça ? ai-je ajouté en claquant des doigts.

Il a hoché la tête, puis s'est levé pour se resservir du café.

– En fait, les thérapeutes ont recours à un stratagème pour amener leurs clients à se désaper petit à petit. Tu commences par admettre une info toute simple – ton salaire net, par exemple. T'enchaînes par les derniers bobards que t'as racontés. Après, peut-être, par une crasse que t'as faite la semaine dernière et dont t'es pas fier. Et ainsi de suite. Pendant douze heures.

Angie l'a rejoint près de la cafetière.

– *Douze heures ?*

Richie a sorti la crème du réfrigérateur.

– Et même plus quand c'est nécessaire. Certains documents sur ces disquettes font référence à des « séances intensives » de dix-neuf heures.

– C'est illégal, non ? ai-je demandé.

– Pour un flic, en tout cas, ça l'est. Réfléchis, Patrick, a-t-il dit en se rasseyant en face de moi. Si un flic de cet État dépasse d'une seconde les douze heures d'interrogatoire, c'est considéré comme une violation des droits civiques du suspect ; résultat, rien de ce que dit le suspect en question – avant ou après le délai des douze heures – n'est plus recevable devant un tribunal. Et ce, pour une bonne raison.

– Ah ! s'est exclamée Angie.

– Oh, attention, pas une raison très appréciée par les représentants de l'ordre public dans votre genre, mais regardons les choses en face : si vous êtes interrogé pendant plus de douze heures par une personne placée en position d'autorité – personnellement, je pense que la limite devrait plutôt se situer aux alentours de dix –, vous ne parvenez plus à aligner deux pensées cohérentes. Vous seriez prêts à dire n'importe quoi juste pour que les questions s'arrêtent. Merde, juste pour pouvoir dormir.

– Si je comprends bien, a repris Angie, SOS Détresse fait un lavage de cerveau à sa clientèle ?

– Dans certains cas, oui. Dans d'autres, les thérapeutes accumulent le plus de renseignements possibles sur leurs clients. Supposons que tu sois un type marié, Patrick, deux gosses, un pavillon de banlieue. Tu viens d'admettre que tu fréquentais les bars gays deux fois par mois et que tu mangeais de ce pain-là. Alors, ton conseiller te dit : « Parfait. Très belle mise à nu. Bon, passons à quelque chose de plus facile. Puisque je dois vous faire confiance, vous aussi, vous devez me faire confiance. C'est quoi, votre code de carte bleue ? »

– Hé, une minute, Rich, suis-je intervenu. D'après toi, cette organisation viserait à obtenir des informations financières pour pouvoir, quoi, escroquer ses clients ?

– Non, a répondu Richie. C'est loin d'être aussi simple. Ces gens-là constituent des dossiers complets sur leurs adhérents, incluant toutes sortes de détails physiques, émotionnels, psychologiques et financiers. Ils s'arrangent pour apprendre *tout* ce qu'il y a à savoir sur quelqu'un.

– Et après ?

Il a souri.

– Après, cette personne leur appartient, Patrick. Pour toujours.

– Dans quel but ? a demandé Angie.

– Tout et n'importe quoi. Bon, revenons-en à notre client hypothétique avec une femme, des gosses et des tendances homosexuelles latentes. Une fois franchie l'étape de la nudité, il passe à celle de l'exhibition, qui consiste à étaler ses sales petits secrets devant un groupe d'autres clients et de membres du personnel. Ensuite, il effectue généralement une retraite dans la propriété de SOS Détresse à Nantucket. Il a été mis à nu, ce n'est plus qu'une coquille vide et il se retrouve coincé cinq jours là-bas avec toutes ces autres coquilles vides. Alors, il parle, parle et parle encore, toujours « honnêtement », il se dénude toujours plus dans un environnement contrôlé et protégé par les employés de SOS Détresse. La plupart des clients sont des individus fragiles et paumés, et brusquement, les voilà intégrés dans une communauté d'individus fragiles et paumés, qui ont caché dans leurs placards presque autant de squelettes qu'eux. Alors, notre type hypothétique a l'impression d'être soulagé d'un grand poids. D'être purifié, d'une certaine façon. Il n'est pas si mauvais que ça, en fin de compte ; il est même plutôt bien loti. Il a trouvé une famille. Atteint la révélation. Il est venu parce qu'il se sentait abattu. À présent, il ne se sent plus abattu. Affaire classée. Il peut reprendre sa vie comme avant. Exact ?

— Non, faux, ai-je répliqué.

Richie a acquiescé.

— Précisément, Patrick. Il a besoin de sa nouvelle famille, maintenant. On lui a dit qu'il avait fait des progrès, mais qu'il pouvait retomber dans ses travers à n'importe quel moment. Il y a d'autres cours à suivre, d'autres étapes à franchir, d'autres niveaux à atteindre. Et, au fait, lui demande quelqu'un, vous avez déjà lu *À l'écoute du message* ?

— La bible de l'Église de la Vérité et de la Révélation, a déclaré Angie.

— Bingo ! Résultat, le jour où notre gars hypothétique se rend compte qu'il appartient à une secte et qu'entre les cotisations, les dîmes, les séminaires et les frais de retraite, il risque de s'endetter jusqu'au cou, il est déjà trop tard. S'il essaie de quitter SOS Détresse ou l'Église, il découvre très vite que c'est impossible. Ils ont accès à ses comptes bancaires, à son code de carte bleue, à tous ses secrets.

— Mais tout ça, ce ne sont que des suppositions, ai-je dit. Tu n'as aucune preuve.

— En fait, pour SOS Détresse, j'en ai au moins une : un manuel de formation destiné aux thérapeutes, qui leur conseille explicitement de rassembler des informations financières sur leurs clients.

Rien qu'avec ce document, je peux les coincer. Mais l'Église ? Non. À moins d'arriver à établir une correspondance entre leurs membres.

– C'est-à-dire ?

Du sac de sport posé à ses pieds, il a retiré une liasse de feuillets imprimés.

– Il y a là-dessus les noms de tous ceux qui ont suivi un traitement chez SOS Détresse. Si j'arrive à obtenir une copie de la liste des adhérents à l'Église et à les faire correspondre, je suis bien parti pour le Pulitzer.

– Tu parles, a répliqué Angie.

Elle a pris la liasse, qu'elle a feuilletée jusqu'à la page qui l'intéressait. Puis elle a souri.

– Il est là ? ai-je demandé.

Angie a hoché la tête.

– Noir sur blanc, mon chou.

Elle a tourné la feuille vers moi pour me montrer le nom inscrit au milieu de la colonne :

Desiree Stone.

Richie a déchargé de son sac un épais tirage papier qu'il a laissé sur la table pour que nous puissions le parcourir. Tout ce qu'il avait découvert jusque-là dans les fichiers était imprimé sur ces feuilles. Il nous a également rendu les disquettes, dont il avait gardé des copies.

Angie et moi regardions le gros tas de papier en nous demandant par où commencer quand le téléphone a sonné.

– Allô ?

– On aimerait récupérer nos disquettes, a déclaré quelqu'un à l'autre bout du fil.

– Je m'en doute. (J'ai baissé le combiné jusqu'à mon menton pour dire à Angie :) Ils voudraient leurs disquettes.

– Hé, c'est çui qui les trouve qui les garde.

– C'est çui qui les trouve qui les garde, ai-je répété dans le combiné.

– Vous n'avez pas eu trop de mal à payer vos achats récemment, monsieur Kenzie ?

– Hein ?

– Vous devriez peut-être téléphoner à votre banque. Je vous donne dix minutes. Assurez-vous de ne pas être en communication quand je rappellerai.

À peine avais-je raccroché que je fonçais chercher mon portefeuille dans ma chambre.

– Un problème ? a demandé Angie.

Sans répondre, j'ai appelé Visa et affronté toute une série d'opératrices automatisées avant d'en avoir enfin une vraie en ligne. Je lui ai communiqué le numéro de ma carte, la date d'expiration et le code personnel.

– Monsieur Kenzie ? a-t-elle dit.

– Oui.

– Votre carte s'est révélée une contrefaçon.

– Quoi ?

– Elle est fausse, monsieur.

– Sûrement pas. C'est vous qui me l'avez délivrée.

Elle a poussé un soupir agacé.

– J'en doute, monsieur. Une recherche informatique interne a révélé que votre carte faisait partie d'un lot piraté lors d'une intrusion à grande échelle dans notre banque de données comptables il y a trois ans.

– Mais enfin, c'est impossible. Je vous répète que *c'est vous qui me l'avez délivrée.*

– Je suis bien certaine que non, a-t-elle répliqué d'une voix chantante condescendante.

– Qu'est-ce que ça veut dire, bon sang ?

– Nos avocats prendront contact avec vous, monsieur Kenzie. De même que le bureau du procureur et la Répression des fraudes informatiques. Bonne journée.

Elle m'a raccroché au nez.

– Patrick ? a fait Angie.

Toujours sans répondre, j'ai appelé ma banque.

J'avais grandi dans la misère. Effrayé, terrifié même, par les bureaucrates sans visage et les créanciers qui me toisaient de haut et estimaient ma valeur personnelle en se basant sur mon compte bancaire, qui jugeaient de mon droit à gagner de l'argent en fonction de la somme que j'avais investie au départ. J'avais trimé comme un dingue ces dix dernières années pour gagner ma vie, économiser et faire fructifier mes gains. Je ne serais plus jamais pauvre, m'étais-je dit. Plus jamais.

– Vos comptes ont été gelés, m'a annoncé M. Pearl, à la banque.

– Comment ça, « gelés » ?

– Vos fonds ont été saisis, monsieur Kenzie. Par l'IRS.

– Suite à une ordonnance du tribunal ?

– C'est en cours.

Je l'ai entendu dans sa voix – le mépris. Ce même mépris que les pauvres entendent tout le temps dans la voix des banquiers, des créanciers, des commerçants. Parce que les pauvres sont médiocres, stupides, paresseux et trop négligents moralement et spirituellement pour conserver leur argent par des moyens légaux et apporter leur contribution à la société. Je n'avais plus entendu ce ton méprisant depuis au moins sept ans, peut-être dix, et je n'y étais pas préparé. Je me suis senti immédiatement rabaissé.

– En cours, ai-je répété.

– C'est ce que je viens de vous dire.

Il s'exprimait avec la sécheresse, l'aisance et l'assurance que lui conférait sa position dans la vie.

Il aurait pu tout aussi bien rabrouer un de ses gosses.

C'est vrai, Pa, tu veux pas me prêter la voiture ?

C'est ce que je viens de te dire.

– Monsieur Pearl ?

– Oui, monsieur Kenzie ?

– Vous connaissez le cabinet juridique Hartman & Hale ?

– Bien sûr, monsieur Kenzie.

– Parfait. Ils prendront contact avec vous. Bientôt. Et il vaudrait mieux que cette ordonnance du tribunal soit...

– Bonne journée, monsieur Kenzie.

Il a raccroché.

Angie a contourné la table, placé une main dans mon dos, l'autre sur ma main droite.

– Patrick ? T'es blanc comme un linge.

– Bordel. Bordel de bordel de merde !

– Ça va s'arranger. Ils n'ont pas le droit de faire ça.

– Ils le font quand même, Ange.

Quand, trois minutes plus tard, le téléphone a sonné, j'ai décroché à la première sonnerie.

– Vous ne seriez pas un peu à sec, ces temps-ci, monsieur Kenzie ?

– Où et quand, Manny ?

Il a gloussé.

– Oooh, nous avons l'air – comment dirais-je – un peu abattu, monsieur Kenzie.

– Où et quand ?

– Le Prado. Vous savez où c'est ?

– Je sais. Quand ?

– Midi. Midi pile. Hé, hé.

Il a raccroché.

Tout le monde me raccrochait au nez, aujourd'hui. Et il n'était pas encore neuf heures.

10

Il y a quatre ans, à la suite d'une affaire particulièrement lucrative concernant la fraude à l'assurance et l'extorsion en col blanc, je suis allé passer deux semaines en Europe. Ce qui m'a le plus frappé à l'époque, c'est le nombre de petits villages qui, en Irlande, en Italie et en Espagne, ressemblent au North End de Boston.

Au fil du temps, le North End avait vu chaque vague successive d'immigrants s'y installer après avoir débarqué. Ainsi, les Juifs d'abord, puis les Irlandais et enfin, les Italiens l'avaient tour à tour baptisé leur « foyer », et tous lui avaient conféré ce caractère européen si caractéristique qu'il conserve aujourd'hui. Des rues pavées, étroites et sinueuses, s'entrelacent au sein de ce quartier tellement limité géographiquement que dans certaines villes, il constituerait à peine plus qu'un pâté de maisons. S'y entassent néanmoins des légions de pavillons jumelés en brique rouge et jaune, d'anciennes bâtisses restaurées et divisées en appartements, quelques entrepôts ici et là en fonte ou en granite – autant de constructions engagées dans un combat permanent pour l'espace et qui ont pris un aspect vraiment bizarre au niveau des toits, où des étages supplémentaires ont été ajoutés quand « le haut » est

119

devenu l'unique option. Résultat, les bardeaux et la brique ont jailli des anciennes mansardes, la lessive pend toujours entre les escaliers de secours et les balcons en fer forgé, et la notion de « jardin » est encore plus incongrue par ici que celle de « place de stationnement ».

On n'en trouve pas moins dans ce quartier le plus surpeuplé de la ville une magnifique réplique d'une place de village italien, juste derrière Old North Church. Appelée le Prado, elle est également connue sous le nom de Paul Revere Mall, à cause de sa proximité avec l'église et la maison de Revere, bien sûr, mais aussi parce que l'entrée de Hanover Street est dominée par la statue équestre de Revere signée Dallin. Au centre du Prado trône une fontaine ; le long du mur qui l'entoure figurent des plaques de bronze attestant les exploits de Revere, Dawes, plusieurs révolutionnaires et quelques personnalités moins connues du folklore local.

À midi, quand nous sommes arrivés sur la place par Unity Street, la température avait grimpé jusque dans les trois ou quatre degrés, la neige sale fondait entre les interstices des pavés et formait des flaques dans les creux des bancs en calcaire. En raison du radoucissement, les nouvelles chutes de neige prévues pour la journée s'étaient muées en une bruine légère, d'où l'absence sur le Prado des touristes ou des habitants du North End en route pour leur pause-déjeuner.

Seuls Manny, John Byrne et deux autres types nous attendaient près de la fontaine. J'ai reconnu les deux autres types pour les avoir repérés la veille ; ils se tenaient sur ma gauche pendant que John et moi parlementions avec l'agent Largeant, et sans être aussi imposants que Manny, ils n'étaient pas petits non plus.

– Et voilà sûrement la ravissante Mlle Gennaro ! a lancé Manny. (Il a frappé dans ses mains à notre approche.) Un de mes amis a quelques vilaines bosses sur le crâne à cause de vous, ma p'tite dame.

— Mince, alors, a-t-elle répliqué. Ça me fend le cœur.

Manny s'est adressé à John en haussant les sourcils.

— Jolie petite garce sarcastique, hein ?

John s'est détourné de la fontaine, révélant un nez zébré de pansements blancs et deux yeux enfouis sous un amas de chair boursouflée, bleunoir.

— S'cuse-moi, a-t-il dit.

Le temps de s'écarter de Manny, et il m'envoyait un direct en pleine figure.

Il y avait mis tant de cœur que ses pieds se sont soulevés du sol, mais je me suis penché en arrière pour suivre le mouvement, et quand son poing a atteint ma tempe, il avait perdu presque la moitié de son élan. L'un dans l'autre, c'était un coup assez merdique. J'ai déjà eu des piqûres de guêpe qui faisaient plus mal.

— À part la boxe, qu'est-ce que ta mère t'a enseigné, John ?

Manny s'est esclaffé alors que ses deux comparses ricanaient.

— Vas-y, rigole, a grondé John en continuant d'avancer. Mais je te préviens, Kenzie, c'est moi qui tiens les comptes dans ta vie.

Je l'ai repoussé avant de regarder Manny.

— C'est lui, ton as de l'informatique ?

— En tout cas, ce n'est pas ma force de frappe, monsieur Kenzie.

Cette fois, je n'ai pas vu venir le coup. Quelque chose a explosé dans mon cerveau, ma figure tout entière s'est engourdie, et brusquement, je me suis retrouvé le cul sur le pavé mouillé.

Pour la plus grande joie des copains de Manny. Ils se sont marrés, ont tapé dans les mains et entamé de petites gigues comme s'ils allaient pisser dans leur froc.

J'ai dégluti à plusieurs reprises pour refouler la bile qui remontait de mon canal alimentaire ; déjà, la sensation d'engourdissement désertait mon visage, remplacée par un picotement semblable à des milliers d'aiguilles et de pointes sur ma peau, un afflux de sang derrière les oreilles et l'impression d'avoir une brique à l'endroit du cerveau. Une brique chaude. Brûlante, même.

Manny m'a tendu la main, je l'ai saisie, et il m'a aidé à me redresser.

– Rien de personnel, monsieur Kenzie. Mais la prochaine fois que vous levez la main sur moi, je vous tue.

En équilibre instable sur mes pieds, je luttais toujours contre la nausée ; devant mes yeux, la fontaine semblait miroiter sous l'eau.

– C'est toujours bon à savoir, ai-je articulé avec peine.

En entendant un vrombissement sonore, j'ai tourné la tête vers la gauche et vu un camion à ordures se traîner dans Unity Street ; il était si large et la rue si étroite que ses roues raclaient le trottoir. J'avais une épouvantable gueule de bois, sans doute une commotion cérébrale, et maintenant, je devais écouter un camion poussif remonter Unity Street dans un grand bruit de ferraille ponctué par le fracas des poubelles contre le ciment et le métal. Ô, joie.

Le bras gauche passé autour de mes épaules, le droit autour de celles d'Angie, Manny nous a guidés jusqu'au bord de la fontaine, où nous nous sommes assis tous les trois. John, devant nous, me foudroyait du regard, pendant que les deux hypertrophiés des biceps restaient où ils étaient pour surveiller les accès.

– Ça m'a bien plu, toutes ces conneries que vous avez sorties à ce flic, hier soir, a commencé Manny.

C'était super. « Manny, tu l'emmènes à l'hôpital ?
C'est sûr ? » (Il a émis un petit rire.) Bon sang, vous
retombez rudement vite sur vos pieds !

– Merci, Manny. Venant de toi, ça me touche
beaucoup.

Il s'est tourné vers Angie.

– Quant à vous, foncer droit sur ces disquettes
comme si vous aviez toujours su où elles se trouvaient...

– Je n'avais pas le choix.

– Ah bon ?

– J'étais coincée dans le local du fond à cause du
son et lumière dans le bureau principal.

– Exact. (Il a hoché son énorme tête.) Au début,
j'ai cru que vous étiez envoyés par la concurrence.

– Parce que vous avez des concurrents ? s'est
étonnée Angie. C'est si porteur que ça, la thérapie
de la détresse ?

Il s'est contenté de sourire.

– Mais après, John m'a raconté que vous posiez
des questions sur Desiree Stone, et j'ai découvert
que vous n'aviez pas pu aller au-delà du mot de
passe sur l'ordinateur. Alors, j'ai compris que c'était
un simple coup de pot.

– Un simple coup de pot, a répété Angie.

Il lui a tapoté le genou.

– Alors, qui a les disquettes ?

– Moi, ai-je répondu.

Manny a tendu la main.

Je les ai placées dans sa paume, et il les a lancées
à John. Celui-ci les a rangées dans un attaché-case,
qu'il a refermé d'un coup sec.

– Et pour mes comptes, mes cartes de crédit et
tout le reste ? ai-je demandé.

– Vous savez, j'ai envisagé de vous supprimer, a
déclaré Manny.

– Vous et ces trois-là ? a rigolé Angie.

Il l'a dévisagée.

– Qu'est-ce qu'il y a de si drôle ?

– Baisse les yeux, Manny, lui ai-je conseillé.

Ce qu'il a fait, pour découvrir l'arme d'Angie près de son entrejambe, le canon à quelques millimètres de ses bijoux de famille.

– Ça, c'est drôle, a dit Angie.

Manny a éclaté de rire, et elle aussi, mais sans qu'elle le quitte du regard ou que l'arme tremble dans sa main.

– Putain, je vous aime bien, mademoiselle Gennaro.

– Putain, c'est vraiment pas réciproque, Manny.

Il a tourné la tête vers les plaques de bronze et le grand mur de pierre en face de lui.

– Bon, O.K., personne ne sera tué aujourd'hui. Mais voyez-vous, monsieur Kenzie, j'ai bien peur que vous n'ayez récolté sept ans de malheur. Votre crédit a disparu. Votre fric aussi. Et ils ne reviendront pas. Mes associés et moi, nous avons estimé que vous méritiez une petite leçon d'autorité.

– J'ai compris, Manny, sinon vous n'auriez pas ces disquettes.

– Ah, mais je dois m'assurer que vous la retiendrez, cette leçon. Donc, c'est non, monsieur Kenzie. Vous retournez à la case départ. Vous avez ma parole que nous vous laisserons tranquille à partir de maintenant, mais ce qui est fait est fait.

Dans Unity Street, les éboueurs balançaient les poubelles métalliques sur le trottoir, une camionnette apparue derrière eux klaxonnait furieusement et une vieille dame à sa fenêtre insultait tout le monde en italien. Rien pour arranger ma gueule de bois, en somme.

– Alors, on en reste là ?

Je pensais à mes dix ans d'économies, aux quatre cartes de crédit dans mon portefeuille que je ne pour-

rais plus jamais utiliser, aux centaines d'affaires mer-
diques – petites ou grosses – que j'avais débrouillées.
Tout ça pour rien. J'étais de nouveau pauvre.

– On en reste là. (Manny s'est levé.) Méfiez-vous
quand vous essayez de baiser quelqu'un, Kenzie.
Vous ne savez rien de nous, nous savons tout de
vous. Ce qui nous rend dangereux, et vous, prévisible.

– Merci du conseil, ai-je marmonné.

Il s'est approché d'Angie jusqu'à ce qu'elle lève
les yeux vers lui. Elle n'avait pas lâché son arme,
mais le canon pointait désormais vers le sol.

– En attendant que M. Kenzie puisse de nouveau
vous inviter à dîner, je pourrais peut-être vous sortir
un peu. Qu'est-ce que vous en dites ?

– J'en dis que vous feriez mieux d'acheter *Penthouse* en rentrant chez vous, Manny, et d'activer
votre main droite.

– Je suis gaucher, a-t-il précisé avec un sourire.

– Rien à battre, a-t-elle répliqué, suscitant l'hila-
rité de John.

Manny a haussé les épaules, et pendant quelques
instants, il a paru sur le point de vouloir répliquer,
mais finalement, il a tourné les talons sans rien ajouter pour se diriger vers Unity Street. John et les
deux autres lui ont emboîté le pas. À l'entrée de la
rue, Manny s'est retourné vers nous, sa silhouette
imposante se découpant sur fond de camion à
ordures gris et bleu.

– À la revoyure, les jeunes !

Il a agité la main.

Nous avons agité la main.

Au moment où Bubba, Nelson et les frères Twoomey, tous en possession d'une arme, surgissaient de
derrière le camion.

John ouvrait la bouche quand Nelson l'a frappé
en pleine figure avec un palet de hockey scié. Le

sang a aussitôt jailli de son nez brisé, et il est tombé en avant ; Nelson l'a rattrapé au vol puis balancé sur son épaule. Les frères Twoomey ont aussitôt pris le relais, levant au-dessus de leurs épaules les poubelles métalliques dont ils s'étaient munis pour les abattre sur le crâne des deux malabars, qu'ils ont étendus sur le pavé. J'ai entendu un craquement sonore quand l'un d'eux a explosé sa rotule sur la pierre, puis tous deux se sont roulés en boule comme des chiens endormis au soleil.

Manny s'était figé. Les bras écartés, il regardait d'un air stupéfait ses trois acolytes rétamés en moins de quatre secondes.

Bubba se tenait derrière lui avec un couvercle de poubelle qu'il brandissait comme le bouclier d'un gladiateur. Il a tapé sur l'épaule de Manny, qui a pris un drôle d'air.

Quand il a pivoté, Bubba s'est servi de sa main libre pour lui agripper la nuque, et le couvercle s'est abaissé à quatre reprises, chaque coup produisant le bruit mouillé d'une pastèque lâchée d'un toit.

– Manny, a fait Bubba quand celui-ci s'est effondré. (Il l'a attrapé par les cheveux, et le corps de Manny s'est balancé, souple et élastique, au bout de son bras.) Manny, a répété Bubba. Comment ça va, mon pote ?

Ils ont jeté Manny et John à l'arrière de la camionnette, puis soulevé les deux autres types pour les expédier dans le camion à ordures, parmi les restes de ragoût de tomates, les bananes noires et les cartons vides de surgelés.

L'espace d'un instant terrifiant, Nelson a mis la main sur le vérin hydraulique à l'arrière du camion en demandant :

– Je peux, Bubba ? Dis, je peux ?

– Vaut mieux pas, a répondu Bubba. Ça ferait trop de boucan.

Nelson a acquiescé, mais il avait l'air tout triste.

Ils avaient volé le camion à ordures le matin même, à Brighton. Ils l'ont abandonné sur place avant de regagner la camionnette. Bubba a levé les yeux vers les fenêtres donnant sur la rue. Personne ne regardait dehors. De toute façon, nous étions dans le North End, patrie de la Mafia, et s'il y a bien une chose que les gens du coin apprennent dès la naissance, c'est que quoi qu'ils aient vu, ils ont rien vu, m'sieur l'agent.

– Joli costume, ai-je dit à Bubba au moment de monter dans la camionnette.

– Mouais, a approuvé Angie, t'es beau comme tout en éboueur.

– Appelez-moi technicien du service sanitaire.

Bubba arpentait le deuxième étage de son entre- pôt en tétant une bouteille de vodka. De temps à autre, il souriait à Manny et John, toujours inconscients, étroitement ligotés à des chaises métal- liques.

Le rez-de-chaussée était en ruine, et le second vide maintenant que Bubba avait liquidé son stock de marchandise. Le premier lui servait d'appartement, et en temps normal, il devait être assez confortable, mais Bubba avait tout recouvert de dessus-de-lit en perspective de son année sabba- tique, et en outre, l'endroit était truffé d'explosifs. Miné, quoi. C'est comme ça. Me demandez pas pourquoi.

– Hé, y a le petit qui se réveille ! a fait Iggy Twoo- mey.

Lui, son frère et Nelson, assis sur des piles de vieilles palettes voisines, se passaient une bouteille. Parfois, l'un d'eux gloussait sans raison apparente.

John a ouvert les yeux au moment où Bubba bondissait dans sa direction et atterrissait devant lui, les mains sur les genoux comme un lutteur de sumo.

Pendant un instant, j'ai cru que John allait tourner de l'œil.

— Salut, a fait Bubba.

— Salut, a croassé John.

Bubba s'est penché vers lui.

— Bon, que je t'explique, John. Tu t'appelles bien John, au fait ?

— Oui.

— O.K. Alors, voilà, John : mes copains, Patrick et Angie, ils vont te poser des questions. Pigé ?

— Pigé. Mais je ne sais pas...

— Chut, j'ai pas fini, l'a interrompu Bubba en lui posant un doigt sur les lèvres. Si tu réponds pas à leurs questions, John, ben, mes autres copains... Tu les vois, là-bas ?

Il s'est écarté pour permettre à John de bien regarder les trois tarés qui, installés sur leurs palettes dans la pénombre, biberonnaient en attendant de lui régler son compte.

— Si tu réponds pas, donc, Patrick et Angie vont partir. Après, mes copains et moi, on jouera à ce petit jeu qu'on aime bien avec toi, Manny et un tournevis cruciforme Phillips.

— Rouillé, le tournevis ! a gloussé un des Twoomey.

Des convulsions agitaient maintenant John qui, à mon avis, n'en était même pas conscient. Il dévisageait Bubba comme s'il avait devant lui l'incarnation du spectre qui hantait ses pires cauchemars.

Bubba l'a enfourché avant de repousser ses cheveux de son front.

— On est d'accord, John ?

— D'accord, a répondu John, qui a hoché plusieurs fois la tête.

– D'accord, a répété Bubba d'un air satisfait.

Il lui a tapoté les joues, puis s'est dégagé pour s'approcher de Manny et lui envoyer de la vodka en pleine figure.

Manny est revenu à lui en toussant et en crachant l'alcool sur ses lèvres.

– Quoi ? a-t-il dit.

– Salut, Manny.

Celui-ci a levé les yeux vers Bubba, et pendant un moment, il a tenté de ne pas se laisser impressionner, de réagir en habitué de ce genre de situation. Puis Bubba a souri, et Manny a soupiré avant de fixer le sol du regard.

– Salut, Manny ! s'est exclamé Bubba. Content que tu puisses te joindre à nous ! Bon, je t'explique comment ça va se passer. John va raconter à Patrick et à Angie tout ce qu'ils veulent savoir. Si j'ai l'impression qu'il raconte des salades, ou si tu lui coupes la parole, je te fais brûler vif.

– Moi ?

– Toi.

– Pourquoi pas lui, hein ? Si c'est lui qui raconte des salades ?

– Parce qu'y a plus à brûler chez toi, Manny.

Manny s'est mordu la lèvre tandis que les larmes lui montaient aux yeux.

– Dis-leur la vérité, John.

– Je t'emmerde, Manny.

– Dis-leur !

– D'accord, je vais leur dire ! a crié John. Mais pas à cause de toi. « Pourquoi pas lui ? » a-t-il répété en imitant Manny. Comme copain, tu te poses là ! Si on s'en tire, crois-moi, tout le monde saura que t'as chialé comme une gonzesse.

– C'est même pas vrai.

– Si, c'est vrai.

– John, a commencé Angie, qui a trafiqué le compte de Patrick et ses cartes de crédit ?

Il a baissé les yeux.

– C'est moi.

– Comment ? ai-je demandé.

– Je travaille pour l'IRS.

– Donc, tu vas pouvoir arranger ça.

– Ben, c'est beaucoup plus facile à bloquer qu'à débloquer.

– John ? ai-je repris. Regarde-moi.

Ce qu'il a fait.

– Débloque mes comptes.

– Je...

– Pour demain.

– Demain ? Mais je ne peux pas. Ça prendra au moins...

Je l'ai toisé.

– Écoute-moi bien, John : tu peux faire disparaître mon fric, et c'est très effrayant. Mais moi, je peux *te* faire disparaître, et c'est encore plus effrayant, tu ne penses pas ?

Il a avalé sa salive, et sa pomme d'Adam a tressauté quelques instants dans sa gorge.

– Demain, John. Matin.

– Euh, oui. O.K.

– T'as fait disparaître le fric d'autres personnes ? ai-je demandé.

– Je...

– Réponds, a ordonné Bubba, les yeux rivés sur ses chaussures.

– Oui.

– Des gens qui ont essayé de quitter l'Église de la Vérité et de la Révélation, peut-être ? a suggéré Angie.

– Hé, une minute, est intervenu Manny.

– Qui c'est qu'a des allumettes ? a lancé Bubba.

– D'accord, je la ferme, a marmonné Manny. Je la ferme.

– On sait tout des liens entre SOS Détresse et l'Église, a continué Angie. Un des moyens que vous avez trouvés pour calmer les membres un peu trop récalcitrants, c'est de semer le bordel dans leurs finances. C'est bien ça ?

– Quelquefois, oui, a répondu John, dont la lèvre inférieure saillait comme celle d'un gamin pris à regarder sous les jupes des filles à l'école.

– Vous avez placé des gens dans toutes les grandes entreprises, pas vrai ? ai-je poursuivi. L'IRS, la police, les banques... Où encore ?

Son haussement d'épaules a été limité par les cordes.

– Partout.

– Super.

Il a émis un petit reniflement de mépris.

– À ce que je sache, personne ne se plaint quand des catholiques travaillent pour ces mêmes organisations. Ou des Juifs.

– Ou des Adventistes du septième jour, a renchéri Bubba.

Je l'ai regardé.

– Oups. (Il a levé la main.) Désolé.

Je me suis penché vers John, j'ai posé mes coudes sur ses genoux et plongé mon regard dans le sien.

– O.K., John. Maintenant, une question importante. Et ne t'avise surtout pas de mentir.

– Ce serait pas une bonne idée, a dit Bubba.

John a jeté un coup d'œil nerveux à Bubba avant de reporter son attention sur moi.

– Alors, John, qu'est-ce qui est arrivé à Desiree Stone ?

11

– Desiree Stone, a répété Angie. Allez, John. On sait qu'elle a suivi une thérapie chez SOS Détresse.

John s'est léché les lèvres en clignant des yeux. Il n'avait rien dit depuis près d'une minute, et Bubba commençait à s'agiter.

– John..., l'ai-je encouragé.

– Je croyais que j'avais un briquet dans le coin. (Bubba avait l'air perplexe. Il a palpé les poches de son pantalon, et soudain, il a claqué des doigts.) Ah oui ! Je l'ai laissé en bas. Je me rappelle, maintenant. Bon, je reviens tout de suite.

John et Manny l'ont regardé trottiner vers les marches au milieu du loft, tandis que le martèlement sourd de ses Rangers se répercutait sur les poutres au-dessus de nous.

Au moment où Bubba disparaissait dans l'escalier, j'ai lancé :

– Hé, voilà. Vous avez réussi.

John et Manny ont échangé un coup d'œil.

– Quand il est dans cet état, a repris Angie, on ne peut jamais prévoir ses réactions. Il a tendance à devenir, comment dire, créatif.

Les yeux de John avaient désormais la taille de soucoupes.

– Ne le laissez pas me faire du mal...

– Je ne peux pas grand-chose pour toi si tu refuses de nous parler de Desiree.

– Je ne sais rien sur Desiree Stone.

– Je suis sûr du contraire.

– Demandez plutôt à Manny. C'était lui, son thérapeute.

Angie et moi nous sommes lentement tournés vers Manny.

Celui-ci a secoué la tête.

Avec un sourire, Angie s'est approchée de lui.

– Manny, Manny, Manny... Alors, comme ça, tu nous caches des choses ? (Elle amené son visage près du sien.) Allez, monsieur Muscles, accouche.

– Je suis obligé de supporter les conneries de ce cinglé, mais il est pas question que je supporte celles d'une pétasse !

Il lui a craché dessus, mais elle s'est écartée à temps.

– Houla ! Vous n'avez pas l'impression que Manny passe un peu trop de temps au club de gym ? C'est le cas, Manny, pas vrai ? Je t'imagine très bien en train de soulever tes petites haltères, ou de virer du Stair-Master les types plus gringalets que toi et de raconter à tes potes accros de la gonflette tes exploits avec la nana dont t'as usé et abusé pendant la nuit. C'est toi, ça, Manny. C'est tout toi.

– Hé, va te faire foutre.

– Non, Manny. C'est toi qui vas te faire foutre. Va te faire foutre et crève.

À cet instant, Bubba est revenu dans la pièce armé d'un chalumeau à acétylène.

– Victoire ! braillait-il en bondissant. Victoire !

Manny a hurlé, lutté contre les cordes qui l'entravaient.

– Ah, ça commence à devenir marrant, a lancé un des frères Twoomey.

– Non ! a piaillé Manny. Non ! Non ! Non ! Desiree Stone est arrivée au Centre thérapeutique le

133

19 novembre. Elle, elle, elle était déprimée parce que, parce que, parce que...

– Ralentis, Manny, lui a conseillé Angie. Ralentis.

Le visage ruisselant de sueur, il a fermé les yeux et pris une profonde inspiration.

Bubba, assis par terre, caressait son chalumeau.

– O.K., Manny, a déclaré Angie. Reprends tout depuis le début.

Elle a placé un magnétophone sur le sol devant lui, puis l'a enclenché.

– Desiree était déprimée parce que son père avait un cancer, parce que sa mère venait de mourir et parce qu'un gars qu'elle avait connu à l'université s'était noyé.

– Cette partie-là, on la connaît déjà, ai-je dit.

– Alors, elle est venue nous trouver et...

– Comme ça, par hasard ? a demandé Angie. Elle se baladait dans la rue, et elle est entrée ?

– Euh, oui.

Manny a cillé.

Angie a regardé Bubba.

– Il ment.

Bubba a remué lentement la tête et allumé sa torche.

– D'accord, a fait Manny. D'accord. Elle a été recrutée.

– La prochaine fois que j'allume ce truc, Ange, a prévenu Bubba, je m'en sers. Que ça te plaise ou non.

Elle a acquiescé.

– Jeff Price, a précisé Manny. C'était lui, le recruteur.

– Jeff ? ai-je répété. Je croyais qu'il s'appelait Sean.

– Sean, c'était son deuxième prénom, a expliqué Manny. Il l'utilisait quelquefois comme pseudonyme.

– Qu'est-ce que tu sais sur lui ?

– Il supervisait le programme de thérapie à SOS Détresse et il appartenait au Conseil de l'Église.

– Qui est... ?

– En gros, l'équivalent d'un conseil d'administration. Il est constitué de gens qui font partie de l'Église depuis l'époque de Chicago.

– Bon, et ce Jeff Price, où est-il aujourd'hui ? a demandé Angie.

– Parti, a répondu John.

D'un même mouvement, nous nous sommes tous tournés vers lui. Même Bubba avait l'air intéressé. Peut-être prenait-il mentalement des notes pour le jour où il monterait sa propre église. Le Temple des Débiles Profonds.

– Jeff Price a volé deux millions de dollars à l'Église avant de disparaître.

– Ça remonte à quand ?

– Un peu plus de six semaines, a déclaré Manny.

– Au moment où Desiree Stone disparaissait elle aussi, donc.

Manny a acquiescé.

– Ils étaient amants.

–. Tu penses qu'elle est partie avec lui ? a demandé Angie.

Manny a regardé John. John a regardé ses pieds.

– Quoi ? a lancé Angie.

– Je pense plutôt qu'elle est morte, a avoué Manny. Faut que vous compreniez un truc : Jeff, c'est un...

– ... salopard de première, a achevé John. La pire espèce d'enfoiré que vous ayez jamais rencontrée.

– Le genre à vendre sa mère aux alligators pour une paire de foutues godasses, si vous voyez ce que je veux dire, a ajouté Manny.

– Mais Desiree est peut-être quand même avec lui, a repris Angie.

– Possible. Le problème, c'est que Jeff est du style à voyager léger. Vous me suivez ? Il sait qu'on le cherche. Il sait aussi qu'une fille aussi jolie que Desiree ne passe pas inaperçue. Je ne dis pas qu'elle n'a pas quitté le Massachusetts avec lui, mais à mon avis, il s'est débarrassé d'elle en route. Sûrement quand elle a découvert qu'il avait volé de l'argent. Et quand je dis qu'il s'en est débarrassé, je ne parle pas de l'abandonner dans un restau Denny's ou un truc dans ce goût-là. Non, il a dû l'enterrer profondément.

Il a baissé la tête, et son corps s'est affaissé contre les cordes.

– Tu l'aimais bien, hein ? a fait Angie.

Quand il a relevé les yeux, la réponse était inscrite dans son regard.

– Mouais, a-t-il murmuré. Vous dites que j'arnaque les gens ? C'est vrai. D'accord. Je le reconnais. Mais pour la plupart, ce sont de vrais cons. Ils arrivent en râlant, en se plaignant d'un sentiment de malaise ou d'un syndrome de fatigue chronique, de ne jamais s'être remis d'avoir fait pipi au lit quand ils étaient mômes. Des gens comme ça, moi, je les emmerde. Ils ont manifestement trop de temps et trop de fric à leur disposition, et si une partie de ce fric peut servir à l'Église, tant mieux. (Il contemplait Angie avec une expression de défi glacial qui s'est peu à peu réchauffée ou adoucie.) Mais Desiree Stone était différente. Elle est venue nous demander de l'aide. Tout son putain d'univers s'était écroulé en quoi, deux semaines, et elle avait peur de craquer. Vous ne me croirez peut-être pas, mais l'Église aurait pu lui offrir une assistance. J'en suis persuadé.

Angie a remué lentement la tête avant de lui tourner le dos.

– Fais-nous gagner du temps, là, Manny. L'histoire de Jeff Price selon laquelle sa famille aurait été empoisonnée à l'oxyde de carbone ?

– Des conneries.

– Quelqu'un a infiltré SOS Détresse récemment, ai-je dit. Quelqu'un comme nous. Tu vois de qui je veux parler ?

Il a eu l'air sincèrement déconcerté.

– Non.

– John ?

Celui-ci a esquissé un mouvement de dénégation.

– Et vous n'avez vraiment aucune indication sur la destination de Price ? a demandé Angie.

– Comment ça ?

– Écoute, Manny, ai-je répliqué, avec tes copains, vous êtes capables de bloquer tous mes comptes bancaires, la nuit, et ce, en moins de douze heures. Alors, je serais tenté de croire que ce n'est pas très facile de vous échapper.

– Sauf que c'est la spécialité de Price. Il a débarqué chez nous avec ce concept des contre-opérations.

– Des quoi ?

– Essentiellement, ça consiste à neutraliser l'adversaire avant qu'il ait eu le temps de vous neutraliser. Par une technique d'infiltration en douceur. Comme la CIA. L'accumulation d'informations, les séances, le test du code de carte bleue, tout ça, c'étaient les idées de Price. Il avait commencé à les mettre en œuvre à Chicago. Si quelqu'un est capable de nous échapper, c'est bien lui.

– N'empêche, il y a eu cette fois à Tampa..., est intervenu John.

Manny l'a foudroyé du regard.

– Je ne veux pas brûler, s'est défendu John. Pas question.

– Qu'est-ce qui s'est passé à Tampa ? ai-je demandé.

– Il a utilisé une carte de crédit. La sienne. Il était sûrement bourré, a expliqué John. C'est sa principale faiblesse. Il a un penchant pour l'alcool. Un de nos employés est payé pour ça, pour rester assis à longueur de journée devant un ordinateur connecté à toutes les banques et les compagnies de crédit dans lesquelles Price a des comptes. Il y a trois semaines, ce type regardait son écran la nuit quand il a entendu un bip. Price a utilisé sa carte de crédit dans un motel à Tampa, le Courtyard Marriott.

— Et ?

— Et, a enchaîné Manny, trois de nos gars étaient sur place quatre heures plus tard. Mais l'oiseau s'était déjà envolé. De toute façon, on ne sait même pas s'il avait mis les pieds dans cet hôtel. D'après le réceptionniste, c'est une nana qui s'est servie de la carte.

— Desiree, peut-être, ai-je suggéré.

— Non. Une blonde, avec une grande cicatrice dans le cou. Le réceptionniste l'a prise pour une pute. Elle lui a raconté que c'était la carte de son papa. Pour moi, Price a dû vendre ses cartes de crédit ou les balancer par une fenêtre en se disant que les clodos les récupéreraient. Juste histoire de nous faire chier en brouillant les pistes.

— Et depuis, il n'y a pas eu d'autre opération ? a interrogé Angie.

— Non, a déclaré John.

— Ça ne rend pas ton histoire très crédible, Manny.

— Elle est morte, monsieur Kenzie, a-t-il répété. J'aimerais que ce ne soit pas le cas, mais croyez-moi, elle l'est.

Nous les avons cuisinés encore trente minutes, mais sans rien découvrir de nouveau. Desiree Stone avait rencontré Jeff Price, elle était tombée amoureuse de lui et il l'avait manipulée. Price avait volé deux millions trois cent mille dollars dont il était impossible de signaler la disparition à la police, car ils provenaient des fonds secrets constitués par SOS Détresse et l'Église avec l'argent escroqué à ses membres. À dix heures du matin, le 12 février, Price avait composé le code bancaire du compte dans les îles Grand Cayman, fait transférer l'argent sur son compte personnel à la Commonwealth Bank et l'avait retiré à onze heures et demie. Sa piste s'arrêtait à la sortie de la banque.

Vingt et une minutes plus tard, Desiree Stone garait sa voiture au 500, Boylston Street, à neuf cents mètres environ de la banque où s'était rendu Price. Ensuite, elle aussi s'était volatilisée.

– Au fait, ai-je dit en pensant à Richie Colgan, qui dirige l'Église ? Qui la finance ?

– Personne ne le sait, a répondu Manny.

– S'il te plaît.

Il a regardé Bubba.

– Sérieux. Je vous assure. Les membres du conseil doivent le savoir, mais pas les types comme nous.

J'ai regardé John.

Il a hoché la tête.

– Le chef de l'Église s'appelle le révérend Kett, mais personne ne l'a vu en chair et en os depuis au moins quinze ans.

– Peut-être même vingt, a renchéri Manny. On est bien payés, Kenzie. Très bien, même. Alors, on ne se plaint pas et on ne pose pas de questions.

J'ai regardé Angie. Elle a haussé les épaules.

– Il nous faut une photo de Price, a-t-elle dit.

– Il y en a une sur les disquettes, a déclaré Manny. Dans le fichier nommé FPESD – Fichiers du Personnel, Église et SOS Détresse.

– Rien d'autre à nous apprendre sur Desiree ?

Il a secoué la tête, et quand il a repris la parole, sa voix trahissait son chagrin :

– On ne rencontre pas beaucoup de gens bien. Je veux dire, vraiment bien. Aucun de nous ici n'est quelqu'un de bien. (Il nous a tous dévisagés.) Contrairement à Desiree. Elle aurait pu contribuer à améliorer ce monde. Et maintenant, elle doit se trouver quelque part au fond d'un fossé.

Bubba a de nouveau assommé Manny et John puis, avec Nelson et les frères Twoomey, ils les ont emmenés dans une sorte de décharge sous le Mystic River Bridge à Charlestown. Là, ils ont attendu qu'ils se réveillent pour les expédier tous les deux hors de la camionnette, les mains liées et la bouche bâillonnée, avant de tirer quelques balles autour de leurs têtes jusqu'à ce que John se mette à gémir et Manny, à pleurer. Ensuite seulement, ils sont partis.

– Les gens vous surprennent, des fois, a dit Bubba.

Nous étions assis sur le capot de la Crown Victoria garée au bord de la route devant le pénitencier de Plymouth. De là, nous apercevions les jardins ainsi que la serre des détenus, et les cris joyeux des hommes jouant au basket de l'autre côté résonnaient dans l'air vif. Mais un seul regard aux rouleaux de barbelés agressifs au sommet des murs ou aux silhouettes des gardes armés de fusils dans les miradors suffisait à dissiper tout malentendu éventuel sur la véritable nature de cet endroit : il s'agissait d'une cage pour humains. Quoi qu'on pense du crime et du châtiment, le fait était là. Et il était moche.

– Elle est peut-être encore vivante, a repris Bubba.

– Mouais, ai-je dit.

– Non, sérieux. Des fois, les gens vous surprennent. Vous m'avez raconté vous-mêmes avant que ces couillons se réveillent chez moi qu'elle avait balancé du gaz lacrymogène dans la figure d'un type, un jour.

– Et alors ? a fait Angie.

– Alors, ça prouve qu'elle est forte. Tu comprends ? Je veux dire, y a un type assis à côté de toi, tu sors une bombe de gaz lacrymogène et tu lui en balances le contenu dans les yeux ? Faut le vouloir ! Cette fille-là, elle a du cran. Peut-être qu'elle a réussi à lui filer entre les pattes, à ce salopard de Price.

– Auquel cas, elle aurait téléphoné à son père. Essayé de le contacter, d'une manière ou d'une autre.

Il a soupiré.

– Peut-être. Je sais pas. C'est vous les détectives ; moi, je suis que le crétin de service qui se retrouve en taule pour avoir planqué un flingue.

Nous nous sommes de nouveau appuyés contre la voiture avant de contempler un instant, par-delà les murs de granite et le fil barbelé, le ciel qui s'assombrissait.

– Faut que j'y aille, a déclaré Bubba.

Angie l'a enlacé avec force et embrassé sur la joue.

Je lui ai serré la main.

– Tu veux qu'on t'accompagne jusqu'à la porte ?

– Nan. J'aurais l'impression que vous êtes mes parents le jour de la rentrée.

– Le jour de la rentrée, je me rappelle que t'as dérouillé Eddie Rourke, ai-je dit.

– Forcément, il s'était foutu de ma gueule parce que mes parents m'avaient accompagné jusqu'à la porte. (Il nous a adressé un clin d'œil.) Allez, à dans un an !

– On se reverra avant, a répondu Angie. Tu crois qu'on oublierait de te rendre visite ?

Il a haussé les épaules.

– Oubliez pas ce que je vous ai dit, en tout cas. Les gens, des fois, ils vous surprennent.

Nous l'avons vu s'avancer sur l'allée de gravier et de débris de coquillages, les épaules voûtées, les mains dans les poches, les cheveux soulevés par le vent mordant qui s'élevait des sillons de végétation gelée dans les champs alentour.

Il a franchi les portes sans un regard en arrière.

12

– Donc, ma fille est à Tampa, a déclaré Trevor Stone.

– Vous avez entendu ce qu'on vient de vous dire, monsieur Stone ? a demandé Angie.

Il a posé sur elle ses yeux larmoyants tout en rajustant sa veste de smoking.

– Oui. Deux hommes la croient morte.

– Exact, ai-je renchéri.

– C'est aussi votre avis, monsieur Kenzie ?

– Pas forcément. Mais tel qu'on nous a décrit ce Jeff Price, ce n'est pas le genre de type à s'embarrasser d'une jeune femme aussi remarquable que votre fille alors qu'il essaie de garder un profil bas. Dans ces conditions, la piste de Tampa...

Trevor Stone a ouvert la bouche comme pour prendre la parole, puis l'a refermée. Les yeux clos, il paraissait lutter pour refouler quelque chose d'acide. Son visage était humide de sueur et plus pâle que des ossements blanchis. La veille, il s'était préparé pour nous recevoir, il avait choisi sa tenue avec soin et utilisé sa canne pour offrir l'image d'un guerrier fragile mais fier et courageux.

Ce soir, cependant, n'ayant pas anticipé notre visite, il était assis dans le fauteuil roulant où, d'après Julian, il passait désormais les trois quarts

143

de son temps, l'esprit et le corps épuisés par le cancer et la chimiothérapie qui tentait de le combattre. Ses cheveux se dressaient sur son crâne en touffes statiques éparses, et sa voix n'était qu'un âpre chuchotement à peine audible.

— C'est quand même une piste, a-t-il dit, les yeux toujours clos, un poing tremblant pressé contre sa bouche. Peut-être est-ce là-bas que M. Becker a disparu lui aussi. Hein ?

— Peut-être, ai-je répondu.

— Quand partez-vous ?

— Comment ? a lancé Angie.

Il a ouvert les yeux.

— À Tampa. Vous pourriez être prêts demain matin à la première heure ?

— Il nous faut le temps de faire les réservations.

Trevor Stone a froncé les sourcils.

— Inutile. Julian n'aura qu'à passer vous chercher et vous conduire jusqu'à mon avion.

— Votre avion, a répété Angie.

— Retrouvez ma fille, ou M. Becker, ou M. Price.

— Monsieur Stone, a répliqué Angie, nos chances d'y parvenir sont minces.

— Bien. (Il a toussé dans son poing, fermé de nouveau les yeux quelques instants.) Si elle est vivante, je veux qu'on la retrouve. Si elle est morte, j'ai besoin de le savoir. Et si ce M. Price est à l'origine de sa mort, vous acceptez de me rendre un service ?

— Lequel ? ai-je demandé.

— Pourriez-vous avoir l'obligeance de le tuer ?

L'air dans la pièce nous a paru glacial, tout d'un coup.

— Non, ai-je répondu.

— Vous avez déjà tué des gens.

— Plus jamais, ai-je déclaré au moment où il tournait la tête vers la fenêtre. Monsieur Stone ?

Il m'a regardé.

– Plus jamais, ai-je répété. Est-ce clair ?

Il a fermé les yeux, appuyé la tête contre le dossier de son fauteuil et nous a chassés de la main.

– Vous avez vu un homme qui ne sera bientôt plus que poussière, nous a dit Julian dans le vestibule en tenant le manteau d'Angie.

Quand elle a voulu le récupérer, Julian lui a fait signe de se retourner. Avec une petite grimace, elle s'est exécutée, et il l'a aidée à enfiler le vêtement.

– Moi, a-t-il poursuivi en cherchant ma veste dans la penderie, je vois un homme qui dominait les autres, qui dominait le monde de l'industrie, de la finance et tous les secteurs dans lesquels il décidait de se lancer. Un homme dont les pas inspiraient la crainte. Et le respect. Un respect absolu.

Il m'a tendu ma veste, et en l'enfilant, j'ai humé le parfum frais et propre de son eau de toilette. Je ne connaissais pas cette marque-là, mais je la devinais au-dessus de mes moyens.

– Depuis combien de temps êtes-vous à son service, Julian ?

– Vingt-cinq ans, monsieur Kenzie.

– Et Culbuto ? a demandé Angie.

Julian lui a adressé un léger sourire.

– Vous voulez parler de M. Clifton, je suppose ?

– Oui.

– Il est avec nous depuis vingt ans. Il remplissait les fonctions de majordome et de secrétaire personnel auprès de Mme Stone. Aujourd'hui, il m'aide à entretenir la propriété, ainsi qu'à veiller aux intérêts professionnels de M. Stone lorsque M. Stone se sent trop fatigué pour s'en occuper.

Je me suis tourné vers lui.

– À votre avis, qu'est-ce qui a pu arriver à Desiree ?

– Je n'en ai pas la moindre idée, monsieur. J'espère seulement qu'il ne s'agit pas de quelque chose d'irrémédiable. C'est une enfant exquise.

– Et pour M. Becker ? a lancé Angie.

– Que voulez-vous dire, mademoiselle ?

– Le soir où il a disparu, il devait venir ici. Nous avons vérifié avec la police, monsieur Archerson. Personne n'a signalé de perturbations ou d'incidents particuliers sur la nationale 1A cette nuit-là. Il n'y a pas eu d'accidents ni de véhicules abandonnés. Aucune compagnie de taxis n'a enregistré de course vers cette adresse à ce moment-là, aucune agence n'a loué de voiture à un certain Jay Becker. Quant à sa propre voiture, elle est toujours garée dans le parking de son immeuble.

– Et vous en déduisez... ?

– Rien du tout, ai-je répondu. Pour l'instant, Julian, on n'a que des impressions.

– Ah. (Il nous a ouvert la porte, laissant entrer dans le vestibule un courant d'air polaire.) Quel genre d'impressions ?

– Que quelqu'un ment, a déclaré Angie. Peut-être même plusieurs quelqu'un.

– Ça donne à réfléchir, en effet. (Julian a incliné la tête.) Bonsoir, monsieur Kenzie, mademoiselle Gennaro. Soyez prudents au volant.

– Le haut est en bas, a déclaré Angie alors que nous traversions Tobin Bridge et que les lumières de la ville brillaient devant nous.

– Quoi ?

– Le haut est en bas. Le noir est blanc. Le nord est au sud.

– O.K., ai-je dit lentement. Tu préfères que je conduise ?

Elle m'a coulé un bref regard.

– C'est cette affaire, Patrick. Je commence à penser que tout le monde ment et que tout le monde a quelque chose à cacher.

– Dans ce cas, qu'est-ce que tu proposes ?

– De ne rien prendre pour argent comptant. De douter de tout et de ne faire confiance à personne.

– Bon.

– Et aussi, de passer chez Jay Becker.

– Maintenant ?

– Maintenant.

Jay Becker vivait à Whittier Place, une tour surplombant la Charles River ou le Fleet Center, selon l'orientation des appartements.

Whittier Place fait partie de la Résidence Charles River, un ensemble hideux de logements haut de gamme construit dans les années 70 en même temps que le City Hall, le Hurley and Lindermann Center et le JFK Building pour remplacer l'ancien West End, que plusieurs urbanistes de génie avaient décidé de raser afin que Boston à cette époque puisse ressembler à Londres dans *Orange mécanique*.

Le West End ressemblait alors beaucoup au North End, en un peu plus vieillot et miteux dans certains coins en raison de sa proximité avec les quartiers chauds de Scollay Square et de North Station. Lesquels quartiers chauds ont disparu aujourd'hui, à l'instar du West End et de la plupart des piétons après cinq heures du soir. À la place, les urbanistes ont édifié un complexe tentaculaire de bâtiments administratifs en béton dignes d'un jeu de construction, privilégiant la forme au détriment de la fonction – une forme par ailleurs hideuse – et d'immeubles de parpaings, pour un résultat qui évoque une sorte d'enfer stérile et anonyme.

« Si vous habitiez ici, vous seriez déjà chez vous », disaient les pancartes intelligentes sur notre chemin alors que nous empruntions Storrow Drive vers l'entrée de Whittier Place.

– Si j'habitais cette voiture, je serais aussi chez moi, non ? a lancé Angie.

– Même chose si t'habitais sous ce pont, là-bas.

– Ou dans la Charles River.

– Ou dans cette benne à ordures.

Nous avons continué comme ça jusqu'à ce que nous trouvions une place de parking – encore un endroit où nous aurions été chez nous si nous y avions habité.

– T'aimes vraiment pas le moderne, hein ? a-t-elle affirmé alors que nous nous dirigions vers Whittier Place, que je regardais en fronçant les sourcils.

J'ai haussé les épaules.

– J'aime bien la musique moderne. Certaines émissions de télé sont mieux que ce qu'elles ont été. Mais c'est à peu près tout.

– Il n'y pas un seul ouvrage d'architecture qui trouve grâce à tes yeux ?

– Je n'ai pas immédiatement envie de démolir les tours Hancock ou l'Heritage quand je les vois. Mais Frank Lloyd Wrong [1] et I.M. Pei n'ont jamais conçu le moindre bâtiment capable de rivaliser avec la plus simple des bâtisses victoriennes.

– T'es un pur Bostonien, Patrick. Pur et dur.

– Je veux juste qu'ils laissent tranquille mon Boston à moi, Ange, ai-je expliqué en chemin. Ils n'ont qu'à aller à Hartford s'ils veulent construire ce genre de merde. Ou à L.A. N'importe où, du moment que c'est loin d'ici.

1. De son véritable nom Frank Lloyd Wright. L'auteur fait ici un jeu de mots sur « right » et « wrong », qui signifient « avoir raison » et « avoir tort ».

Quand elle m'a pressé la main, j'ai vu un petit sourire sur ses lèvres.

Nous avons franchi une première série de portes vitrées, avant de nous retrouver face à face avec une seconde – verrouillée celle-là. Sur notre droite se trouvait une rangée de noms suivis chacun par un nombre à trois chiffres ; un téléphone était installé à gauche du panneau. Exactement ce que je craignais. Ce n'était même pas la peine de recourir au bon vieux truc consistant à appuyer sur dix Interphone dans l'espoir que quelqu'un finirait par ouvrir. Si on se servait du téléphone, la personne qui décrocherait nous verrait grâce à la caméra de surveillance.

Tous ces foutus criminels nous avaient drôlement compliqué l'existence, à nous autres privés.

– C'était plutôt marrant de te voir aussi enthousiaste, tout à l'heure, a repris Angie en ouvrant son sac, qu'elle a retourné pour en vider le contenu sur le sol.

– Ah ouais ?

Je me suis agenouillé près d'elle pour l'aider à rassembler les objets épars.

– Ouais. Ça faisait longtemps que tu t'étais pas enthousiasmé pour quelque chose.

– Je te retourne le compliment, Ange.

Nous nous sommes regardés, et en cet instant, la question que je lisais dans les yeux d'Angie devait sûrement se refléter dans les miens :

Qui sommes-nous, maintenant ? Avec tout ce que Gerry Glynn a emporté, que reste-t-il ? Comment redevenir heureux ?

– Une femme a besoin de combien de rouges à lèvres ? ai-je demandé avant de me concentrer de nouveau sur le fouillis par terre.

– Une dizaine, c'est une bonne moyenne. Cinq, si tu dois voyager léger.

Un couple s'approchait de l'autre côté des portes vitrées. Lui ressemblait à un avocat, cheveux poivre et sel sculptés, cravate Gucci rouge et jaune. Elle ressemblait à une femme d'avocat, pincée et soupçonneuse.

– À toi de jouer, ai-je glissé à Angie.

Au moment où l'homme poussait la porte, Angie a écarté son genou pour lui dégager le passage, libérant dans son mouvement une longue mèche jusque-là repoussée derrière son oreille, et qui est venue lui caresser la pommette.

– Excusez-moi, a-t-elle dit avec un petit rire en accrochant le regard du type. Je suis tellement maladroite...

Alors qu'il la contemplait, j'ai vu ses yeux d'homme d'affaires implacable gagnés par la gaieté communicative d'Angie.

– Moi-même, je ne peux pas traverser une pièce vide sans trébucher.

– Ah! s'est exclamée Angie. Une âme sœur.

Il a souri comme un gamin de dix ans timide.

– Attention tout le monde, les catastrophes ambulantes débarquent, a-t-il répliqué.

Angie a éclaté d'un rire bref, comme surprise par ce trait d'esprit original, puis elle a ramassé ses clés.

– Les voilà.

Nous nous sommes redressés au moment où sa femme passait devant moi pour franchir la porte qu'il tenait ouverte.

– Tâchez de faire attention, la prochaine fois, a-t-il recommandé avec une sévérité feinte.

– J'essaierai, a-t-elle répondu en appuyant sur le mot.

– Vous habitez ici depuis longtemps ?

– Viens, Walter, a ordonné sa femme.

– Six mois.

– Viens, Walter, a répété sa femme.

Walter a gratifié Angie d'un ultime coup d'œil avant de sortir.

Quand la porte s'est refermée derrière eux, j'ai marmonné :

– Assis, Walter. Coucouche, Walter.

– Pauvre Walter, a dit Angie devant les ascenseurs.

– Pauvre Walter ? Laisse-moi rire. À propos, t'aurais pas pu faire un peu plus sexy, dans le genre ?

– Hein ?

– « Sssuis-moi », ai-je minaudé, m'efforçant d'imiter au mieux la voix de Marilyn Monroe.

– Je n'ai pas dit « sssuis-moi », j'ai dit « six mois ». Et je ne l'ai pas jouée aussi sexy.

– T'as raison, Norma Jean.

Elle m'a poussé du coude, les portes de la cabine se sont ouvertes, et nous sommes montés jusqu'au douzième.

– T'as apporté le cadeau de Bubba ? m'a-t-elle demandé devant l'appartement de Jay.

Le cadeau de Bubba, c'était un décodeur d'alarme. Il me l'avait offert à Noël, mais je n'avais pas encore eu l'occasion de l'essayer. D'après lui, il s'agissait d'un appareil capable de lire la fréquence acoustique de la sonnerie d'une alarme et de la décoder en quelques secondes. Dès qu'une lumière rouge apparaissait sur le minuscule écran LED, il suffisait de diriger le décodeur vers la source de l'alarme, puis de presser un bouton au milieu pour que la sonnerie s'arrête.

En principe.

J'avais déjà eu l'occasion d'utiliser le matériel de Bubba, et en général, tout se passait bien du moment qu'il n'avait pas utilisé la formule « à la pointe ». Dans le langage Bubba, « à la pointe » signifiait qu'il y avait quelques bugs dans le système ou que l'engin n'avait pas encore été testé. Il n'avait pas employé l'expression quand il m'avait donné le décodeur, mais je n'avais aucun moyen de savoir s'il fonctionnait tant que nous ne serions pas chez Jay.

Pour être déjà venu, je savais aussi que Jay avait installé une alarme silencieuse reliée à Porter & Larousse Consultants, une agence de sécurité dans le centre-ville. Une fois l'alarme déclenchée, vous aviez trente secondes pour appeler l'agence et donner le mot de passe ; sinon, les flics débarquaient.

En chemin, j'avais mentionné ce détail à Angie, qui m'avait répondu : « Je m'en charge. Fais-moi confiance. »

Elle a crocheté les deux serrures avec son attirail pendant que je surveillais le couloir, puis elle a ouvert et nous sommes entrés. Je venais de refermer la porte derrière moi lorsque la première alarme s'est déclenchée.

Celle-ci était à peine plus bruyante qu'une sirène annonçant une attaque aérienne ; j'ai dirigé le décodeur de Bubba vers le boîtier clignotant au-dessus du portique de la cuisine, appuyé sur le bouton noir au milieu, et attendu. Un-Mississippi, deux-Mississippi, trois-Mississippi, allez, allez, allez... Bubba était à deux doigts de perdre un chauffeur pour revenir de la prison quand, soudain, le voyant rouge est apparu sur l'écran LED ; j'ai de nouveau pressé le bouton noir, et la sirène s'est tue.

– Waouh, ai-je dit, les yeux fixés sur la petite boîte dans ma paume.

Au salon, Angie a décroché le téléphone, activé une touche sur la console à numérotation rapide, patienté un instant, puis annoncé :

– Shreveport.

Je l'ai rejointe.

– Merci, bonne nuit à vous aussi, a-t-elle ajouté avant de raccrocher.

– Shreveport ?

– Jay est né là-bas.

– Ça, je le savais. Mais toi, comment tu le sais ?

Elle a haussé les épaules avant de parcourir la pièce du regard.

– J'ai dû l'entendre en parler devant un verre, ou quelque chose comme ça.

– Il t'a dit aussi que c'était son mot de passe ?

En guise de réponse, j'ai eu droit à un autre haussement d'épaules.

– Devant *un verre* ?

– Mmm.

Angie m'a croisé pour se diriger vers la chambre.

Le salon offrait un aspect irréprochable. Un canapé d'angle en cuir noir occupait un tiers de la pièce ; devant, sur la table basse en verre fumé anthracite, étaient disposés trois numéros de *GQ* soigneusement empilés et quatre télécommandes. Une pour le téléviseur grand écran, une autre pour le magnétoscope, la troisième pour la platine laser et la quatrième pour la chaîne stéréo.

– Je parie que Jay se sert d'une télécommande pour monter le volume de sa voix.

La bibliothèque contenait des manuels techniques, quelques romans de Le Carré et plusieurs auteurs que Jay appréciait : Borges, García Márquez, Vargas Llosa et Cortázar.

J'ai jeté un rapide coup d'œil aux bouquins ainsi qu'aux coussins du canapé puis, n'ayant rien trouvé, je suis passé dans la chambre.

C'est bien connu, les bons privés ont un net penchant pour le minimalisme. Comme ils sont les mieux placés pour savoir où peut conduire un morceau de papier couvert de griffonnages distraits ou un journal intime dissimulé, ils sont rarement du genre à entasser. On m'a dit plusieurs fois que mon appartement tenait plus de la suite dans un hôtel que d'un chez-soi douillet. Celui de Jay, bien que nettement plus axé sur le matérialisme luxueux, restait toutefois assez impersonnel.

Du seuil, j'ai regardé Angie soulever le matelas du vieux lit à rouleaux, puis la carpette près de la commode en noyer. Le salon, où dominaient le noir, l'anthracite et le bleu cobalt des tableaux abstraits accrochés aux murs, reflétait un modernisme glacé. La chambre s'inspirait plutôt d'un décor naturaliste avec son plancher blond ciré, brillant sous la lumière diffusée par la copie d'un petit lustre ancien. Le couvre-lit de couleur vive était de fabrication artisanale, la nuance de noyer du bureau dans l'angle s'harmonisait parfaitement avec celle de la commode.

Alors qu'Angie s'en approchait, j'ai demandé :

– Et quand est-ce que vous avez pris un verre, Jay et toi ?

– J'ai couché avec lui, Patrick. O.K. ? C'est comme ça.

– Quand ?

Elle a haussé les épaules au moment où je la rejoignais.

– Au printemps ou l'été dernier. À cette époque-là.

J'ai ouvert un tiroir, elle en a ouvert un autre.

– Pendant ta « période débridée » ?

Elle a souri.

– Mouais.

C'est elle-même qui avait baptisé ainsi le rituel amoureux auquel elle s'était livrée après sa séparation d'avec Phil – des aventures d'une remarquable brièveté, sans attachement, dominées par une approche du sexe aussi décontractée que possible en ces années marquées par le sida. Il s'agissait d'une phase dont elle s'était lassée beaucoup plus vite que moi. Sa « période débridée » avait duré quoi, six mois ; la mienne, environ neuf ans.

– Et il était comment ?

Les yeux fixés sur l'intérieur d'un tiroir, elle a froncé les sourcils.

– Doué. Mais il gémissait. Je ne supporte pas les types qui gémissent trop fort.

– Moi non plus.

Elle a éclaté de rire.

– T'as trouvé quelque chose ?

J'ai refermé le dernier tiroir.

– Papier à lettres, stylos, police d'assurance pour la voiture... Rien, quoi.

– Moi non plus.

Nous avons inspecté la chambre d'amis, sans plus de succès, avant de retourner dans le salon.

– Qu'est-ce qu'on cherche, déjà ? ai-je demandé.

– Un indice.

– Quel genre d'indice ?

– Un gros.

– Oh.

J'ai jeté un coup d'œil derrière les tableaux. Démonté l'arrière du téléviseur. Examiné la platine laser, le chargeur de CD et celui du magnétoscope. Tous se distinguaient par une remarquable absence d'indices.

– Hé !

Angie est ressortie de la cuisine.

– Quoi ? T'as trouvé un gros indice ?

– Je ne sais pas si je le qualifierais de « gros ».

– Désolé, mais nous n'acceptons que les gros indices, aujourd'hui.

Elle m'a tendu un article de journal.

– C'était sur la porte du frigo.

L'article, tiré de la rubrique des faits divers, était daté du 29 août de l'année précédente :

Le fils d'un mafioso meurt noyé

Anthony Lisardo, 23 ans, le fils de l'usurier bien connu Michael Lisardo, dit « Davey le Dingue », a été victime mardi soir ou mer-

155

credi matin d'une noyade apparemment acci-
dentelle dans le réservoir de Stoneham. Le
jeune Lisardo, sans doute en état d'ébriété
d'après la police, a pénétré illégalement sur
le terrain par un trou dans la clôture. Le
réservoir, un lieu de baignade prisé depuis
longtemps par la jeunesse locale bien qu'il
soit interdit d'accès au public, est surveillé
par deux marshals du Service des parcs
d'État, mais au cours de leurs patrouilles
d'une demi-heure, ni le marshal Edward
Brickman ni le marshal Francis Merriam
n'ont vu Anthony Lisardo dans le bassin ou
aux alentours. En raison d'indices prouvant
que M. Lisardo se trouvait avec un camarade
au moment du drame, la police n'a pas classé
l'affaire, mais le capitaine Emmett Groning,
de la police de Stoneham, a déclaré : « Oui, la
piste criminelle a été écartée. Définitivement. »
Michael Lisardo s'est refusé à tout com-
mentaire.

– À mon avis, c'est un indice, ai-je dit.
– Gros ou petit ?
– Tout dépend si tu le mesures en largeur ou en
longueur.
Remarque hautement spirituelle qui m'a valu une
bonne baffe dans la nuque au moment de quitter
l'appartement.

13

– Vous m'avez dit que vous travailliez pour qui, déjà ? a demandé le capitaine Groning.

– Euh, on n'a rien dit, a répondu Angie.

Il s'est écarté de son ordinateur.

– Oh. Juste parce que vous êtes copains avec Devin Amronklin et Oscar Lee, à la Criminelle de Boston, je suis censé vous aider ?

– On y comptait un peu, ai-je avancé.

– Mouais, ben, avant que Devin me passe ce coup de fil, je comptais un peu rejoindre bobonne à la maison, mon p'tit gars.

Ça devait bien faire au moins deux décennies que personne ne m'avait appelé « mon p'tit gars ». Je n'étais pas certain d'apprécier.

Le capitaine Emmett Groning mesurait un peu moins d'un mètre soixante-dix pour un peu plus de cent cinquante kilos. Il avait des bajoues plus longues et charnues que celles d'un bouledogue, et ses trois mentons se superposaient comme autant de boules de glace dans un cornet. Je n'avais aucune idée des critères d'aptitude physique requis par la police de Stoneham, mais force m'était de supposer Groning assis derrière un bureau depuis au moins dix ans. Sur une chaise renforcée.

157

Il mâchonnait un Slim Jim[1], sans vraiment le mordre, se contentant de le balader d'un côté à l'autre de sa bouche, dont il le retirait de temps en temps pour admirer la marque de ses dents et le résidu de bave luisante. Enfin, je crois que c'était un Slim Jim. Je ne pouvais pas me prononcer avec certitude, dans la mesure où je n'en avais pas vu depuis un sacré bout de temps – en gros, depuis l'époque où on m'avait traité pour la dernière fois de « p'tit gars ».

– On ne voudrait surtout pas vous empêcher de... rejoindre bobonne, ai-je repris, mais il se trouve qu'on est un peu pressés par le temps.

Il a fait rouler le Slim Jim le long de sa lèvre inférieure, parvenant je ne sais trop comment à le sucer pendant qu'il parlait.

– Devin dit que c'est vous qu'avez réglé son compte à Gerry Glynn.

– C'est ça, ai-je répondu. Son compte a été réglé par nous.

Angie m'a envoyé un coup de pied dans la cheville.

– Bien. (Le capitaine Groning nous regardait pardessus sa table de travail.) C'est pas chez nous que ça arriverait, ce genre de trucs.

– Quel genre de trucs ?

– Tous vos tarés de tueurs, vos tordus de pervers, vos travestis et vos violeurs d'enfants. Non, m'sieur. Nous, on laisse ça à ceux de la grande ville.

Ladite grande ville se situait à environ vingt kilomètres de Stoneham, mais à entendre ce type, on aurait pu croire qu'elle en était séparée par un océan ou deux.

– Voilà pourquoi j'ai toujours rêvé de prendre ma retraite dans le coin, a dit Angie.

1. Bâtonnet de bœuf séché.

Cette fois, c'est moi qui lui ai envoyé un coup de pied.

Groning a levé un sourcil avant de se pencher pour voir ce que nous fabriquions de l'autre côté de son bureau.

– Ouais, ben, comme j'le dis toujours, mademoiselle, y a bien pire que c'te p'tite ville, mais y a pas tellement mieux.

Appelez vite la Chambre de commerce de Stoneham, ai-je pensé, vous venez de vous trouver un slogan touristique.

– Oh, absolument.

Quand Groning s'est adossé à sa chaise, j'ai bien cru que celle-ci allait se renverser et l'expédier à travers la cloison directement dans le bureau d'à côté. Il a retiré le bâtonnet de sa bouche pour l'examiner, puis s'est remis à le sucer. Enfin, il a regardé son écran.

– Anthony Lisardo, de Lynn, a-t-il fait. Lynn, Lynn, cité du crime. Vous l'avez d'jà entendu appeler comme ça ?

– C'est la première fois, a prétendu Angie avec un grand sourire.

– Sûr que ça craint, dans c'te bonne vieille Lynn, a repris Groning. J'y élèverais pas un clébard.

Vous, vous le boufferiez, ai-je pensé.

Juste avant de me rappeler que j'avais résolu cette année de progresser côté maturité.

– Non, j'y élèverais pas un clébard, a-t-il réaffirmé. Bon. Anthony Lisardo, ben, y s'est payé une belle crise cardiaque.

– Je croyais qu'il s'était noyé.

– Oh, pour se noyer, y s'est noyé, mon p'tit gars. Y a pas de doute. Mais d'abord, il a eu une crise cardiaque. La doc la pensait pas assez forte pour avoir provoqué la mort, vu qu'il était jeune et tout, mais il pataugeait dans un mètre cinquante d'eau quand ça s'est produit, et c'est à peu près tout ce qu'elle a écrit. Mouais, à peu près tout ce qu'elle a écrit, a-t-il répété avec les mêmes intonations chantantes que dans « j'y élèverais pas un clébard ».

– Quelqu'un sait ce qui a provoqué cette crise cardiaque ?

– Pour sûr, mon p'tit gars. Pour sûr que quelqu'un le sait. Et ce quelqu'un, c'est le capitaine Emmett T. Groning, de Stoneham.

Il s'est de nouveau adossé à sa chaise, le sourcil gauche arqué, avant de hocher la tête à notre adresse, le Slim Jim roulant toujours sur sa lèvre inférieure.

Si je vivais dans le coin, ai-je pensé, jamais je n'enfreindrais la loi, au risque de me retrouver coffré par ce type. Cinq minutes avec le capitaine Emmett T. Groning, de Stoneham, et j'avouerais tout, de l'assassinat du bébé Lindbergh à la disparition de Jimmy Hoffa, juste pour être envoyé dans un pénitencier fédéral, le plus loin possible d'ici.

– Capitaine Groning, a commencé Angie de cette même voix sexy qu'elle avait employée avec « Pauvre Walter », si vous pouviez nous expliquer ce qui a provoqué la crise cardiaque d'Anthony Lisardo, je vous en serais infiniment reconnaissante.

Infiniment reconnaissante. Angela « Daisy Mae » Gennaro.

– *Cocaína*, a-t-il répondu. Ou *yeh-yo*, comme disent certains.

Bon, j'étais coincé à Stoneham avec un gros plein de soupe en train de nous faire son imitation d'Al Pacino alias Tony Montana. De mieux en mieux.

– Il a sniffé de la coke, il a eu une crise cardiaque et il s'est noyé ? ai-je lancé.

– Il l'a pas sniffée, mon p'tit gars. Il l'a fumée.

– C'était du crack, alors ?

Quand il a secoué sa tête minuscule, ses bajoues ont produit une sorte de flap-flap.

– De la cocaïne standard mélangée à du tabac, a-t-il déclaré. On appelle ça une cigarette équatorienne.

– Tabac, suivi par une taffe de coke, suivie par une taffe de tabac, puis de coke, etc., ai-je précisé.

Il a eu l'air impressionné.

– Z'êtes drôlement au courant...

Comme pas mal d'étudiants au début des années 80, ce que je ne lui ai pas confié. Il me faisait l'effet d'un type capable de ne pas élire un président simplement parce qu'il le soupçonnait « d'inhaler ».

– J'en ai entendu parler, ai-je répondu.

– Ben, en tout cas, c'est ce que fumait le jeune Lisardo. Il a super bien plané, et c'était vachement bath, mais après, il a raté son atterrissage, comme qui dirait.

– C'est ouf, ça.

– Quoi ?

– Rien, aucune importance.

De son talon, Angie m'écrabouillait les orteils tout en souriant gentiment au capitaine Groning.

– Et pour le témoin ? Le journal disait que Lisardo était avec un camarade, ce soir-là.

Groning a détaché de mon visage son regard perplexe pour reporter son attention sur l'écran.

– Un gamin de vingt-deux ans, Donald Yeager. Il a paniqué et pris la fuite, avant de se présenter au poste une heure plus tard. On l'avait identifié grâce à une veste qu'il avait abandonnée sur place, on l'a laissé mariner un peu en cellule, mais on en a rien tiré. Il était juste allé avec son copain faire un tour au réservoir, où ils avaient sifflé quelques bières, fumé de la marie roux Anna et piqué une tête.

– Pas de coke ?

– Nan. Soi-disant, il savait pas que Lisardo en prenait. Il a déclaré, je cite : « Tony supportait pas la coke. » (Groning a fait claquer sa langue.) Moi, je lui ai répondu : « Et la coke supportait pas Tony, mon p'tit gars. »

– Fantastique repartie, ai-je dit.

Il a hoché la tête.

– Des fois, quand on s'y met, les garçons et moi, y a plus moyen de nous arrêter.

Le capitaine Groning et ses garçons. J'étais prêt à parier qu'ils se réunissaient pour organiser des barbecues, aller à la messe et chanter des chansons de Hank Williams Jr., et qu'ils jouaient tous de la matraque avec un art consommé.

– Comment le père d'Anthony a-t-il pris la mort de son fils ? a demandé Angie.

– Davey le Dingue ? a lancé Groning. Z'avez vu ce qu'ont écrit les journaleux ? Que c'était un « mafioso » et tout ?

– Oui.

– Comme si tous les pourris de Ritals au nord de Quincy faisaient partie du milieu, tout d'un coup.

– Et ce Rital-là ? a questionné Angie, les poings serrés.

– De la p'tite bière. Les journaux ont dit que c'était un « usurier », ce qui est pas complètement faux, mais sa spécialité, c'est plutôt le trafic de pièces détachées sur la voie express de Lynn.

Boston est l'une des zones métropolitaines les plus sûres du pays. Les taux de meurtres, d'agressions et de viols ne représentent guère plus que des spots sur l'écran quand ceux de Los Angeles ou de Miami ou de New York s'envolent, mais pour ce qui est des vols de voitures, on bat toutes ces villes à plate couture. Les criminels de Boston, pour quelque obscure raison, adorent faucher les bagnoles. Je ne sais pas vraiment à quoi ça tient, vu qu'il n'y a rien de particulier à reprocher à nos transports en commun, mais c'est comme ça.

Pour la plupart, ces bagnoles finissent sur la voie express de Lynn, une portion de la nationale 1A qui enjambe la Mystic River et qui est bordée d'un bout à l'autre de concessionnaires et de garages. Beaucoup sont légaux, mais quelques-uns ne le sont pas. Pour cette raison, la plupart des Bostoniens victimes d'un vol de voiture ne devraient même pas s'embêter à recourir au système LoJack de repérage par satellite ; il les guidera vers les profondeurs de la Mystic, juste à côté de la voie express. Où a atterri l'émetteur, s'entend, pas la bagnole. Celle-ci est déjà en pièces détachées, lesquelles pièces détachées sont acheminées vers quinze destinations différentes une demi-heure seulement après que vous vous êtes garé.

– Davey le Dingue devait être furax, après la mort de son fils, non ? ai-je insisté.

– Bien sûr, a répondu le capitaine Groning. Mais il y peut pas grand-chose. Oh, évidemment, il nous a servi les conneries habituelles, du style « Mon fils touche pas à la coke », mais qu'est-ce qu'il aurait pu dire d'autre ? Heureusement, vu que c'est le bordel dans le milieu, et que Davey le Dingue a aucune envergure, j'ai pas à me soucier de ce qu'il pense.

– Donc, Davey le Dingue n'a rien d'un gros poisson ? ai-je lancé.

– Nan, c'est juste une p'tite ablette.

– Juste une p'tite ablette, ai-je répété à l'adresse d'Angie.

Ce qui m'a encore valu un coup de pied.

14

Les locaux de Hamlyn & Kohl Enquêtes inter-nationales occupaient tout le trente-troisième étage de la John Hancock Tower, le gratte-ciel glacial de verre bleu métallisé que l'on doit à I.M. Pei. Les façades de l'édifice sont composées de panneaux vitrés réfléchissants qui mesurent chacun six mètres de haut sur trois mètres soixante de large. Pei les a conçus de façon à ce que les bâtiments alentour puissent s'y refléter avec une résolution parfaite, et effectivement, quand vous approchez, vous distin-guez aussi bien le granite clair et le grès rouge de Trinity Church que le calcaire imposant de l'hôtel Copley Plaza piégés dans le bleu fumé du verre implacable. L'un dans l'autre, l'effet n'est pas si déplaisant, et au moins, les panneaux vitrés ont perdu l'habitude de dégringoler.

Le bureau d'Everett Hamlyn donnait sur le côté de Trinity Church, et par une nuit dégagée comme celle-là, il était possible de voir Cambridge. De fait, il était même possible de voir Medford, mais je ne connais personne qui ait envie de regarder aussi loin.

Tout en sirotant l'excellent brandy d'Everett Hamlyn, nous observions l'homme lui-même debout près de son panneau de verre, absorbé dans la contemplation de la ville déployée à ses pieds en un tapis de lumières.

C'était un sacré personnage, Everett. Droit comme un *i*, une peau tellement tendue sur une charpente solide que je m'étais souvent dit qu'à la moindre coupure, elle éclaterait. Ses cheveux gris acier étaient coupés en brosse, et je n'avais jamais vu sur ses joues le moindre soupçon de barbe naissante.

Son éthique professionnelle était légendaire. Il était du genre à allumer les lumières le matin et à les éteindre le soir. On l'avait entendu plus d'une fois décréter que quiconque avait besoin de plus de quatre heures de sommeil par nuit n'était pas digne de confiance, car la traîtrise résidait dans la paresse et dormir plus de quatre heures tenait du luxe. Il avait fait partie du Office of Strategic Service pendant la Seconde Guerre mondiale, alors qu'il n'était encore qu'un gamin, et aujourd'hui, cinquante ans plus tard, il présentait toujours mieux que la plupart des hommes ayant la moitié de son âge.

La retraite viendrait pour Everett Hamlyn, affirmait-on, le même jour que sa mort.

– Je n'ai pas le droit d'en parler, et vous le savez, a-t-il dit, les yeux fixés sur notre reflet dans les vitres.

J'ai cherché son regard de la même façon.

– Ça restera entre nous, alors. Everett, s'il te plaît.

Il a esquissé un sourire, porté son verre à ses lèvres et avalé une petite gorgée de brandy.

– Tu te doutais bien que je serais seul, Patrick, n'est-ce pas ?

– Disons que j'avais de bonnes raisons de le supposer. De la rue, en bas, on voit de la lumière dans ton bureau, quand on sait quel carré regarder.

– Sans aucun associé pour me protéger si vous décidiez de vous mettre à deux pour venir à bout d'un vieil homme.

Angie a pouffé.

– Allons, Everett. Un peu de sérieux.

Il s'est détourné de la fenêtre, les yeux pétillants.

– Vous êtes plus ravissante que jamais, Angela.

– La flatterie ne vous permettra pas d'éluder nos questions, a-t-elle répliqué.

J'ai toutefois remarqué qu'une touche de rose colorait la peau sous son menton.

– Espèce de vieux baratineur, va, ai-je lancé. Et moi, j'ai pas droit à un petit compliment ?

– Tu as vraiment une tête épouvantable, mon garçon. Tu t'obstines toujours à te couper toi-même les cheveux, à ce que je constate.

J'ai éclaté de rire. J'ai toujours eu de l'affection pour Everett Hamlyn. Comme tout le monde. On n'aurait pas pu en dire autant de son associé, Adam Kohl, mais Everett possédait une aisance relationnelle qui démentait son passé militaire, son maintien rigide et son sens intransigeant du bien et du mal.

– Au moins, les miens sont vrais, Everett.

Il a effleuré le chaume dru au sommet de son crâne.

– Tu t'imagines que je paierais pour avoir ça sur la tête ?

– Si vous nous expliquez pourquoi l'agence a laissé tomber Trevor Stone, a repris Angie, on ne vous arrachera pas le peu de cheveux qui vous restent. Promis.

Everett a esquissé de la tête un mouvement des plus infimes que je savais d'expérience signifier la négation.

– On a sérieusement besoin d'un coup de main, ai-je insisté. Parce que maintenant, c'est deux personnes qu'on recherche : Desiree Stone et Jay.

Il s'est approché de son fauteuil, qu'il a paru étudier avant de s'y installer. Puis il a pivoté vers nous et posé les bras sur son bureau.

166

– Est-ce que tu sais pourquoi Hamlyn & Kohl vous a offert un poste sept ans après que vous avez décliné leur première offre, Patrick ? a-t-il demandé d'une voix douce, presque paternelle.

– Vous étiez tous jaloux de notre clientèle ?

– Tu parles ! (Il a souri.) En vérité, Adam y était même résolument opposé, au début.

– Le contraire m'aurait étonné. On ne s'aime pas beaucoup.

– Tu ne m'apprends rien. (Il s'est calé contre le dossier en réchauffant le brandy dans sa paume.) Bref, j'ai réussi à le convaincre que vous étiez tous les deux des enquêteurs chevronnés avec un taux d'affaires résolues tout à fait remarquable – d'aucuns diraient même étonnant. Mais ce n'était pas tout, et je vous en prie, Angela, ne prenez pas mal ce que je m'apprête à dire, car je n'ai pas l'intention de vous vexer.

– Ne vous inquiétez pas, Everett.

Il s'est penché en avant, le regard rivé au mien.

– C'est toi que je voulais, Patrick, spécifiquement. Toi, mon garçon, parce que tu me faisais penser à Jay, et que Jay me faisait penser à moi au même âge. Vous étiez tous les deux brillants, vous aviez tous les deux de l'énergie, mais il y avait plus. Vous possédiez tous les deux cette qualité si rare de nos jours qu'est la passion. Vous étiez comme des gosses. Prêts à accepter n'importe quel dossier, même le plus insignifiant, en le traitant comme l'affaire du siècle. Vous aimiez *le métier*, tu comprends ; c'était plus qu'un simple boulot pour vous. Vous en aimiez tous les aspects, et c'était un plaisir de venir au bureau durant ces trois mois où vous avez travaillé ici ensemble. Votre enthousiasme emplissait ces pièces – vos blagues nulles, dignes de potaches, votre sens de l'humour et votre détermination farouche à boucler toutes les affaires.

(Il s'est adossé à sa chaise avant de humer l'air autour de lui.) C'était... tonifiant.

– Everett..., ai-je commencé, avant de m'interrompre brusquement, ne sachant trop quoi répondre.

Il a levé la main.

– S'il te plaît. J'étais comme vous autrefois, vois-tu. Alors, quand je te dis que Jay était pour moi comme le fils que je n'ai jamais eu, tu me crois ?

– Oui.

– Et s'il y avait plus d'hommes comme lui, comme moi et même comme toi, Patrick, je pense que le monde se porterait mieux. Tu vas me répondre que j'ai un ego démesuré, je sais, mais je suis vieux, alors j'ai le droit.

– Vous ne faites pas vieux, Everett, est intervenue Angie.

– Vous êtes gentille. (Il lui a souri avant de hocher la tête comme pour lui-même et de baisser les yeux vers son verre de brandy. Il l'a emporté quand il a délaissé une nouvelle fois son fauteuil pour retourner près de la fenêtre contempler la ville.) Je crois en l'honneur, a-t-il repris. Aucun autre attribut humain ne mérite autant d'être exalté. Et j'ai essayé de mener la vie d'un homme honorable. Mais c'est dur, car la plupart des gens ne le sont pas. Pour eux, l'honneur est au mieux une notion dépassée, au pire, il témoigne d'une naïveté corrosive. (Il s'est détourné en nous adressant un sourire, mais c'était un sourire empreint de lassitude.) L'honneur, à mon avis, a entamé son déclin. Je suis presque sûr qu'il mourra avec ce siècle.

– Si tu pouvais juste..., l'ai-je interrompu.

Il a esquissé un mouvement de dénégation.

– Je ne peux aborder aucun aspect de l'affaire Trevor Stone ou de la disparition de Jay Becker avec toi, Patrick. Je ne peux pas, tout simplement.

Le seul conseil que je peux te donner, c'est de te rappeler ce que j'ai dit sur l'honneur et les gens qui n'en ont pas. Et de te débrouiller avec ça. (Il a regagné son fauteuil, où il s'est assis avant de pivoter vers la fenêtre.) Bonsoir.

J'ai regardé Angie, qui m'a regardé, puis nous avons tous les deux regardé la nuque d'Everett. Je voyais ses yeux dans la vitre, mais ils ne fixaient plus mon reflet, désormais. Seulement le sien. Everett observait l'image fantomatique de lui-même piégée et ondoyant dans le verre, parmi les reflets des lumières renvoyées par d'autres immeubles et d'autres vies.

Nous l'avons laissé assis dans son fauteuil, en contemplation simultanée de la ville et de lui-même, nimbé par le bleu profond du ciel nocturne.

À la porte, sa voix nous a arrêtés, teintée d'une inflexion que je n'avais jamais entendue. Elle était riche d'expérience et de sagesse, toujours imprégnée de savoir et de brandy raffiné, mais elle trahissait désormais le plus léger soupçon de peur.

– Soyez prudents en Floride, nous a-t-il recommandé.

– On n'a jamais dit qu'on allait en Floride, s'est étonnée Angie.

– Soyez prudents, a répété Everett Hamlyn avant de s'adosser à son fauteuil pour siroter sa boisson. Je vous en prie.

Deuxième partie

AU SUD DE LA FRONTIÈRE

15

N'ayant jamais vu de jet privé auparavant, je n'avais pas vraiment d'éléments de comparaison. Je ne pouvais même pas faire un parallèle avec un yacht privé ou une île privée, parce que je n'avais jamais eu l'occasion d'en visiter non plus. En gros, le seul truc « privé » que je possédais, c'était ma voiture, une Porsche 63 restaurée. Alors... se retrouver dans un jet privé, finalement, c'était presque comme se retrouver dans ma voiture. Sauf que le jet était plus grand. Et plus rapide. Et qu'il disposait d'un bar. Et qu'il volait.

Le Zombie et Culbuto étaient venus nous chercher à l'appartement dans une limousine bleu marine elle aussi beaucoup plus grande que ma voiture. Plus grande que mon appartement, à vrai dire.

De chez moi, nous avons pris Columbia Road, où les quelques badauds que nous avons croisés ont dû se demander qui se mariait ou quel lycée organisait un bal à la mi-mars dès neuf heures du matin. Puis nous nous sommes insérés dans la circulation matinale chargée avant d'emprunter le tunnel Ted Williams jusqu'à l'aéroport.

Au lieu de nous mêler aux voitures qui se dirigeaient vers les principaux terminaux, nous avons fait une boucle en direction de la pointe sud de la zone de l'aéroport, passant devant plusieurs gares de fret, des entrepôts de conditionnement des aliments et un hôtel dont j'ignorais l'existence, puis nous nous sommes arrêtés devant le siège de l'Aviation générale.

Quand le Zombie y est entré, Angie et moi, nous avons fouillé le minibar à la recherche de jus d'orange et de cacahouètes, et après avoir rempli nos poches, nous avons envisagé de faucher deux flûtes à champagne.

Et puis, le Zombie est revenu, suivi par un type court sur pattes qui a trottiné jusqu'à une camionnette jaune et brun marquée PRÉCISION AVIATION sur le côté.

– Je veux une limousine, ai-je dit à Angie.

– T'aurais pas fini de galérer pour te garer devant chez toi.

– J'aurais plus besoin de mon appartement. (Je me suis penché en avant pour demander à Culbuto :) Il y a des toilettes dans ce truc ?

– Il y a un coffre.

Il a haussé les épaules.

Je me suis tourné vers Angie.

– Il y a un coffre.

Nous avons suivi la camionnette jusqu'à une guérite. Le Zombie et le chauffeur de la camionnette sont descendus pour montrer leur permis à l'agent de sécurité, qui a dûment noté sur un bloc-notes leur numéro d'immatriculation avant de remettre au Zombie un laissez-passer que celui-ci a placé sur le tableau de bord en remontant. La barrière orange s'est levée, et nous avons dépassé la guérite pour nous engager sur le tarmac.

La camionnette a contourné un petit bâtiment, nous de même, puis elle a longé un chemin entre deux pistes, alors que plusieurs autres s'étendaient alentour, les ampoules pâles de leurs balises luisant sous la rosée matinale. J'ai vu des avions-cargos, des jets fuselés, de petits hydravions blancs, des camions de kérosène, deux ambulances arrêtées, moteur au ralenti, un camion de pompiers garé et trois autres limousines. C'était comme si nous venions de pénétrer dans un monde jusque-là caché, qui puait à plein nez la puissance, l'influence et les types trop importants pour s'embêter avec les moyens de transport classiques ou des trucs aussi banals que des horaires établis par d'autres. Nous étions désormais dans un univers où une place en première classe dans un avion de ligne s'apparentait à une deuxième classe, et les véritables corridors du pouvoir s'étendaient devant nous, délimités par des balises d'atterrissage.

J'ai deviné quel était le jet de Trevor Stone avant même que nous nous arrêtions devant. Même au milieu des Cessna et des Lear, il se remarquait. Il s'agissait d'un Gulfstream blanc, avec le nez fin et incliné d'un Concorde, une ligne aussi profilée qu'une balle de revolver, des ailes à peine écartées du fuselage et un empennage en forme de nageoire dorsale. Un appareil d'aspect sournois, pareil à un faucon blanc en attente.

Nous avons sorti nos sacs de la limousine, puis un autre employé de chez Precision est venu nous en décharger pour les ranger dans la soute à bagages près de la queue.

— Faut compter combien, pour un jet comme ça ? ai-je demandé au Zombie. Dans les sept millions ?

Il a étouffé un petit rire.

— Ça l'amuse, ai-je confié à Angie.

— Il est mort de rire, a-t-elle renchéri.

— Je crois que M. Stone a payé ce Gulfstream-là vingt-six millions.

La façon dont il avait dit « ce Gulfstream-là » laissait supposer qu'il y en avait deux ou trois de plus dans le garage de Marblehead.

— Vingt-six millions..., ai-je répété en poussant Angie du coude. Je parie que le vendeur en voulait vingt-huit, mais qu'ils ont obtenu un rabais.

Une fois à bord, nous avons fait la connaissance du capitaine Jimmy McCann et de son copilote, Herb. De joyeux drilles, tous les deux, avec leur grand sourire et leurs sourcils broussailleux haussés derrière leurs lunettes réfléchissantes. Ils nous ont assuré que nous étions en bonnes mains, vous bilez pas, le dernier crash remonte à plusieurs mois, ah, ah, ah. Vive l'humour des pilotes. Le meilleur en la matière. On ne s'en lasse pas.

Les laissant jouer avec leurs voyants, leurs manettes et imaginer diverses façons amusantes de nous arracher des gémissements et de nous faire perdre le contrôle de nos intestins, nous sommes retournés dans le compartiment principal.

Lui aussi semblait plus grand que mon appartement, mais peut-être que j'étais simplement impressionné.

Il y avait un bar, un piano et trois lits à une place à l'arrière. La salle de bains comportait une cabine de douche. Une épaisse moquette couleur lavande recouvrait le plancher. Six fauteuils de cuir étaient disposés à droite et à gauche, dont deux avec devant eux une table en merisier fixée à la structure. Tous s'inclinaient comme des sièges Stressless.

Cinq de ces fauteuils étaient vides. Le sixième était occupé par Graham Clifton, alias Culbuto. Je ne l'avais même pas vu sortir de la limousine. Il se trouvait maintenant assis en face de nous, avec sur les genoux un cahier relié de cuir et un stylo-plume refermé.

– Je ne savais pas que vous deviez nous accompagner, monsieur Clifton, ai-je dit.

– M. Stone a pensé que vous auriez besoin de renfort une fois sur place. Je connais bien la Floride.

– En général, on se passe de renfort, a fait Angie en s'installant en face de lui.

Il a haussé les épaules.

– M. Stone a insisté.

J'ai décroché le téléphone sur la console de mon siège.

– Eh bien, il est peut-être possible d'amener M. Stone à changer d'avis.

Culbuto a placé sa main sur la mienne, repoussant le combiné sur la console. Pour un type aussi petit, il avait beaucoup de force.

– M. Stone ne change jamais d'avis.

J'ai voulu sonder ses minuscules yeux noirs, mais ils ne me renvoyaient que mon reflet.

Il était une heure de l'après-midi quand nous avons atterri à l'aéroport Tampa International, et j'ai senti la chaleur moite avant même que les roues ne touchent le tarmac sans la moindre secousse. Le capitaine Jimmy et le copilote Herb avaient sans doute l'air de deux rigolos – ce qu'ils étaient peut-être dans d'autres domaines –, mais à la façon dont ils avaient négocié le décollage, l'atterrissage, et les quelques trous d'air au-dessus de la Virginie, je les croyais capables de poser un DC-10 sur un mouchoir de poche en plein cœur d'un typhon.

Ma première impression de la Floride, après la chaleur, a été l'omniprésence du vert. Tampa International semblait avoir émergé en plein cœur d'une forêt de mangroves, et partout où je regardais, je voyais différentes nuances de vert : le vert sombre presque noir des feuilles de mangrove, le gris-vert humide de leurs troncs, les petites collines herbeuses qui bordaient les rampes d'accès et de sortie de l'aéroport, les trams bleu-vert qui sillonnaient les terminaux, évoquant un passage de *Blade Runner* mis en scène par Walt Disney.

Puis mes yeux se sont levés vers le ciel, et j'ai découvert un bleu inédit, une couleur si riche et brillante contrastant avec les échangeurs de corail blanc de la voie express que pour un peu, je l'aurais crue peinte. Des pastels, ai-je pensé, ébloui par la lumière qui pénétrait à flots par les vitres du tram ; je n'en avais pas vu d'aussi agressifs depuis l'époque des babas cool au milieu des années 80.

Quant à l'humidité... Bon sang, j'en avais respiré une bouffée en quittant l'avion, et c'était comme si une éponge brûlante m'avait percé la poitrine pour aller se loger droit dans mes poumons. La température à Boston était d'environ zéro degré au moment de notre départ, et ça nous paraissait presque chaud après un hiver rigoureux interminable. Ici, il devait faire dans les vingt-cinq degrés, peut-être plus, et la lourde chape d'humidité semblait en rajouter encore une bonne dizaine.

– Il faut que j'arrête de fumer, a dit Angie quand nous sommes arrivés dans le terminal.

– Ou de respirer, ai-je répondu. Au choix.

Trevor, naturellement, avait envoyé une voiture nous attendre. Une Lexus beige à quatre portes, immatriculée en Géorgie et conduite par le sosie sudiste du Zombie – un grand type maigre qui pouvait avoir entre cinquante et quatre-vingt-dix ans. C'était un dénommé M. Cushing, et j'avais le sentiment que personne ne l'avait jamais appelé par son prénom de toute sa vie. Pas même ses parents. Malgré la fournaise, il portait un costume noir et une casquette de chauffeur ; pourtant, lorsqu'il nous a ouvert la portière, sa peau était plus sèche que du talc.

– Bonjour, mademoiselle Gennaro, monsieur Kenzie. Bienvenue à Tampa.

– B'jour, avons-nous répondu.

M. Cushing a refermé la portière, nous laissant nous installer dans l'habitacle climatisé alors qu'il contournait le véhicule pour aller ouvrir la portière avant droite à son troisième passager. Une fois assis au volant, il a tendu trois enveloppes à Culbuto, qui en a gardé une avant de nous remettre les deux autres.

– Vos clés d'hôtel, nous a informés M. Cusching en démarrant. Vous avez la suite six cent onze, mademoiselle Gennaro. Et vous, monsieur Kenzie, la six cent douze. Monsieur Kenzie, vous trouverez également dans votre enveloppe les clés de la voiture que M. Stone a louée pour vous. Elle est garée dans le parking de l'hôtel. Le numéro de la place est inscrit au dos de l'enveloppe.

Culbuto a allumé un ordinateur portable de la taille d'un bouquin de poche, puis il a pressé quelques boutons.

– Nous logeons à l'hôtel Harbor Island, a-t-il dit. Pourquoi ne pas s'y arrêter le temps de prendre une douche avant d'aller au Courtyard Marriott où ce Jeff Price a soi-disant séjourné ?

J'ai consulté Angie du regard.

– Bonne idée.

Culbuto hochait la tête quand son portable a émis un bip. Je me suis penché vers son siège ; il avait affiché à l'écran un plan de Tampa, lequel s'est subdivisé sous mes yeux en une série de zones quadrillées qui allaient en rétrécissant, jusqu'au moment où un point clignotant – le Courtyard Marriott, ai-je supposé – est apparu, entouré par des lignes où figurait le nom des rues.

D'un instant à l'autre, j'en étais sûr, j'allais entendre une voix enregistrée m'expliquer en quoi consisterait ma mission.

– Cette bande va s'autodétruire dans trois secondes, ai-je murmuré.

– Quoi ? a fait Angie.

– Rien, laisse tomber.

16

Harbor Island paraissait façonnée par l'homme et relativement récente. Elle se situait à la sortie de la vieille ville, et nous y sommes arrivés après avoir traversé un pont blanc pas plus long qu'un petit bus. Il y avait des restaurants, des boutiques et un port de plaisance qui brillait comme de l'or au soleil. Tout semblait modelé selon un motif coralien des Caraïbes, avec beaucoup de blancs décapés à la sableuse, de stuc ivoire et d'allées recouvertes d'éclats de coquillages.

Au moment où nous approchions de l'hôtel, un pélican est descendu en piqué vers le pare-brise ; Angie et moi nous sommes baissés, mais l'oiseau bizarre a récupéré un courant aérien et s'est laissé lentement porter jusqu'à un entassement près du débarcadère.

– C'était énorme, ce machin-là ! a marmonné Angie.

– Et atrocement marron.

– Et ça avait l'air vachement préhistorique.

– Je ne les aime pas non plus.

– Tant mieux. Je n'aurais surtout pas voulu passer pour une idiote.

M. Cushing nous a déposés devant la porte, et des chasseurs se sont chargés de nos bagages.

– Par ici, monsieur Kenzie, mademoiselle Gennaro, a dit l'un d'eux, alors que nous ne nous étions pas présentés.

– Je vous retrouve dans votre chambre à trois heures, a déclaré Culbuto.

– Et comment, ai-je répondu.

Nous l'avons laissé en pleine discussion avec M. Cushing pour suivre un chasseur incroyablement bronzé d'abord jusqu'à l'ascenseur, puis jusqu'à nos chambres.

Les suites, immenses, donnaient sur la baie de Tampa, les trois ponts qui la traversaient et l'eau d'un vert lactescent miroitant sous le soleil, et tout ça était si joli, si parfait et si calme que je me suis demandé combien de temps je pourrais tenir avant de gerber.

Là-dessus, Angie a franchi la porte de séparation entre les suites, et nous sommes sortis sur le balcon en prenant soin de refermer derrière nous les baies vitrées coulissantes.

Elle avait troqué sa tenue noire basique de citadine contre un jean bleu clair et un débardeur blanc en jersey, et j'ai dû obliger mon esprit et mes yeux à ignorer la façon dont son haut lui moulait le buste pour pouvoir me concentrer sur notre affaire.

– Dans combien de temps tu veux qu'on fausse compagnie à Culbuto ? ai-je demandé.

– Le plus tôt sera le mieux.

Elle s'est appuyée contre la balustrade en tirant légèrement sur sa cigarette.

– Je me méfie, pour la chambre, ai-je dit.

Angie a hoché la tête.

– Pour la voiture de loc aussi, a-t-elle ajouté.

Le soleil illuminait dans ses cheveux les reflets acajou cachés sous toute cette noirceur depuis l'été précédent. La chaleur lui empourprait les joues.

Cet endroit n'était peut-être pas si mal, en fin de compte.

– À ton avis, Ange, pourquoi Trevor a-t-il décidé de nous mettre la pression, tout d'un coup ?

– Qu'est-ce qui te fait dire ça ? Culbuto ?

– Et Cushing. (De la main, j'ai indiqué la chambre derrière moi.) Et toute cette merde.

– Il doit être fou d'inquiétude pour Desiree, a-t-elle répondu en haussant les épaules.

– Possible.

Elle s'est retournée pour s'adosser à la balustrade, avec la baie en arrière-plan et le visage levé vers le soleil.

– En plus, tu sais comment sont les riches, Patrick.

– Non, justement, je ne sais pas.

– Eh bien, c'est comme si tu sortais avec une...

– Attends, je vais aller chercher un stylo pour prendre des notes.

D'une chiquenaude, Angie m'a envoyé la cendre de sa cigarette.

– Ils essaient toujours de t'épater en te montrant qu'il leur suffit de claquer des doigts pour avoir tout le monde à leurs pieds, qu'ils peuvent prédire et satisfaire le moindre de tes désirs supposés. Alors, quand tu sors, des domestiques t'ouvrent la portière de la voiture, des portiers t'ouvrent d'autres portes, des maîtres d'hôtel t'avancent ta chaise, et le mec riche te commande ton repas. En principe, c'est censé te plaire, mais au fond, tu te sens asservi, comme si tu n'avais plus de volonté propre. Ou, autre solution : Trevor tient à nous donner l'impression que toutes ses ressources sont à notre disposition.

– N'empêche, tu te méfies quand même de la chambre et de la voiture de loc.

Elle a acquiescé.

– Il a l'habitude du pouvoir. À mon avis, il n'est pas très doué pour confier à d'autres le genre de

tâche qu'il ferait lui-même s'il était en bonne santé.
Et après la disparition de Jay...

– Il veut connaître tous nos déplacements.

– Exactement.

– C'est vrai, je l'aime bien et tout...

– Mais tant pis pour lui, a-t-elle convenu.

M. Cushing se tenait près de sa Lexus quand nous
nous sommes arrêtés pour regarder dehors par la
fenêtre du premier. En arrivant, j'avais déjà jeté un
coup d'œil au parking et constaté que la sortie donnait de l'autre côté de l'hôtel, dans une ruelle bordée de boutiques. De son poste d'observation,
Cushing ne pouvait voir ni la sortie ni le petit pont
qui permettait d'accéder à l'île.

Notre voiture, une Dodge Stealth bleu clair, avait
été louée chez Prestige Imports, une agence située
sur Dale Mabry Boulevard. Une fois à l'intérieur,
nous avons quitté le parking, puis Harbor Island.

Angie me guidait, un plan étalé sur les genoux ;
nous avons tourné dans Kennedy Boulevard, localisé Dale Mabry et poursuivi en direction du nord.

– Y a des tas de prêteurs sur gages, a dit Angie en
regardant par la vitre.

– Et de boîtes de strip-tease. La moitié sont fer-
mées, les autres sont récentes.

– Pourquoi est-ce qu'ils ne rouvrent pas les
anciennes au lieu d'en construire d'autres ?

– Alors là, mystère et boule de gomme.

Ce que nous avions vu de la Floride jusqu'à maintenant correspondait aux clichés des cartes postales :
corail, mangroves et palmiers, eau miroitante et
pélicans. Mais alors que nous parcourions sur Dale
Mabry au moins vingt-cinq des kilomètres les plus
plats que j'aie jamais parcourus, avec les huit files
du boulevard largement étalées de part et d'autre et

dirigées à l'infini à travers des vagues de chaleur caoutchouteuses vers le bol renversé du ciel bleu, je me suis demandé si ce n'était pas ça, la véritable Floride.

Angie avait raison à propos des prêteurs sur gages et j'avais raison à propos des boîtes de strip-tease. Il y avait au moins une boutique de chaque par pâté de maisons. Et puis, il y avait aussi des tas de bars aux noms aussi subtils que Hooters, Melons et Cheeks [1], ponctués par des drive-in – fast-foods ou même magasins de spiritueux pour les soiffards pressés. Un paysage où abondaient en outre les terrains pour camping-cars, les concessionnaires de camping-cars et les vendeurs de bagnoles d'occasion – plus nombreux encore que le long de la voie express de Lynn.

– Ce jean me tient chaud, c'est pas possible ! s'est exclamée Angie en tirant sur la ceinture.

– T'as qu'à l'enlever.

Elle a mis en marche la climatisation, puis pressé le bouton sur la console entre nos sièges pour remonter les vitres électriques.

– Qu'est-ce t'en penses ?

– Je préfère toujours mon idée.

– Vous aimez pas la Stealth ? (Eddie, l'employé de l'agence de location, semblait déconcerté.) Mais tout le monde aime la Stealth !

– Je n'en doute pas, a dit Angie. Mais on souhaiterait quelque chose d'un peu moins voyant.

– Waouh ! a lancé Eddie alors qu'un autre employé franchissait les portes vitrées derrière lui. Hé, Don, ils aiment pas la Stealth !

1. Différents termes pour désigner les seins et les fesses.

Don a plissé son visage brûlé par le soleil et nous a regardés comme si nous venions d'être télé-transportés depuis Jupiter.

– Z'aimez pas la Stealth ? Mais tout le monde aime la Stealth !

– C'est ce qu'on a cru comprendre, suis-je inter-venu. Mais elle n'est pas vraiment adaptée à nos besoins.

– Ben alors, c'est quoi, que vous voulez ? Une Edsel ? a répliqué Don.

Eddie l'a trouvée bien bonne. Il a asséné une grande claque sur le comptoir, et avec Don, ils ont fait des bruits que je qualifierais volontiers de braiments.

– Ce qu'on voudrait, a repris Angie, c'est quelque chose dans le genre de la Celica verte garée sur le parking, là-bas.

– La décapotable ?

– Elle serait parfaite, a déclaré Angie.

Nous avons pris la voiture telle quelle, alors qu'elle avait besoin d'un plein et d'un bon lavage. Nous étions pressés, avons-nous expliqué à Don et Eddie, ce qui a paru les plonger dans une perplexité plus grande encore que notre désir d'échanger la Stealth.

– Pressés ? a répété Don en comparant les infor-mations sur nos permis de conduire avec le contrat initial de location rempli par M. Cushing.

– Tout juste, ai-je répondu. Vous savez, c'est quand vous devez vous dépêcher d'aller quelque part.

À ma grande surprise, il n'a pas demandé ce que voulait dire « se dépêcher ». Il s'est contenté de hausser les épaules en me jetant les clés.

Nous nous sommes arrêtés dans un restaurant appelé le Crab Shack pour étudier la carte et essayer d'échafauder un plan.

– Les crevettes sont pas croyables, a dit Angie.

– Pareil pour le crabe. Goûte.

– Toi aussi.

Nous avons donc procédé à un échange de bons procédés ; ses crevettes étaient effectivement succulentes.

– Et pas chères, a observé Angie.

Le restaurant se réduisait à une modeste cabane de planches avec des tables criblées de trous et couvertes de griffures ; la nourriture était servie dans des assiettes en carton, la bière apportée dans un pichet en plastique et versée dans des gobelets en polystyrène. Mais les fruits de mer y étaient bien meilleurs que dans la plupart des restaurants de Boston, et pour le quart du prix qu'on payait là-bas.

Nous étions installés à l'ombre sur la terrasse-ponton, au-dessus d'un marécage aux eaux beiges bordées de laîche, et qui s'étendait sur une cinquantaine de mètres jusqu'à une, hé oui, boîte de strip-tease. Un oiseau blanc avec des pattes aussi longues que celles d'Angie et un cou à l'avenant est venu se poser sur la balustrade en lorgnant nos assiettes.

– De Dieu ! s'est exclamée Angie. C'est quoi, cette bête-là ?

– Une aigrette, ai-je expliqué. Une créature totalement inoffensive.

– Comment tu le sais ?

– *National Geographic.*

– Oh ! T'es vraiment sûr que c'est inoffensif ?

– Ange...

Elle a frissonné.

– D'accord, j'ai rien d'une fille de la nature. Et alors ? Fais-moi un procès.

L'aigrette a sauté de la balustrade pour atterrir près de mon coude ; sa tête fine m'arrivait à l'épaule.

– Bon sang de bonsoir, a marmonné Angie.

186

J'ai pioché dans mon assiette une pince de crabe que j'ai expédiée par-dessus la balustrade, et l'aigrette m'a frappé l'oreille de son aile quand elle s'est envolée avant de plonger vers l'eau.

– Super, a fait Angie. Maintenant, tu l'encourages.

J'ai pris mon assiette et mon gobelet.

– Viens.

Nous sommes retournés à l'intérieur, où nous avons étudié le plan alors que l'aigrette, revenue sur la terrasse, nous épiait à travers la vitre. Une fois à peu près fixés sur notre destination, nous avons replié la carte et terminé de manger.

– Tu crois que Desiree est vivante ? a demandé Angie.

– Aucune idée.

– Et Jay, tu crois qu'il l'a suivie jusqu'ici ?

– Aucune idée.

– Moi non plus. On ne sait pas grand-chose, hein ?

J'ai regardé l'aigrette tendre son long cou pour mieux me zieuter.

– Non, ai-je répondu. Mais on apprend vite.

17

Aucun des employés du Courtyard Marriott n'a reconnu Jeff Price ou Desiree Stone sur les photos que nous leur montrions. Ils étaient d'autant plus catégoriques que Culbuto et M. Cushing leur avaient montré les mêmes photos une demi-heure avant nous. Culbuto, en sale petit lèche-cul qu'il était, avait même laissé au concierge du Marriott une note à notre intention nous demandant de le retrouver à huit heures au bar de l'hôtel Harbor.

Nous avons tenté notre chance dans plusieurs hôtels du coin, mais las de ne nous voir opposer que des regards vides, nous sommes rentrés.

— On n'est pas dans notre ville, a dit Angie quand nous avons pris l'ascenseur pour descendre au bar.

— Hé non.

— Ça me rend dingue. Je ne comprends même pas ce qu'on fabrique ici. On ne sait pas à qui s'adresser, on n'a pas de contacts ni d'amis sur place. Tout ce qu'on peut faire, c'est se balader comme des cons en agitant ces foutues photos sous le nez de tout le monde. Et chiottes.

— Chiottes ?

— Chiottes.

— Oh, chiottes... ! Ça y est, j'y suis. Pendant un moment, j'ai cru que tu disais chiottes.

– Patrick ? Ferme-la.

Elle est sortie de la cabine et je l'ai suivie jusqu'au bar.

Angie avait raison. Notre présence ici ne rimait à rien. Cette piste ne rimait à rien. Parcourir plus de deux mille kilomètres simplement parce que la carte de crédit de Jeff Price avait été utilisée dans un hôtel deux semaines plus tôt était profondément débile.

Un avis que Culbuto ne partageait pas. Nous l'avons trouvé au bar, assis près d'une fenêtre donnant sur la baie, avec devant lui un verre à daiquiri rempli d'une mixture d'un bleu anormal d'où émergeait une cuillère à cocktail en plastique rose dont le haut représentait un flamant. La table elle-même était nichée entre deux palmiers en plastique. Les serveuses portaient des chemises blanches nouées juste sous leurs seins et des shorts de Lycra noir tellement moulants qu'ils ne laissaient aucun doute sur la présence (ou l'absence, en l'occurrence) d'une ligne de slip.

Ah, le paradis... Ne manquait plus que Julio Iglesias. Et j'avais le sentiment qu'il n'allait pas tarder.

– Ce n'est pas sans intérêt, a déclaré Culbuto.

– Vous parlez de votre boisson ou de ce voyage ? a demandé Angie.

– Les deux. (Il a poussé du nez le flamant rose pour pouvoir avaler une gorgée d'alcool, puis essuyé avec sa serviette la moustache bleue au-dessus de sa lèvre.) Demain, on se séparera pour prospecter tous les hôtels et motels de Tampa.

– Et une fois qu'on les aura écumés ?

Il a plongé la main dans le bol de noix de macadamia devant lui.

– On attaquera ceux de St Petersburg.

Ce qui s'est passé.

Pendant trois jours, nous avons exploré Tampa, puis St Petersburg, découvrant ainsi que certaines parties des deux villes n'étaient pas aussi stéréotypées qu'Harbor Island nous avait incités à le croire, ni aussi laides que notre expédition sur Dale Mabry nous l'avait laissé supposer. Le quartier de Hyde Park à Tampa et celui d'Old Northeast à St Pete possédaient même un charme indéniable avec leurs rues pavées et leurs anciennes demeures sudistes entourées de vérandas ombragées par de vieux banians noueux. Quant aux plages de St Pete, abstraction faite des vieilles peaux et des gros bikers en sueur, elles étaient magnifiques.

Nous avons donc fini par trouver quelque chose qui nous plaisait.

Pour autant, nous n'avons trouvé aucune trace de Jeff Price, de Desiree ou de Jay Becker.

Et le coût de notre paranoïa, si tant est qu'il s'agît bien de paranoïa, commençait à devenir fatigant. Chaque soir, nous garions la Celica dans un endroit différent, et chaque matin, nous l'inspections à la recherche d'un traceur – dont il n'y avait d'ailleurs jamais trace. La présence d'un éventuel émetteur ne nous inquiétait pas ; vu que c'était une décapotable, le vent, la radio ou l'association des deux se chargeraient de noyer nos conversations.

Néanmoins, ça faisait un drôle d'effet d'avoir une telle conscience des autres, de leurs yeux et de leurs oreilles vigilants ; pour un peu, on se serait crus piégés dans un film que tout le monde regardait sauf nous.

Le troisième jour, Angie est descendue à la piscine de l'hôtel pour relire l'ensemble du dossier ; de mon côté, j'ai pris le téléphone pour aller m'installer sur le balcon, et après l'avoir examiné au cas où un micro-émetteur y serait logé, j'ai appelé Richie Colgan au service des nouvelles locales du *Boston Tribune*.

Il a décroché, reconnu ma voix, et m'a mis aussitôt en attente. Sympas, les copains.

Six étages plus bas, près d'une chaise longue, Angie se débarrassait de son short gris et de son T-shirt blanc, révélant le bikini noir qu'elle portait dessous.

J'ai essayé de ne pas la mater. Vraiment. Mais je suis faible. Et je suis un mec.

– Qu'est-ce tu fais ? a demandé Richie.

– Si je te le disais, tu me croirais pas.

– Chiche.

– Je regarde ma partenaire se tartiner les jambes d'huile solaire.

– Tu déconnes.

– Nan, je t'assure.

– Elle sait que tu regardes ?

– T'es fou ?

Au même instant, Angie a levé les yeux vers le balcon.

– Ça y est, Rich, je suis repéré.

– T'es un homme mort.

Même à cette distance, je distinguais le sourire d'Angie. Elle a gardé le visage incliné vers moi encore quelques instants avant de secouer la tête et de retourner à son occupation du moment ; autrement dit, passer de la crème sur ses mollets.

– Bon sang, ai-je marmonné, il fait vraiment trop chaud dans ce pays.

– Où vous êtes ?

Je l'ai mis au courant.

– Bon, j'ai des nouvelles pour toi, a-t-il repris.

– Vas-y, je t'écoute.

– SOS Détresse intente une action contre le *Trib*.

Je me suis adossé à ma chaise.

– T'as déjà publié un article ?

– Non. C'est bien ce qui m'étonne. Je me suis montré on ne peut plus discret dans mes recherches. Ils n'avaient aucun moyen de savoir que j'enquêtais sur eux.

– Mais ils savent.

– Mouais. Et crois-moi, ils l'ont mauvaise. Ils veulent nous traîner devant un tribunal fédéral pour atteinte à la vie privée, vol interétatique...

– Quoi ?

– Je t'assure. Leurs clients ne vivent pas tous dans le Massachusetts. Certains fichiers concernent des habitants du Midwest et des régions du Nord-Est. D'un point de vue strictement technique, Angie a dérobé des informations qui dépassent les frontières de l'État.

– C'est tiré par les cheveux.

– Bien sûr. Et il leur reste encore à prouver un tas de trucs – en particulier, que c'est moi qui ai les disquettes –, mais ils ont dû se mettre un juge dans la poche, parce qu'à dix heures ce matin, mon rédacteur en chef a reçu une ordonnance qui interdit la publication de tout article sur SOS Détresse en rapport avec des renseignements ne figurant que sur ces documents.

– Dans ce cas, tu les tiens.

– Comment ça ?

– S'ils n'ont plus les disquettes, ils ne peuvent pas prouver ce qu'il y avait dessus. Et même s'ils ont sauvegardé leur contenu sur disque dur, ils ne peuvent pas prouver qu'il correspond à celui des fichiers en ta possession.

– Exact. Mais c'est toute l'astuce de cette ordonnance. De notre côté, on n'a aucun moyen de démontrer que nos informations *ne viennent pas* de ces disquettes. À moins d'être assez stupides pour les produire, bien sûr, auquel cas elles deviennent inutiles.

– C'est l'impasse, quoi.

– Tu l'as dit.

– N'empêche, tout ça ressemble à un rideau de fumée, Rich. S'ils ne peuvent pas prouver que t'as les disquettes, ni même que t'es au courant de leur existence, un juge va bien finir par décréter qu'ils n'ont pas de motif juridique valable sur lequel s'appuyer.

– Encore faut-il le dégotter, ce juge ! Ce qui veut dire multiplier les procédures d'appel, voire s'adresser à un tribunal d'instance. Ça risque de durer un sacré bout de temps. Dans l'intervalle, il faudra que je me débrouille pour valider les informations de ces disquettes en ayant recours à d'autres sources. Ils essaient de nous couper l'herbe sous le pied, Patrick. Et ils sont bien partis pour réussir.

– Mais pourquoi ?

– Aucune idée. Et je me demande bien comment ils ont fait pour remonter aussi rapidement jusqu'à moi. À qui t'en as parlé ?

– À personne.

– Arrête ton char.

– Je ne l'ai même pas dit à mon client, Rich.

– À propos, c'est qui, ton client ?

– Rich, s'il te plaît.

Il y a eu un long silence à l'autre bout de la ligne. Lorsque Richie a repris la parole, il chuchotait :

– Tu sais comment on achète un juge fédéral ?

– Avec de l'argent. Beaucoup d'argent.

– Beaucoup d'argent et aussi beaucoup d'influence, Patrick. Je me suis renseigné sur le prétendu dirigeant de l'Église de la Vérité et de la Révélation, un certain P.F. Nicholson Kett...

– Sérieux ? Il s'appelle vraiment comme ça ?

– Mouais. Pourquoi ?

– Rien. C'est juste que ça paraît ridicule.

– Bref, P.F. Nicholson Kett tient à la fois d'un dieu, d'un gourou et d'un grand prêtre. Figure-toi que personne ne l'a vu depuis plus de vingt ans. Il transmet ses messages par l'intermédiaire de sous-fifres, depuis un yacht au large de la côte de Floride, soi-disant. Et il...

– De Floride ?

– C'est ça. Tu sais, je crois que ce type n'est qu'un pantin. À mon avis, il est mort depuis long-temps et de toute façon, il n'a jamais dû avoir un grand rôle. C'était juste un moyen commode de mettre un visage sur l'Église.

– Et le visage derrière le visage serait... ?

– Aucune idée. Pas celui de P.F. Nicholson Kett, en tout cas. Ce type était un vrai crétin. Un ancien rédacteur publicitaire originaire de Madison, dans le Wisconsin, qui rédigeait des scripts de films porno sous un pseudo pour joindre les deux bouts. Tout juste s'il était capable d'épeler son nom. Mais j'ai visionné des séquences d'archives, et je peux te dire une chose : ce gars-là avait du charisme. Et le regard de tous les fanatiques, moitié comateux, moitié illu-miné par la foi. Quelqu'un a dû le repérer, avec son charme et son charisme, et faire de lui un petit dieu de pacotille. Ce même quelqu'un, j'en suis sûr, qui veut me coller un procès sur le dos.

À l'autre bout de la ligne, j'ai soudain entendu se déchaîner plusieurs sonneries de téléphone.

– Rappelle-moi plus tard, Patrick, faut que je te laisse.

– Salut, ai-je dit, mais il avait déjà raccroché.

Je venais de sortir de l'hôtel pour m'engager sur l'allée qui louvoyait à travers un jardin planté de palmiers et de pins australiens incongrus quand j'ai vu Angie installée sur une chaise longue, une main en visière au-dessus des yeux pour se protéger du soleil, le visage levé vers un jeune type arborant un slip de bain Speedo orange tellement riquiqui que le comparer à un pagne reviendrait sans doute à insulter les pagnes.

Un type en Speedo bleu, assis de l'autre côté de la piscine, les regardait tous les deux ; à son sourire, j'ai compris que c'était le pote de Speedo orange.

Speedo orange tenait au niveau de sa hanche brillante une bouteille de Corona à moitié pleine avec une tranche de citron vert flottant dans la mousse, et en approchant, je l'ai entendu dire :

– Mais on peut causer, quand même ?

– Ouais, a répondu Angie. C'est juste que je ne suis pas d'humeur pour le moment.

– Ben, change d'humeur ! T'es au pays du soleil et de la joie, chérie !

Chérie. Erreur fatale.

Angie a changé de position, placé le dossier sur le sol près de son transat.

– Le pays du soleil et de la joie, hein ?

– Ben, ouais ! (Le type a avalé une gorgée de Corona.) Hé, tu devrais mettre tes lunettes noires.

– Pourquoi ?

– Pour protéger tes jolis yeux.

– T'aimes mes yeux ? a-t-elle demandé d'une voix que j'avais déjà eu l'occasion d'entendre.

Tire-toi ! avais-je envie de hurler au type. Tire-toi, vite !

Il a appuyé la bouteille contre sa hanche.

– Ouais, y sont vachement félins.

– Félins ?

– Comme ceux d'une chatte, a-t-il répondu en se penchant vers elle.

– T'aimes les chattes ?

– Je les adore.

Il a souri.

– Eh bien, va donc t'en acheter une dans la première animalerie venue, a-t-elle répliqué. Parce que

195

j'ai comme l'impression que c'est la seule que t'auras l'occasion de voir ce soir. (Elle a ramassé le dossier posé par terre et l'a ouvert sur ses genoux.) Pigé ?

J'ai débouché au bord de la piscine au moment où Speedo orange reculait d'un pas, la tête inclinée, la main crispée sur le goulot de la Corona au point que ses jointures rougissaient.

– Dur de remonter au filet après ce coup-là, hein ? ai-je lancé avec un sourire radieux.

– Hé, partenaire ! s'est exclamée Angie. T'as bravé le soleil pour me rejoindre. Ça me touche beaucoup. Et t'as même mis *un short*...!

– Alors, t'as résolu l'énigme ?

Je me suis accroupi près de la chaise longue.

– Non, mais je touche au but, a-t-elle répondu. Je le sens.

– Je te crois pas.

– Bon, O.K. T'as raison.

Elle m'a tiré la langue.

– Tu sais..., a commencé une voix.

J'ai levé les yeux. Le doigt pointé vers Angie, Speedo orange tremblait de rage.

– T'es encore là, toi ? ai-je fait.

– Tu sais..., a-t-il répété.

– Oui ? a lancé Angie.

Ses pectoraux palpitaient, frémissaient, et il tenait désormais la bouteille près de son épaule.

– Si t'étais pas une nana, je...

– ... serais déjà aux urgences, vieux, l'ai-je interrompu. Et à ta place, je la ramènerais pas trop, vu ?

Angie s'est redressée sur son transat pour le regarder.

Il respirait bruyamment par les narines, et tout à coup, il a pivoté sur ses talons pour aller rejoindre son pote. Ils se sont parlé à voix basse avant de darder sur nous des regards furieux.

– J'ai comme l'impression que je suis pas faite pour ce pays, a déclaré Angie. Pas toi ?

Nous sommes allés déjeuner au Crab Shack. Encore.

En trois jours, c'était devenu notre chez-nous loin de chez nous. Rita, une serveuse d'environ quarante-cinq ans qui portait un vieux chapeau de cowboy noir, des bas résille sous son jean coupé aux genoux, et fumait le cigarillo, était notre première copine dans le coin. Gene, son patron et le chef cuisinier du Crab Shack, était en bonne voie de devenir le second. Quant à l'aigrette du premier jour, elle s'appelait Sandra et se montrait bien élevée tant qu'on ne lui servait pas de bière.

Nous nous sommes installés sur le ponton pour regarder un autre ciel crépusculaire virer peu à peu à l'orange foncé, humant les odeurs iodées du marécage et malheureusement aussi, celles de l'essence, pendant qu'une brise chaude s'insinuait dans nos cheveux et menaçait d'expédier notre dossier dans l'eau laiteuse.

À l'autre bout du ponton, quatre Canadiens avec une peau couleur lait-fraise et d'affreuses chemises à fleurs engloutissaient des plateaux de poisson frit en déblatérant sur cet État tellement dangereux dans lequel ils avaient choisi de garer leur camping-car.

– D'abord, toutes ces drogues sur la plage, disait l'un d'eux. Et maintenant, cette pauvre fille.

Les « drogues sur la plage » et la « pauvre fille » avaient fait la une des journaux locaux ces deux derniers jours.

– Oh, ben c'est sûr. Oh, ben c'est sûr, a renchéri une des femmes du groupe. Ce serait pas pire si on était à Miami, ben c'est sûr.

Le matin après notre arrivée, les membres d'une association de veuves méthodistes venus du Michigan passer leurs vacances en Floride marchaient sur une plage à Dunedin lorsqu'ils avaient remarqué plusieurs petits sacs en plastique jonchant le littoral. Des petits sacs épais qui s'étaient révélés bourrés d'héroïne. À midi, plusieurs autres s'étaient échoués sur les plages de Clearwater et de St Petersburg, et des témoignages non confirmés affirmaient que certains étaient remontés jusqu'à Homosassa, au nord, et descendus jusqu'à Marco Island au sud. De l'avis des gardes-côtes, la tempête qui s'était déchaînée sur Mexico, Cuba et les Bahamas avait dû couler un navire transportant l'héroïne, mais jusque-là, ils n'avaient pas été en mesure de localiser le site du naufrage.

L'histoire de la « pauvre fille » datait de la veille. Une femme non identifiée avait été abattue dans une chambre d'hôtel à Clearwater. L'arme du crime était sans doute un fusil, avec lequel l'assassin lui avait tiré en pleine figure à bout portant, la rendant méconnaissable. Un porte-parole de la police avait évoqué des mutilations, mais sans préciser lesquelles. D'après les premières estimations, la victime avait entre dix-huit et trente ans, et la police de Clearwater tentait d'établir son identité grâce aux empreintes dentaires.

Ma première pensée en lisant l'article avait été : *Merde. Desiree.* Mais après m'être renseigné sur le quartier de Clearwater où le corps avait été découvert, et ayant déchiffré le langage codé des informations de six heures la veille au soir, j'en avais déduit que la victime était sans doute une prostituée.

– Bah oui, disait un des Canadiens. C'est comme le Far West, ici. C'est sûr.

– T'as raison, Bob, a répondu sa femme avant de plonger dans un bol de sauce tartare son bâtonnet de mérou frit.

Il s'agissait d'un État étrange, je m'en étais rendu compte, mais il commençait à me plaire, d'une certaine façon. Le Crab Shack, en tout cas, me plaisait. J'aimais bien Sandra, Rita et Gene, et les deux pancartes derrière le bar qui disaient : « Puisqu'ils font tellement mieux les choses à New York, prenez l'I-95 vers le nord » et « Quand je serai vieux, j'irai m'installer au Canada, où je roulerai comme un escargot. »

Je portais un débardeur, un short, et ma peau d'ordinaire blanche comme un cachet d'aspirine s'était teintée d'une légère nuance beige. Angie portait son bikini noir, un sarong multicolore et les reflets dans sa masse de boucles noires s'étaient encore éclaircis.

Si j'appréciais mon séjour au soleil, c'était pour elle une véritable bénédiction. Quand elle oubliait la frustration engendrée par notre affaire, ou quand nous arrivions à la fin d'une nouvelle journée infructueuse, elle semblait se détendre, se relaxer, s'épanouir dans la chaleur, les mangroves, la mer bleu foncé, l'air iodé. Elle ne mettait plus de chaussures sauf pour se lancer activement sur la piste de Desiree ou de Jeff Price, roulait jusqu'à la plage le soir pour s'asseoir sur le capot de la voiture et écouter les vagues, et il lui arrivait même de se glisser hors de son lit la nuit pour aller s'installer dans le hamac blanc sur son balcon.

Soudain, j'ai croisé son regard, et elle m'a adressé un sourire qui exprimait à la fois la tristesse et une curiosité intense.

Nous sommes restés assis comme ça un bon moment, les yeux dans les yeux, nos sourires s'évanouissant peu à peu, à chercher sur le visage de l'autre la réponse à des questions qui n'avaient jamais été formulées.

– C'est Phil, a-t-elle déclaré enfin en se penchant pour me prendre la main. Tu comprends, ça me paraissait sacrilège de...

J'ai hoché la tête.

Son pied plein de sable s'est lové contre le mien.

– Désolée de t'avoir fait souffrir.

– Pas souffrir, non.

Elle a arqué un sourcil.

– Pas vraiment, ai-je répondu. Disons plutôt que j'ai ressenti quelques petites douleurs. Ici et là. Je me suis inquiété.

Angie a porté ma main à sa joue et fermé les yeux.

– Hé, je croyais que vous étiez associés, pas amants ! a lancé une voix.

– Ça, a murmuré Angie, les yeux toujours clos, c'est Rita.

C'était bien Rita, avec son immense chapeau de cow-boy et ses bas résille aujourd'hui rouges, qui nous apportait nos assiettes d'écrevisses, de crevettes et de crabe. Ça lui plaisait beaucoup qu'on soit détectives. Elle voulait à tout prix savoir à combien de fusillades et de poursuites en voiture on avait participé, et combien de méchants on avait tués.

Elle a placé nos assiettes sur la table, puis écarté de notre dossier le pichet de bière posé dessus pour pouvoir placer nos couverts en plastique quelque part, mais le vent chaud a expédié dossier et couverts par terre.

– Oh, mince, a-t-elle fait.

Je me suis levé pour l'aider, mais elle a été plus rapide que moi. Elle a ramassé la chemise et l'a refermée juste avant de récupérer une photo égarée au moment où, soulevée par un coup de vent, elle menaçait de s'envoler par-dessus la balustrade. Enfin, Rita s'est tournée vers nous en souriant, la jambe gauche toujours pliée après la demi-pirouette qu'elle avait effectuée pour rattraper le cliché.

– T'as raté ta vocation ! s'est exclamée Angie. Arrêt court pour l'équipe des Yankees.

– Je suis sortie avec un Yankee, a raconté Rita en baissant les yeux vers la photo entre ses doigts. Il valait pas tripette au plumard, il parlait sans arrêt de...

– Vas-y, Rita, l'ai-je encouragée. Sois pas timide.

– Hé, a-t-elle fait, les yeux fixés sur le cliché. Hé.

– Quoi ?

Elle m'a tendu les documents avant de filer à l'intérieur du restaurant.

J'ai contemplé le tirage qu'elle venait de me rendre.

– Qu'est-ce qui lui a pris ? a demandé Angie.

Je lui donnais la photo quand Rita est revenue en courant m'apporter le journal.

Le *St Petersburg Time*, édition du jour, qu'elle avait plié à la page 7.

– Regardez, a-t-elle dit, le souffle court.

Du doigt, elle indiquait un article au milieu de la page.

UN SUSPECT INTERPELLÉ APRÈS LE MEURTRE DE BRADENTON.

Le suspect, un certain David Fischer, attendait en prison d'être interrogé par la police après qu'un homme non identifié avait été découvert poignardé dans une chambre d'hôtel à Bradenton. Il n'y avait pas beaucoup de détails sur l'affaire, mais là n'était pas la question. Il m'avait suffi d'un coup d'œil à la photo de David Fischer pour comprendre la réaction de Rita.

– Merde ! a lancé Angie en regardant la photo. C'est Jay.

18

Pour aller à Bradenton, nous avons pris la 275 en
direction du sud, traversé St Petersburg et emprunté
le Sunshine Skyway, un pont gigantesque qui enjambait une partie du golf du Mexique, reliant la
région Tampa/St Petersburg à la zone Sarasota/
Bradenton.

La structure comportait deux haubanages évoquant des nageoires dorsales. De loin, alors que le
soleil plongeait vers la mer et que le ciel virait au
violet, elles paraissaient peintes en or sombre, mais
en nous engageant sur le pont, nous avons constaté
qu'elles étaient constituées de plusieurs câbles
jaunes formant des triangles de plus en plus petits.
À la base de ces câbles se trouvaient des projecteurs
éclairés qui, associés au couchant, conféraient aux
nageoires une nuance dorée.

C'est fou ce qu'ils aimaient la couleur, dans le
coin.

– ... l'homme non identifié, lisait Angie dans le
journal, âgé probablement d'une trentaine d'années,
a été retrouvé à plat ventre sur le sol de sa chambre
au Isle of Palms Motel avec un poignard fatal dans
l'abdomen. Le suspect, David Fischer, quarante et
un ans, a été arrêté dans sa chambre, voisine de
celle de la victime. Les policiers refusent de se pro-

noncer sur le mobile ou d'expliquer ce qui les a conduits à appréhender M. Fischer.

Toujours selon l'article, Jay était détenu à la prison du comté de Bradenton en attendant l'audience qui fixerait le montant de sa caution – laquelle audience devait avoir lieu aujourd'hui.

– Mais enfin, qu'est-ce que ça veut dire ? a marmonné Angie à la sortie du pont, tandis que le violet du ciel s'assombrissait.

– On va poser la question à Jay.

Il était dans un sale état.

À ses cheveux brun foncé se mêlaient des mèches grises qui n'y étaient pas auparavant, et les poches sous ses yeux étaient tellement gonflées qu'il donnait l'impression de ne pas avoir dormi de toute la semaine.

– Hé, c'est bien Patrick Kenzie assis devant moi ? Ou c'est Jimmy Buffett [1] ?

Il m'a gratifié d'un pâle sourire en entrant au parloir avant de décrocher le téléphone de l'autre côté de la paroi en Plexiglas.

– On a du mal à me reconnaître, hein ?

– T'es presque bronzé. Je pensais pas ça possible chez les cachets d'aspirine celtiques dans ton genre.

– En fait, j'ai mis du fond de teint.

– L'avance sur caution est de cent mille dollars, a-t-il dit en s'installant dans le box en face de moi. (Il a coincé le téléphone entre son menton et son épaule juste le temps d'allumer une cigarette.) Pour un montant total fixé à un million. Le prêteur s'appelle Sidney Merriam.

– Tu fumes, maintenant ?

– C'est récent.

1. Chanteur aujourd'hui à la tête d'un empire financier à Key West.

– À ton âge, en général, la plupart des gens arrêtent...

Il m'a adressé un clin d'œil.

– Je ne serai jamais esclave de la mode.

– Cent mille dollars, tu dis.

Jay a hoché la tête, puis bâillé.

– Cinq, quinze, sept, a-t-il énoncé.

– Quoi ?

– Consigne douze.

– Où ?

– Bob Dylan, à St Pete.

– Quoi ?

– Active tes neurones, Patrick. Tu trouveras.

– Bob Dylan à St Pete, donc.

Il a coulé un regard par-dessus son épaule en direction du garde mince et musclé aux yeux de crotale.

– Les albums, a-t-il repris, pas les chansons.

– Pigé, ai-je répondu.

En vérité, je n'avais encore rien pigé du tout, mais j'avais confiance en lui.

– C'est eux qui t'ont envoyé, hein ? a-t-il repris avec un sourire triste.

– Qui d'autre ?

– Mouais. Logique.

Quand il s'est adossé à sa chaise, la lumière crue des néons au plafond n'a fait que souligner combien il avait maigri depuis notre dernière rencontre, deux mois plus tôt. Son visage était cadavérique.

Il s'est penché en avant.

– Sors-moi de là, vieux.

– Entendu.

– Ce soir. Demain, on ira aux courses de chiens.

– Ah oui ?

– Oui. J'ai misé cinquante sacs sur un magnifique lévrier, un greyhound. Tu saisis ?

Je devais de nouveau avoir l'air perplexe, mais j'ai quand même répondu :

– Bien sûr.

Il a souri, révélant des lèvres gercées par le soleil.

– Tu sais, toutes ces belles reproductions de Matisse qu'on a vues à Washington, l'autre fois ? Elles ne seront pas disponibles éternellement.

Je l'ai dévisagé au moins trente bonnes secondes avant de comprendre.

– À bientôt, ai-je dit.

– Ce soir, Patrick.

Angie a pris le volant pour traverser le pont en sens inverse pendant que je consultais un plan de St Petersburg acheté dans une station-service.

– Donc, il pense que ses empreintes vont le trahir ? a-t-elle lancé.

– Exact. Un jour, il m'a raconté qu'au FBI, il s'était forgé une fausse identité. Sûrement celle de ce David Fischer. Un de ses copains à Quantico bosse aux Empreintes Latentes ; il lui a archivé ses empreintes deux fois.

– Deux fois ?

– Mouais. C'est pas une solution durable, juste un pis-aller. Si la police locale envoie ses empreintes à Quantico, le système informatique programmé par le copain de Jay doit cracher le dossier Fischer. Mais juste pendant quelques jours. Après, pour sauver ses fesses, le copain devra rappeler en disant : « L'ordinateur a détecté un truc bizarre. Apparemment, ces empreintes correspondraient aussi à celles d'un certain Jay Becker, qui a travaillé pour nous. » Tu vois, Jay a toujours su qu'en cas de galère, son seul espoir serait d'obtenir la libération sous caution et de s'évanouir dans la nature.

– Autrement dit, on se fait complices de son évasion.

– Encore faudrait-il le prouver devant un tribunal.

– Il le mérite ?

Je l'ai regardée.

– Mouais.

En entrant dans St Petersburg, je lui ai demandé :

– Cite-moi des albums de Bob Dylan.

– *Blonde on Blonde*.

– Nan.

– *Greatest Hits*.

J'ai grimacé.

– Quoi ? (Elle a froncé les sourcils.) O.K. *Positively Fourth Street*.

J'ai étudié le plan.

– T'es géniale.

Elle a brandi un magnétophone imaginaire.

– Tu veux bien répéter ça dans le micro, s'il te plaît ?

Fourth Street, à St Petersburg, traverse la ville de bout en bout. Elle s'étend sur au moins trente kilomètres. Et il y a beaucoup de consignes automatiques en chemin.

Mais une seule gare routière Greyhound.

Nous nous sommes arrêtés sur le parking, et Angie est restée dans la voiture pendant que j'allais voir à l'intérieur. J'ai localisé le casier douze, puis composé la combinaison. La porte s'est ouverte du premier coup et j'ai retiré un sac de sport en cuir. Il ne pesait pas très lourd. Pour autant que je le sache, il était peut-être rempli de fringues, et j'ai décidé d'attendre d'être retourné dans la voiture pour vérifier. Après avoir refermé le casier, je suis ressorti du terminal.

Angie s'est de nouveau engagée dans Fourth Street et nous avons traversé ce qui ressemblait à un quartier pauvre – avec des tas de gens écrasés de chaleur se prélassant sur les vérandas, occupés à chasser les mouches, des bandes de gamins à tous les coins de rue, des lampadaires démolis un peu partout.

J'ai posé le sac sur mes genoux, fait glisser la fermeture Éclair... et contemplé l'intérieur une bonne minute.

– Tu veux bien accélérer un peu, Ange ?

– Pourquoi ?

Je lui ai montré ma trouvaille.

– Parce qu'il y a au moins deux cent mille dollars là-dedans.

Elle a écrasé le champignon.

19

– Nom de Dieu, Angie! s'est exclamé Jay. La dernière fois où je t'ai vue, tu ressemblais à Chrissie Hynde[1] déguisée en Morticia Adams, et aujourd'hui, t'as l'air d'une vraie fille des îles!

L'employé de la prison a posé un formulaire devant lui.

– T'as toujours su parler aux filles, a répliqué Angie.

Jay a signé le document.

– Sans blague! Mais j'étais loin de me douter que la peau d'une Blanche pouvait brunir à ce point.

– Vos effets personnels, a déclaré l'employé en vidant une enveloppe kraft sur le comptoir.

– Hé, doucement! a protesté Jay au moment où sa montre tombait. C'est une Piaget.

Le type a émis un reniflement de mépris.

– Une montre. *Pi-a-jay.* Une pince à billets en or. Six cent soixante-quinze dollars en liquide. Un porte-clés. Trente-huit cents en petite monnaie...

Pendant que l'employé cochait sur sa liste chacun des objets restants et les déposait sur le comptoir, Jay s'est adossé au mur en étouffant un bâillement. Son regard s'est attardé sur le visage d'Angie, il est

1. Brune chanteuse du groupe les Pretenders.

descendu vers ses jambes, puis remonté le long de son bermuda en jean jusqu'à son sweat-shirt déchiré aux manches coupées.

– Tu veux peut-être que je me tourne pour que tu puisses lorgner le dos ?

Il a haussé les épaules.

– S'cusez-moi, ma p'tite dame, mais faut comprendre, je sors de taule...

Elle a remué la tête, baissé les yeux et dissimulé son sourire derrière l'écran de ses cheveux.

Compte tenu de ce que j'avais appris sur leur passé commun, ça me faisait un drôle d'effet de les voir réunis dans le même espace. Jay avait toujours un air carnassier en présence des jolies femmes, mais loin de s'en offenser, la plupart le jugeaient inoffensif, voire charmant tant il en jouait ouvertement. Ce soir-là pourtant, il y avait quelque chose de plus dans son expression. Elle reflétait une mélancolie que je n'y avais jamais vue auparavant, et du regard qu'il portait sur ma partenaire émanait une impression d'épuisement total et de résignation.

Angie a paru s'en rendre compte elle aussi ; ses lèvres se sont incurvées en un curieux petit sourire.

– Ça va ? a-t-elle demandé.

Jay s'est détaché du mur.

– Moi ? Impec.

– Monsieur Merriam ? a lancé l'employé au prêteur sur caution. Vous devez signer ici et là.

M. Merriam, un homme d'un cinquantaine d'années vêtu d'un costume trois-pièces blanc cassé, se donnait un mal fou pour avoir l'air d'un gentleman sudiste distingué, alors même que j'avais détecté dans sa voix une pointe d'accent du New Jersey.

– Avec plaisir, a-t-il répondu, et Jay a levé les yeux au ciel.

Ils ont signé les papiers, Jay a rassemblé ses bagues et sa cravate froissée en soie, placé les bagues dans sa poche et passé la cravate sous le col de sa chemise blanche.

Une fois sortis du poste, nous avons attendu dans le parking qu'un flic amène la voiture de Jay.

– T'as le droit de conduire ? a demandé Angie.

Jay a inspiré une bouffée d'air nocturne humide.

– Oh, ils sont très courtois dans le coin. Au motel, après m'avoir interrogé, ce vieux flic aux manières on ne peut plus polies m'a demandé si je voulais bien le suivre au poste pour répondre à quelques questions. Il a même précisé : « Si vous avez le temps, m'sieur, sûr qu'on apprécierait. » Sauf qu'il ne me laissait pas vraiment le choix, si vous voyez ce que je veux dire.

Merriam a fourré une carte dans la paume de Jay.

– Au cas où vous auriez encore besoin de mes services, monsieur, je serais ravi de...

– Entendu.

Jay lui a arraché la carte avant de s'absorber dans la contemplation des cercles bleu clair qui tremblaient autour des lampadaires jaunes bordant le parking.

Merriam m'a serré la main, et il a serré celle d'Angie avant de se diriger d'une démarche guindée rappelant celle des constipés ou des alcooliques chevronnés vers sa décapotable Karmann Gia dont la portière côté passager était toute cabossée. La voiture a calé une fois en sortant du parking, et comme s'il se sentait mortifié, M. Merriam a gardé la tête baissée le temps de la faire redémarrer, puis de s'engager sur la route principale.

– Une chance que vous vous soyez pointés, tous les deux. Sinon, il aurait fallu que j'envoie ce zigoto-là à la gare Greyhound. Vous vous rendez compte ?

– Si tu disparais maintenant, ce pauvre type risque la ruine, non ? a demandé Angie.

Avant de répondre, Jay a pris le temps d'allumer une cigarette.

– T'inquiète, Ange, j'ai tout prévu.

– Bien sûr, Jay. C'est pour ça qu'on est obligés de te tirer de ce pétrin.

Après nous avoir regardés tour à tour, il a éclaté de rire. D'un rire bref, dur, qui tenait plus de l'aboiement qu'autre chose.

– Putain, Patrick, elle t'emmerde comme ça souvent ?

– T'as l'air vanné, Jay. Je t'avais jamais vu dans cet état.

Il a écarté les bras pour faire jouer les muscles entre ses omoplates.

– Ouais, bon, je vais m'offrir une douche et une bonne nuit de sommeil, et demain, je serai comme neuf.

– D'abord, on va se trouver un petit coin tranquille pour parler, ai-je dit.

Jay a hoché la tête.

– Vous n'avez pas parcouru deux mille kilomètres juste pour le plaisir de parfaire votre bronzage, j'imagine. Et Dieu sait qu'il est parfait. (Il s'est tourné vers Angie, qu'il a détaillée d'un air approbateur.) Bon sang, Ange, je te le répète, ta peau, elle a la couleur d'un café allongé chez Dunkin' Donuts. Ça me donne envie de...

– Jay, tu veux bien arrêter de déconner, oui ? Merde, à la fin !

Il a cillé.

– O.K., a-t-il déclaré avec une soudaine brusquerie. Non, quand t'as raison, t'as raison. Et t'as raison, Angela. T'as raison.

Elle m'a interrogé du regard ; j'ai haussé les épaules.

Une Mitsubishi 3000 GT noire a ralenti en arrivant à notre hauteur. Les deux jeunes flics à l'intérieur rigolaient, et à en juger par l'odeur qui s'en dégageait, les pneus venaient de laisser un peu de gomme sur le bitume.

– Sacrée bagnole, a observé le conducteur en descendant du côté de Jay.

– Elle vous plaît ? a répliqué Jay. Elle répond bien ?

Le flic a gloussé en jetant un coup d'œil à son collègue.

– Au poil, vieux.

– Tant mieux. La direction ne vous a pas paru trop ferme quand vous avez fait votre petit rodéo ?

– Allez, Jay, est intervenue Angie. Monte.

– Nan, la direction est parfaite, mon pote, a déclaré le flic.

Son partenaire se tenait près de moi, devant la portière passager qu'il avait laissée ouverte.

– N'empêche que la suspension est un peu molle, Bo.

– C'est vrai, a déclaré Bo, qui empêchait toujours Jay de s'installer au volant. À vot' place, je demanderais à un mécanicien de jeter un coup d'œil aux amortisseurs.

– Merci du conseil, a répondu Jay.

Le flic a souri en s'écartant enfin.

– Soyez prudent, monsieur Fischer.

– Rappelez-vous, a renchéri son partenaire, une voiture, c'est pas un jouet !

Ils l'ont trouvée tellement bonne, celle-là, qu'ils se marraient toujours en montant les marches pour rentrer au poste.

Je n'aimais pas du tout l'expression dans le regard de Jay ni son attitude depuis qu'il avait été libéré. Il semblait paradoxalement à la fois absent et concentré, perdu et déterminé, mais sa détermination avait quelque chose de sournois, de malveillant.

Sans plus attendre, je me suis installé sur le siège passager.

– Je viens avec toi, ai-je déclaré.

Il s'est penché.

– J'aimerais mieux pas.

– Pourquoi ? On va bien au même endroit, non ? Tu te rappelles, on doit parler.

Jay a pincé les lèvres, puis expiré bruyamment par les narines avant de fixer sur moi un regard exténué.

– O.K., comme tu voudras, a-t-il dit au bout d'un moment. Pas de problème.

Il a pris place au volant et démarré tandis qu'Angie se dirigeait vers la Celica.

– Mets ta ceinture, Patrick.

À peine l'avais-je bouclée qu'il passait la première et écrasait la pédale d'accélérateur, pour enclencher la deuxième une fraction de seconde plus tard, la main déjà prête à accrocher la troisième. Nous avons remonté en trombe la courte rampe d'accès au parking, et Jay est passé en quatrième alors que les roues n'adhéraient même pas encore à la chaussée.

Il nous a conduits jusqu'à un bar-restaurant ouvert toute la nuit au centre de Bradenton. Dans les rues désertes alentour ne subsistait apparemment plus aucune trace de vie humaine, comme si une bombe à neutrons avait dévasté le quartier une heure avant notre arrivée. Les vitres noires des gratte-ciel et autres bâtiments administratifs environnants semblaient nous épier.

Il n'y avait que quelques clients dans le restaurant – des oiseaux de nuit, selon toute vraisemblance : un trio de chauffeurs routiers au comptoir qui flirtaient avec la serveuse ; un agent de sécurité solitaire portant un badge marqué Palmetto Optics sur l'épaule qui lisait un journal avec une cafetière pour seule compagnie ; deux infirmières en uniforme fripé dont la voix basse, lasse, s'élevait à deux tables de la nôtre.

Nous avons commandé deux cafés, Jay a opté pour une bière. Pendant une minute, nous avons tous étudié la carte. Lorsque la serveuse est revenue avec nos boissons, nous avons chacun choisi un sandwich, mais sans enthousiasme particulier.

Jay a fiché entre ses lèvres une cigarette non allumée avant de tourner la tête vers la vitre ; au même moment, un grondement de tonnerre a déchiré le ciel et la pluie s'est mise à tomber. Pas une pluie légère, ni de celles qui s'intensifient peu à peu. En un instant, la rue sèche, orange pâle sous les lampadaires, avait disparu sous des trombes d'eau. Des flaques bouillonnantes se sont formées en quelques secondes sur le trottoir, et les gouttes ont martelé le toit avec une force telle qu'on aurait dit le ciel en train de déverser des tonnes de piécettes.

– Trevor Stone a envoyé quelqu'un d'autre avec vous ? a demandé Jay.

– Graham Clifton, ai-je répondu. Et aussi cet autre type, Cushing.

– Ils savent que vous m'avez sorti de prison ?

J'ai fait non de la tête.

– On s'arrange pour les semer depuis notre arrivée.

– Pourquoi ?

– Ils ne me reviennent pas.

Jay a acquiescé.

– Les journaux ont publié le nom du type que je suis censé avoir liquidé ?

– Pas que je sache.

Angie s'est penchée par-dessus la table pour lui allumer sa cigarette.

– C'était qui ? a-t-elle demandé.

Il a tiré sur la clope sans l'ôter de sa bouche.

– Jeff Price.

De nouveau, Jay a jeté un coup d'œil à son reflet dans la vitre ; la pluie qui ruisselait le long du carreau fondait ses traits, atténuait les reliefs de son visage.

– Jeff Price, ai-je répété. L'ancien responsable des programmes de thérapie chez SOS Détresse. Ce Jeff Price-là ?

Jay a laissé tomber sa cendre dans le cendrier de plastique noir.

– T'as bien fait tes devoirs, d'Artagnan.

– Tu l'as tué ? a demandé Angie.

Tout en sirotant sa bière, il nous observait, la tête inclinée vers la droite, les yeux animés par un incessant mouvement de va-et-vient. Il a tiré une autre bouffée de sa cigarette, puis son regard s'est détaché de nous pour suivre la fumée qui s'élevait en spirale et dérivait vers l'épaule d'Angie.

– Ouais, je l'ai tué.

– Pourquoi ? ai-je questionné.

– C'était un sale type. Un très, très sale type.

– Il y en a beaucoup, a fait remarquer Angie. Des nanas aussi.

– Exact. Tout à fait exact. Mais cet enfoiré de Jeff Price méritait une mort beaucoup plus lente que celle qu'il a eue. Ça, je peux vous le garantir. (Il a avalé une grande lampée de bière.) Il devait payer. Il le fallait.

– Payer pour quoi ? a interrogé Angie.

Jay a porté la bouteille à ses lèvres tremblantes. Lorsqu'il l'a reposée sur la table, sa main tremblait tout autant.

– Payer pour quoi, Jay ? a insisté Angie.

Il a encore tourné la tête vers la vitre. Dehors, la pluie tombait toujours, tambourinant sur le toit, s'accumulant sur les trottoirs, cinglant les flaques. J'ai remarqué soudain que les cernes sombres sous les yeux de Jay rougissaient.

– Jeff Price a tué Desiree Stone, a-t-il répondu, et une larme unique a roulé sur sa joue.

Une douleur sourde m'a transpercé la poitrine avant de me contracter l'estomac.

– Quand ?

– Il y a deux jours. Je...

Il s'est essuyé la joue d'un revers de main.

– Attends, l'a interrompu Angie. Elle était avec Price tout ce temps-là, et il a seulement décidé de la tuer il y a deux jours ?

Il a fait non de la tête.

– Elle n'était pas avec Price tout le temps. Elle l'a plaqué il y a trois semaines. Ces deux dernières semaines, elle... elle les a passées avec moi.

– Avec toi ?

Jay a hoché la tête et pris une profonde inspiration en clignant des yeux pour refouler ses larmes.

La serveuse nous a apporté nos assiettes, mais c'est à peine si nous leur avons prêté attention.

– *Avec toi ?* a répété Angie.

Jay lui a adressé un sourire empreint d'amertume.

– *Avec moi*, oui. Desiree et moi, on était tombés amoureux l'un de l'autre, je suppose. (Il a émis un petit rire, mais la moitié seulement s'est échappée de ses lèvres ; l'autre a paru s'étrangler dans sa gorge.) Hilarant, non ? On m'a engagé pour la tuer, et je me retrouve dingue d'elle.

– Waouh ! T'as été engagé pour la tuer ?

Il a acquiescé.

– Par qui ?

Jay m'a dévisagé comme s'il avait affaire à un attardé mental.

– À ton avis ?

– Je ne sais pas, Jay. C'est pour ça que je te le demande.

– Qui vous a embauchés ?

– Trevor Stone.

Il nous a gratifiés d'un regard appuyé jusqu'au moment où le jour s'est fait dans notre esprit.

– Bordel de merde! a lancé Angie avant d'abattre son poing sur la table avec tant de force que les chauffeurs routiers se sont retournés vers nous.

– Content de vous avoir appris quelque chose.

20

Pendant quelques minutes, aucun de nous n'a prononcé une parole. Assis dans notre box alors que la pluie cinglait les vitres et que le vent couchait la rangée de palmiers royaux le long du boulevard, nous avons mangé nos sandwichs.

Tout était différent de ce qu'il m'avait semblé quinze minutes plus tôt, pensais-je en mâchonnant mon pain sans vraiment en apprécier le goût. Angie avait raison, l'autre soir : le noir était blanc, le haut était le bas.

Desiree était morte. Jeff Price également. Trevor Stone avait chargé Jay non seulement de retrouver sa fille, mais aussi de la tuer.

De notre côté, nous avions accepté cette affaire pour deux raisons : la cupidité et l'empathie. La première n'avait rien d'honorable, d'accord. Mais cinquante mille dollars, c'est beaucoup, surtout quand vous n'avez pas travaillé depuis plusieurs mois ni choisi un métier particulièrement lucratif.

N'empêche, ça n'en restait pas moins de la cupidité. Et à partir du moment où vous cédez à l'appât du gain, vous êtes assez mal placé pour râler quand votre employeur se révèle un menteur. Comme on dit, ce serait l'hôpital qui se fout de la charité et tout le bazar...

Pourtant, l'argent ne constituait pas notre seule motivation. Nous avions aussi accepté cette affaire parce que Angie avait reconnu en Trevor Stone une autre âme en détresse. Elle avait compati à sa douleur. Moi aussi, d'ailleurs. Et s'il me restait des doutes, ils s'étaient dissipés lorsque Trevor Stone nous avait montré l'autel qu'il avait érigé à sa fille disparue.

Sauf qu'il ne s'agissait pas d'un autel...

Trevor Stone ne s'était pas entouré des photos de Desiree pour répondre à son besoin de la croire en vie. Non, s'il avait placé partout dans son bureau le portrait de sa fille, c'était pour alimenter sa haine.

À mesure que mon point de vue sur les événements récents se restructurait, se métamorphosait, se recréait, je me sentais de plus en plus stupide de m'être fié à mon instinct.

Quelle affaire, je vous jure !

— Anthony Lisardo ? ai-je enfin demandé à Jay.

Il mastiquait toujours son sandwich.

— Oui ? Quoi ?

— Qu'est-ce qui lui est arrivé ?

— Trevor l'a liquidé.

— Comment ?

— En refilant un paquet de cigarettes bourrées de coke au copain de Lisardo – comment il s'appelait, déjà ? Ah oui, Donald Yeager. Bref, Yeager a laissé le paquet dans la voiture de Lisardo le soir où ils sont allés au réservoir.

— Et y avait de la strychnine dans la came, un truc comme ça ? a questionné Angie.

Jay a nié de la tête.

— Lisardo faisait une allergie à la coke. Il avait déjà eu un malaise pendant une fête à l'époque où il sortait avec Desiree. Ç'a été sa première crise cardiaque. Et la seule fois où il a été assez idiot pour y toucher. Trevor le savait, il a trafiqué les cigarettes, et on connaît la suite.

– Pourquoi ?

– Pourquoi Trevor voulait se débarrasser de Lisardo ?

– Oui.

Il a haussé les épaules.

– Ce type ne supportait pas de partager sa fille avec quelqu'un, si tu vois ce que je veux dire.

– Mais il t'a quand même embauché pour la tuer ? a repris Angie.

– Mouais.

– Pourquoi ?

– J'en sais rien, a-t-il répondu en baissant les yeux vers la table.

– T'en sais rien ?

Jay a écarquillé les yeux.

– Non, je t'assure. Qu'est-ce qui...

– Elle ne te l'a pas expliqué ? Mais enfin, t'as passé deux semaines avec elle, Jay ! Elle n'avait pas la moindre idée de ce qui a pu pousser son père à vouloir la supprimer ?

– Même si c'était le cas, Ange, elle n'avait pas envie d'en parler, a-t-il déclaré d'une voix forte, cassante. Et aujourd'hui, elle n'est plus franchement en état de réfléchir à la question.

– Crois-moi, j'en suis désolée, a répliqué Angie. Mais j'ai besoin de cerner un peu mieux les motivations de Trevor Stone pour pouvoir admettre qu'il ait cherché à tuer sa propre fille.

– Qu'est-ce que tu veux que je te dise, nom de Dieu ? a-t-il sifflé entre ses dents. Il est complètement dingue. Siphonné. Le cancer lui a bouffé le cerveau. J'en sais rien, bon sang ! Mais il la voulait morte. (Il a écrasé une cigarette dans sa main.) Maintenant, elle l'est. Qu'il en soit directement responsable ou pas, elle est partie. Et il va payer pour ça.

– Jay, l'ai-je interrompu doucement, tu veux bien revenir en arrière ? Reprends tout depuis le début.

T'es parti faire cette retraite à Nantucket avec SOS Détresse, et ensuite, tu t'es volatilisé. Qu'est-ce qui s'est passé dans l'intervalle ?

Il a encore foudroyé Angie du regard pendant quelques secondes avant de se tourner vers moi.

J'ai haussé les sourcils à plusieurs reprises.

Il a fini par sourire, et l'espace d'un instant, il est redevenu l'ancien Jay, avec son ancien sourire. Il a balayé des yeux la salle, gratifié les infirmières d'une grimace penaude, puis reporté son attention sur nous.

– Bon, rapprochez-vous, les enfants. (Il a essuyé les miettes sur ses mains avant de s'appuyer contre le dossier de la banquette.) Il était une fois, dans une galaxie très, très lointaine...

21

La retraite organisée par SOS Détresse pour les Niveaux Cinq se déroulait dans une vaste propriété Tudor de neuf chambres située sur une falaise qui surplombait Nantucket Sound. Le premier jour, tous les participants étaient conviés à une séance de « purge » durant laquelle ils devaient se défaire de leurs ondes négatives (ou « empoisonnement du sang », pour reprendre l'expression de SOS Détresse) en expliquant qui ils étaient et ce qui les avait conduits jusque-là.

Durant la séance, Jay, alias David Fischer, avait immédiatement identifié le premier « purgé » comme étant un imposteur. Lila Cahn, une jolie femme d'une trentaine d'années, avait le corps musclé d'une accro à l'aérobic. Elle affirmait avoir été la maîtresse d'un petit dealer à Catize, une ville mexicaine au sud de Guadalajara. Le dealer en question avait arnaqué le consortium local de gros bonnets, qui s'étaient vengés en les kidnappant, Lila et lui, dans la rue en plein jour. Cinq hommes les avaient traînés jusque dans la cave d'une *bodega*, où le copain de Lila avait été abattu d'une balle dans la nuque. Les ravisseurs avaient ensuite violé Lila pendant six heures – une expérience qu'elle avait rapportée au groupe sans lésiner sur les détails crus.

Elle avait eu la vie sauve afin de servir d'avertissement aux *gringas* qui auraient l'idée de venir s'installer à Catize et de frayer avec les mauvaises personnes.

Lorsque Lila avait terminé de raconter son histoire, les thérapeutes l'avaient serrée dans leurs bras en louant le courage qu'il lui avait fallu pour relater un drame aussi terrible.

– Le seul problème, nous a dit Jay, c'est que tout ça n'était qu'un ramassis de conneries.

À la fin des années 80, Jay appartenait à un groupe spécial d'intervention FBI-DEA qui s'était rendu à Mexico après le meurtre de Kiki Camarena, un agent de la DEA. Sous couvert de rechercher des informations, Jay et ses collègues avaient en réalité pour mission de secouer les uns et les autres, de prendre des noms et de s'assurer que les dealers mexicains préféreraient encore descendre leur propre progéniture plutôt que de songer à descendre un agent fédéral.

– Je suis resté trois semaines à Catize, nous a confié Jay. Il n'y a pas une seule cave dans toute la ville. Comme elle est construite sur d'anciens marécages, le sol est trop meuble. Et pour le copain abattu d'une balle dans la nuque ? Impossible. C'est typique de la mafia américaine, pas mexicaine. Là-bas, si tu t'avises d'arnaquer un gros bonnet, tu ne meurs que d'une seule façon : la cravate colombienne. Ils t'ouvrent la gorge, tirent la langue par le trou et balancent ton cadavre d'une voiture en marche sur la place du village. Et aucun gang mexicain ne laisserait vivre une Américaine qu'ils auraient violée pendant six heures sous prétexte de mettre en garde les autres *gringas*. Contre quoi, d'abord ? S'ils voulaient vraiment leur lancer un avertissement, ils l'auraient découpée en morceaux avant de la renvoyer par avion aux États-Unis.

Désormais à l'affût des mensonges et autres incohérences, Jay avait identifié ainsi quatre autres prétendus Niveaux Cinq dont le témoignage ne tenait pas la route. Il s'agissait, avait-il découvert à mesure que la retraite se poursuivait, d'une procédure standard mise au point par SOS Détresse, qui plaçait ainsi des imposteurs dans des groupes de personnes réellement affligées, car des études internes avaient démontré qu'un client était plus enclin à se confier d'abord à un « pair » plutôt qu'à un thérapeute.

Ce qui avait mis Jay vraiment en rogne, c'était que ces histoires inventées de toutes pièces se mêlaient à de véritables drames : une mère qui avait perdu ses jumeaux dans l'incendie dont elle-même avait réchappé ; un jeune de vingt-cinq ans avec une tumeur au cerveau ; une femme que son mari avait quittée au bout de vingt ans de mariage pour sa secrétaire de dix-neuf ans et six jours après qu'elle-même eut subi une ablation du sein lors d'une mastectomie.

– Ces gens-là étaient brisés, nous a dit Jay. Ils cherchaient une planche de salut, un peu d'espoir. Et en face d'eux, tous ces enfoirés de thérapeutes hochaient la tête et prétendaient les plaindre tout en essayant de découvrir leurs petits secrets, de rassembler toutes sortes de renseignements financiers afin de pouvoir les faire chanter plus tard et les assujettir à l'Église.

Et quand Jay devenait dingue, il cherchait en général à égaliser le score.

Le premier soir, il avait remarqué les coups d'œil furtifs assortis de sourires timides que lui adressait Lila. Le deuxième soir, il était allé la retrouver dans sa chambre, et loin de correspondre au profil psychologique d'une victime d'un viol collectif moins d'un an plus tôt, elle s'était révélée joyeusement libérée et créative au lit.

– Tu connais l'image de la balle-de-golf-à-travers-le-tuyau-d'arrosage ? m'a-t-il demandé.

– Jay, s'il te plaît, a protesté Angie.

– Oups. Désolé.

Cinq heures durant, Jay et Lila s'étaient livrés à des ébats torrides. Pendant les pauses entre les rounds, elle avait essayé de le faire parler de sa vie, de ses revenus actuels, de ses rêves d'avenir.

– Lila, lui avait-il glissé à l'oreille au cours de la dernière manche ce soir-là, il n'y a pas de caves à Catize.

Il avait encore passé deux heures à l'interroger, la persuadant par la même occasion qu'il était un ancien homme de main pour la famille Gambino à New York et qu'aujourd'hui, déterminé à adopter un profil bas pendant un certain temps, il essayait de comprendre le fonctionnement de SOS Détresse avant de s'imposer de force dans la combine, quelle qu'elle soit.

Lila, que Jay avait supposée à juste titre excitée par les hommes dangereux, ne se satisfaisait plus de sa position au sein de SOS Détresse et de l'Église. Elle lui avait raconté l'histoire de son ancien petit ami, Jeff Price, qui avait fauché plus de deux millions de dollars dans les coffres de l'organisation. Après avoir promis de l'emmener, Price l'avait laissée tomber, préférant prendre la tangente avec cette « salope de Desiree », comme l'appelait Lila.

– Et tu sais où est allé Price ? avait questionné Jay.

Elle le savait, mais refusait de le dire.

Alors, Jay l'avait convaincue que si elle ne crachait pas le morceau, il se débrouillerait pour la dénoncer comme complice de Price à ses potes les messagers.

– T'oserais pas, avait-elle rétorqué.

– Tu paries ?

– Ça me rapporte quoi si je te réponds ? avait-elle minaudé.

– Quinze pour cent de ce que je récupère auprès de Price.

– Comment je peux être sûre que tu me paieras ?

– Si je me défile, tu me balances aux autres.

Lila s'était accordé quelques instants de réflexion avant de répondre :

– Clearwater.

Autrement dit, la ville natale de Jeff Price, où il avait prévu de transformer ses deux millions en dix une fois lancé dans le trafic d'héroïne avec de vieux copains qui avaient des contacts en Thaïlande.

Jay avait quitté l'île le matin même, non sans avoir donné à Lila un ultime conseil :

– Tu la fermes jusqu'à mon retour, et tu peux compter sur une belle part du magot. Mais avise-toi de prévenir Price de mon arrivée, et je te ferai des trucs bien pires que cinq Mexicains réunis.

– Alors, je suis rentré de Nantucket et j'ai appelé Trevor.

Celui-ci, contrairement à ce qu'il avait affirmé d'abord à Hamlyn & Kohl et ensuite à nous, avait envoyé une voiture chercher Jay, que Culbuto en personne avait ramené à Marblehead.

Trevor Stone avait félicité Jay pour son zèle, bu à sa santé un verre de son excellent pur malt, puis lui avait demandé ce qu'il pensait de la tentative de ses employeurs pour lui retirer l'affaire.

– Ce doit être une sacrée gifle pour un homme aussi compétent que vous, non ?

Il l'avait mal pris, avait admis Jay. Et une fois Desiree retrouvée et ramenée à bon port, il se mettrait à son compte.

– Comment ? avait répliqué Trevor. Vous êtes fauché.

– Vous vous trompez.

– Vous croyez?

Sur ce, Trevor avait expliqué à quelles fins Adam Kohl avait utilisé le 401 (k), les fonds municipaux et les titres que Jay lui avait si aveuglément confiés.

– M. Kohl a beaucoup investi dans des actions que je lui avais récemment recommandées. Malheureusement, ces valeurs ne se sont pas aussi bien comportées que prévu. Et puis, il faut compter aussi avec la passion malencontreuse et bien connue de M. Kohl pour le jeu.

Abasourdi, Jay avait écouté Trevor Stone lui relater en détail comment, depuis des années, Adam Kohl jouait inconsidérément avec les actions et les dividendes de ses employés.

– En fait, avait conclu Trevor, vous n'aurez même pas besoin de démissionner, car l'agence va déposer son bilan dans six semaines.

– Vous les avez ruinés.

– Ah bon? (Trevor avait approché son fauteuil roulant du siège occupé par Jay.) Je suis bien certain que non. Votre cher M. Kohl s'est surendetté tout seul, comme d'habitude. Cette fois, cependant, il a mis trop d'œufs dans le même panier – un panier que je lui avais conseillé, je l'avoue, mais sans arrière-pensée. (Il avait placé une main dans le dos de Jay.) Certains de ces investissements sont à votre nom, monsieur Becker. Pour un montant total de soixante-quinze mille six cent quarante-quatre dollars et douze cents exactement.

De sa paume, Trevor caressait la nuque de Jay.

– Alors, si nous jouions cartes sur table, monsieur Becker?

– Il m'avait coincé, nous a raconté Jay. Et il n'y avait pas que les dettes. Je ne pouvais pas croire qu'Adam, et peut-être aussi Everett, m'avait trahi.

227

– Tu leur en as parlé ? a demandé Angie.

Il a hoché la tête.

– J'ai appelé Everett, qui a confirmé. Il a long-temps ignoré la situation. Je veux dire, il savait qu'Adam avait un problème avec le jeu, mais sans se douter qu'il irait jusqu'à couler en sept semaines une société fondée il y a cinquante-trois ans. Sur les conseils de Trevor Stone, Kohl a même pioché dans la caisse de retraite. Everett était anéanti. Tu connais son obsession pour l'honneur, Patrick.

J'ai acquiescé en repensant aux propos qu'Everett nous avait tenus sur l'honneur à son déclin, sur la difficulté de se comporter en homme d'honneur parmi des gens qui n'en avaient pas. Je me suis rap-pelé aussi sa façon de contempler la vue par la fenêtre comme si c'était la dernière fois qu'il l'avait sous les yeux.

– Alors, a poursuivi Jay, j'ai dit à Trevor Stone que je ferais tout ce qu'il voulait. Et il m'a donné deux cent trente mille dollars pour liquider Jeff Price et Desiree.

– Je suis plus puissant que vous ne l'imaginez, avait dit Trevor Stone à Jay ce soir-là. Je détiens des sociétés de commerce, des compagnies maritimes et plus de biens immobiliers que vous n'en pourriez recenser en une seule journée. J'ai la mainmise sur des juges, des policiers, des hommes politiques, des gouvernements entiers dans certains pays, et aujour-d'hui, sur vous. (Ses doigts avaient resserré leur prise sur le cou de Jay.) Si vous me trahissez, je vous retrouverai quels que soient les océans que vous tentiez de mettre entre nous et je vous arracherai la jugulaire pour la fourrer dans le trou de votre pénis.

Alors, Jay était parti en Floride.

Il n'avait aucune idée de ce qu'il ferait une fois en présence de Desiree ou de Jeff Price, mais il se savait incapable de tuer quelqu'un de sang-froid. Il avait dû s'y résoudre un jour pour les Fédéraux à Mexico, et le souvenir du regard que lui avait jeté le trafiquant juste avant qu'il ne lui tire une balle en plein cœur à travers sa chemise en soie l'avait hanté au point qu'il avait démissionné un mois plus tard.

Lila lui avait parlé d'un hôtel dans le centre de Clearwater, l'Ambassador, sur lequel Price fantasmait à cause de ses lits à vibrations et du vaste choix de films porno disponible sur les chaînes par satellite.

Jay pensait la piste peu fiable, mais Price s'était révélé plus stupide qu'il ne l'avait cru en sortant de l'établissement deux heures après que lui-même se fut mis en planque. Il l'avait suivi alors qu'il rencontrait ses copains de la filière thaïlandaise, prenait une cuite dans un bar à Largo, puis ramenait une pute dans son hôtel.

Le lendemain, profitant de ce que Price était sorti, Jay s'était introduit dans sa chambre, mais sans découvrir aucune trace de l'argent ou de Desiree.

Un matin, Jay avait vu Price quitter l'Ambassador, et il se préparait à passer une nouvelle fois la chambre au peigne fin quand il avait eu l'impression d'être observé lui aussi.

Il s'était retourné sur le siège de sa voiture, puis il avait effectué la mise au point de ses jumelles pour parcourir toute l'étendue de la rue jusqu'à ce qu'il découvre une autre paire de jumelles braquées sur lui depuis une voiture garée deux pâtés de maisons plus loin.

– C'est comme ça que j'ai rencontré Desiree, nous a-t-il dit. Chacun de nous observait l'autre à la jumelle.

À ce moment-là, il en était venu à douter de son existence. Il rêvait sans arrêt d'elle, contemplait ses photos pendant des heures, s'imaginait connaître son parfum, le son de son rire, la sensation de sa peau nue contre la sienne. Plus elle prenait corps dans son esprit, plus elle devenait en quelque sorte mythique – la beauté tourmentée, poétique, tragique assise dans les parcs de Boston envahis par les brouillards et les pluies de l'automne, attendant la délivrance.

Et puis, un jour, elle lui était apparue.

Elle n'avait pas démarré lorsqu'il était descendu de voiture pour se porter à sa rencontre. Elle n'avait pas essayé de prétendre qu'il s'agissait d'un malentendu. Elle l'avait regardé approcher, et lorsqu'il était arrivé près de sa voiture, elle avait ouvert la portière pour sortir.

– Vous êtes de la police ? avait-elle demandé.

Incapable de prononcer une parole, il avait fait non de la tête.

Desiree Stone portait un T-shirt et un jean délavés avec lesquels, à en juger par leur aspect, elle avait dormi. Ses pieds étaient nus, ses sandales abandonnées sur le tapis de sol de sa voiture, et il avait brusquement craint qu'elle ne se blesse sur les bouts de verre et petits cailloux qui jonchaient la chaussée.

– Vous êtes un détective privé, peut-être ?

Cette fois, il avait acquiescé.

– Un détective privé muet ? avait-elle poursuivi avec un petit sourire.

Il avait éclaté de rire.

22

– Mon père, avait dit Desiree à Jay deux jours plus tard, une fois la confiance instaurée entre eux, achète les gens. C'est sa raison de vivre. Il achète des entreprises, des baraques, des bagnoles et tout ce qu'on peut imaginer, mais ce qui l'intéresse avant tout, c'est de se rendre maître des autres.

– Je commence à m'en rendre compte, avait déclaré Jay.

– Ma mère lui appartenait. Littéralement. Elle était originaire du Guatemala. Il s'y était rendu dans les années 50 pour superviser la construction d'un barrage financé par sa société, et il a acheté ma mère à ses parents pour moins de cent dollars américains. Elle avait quatorze ans.

– Génial. Foutrement génial.

Desiree s'était réfugiée à Longboat Key dans une vieille cabane de pêcheur qu'elle louait à un prix exorbitant en attendant d'évaluer la situation. Jay dormait sur le canapé, et un soir, il avait été réveillé par les cris de Desiree qui venait de faire un cauchemar ; tous deux, trop secoués pour dormir, avaient alors quitté la maison pour aller chercher un peu de fraîcheur sur la plage. Il était trois heures du matin.

Elle portait seulement le sweat-shirt donné par Jay, un machin bleu tout élimé datant de l'époque où il était étudiant, marqué LSU en lettres blanches qui s'étaient écaillées au fil des années. Elle n'avait plus un sou, avait-il découvert, et redoutait d'utiliser ses cartes de crédit craignant, au cas où son père s'en apercevrait qu'il n'envoie quelqu'un la tuer. Jay s'était assis près d'elle sur le sable blanc tandis que les vagues jaillissaient d'un mur d'obscurité en un déferlement de blanc, et il s'était surpris à contempler les mains qu'elle serrait sous ses cuisses, l'endroit où ses orteils disparaissaient dans le sable, les reflets allumés par le clair de lune dans sa chevelure emmêlée.

Et pour la première fois de sa vie, Jay Becker était tombé amoureux.

Desiree avait tourné la tête, croisé son regard.

– Tu ne vas pas me tuer, hein ?

– Non, aucun risque.

– Mon argent ne t'intéresse pas ?

– T'as pas un sou, avait-il répondu, ce qui les avait fait rire.

– Tous les gens que j'aime finissent par mourir.

– Je sais. T'as vraiment pas eu de pot.

Elle avait laissé échapper un petit rire plein d'amertume et de peur.

– Ou par me trahir, comme Jeff Price.

Il lui avait effleuré la cuisse juste en dessous du sweat-shirt, pensant qu'elle allait repousser sa main. Comme elle n'en avait rien fait, il avait attendu qu'elle pose la sienne dessus, que le ressac lui souffle quelque chose, lui dicte les mots appropriés.

– Je ne vais pas mourir, avait-il dit avant de s'éclaircir la gorge. Et je ne te trahirai pas. Car si je te trahis (et jamais il n'avait été plus sûr de lui qu'en cet instant), je meurs, c'est sûr.

Elle lui avait souri, révélant des dents ivoirines dans la nuit.

Puis elle s'était débarrassée de son sweat-shirt pour s'offrir à lui, bronzée, belle et tremblante de peur.

– À quatorze ans, avait-elle raconté à Jay ce même soir, couchée à côté de lui, j'étais le portrait tout craché de ma mère au même âge. Mon père l'a remarqué.

– Et il a réagi ?

– Qu'est-ce que tu crois ?

– Trevor vous a servi son discours sur le chagrin ? nous a demandé Jay au moment où la serveuse nous apportait deux autres cafés et une bière. Comme quoi il est carnivore ?

– Mouais, a répondu Angie.

Jay a hoché la tête.

– J'y ai eu droit le jour où il m'a engagé. (Il a posé ses mains sur la table, les a tournées dans un sens, puis dans l'autre.) Mais le chagrin n'est pas carnivore. Le chagrin est dans mes mains.

– Tes mains ? a répété Angie.

– Elles ont conservé la sensation de sa peau. Encore aujourd'hui. Quant aux odeurs... (Il a tapoté son nez.) Bordel. L'odeur du sable sur sa peau ou celle de l'air salé qui filtrait à travers les stores dans cette cabane de pêcheur... Le chagrin, croyez-moi, ce n'est pas dans le cœur qu'il va se loger. Non, il investit les sens. Quelquefois, je voudrais juste m'arracher les doigts, me couper le nez pour ne plus respirer son parfum...

Il nous a regardés comme s'il venait soudain de s'apercevoir de notre présence.

– Espèce de salaud, a murmuré Angie, dont la voix s'est brisée tandis que des larmes brillaient sur ses joues.

– Merde, a répliqué Jay. J'avais oublié. Phil. Je suis désolé, Angie.

De sa main, elle a repoussé celle de Jay avant de s'essuyer les yeux avec une serviette en papier.

– Angie, je t'assure, je...

Elle a secoué la tête.

– C'est juste que parfois, j'ai l'impression d'entendre sa voix, et elle me parvient si distinctement que je le jurerais assis près de moi. Après, je n'entends plus que ça toute la journée. Rien d'autre.

Cette fois, je n'ai même pas essayé de lui prendre la main, mais c'est elle qui m'a surpris en prenant soudain la mienne.

Lorsque j'ai pressé ses doigts, elle s'est appuyée contre moi.

Alors, c'est ça que tu ressentais pour Desiree, avais-je envie de dire à Jay.

C'était Jay qui avait eu l'idée de faucher le fric volé par Jeff Price à SOS Détresse.

S'il prenait les menaces de Trevor Stone au sérieux, il savait aussi l'homme promis à une mort imminente. Avec deux cent mille dollars, Jay et Desiree risquaient de ne pas pouvoir échapper plus de six mois à l'emprise de Trevor.

Mais avec plus de deux millions, ils pourraient lui échapper pour au moins six ans.

Desiree ne voulait pas en entendre parler. Price, lui avait-elle confié, avait essayé de la tuer quand elle avait découvert la provenance de l'argent. Elle n'avait dû son salut qu'à un extincteur dont elle s'était servi pour l'assommer, avant de quitter leur chambre à l'Ambassador dans une telle précipitation qu'elle avait laissé derrière elle toutes ses affaires.

– N'empêche, ma puce, tu surveillais de nouveau cet hôtel quand on s'est rencontrés.

– Parce que j'étais désespérée. Et seule. Aujour-d'hui, Jay, je ne suis plus ni désespérée ni seule. Quant à toi, tu as deux cent mille dollars. Avec ça, on peut s'enfuir.

– Mais jusqu'où ? Il finira par nous retrouver. Il ne s'agit pas seulement de s'enfuir. On peut toujours se réfugier en Guyane, ou même dans le bloc de l'Est, sauf qu'après, il ne nous restera pas assez pour inciter les gens à donner les bonnes réponses aux questions des sbires mandatés par Trevor.

– Il va mourir, Jay. Tu crois qu'il va encore envoyer beaucoup de gens à notre recherche ? Il t'a fallu trois semaines pour me retrouver, et pourtant, comme je n'étais pas sûre que quelqu'un se lancerait sur mes traces, j'avais semé des indices derrière moi.

– Le problème, c'est que moi, j'en ai semé des tas. Du coup, ce sera facile de remonter jusqu'à nous. J'ai laissé à ton père des rapports d'enquête, et il sait que je suis en Floride.

– Tout ça, c'est à cause du fric, avait-elle répliqué d'une voix douce en évitant de croiser son regard. De ce foutu fric, comme s'il n'y avait que ça au monde. Comme si c'était autre chose que du papier.

– C'est bien plus que du papier. C'est le pouvoir. Le pouvoir permet de déplacer les choses, d'en dis-simuler, de créer des opportunités. Et si on ne se débarrasse pas de ce salopard de Price, quelqu'un d'autre s'en chargera, parce qu'il est stupide.

– Et dangereux, avait renchéri Desiree. Très dan-gereux. Tu n'as pas encore compris ? Il a tué des gens, j'en suis certaine.

– Moi aussi, j'en ai tué, avait répliqué Jay. Moi aussi.

Mais il n'avait pas réussi à la convaincre.

– Elle avait vingt-trois ans, nous a-t-il expliqué. Vous voyez ce que je veux dire ? C'était encore une gamine. La plupart du temps, j'avais tendance à l'oublier, mais elle regardait le monde à la manière des gosses, malgré tout ce qu'elle avait enduré. Elle pensait toujours que les choses finiraient par s'arranger d'elles-mêmes. L'avenir, elle n'en doutait pas, lui réservait un dénouement heureux. Et elle ne voulait plus entendre parler de ce fric qui lui avait déjà causé tant de problèmes.

Alors, Jay avait recommencé à filer Price. Mais pour autant qu'il pût en juger, celui-ci n'avait jamais approché l'argent. Il avait donné des rendez-vous à ses copains dealers, et grâce aux émetteurs que Jay avait placés dans la chambre de Price, il avait appris que toute la bande se faisait du mauvais sang à cause d'un bateau perdu en mer au large des Bahamas.

– Le bateau qui a coulé l'autre jour ? a demandé Angie. Celui qui a déversé de l'héroïne sur les plages ?

Jay a acquiescé.

Donc, Price était inquiet. Pendant que Jay le surveillait, Desiree lisait. Les tropiques, avait remarqué Jay, avaient développé chez elle un goût prononcé pour certains écrivains que lui-même affectionnait depuis toujours, et à son retour, il la trouvait souvent plongée dans Toni Morrison ou Borges, García Márquez ou Isabelle Allende, ou encore la poésie de Neruda. Plus tard, dans leur cabane de pêcheur, ils préparaient du poisson à la mode cajun, mettaient des coquillages à bouillir, remplissaient le minuscule espace de l'odeur du sel et du poivre de Cayenne, puis ils faisaient l'amour. Après, ils allaient s'asseoir sur la plage près de l'océan, où Desiree lui racontait les histoires qu'elle avait lues ce jour-là, et pour Jay, c'était comme s'il relisait lui-même les romans, comme si elle en était l'auteur, déroulant pour lui le fil de récits fantastiques dans la nuit de plus en plus sombre. Et ils faisaient encore l'amour.

Jusqu'à ce matin où, en ouvrant les yeux, Jay s'était rendu compte que la sonnerie de son réveil ne s'était pas déclenchée et que Desiree n'était plus dans le lit à côté de lui.

Elle avait laissé un mot :

Jay,
Je crois savoir où est l'argent. Puisque c'est important pour toi, je suppose que c'est important pour moi aussi. Je vais le récupérer. J'ai peur, mais je t'aime, et je pense que tu as raison. Sans lui, on ne réussirait pas à se cacher bien longtemps, n'est-ce pas ? Si je ne suis pas revenue à dix heures, s'il te plaît, viens me chercher.
Je t'aime. De tout cœur.
Desiree.

Lorsque Jay était arrivé à l'Ambassador, Price venait de régler sa note.

Il se trouvait dans le parking, les yeux fixés sur le balcon en forme de U qui bordait le mur du deuxième étage quand la femme de ménage jamaïcaine s'était mise à hurler.

Jay s'était précipité dans l'escalier, et il avait découvert la femme toujours hurlante pliée en deux devant la chambre de Price. Il l'avait contournée pour regarder à l'intérieur.

Desiree était affalée par terre entre la télé et le minibar. La première chose que Jay avait remarquée, c'était qu'on lui avait sectionné tous les doigts au niveau des articulations.

Du sang dégoulinait de ce qui restait de son menton sur le sweat-shirt LSU de Jay.

Son visage, pulvérisé par le coup de feu tiré à moins de trois mètres, se réduisait à un trou béant. Ses cheveux couleur de miel, que Jay avait lavés lui-même la veille au soir, étaient maculés de sang, parsemés de fragments de cervelle.

De très très loin, lui avait-il semblé, il avait entendu d'autres cris. Puis le bourdonnement de plusieurs climatiseurs – il avait l'impression qu'il y en avait des milliers à se mettre soudain en marche dans ce motel miteux – s'évertuant à envoyer de l'air frais dans la chaleur infernale de ces cellules de béton, jusqu'à ce que le son résonne à ses oreilles comme un essaim d'abeilles.

23

– Alors, j'ai traqué Price jusqu'à un motel au bout de cette rue, là-bas. (Jay s'est frotté les yeux.) J'ai pris la chambre voisine de la sienne. Les murs n'étaient pas plus épais que du papier à cigarettes. Je suis resté assis une journée entière l'oreille contre la cloison, à écouter Price aller et venir dans la pièce d'à côté. Peut-être que, je ne sais pas, je guettais des sons indiquant le regret – des larmes, des cris d'angoisse, quelque chose. Mais il s'est contenté de regarder la télé et de boire. Après, il a demandé une pute. Moins de quarante-huit heures après avoir abattu Desiree, après lui avoir coupé les doigts, ce salopard commandait une nana à domicile, comme des plats chinois.

Jay a allumé une autre cigarette, puis contemplé quelques instants la flamme de son briquet.

– Après le départ de la fille, je suis allé le trouver dans sa chambre. Le ton a monté et je l'ai un peu bousculé. J'espérais qu'il finirait par sortir une arme, et vous savez quoi ? Il en a sorti une. Un cran d'arrêt avec une lame de quinze centimètres. Foutu couteau de mac. Mais c'est une bonne chose qu'il l'ait brandi. Comme ça, ce que je lui ai fait pouvait passer pour de la légitime défense. Plus ou moins, disons.

Il a tourné son visage usé vers la vitre derrière laquelle la pluie avait diminué un tout petit peu. Quand il a repris la parole, sa voix était atone, désincarnée :

– Je lui ai dessiné un sourire sur l'abdomen, d'une hanche à l'autre, et je lui ai maintenu la tête pour l'obliger à me regarder droit dans les yeux pendant que son gros intestin se répandait par terre. (Il a haussé les épaules.) Je crois qu'il fallait bien ça pour venger la mémoire de Desiree.

Dehors, la température devait approcher les vingt-trois ou vingt-quatre degrés, mais à l'intérieur, l'air nous semblait plus glacé que le carrelage d'une morgue.

– Qu'est-ce que tu comptes faire, maintenant ? a demandé Angie.

Jay a esquissé un sourire fantomatique.

– Je rentre à Boston et je découpe aussi la carcasse de Trevor Stone.

– Et ensuite, tu moisis en taule pour le restant de tes jours ?

Il m'a regardé.

– M'en fous. Si le destin en décide ainsi, parfait. Dans la vie, Patrick, on a qu'une fois l'occasion d'aimer – et encore, si on a de la chance. Eh bien, j'ai eu une sacrée chance. À quarante et un ans, j'ai aimé quinze jours une femme presque deux fois plus jeune que moi. Et aujourd'hui, elle est morte. C'est vrai, le monde est cruel. Chaque fois qu'il t'arrive quelque chose de bien, tu peux être sûr que tôt ou tard, une grosse tuile te tombera dessus, juste pour équilibrer les comptes. (Ses doigts ont tambouriné rapidement sur la table.) Parfait. Je l'accepte. Ça ne me plaît pas, mais je l'accepte. Pour moi, les comptes sont équilibrés. Maintenant, je vais m'occuper de ceux de Trevor.

– Ce serait du suicide, Jay, a répliqué Angie.

Il a haussé les épaules.

– Rien à battre. Qu'il crève. De toute façon, vous vous imaginez peut-être qu'il n'a pas encore lancé de contrat sur moi ? J'en sais trop. Du jour où j'ai interrompu mes comptes-rendus quotidiens, j'ai signé mon arrêt de mort. À votre avis, pourquoi a-t-il chargé Clifton et Cushing de vous accompagner, hein ? (Il a fermé les yeux, poussé un profond soupir.) Non, c'est décidé. Ce salopard va encaisser une bastos.

– Il sera mort dans cinq mois.

Nouveau haussement d'épaules.

– C'est encore trop tard.

– Pourquoi ne pas confier ça à la justice ? a suggéré Angie. Tu peux toujours témoigner qu'il t'a payé pour tuer sa fille.

– Bonne idée, Ange. L'affaire passera au tribunal peut-être, quoi, seulement six ou sept mois après sa disparition. (Il a posé plusieurs billets sur la note.) Je vais liquider ce vieux débris. Cette semaine. Et croyez-moi, son agonie sera lente et douloureuse. (Il a souri.) Des questions ?

La plupart des affaires de Jay étaient restées dans le studio qu'il avait loué dès son arrivée à la résidence Ukumbak, dans le centre de St Petersburg. Il voulait y faire un saut pour les récupérer avant de prendre la route – les avions étaient trop peu fiables à son goût, les aéroports trop faciles à surveiller. Sans avoir dormi, sans aucune préparation, il allait conduire vingt-quatre heures en direction de la côte Est, ce qui le mettrait à Marblehead vers deux heures et demie du matin. Après s'être introduit chez Trevor Stone, il le torturerait jusqu'à ce que mort s'ensuive.

– Un plan d'enfer, ai-je lancé alors que nous dévalions les marches du restaurant pour courir vers les voitures sous une pluie battante.

– Tu trouves ? Oh, tu sais, ça m'est venu comme ça...

Faute de choix, Angie et moi avions décidé de le suivre. Peut-être pourrions-nous continuer à discuter avec Jay sur les aires de repos et dans les stations-service, soit pour le dissuader de mettre son projet à exécution, soit pour essayer d'apporter une solution plus raisonnable à son problème. La Celica que nous avions louée chez Elite Motors – l'agence où Jay avait également loué sa 3000 GT – leur serait réexpédiée par le train, en précisant que la facture devait être adressée à Trevor Stone. À l'agonie ou pas, il avait les moyens.

Quand il s'apercevrait que nous lui avions faussé compagnie, Culbuto n'aurait plus qu'à remonter dans l'avion avec son ordinateur portable et ses petits yeux de fouine, puis à cogiter pour trouver un moyen d'expliquer à Trevor comment il avait perdu notre trace. Quant à Cushing, il réintégrerait sans doute son cercueil jusqu'à ce qu'on fasse de nouveau appel à ses services.

– Il est dingue, a déclaré Angie alors que nous roulions derrière Jay en direction de l'autoroute.

– Jay ?

Elle a hoché la tête.

– Il s'imagine qu'il est tombé amoureux de Desiree en deux semaines, mais tout ça, c'est de la connerie.

– Pourquoi ?

– Tu connais beaucoup de gens – d'adultes, s'entend – qui tombent amoureux en deux semaines ?

– Ça ne veut pas dire que c'est impossible.

– Peut-être. Mais à mon avis, il était tombé amoureux d'elle avant de la rencontrer. Cette belle fille assise toute seule dans un parc, attendant un sauveur... Tous les hommes en rêvent.

– D'une belle fille assise toute seule dans un parc ?

Angie a approuvé.

– Et qui attend son sauveur.

Devant nous, Jay s'est engagé sur une bretelle d'accès qui débouchait sur la 275 North, ses feux arrière dessinant deux taches rouges floues sous la pluie.

– Possible, ai-je repris. Possible, oui. N'empêche, si tu avais une liaison brève avec quelqu'un dans des circonstances aussi dramatiques, et si cette personne était soudain abattue d'une balle en pleine figure, ça t'obséderait aussi, tu ne crois pas ?

– Un point pour toi.

Elle est repassée au point mort quand la Celica s'est retrouvée au milieu d'une flaque de la taille du Pérou. L'arrière a chassé vers la gauche, Angie a contre-braqué puis redressé la voiture à la sortie de la nappe d'eau avant d'enclencher la quatrième et la cinquième aussitôt après en accélérant pour rattraper Jay.

– D'accord, a-t-elle répété. Mais il est bien parti pour assassiner un quasi-invalide, Patrick.

– Un invalide malfaisant.

– Ah oui ? Comment tu le sais ?

– Parce que Jay nous l'a dit et que Desiree l'a confirmé.

– Faux, a-t-elle répliqué alors que les nageoires dorsales jaunes du Skyway Bridge se profilaient dans le ciel nocturne une quinzaine de kilomètres plus loin. Desiree ne l'a pas confirmé. Jay *prétend* qu'elle l'a fait. Mais nous, on n'a que sa version. Impossible de vérifier auprès de Desiree, puisqu'elle est morte. Ou de Trevor, parce qu'il niera tout en bloc. Alors...

– Everett Hamlyn, ai-je dit.

Elle a hoché la tête.

– On l'appelle dès qu'on arrive devant chez Jay, O.K. ? D'une cabine, pour qu'il ne se doute de rien. Je veux entendre Everett nous expliquer que les choses se sont passées exactement comme Jay nous l'a raconté.

Les gouttes de pluie s'abattaient sur la capote en toile de la Celica avec la force de grêlons.

– J'ai confiance en Jay, ai-je affirmé.

– Pas moi. (Elle m'a jeté un bref coup d'œil.) Ça n'a rien de personnel. Mais Jay est une vraie loque. Et je ne fais plus confiance à personne en ce moment.

– Personne ?

– Sauf toi, évidemment. Sinon, tout le monde est suspect.

Je me suis adossé à mon siège et j'ai fermé les yeux.

Tout le monde est suspect.

Même Jay.

Drôle de monde, où les pères donnaient l'ordre d'assassiner leurs filles, où les organisations thérapeutiques n'offraient aucune véritable thérapie, où un homme à qui j'aurais autrefois confié ma vie se révélait désormais indigne de confiance.

Peut-être qu'Everett Hamlyn avait raison, finalement. Peut-être que l'honneur était sur le déclin. Peut-être qu'il avait toujours suivi une trajectoire descendante. Ou pis, peut-être qu'il n'avait jamais été qu'une illusion.

Tout le monde est suspect. *Tout le monde est suspect.*

Je commençais à considérer ça comme mon mantra.

24

Après avoir traversé un véritable no man's land d'asphalte et d'herbe, la route décrivait une courbe à l'approche de la baie de Tampa, si sombre derrière le rideau de pluie qu'il était presque impossible de déterminer où finissait la terre et où commençait la mer. De petites cabanes blanches, dont certaines avec sur le toit des pancartes que je ne parvenais pas à déchiffrer dans l'obscurité brouillée, surgissaient de chaque côté de la chaussée, donnant l'impression de flotter librement dans une sorte de néant pluvieux. Les nageoires dorsales jaunes du Skyway me semblaient toujours aussi lointaines ; suspendues au-dessus d'une plaine enténébrée balayée par le vent, elles se découpaient nettement sur fond de ciel violet ecchymose.

Nous venions de nous engager sur la rampe d'accès, longue de cinq kilomètres, lorsqu'une voiture a émergé du rideau de pluie sur la voie opposée ; ses phares mouillés paraissaient vaciller dans l'ombre quand ils nous ont croisés en direction du sud. Machinalement, j'ai jeté un coup d'œil dans le rétroviseur, et je n'ai vu qu'une paire de phares à plus d'un kilomètre derrière nous. Il était deux heures du matin, il tombait des cordes, les ténèbres se répandaient alentour tandis que nous montions vers les immenses nageoires jaunes... Bref, ce n'était pas une nuit à mettre dehors même le plus impénitent des pêcheurs.

Alors que je bâillais, mon corps a grogné intérieurement à la perspective d'être confiné dans la petite Celica pendant encore vingt-quatre heures. J'ai allumé l'autoradio, sans rien trouver d'intéressant, juste des stations de rock classique style « yeah, mon pote », deux autres de dance music et plusieurs aberrations spécialisées dans le « rock doux » – ni trop dur ni trop doux, parfait pour les auditeurs dépourvus de toute faculté de discernement.

Quand j'ai éteint le poste, la pente s'était accentuée, et pourtant, la plus proche des nageoires dorsales a paru s'éloigner momentanément. À travers la pluie, les feux arrière de Jay évoquaient deux yeux rouges fixés sur nous ; sur notre droite, la baie continuait de s'élargir, et un garde-fou en béton traçait une ligne ininterrompue.

– Ce pont est vraiment gigantesque, ai-je fait remarquer.

– Et il porte la poisse. En fait, ce n'est pas le pont d'origine. Le premier Skyway – du moins, ce qu'il en reste – se trouve sur notre gauche.

Angie a allumé une cigarette en se servant de l'allume-cigares pendant que j'essayais de distinguer quelque chose à travers le rempart de pluie.

– Au début des années quatre-vingt, a-t-elle repris, le premier pont a été heurté par une barge. La travée principale s'est écroulée dans la mer, entraînant avec elle plusieurs voitures.

– Comment tu le sais ?

– Quand tu seras à Rome, fais comme les Romains. (Elle a baissé sa vitre juste assez pour permettre à la fumée de cigarette de se glisser dehors.) J'ai lu un guide sur la région, hier. T'as le même dans ta suite. Le jour où ils ont ouvert à la circulation le nouveau Skyway, un type qui se rendait à l'inauguration a eu une attaque sur la bretelle d'accès côté St Petersburg. Sa voiture a plongé dans l'eau ; il a été tué sur le coup.

J'ai regardé s'éloigner la baie comme on regarde s'éloigner le sol dans un ascenseur vitré.

– Tu me racontes des craques, ai-je dit, gagné par la nervosité.

Elle a levé la main droite.

– Parole de scout.

– Hé, garde tes deux mains sur le volant !

Alors que nous approchions de la travée centrale, les deux éventails de câbles jaunes ont embrasé le côté droit de la Celica, baignant de leur clarté artificielle les vitres ruisselantes.

Un bruit de pneus sur la chaussée mouillée nous est soudain parvenu par la vitre entrouverte côté conducteur. Je tournais la tête vers la gauche quand Angie a lancé :

– Putain, mais qu'est-ce que... ?

Elle a braqué pour éviter l'accrochage avec une Lexus dorée qui nous doublait à plus de cent kilomètres/heure en mordant sur notre file. Les roues droites de la Celica ont tapé dans le trottoir séparant la route du parapet, la carrosserie tout entière a frémi, puis a oscillé violemment tandis que le bras d'Angie se raidissait pour ne pas lâcher le volant.

La Lexus s'est rabattue devant nous au moment où Angie redressait la voiture. Ses feux arrière étaient éteints, ai-je constaté. Elle s'est interposée entre Jay et nous, se plaçant à cheval sur les deux files, et brusquement, un rai de lumière en provenance du hauban a éclairé la tête allongée du conducteur.

– C'est Cushing, ai-je dit.

– Merde.

Pendant qu'elle actionnait le faible Klaxon de la Celica, j'ai ouvert la boîte à gants pour récupérer mon pistolet et celui d'Angie. J'ai placé le sien sur la console centrale contre le frein à main, avant de glisser une balle dans la chambre du mien.

Devant nous, Jay s'est raidi en regardant dans son rétroviseur. Angie maintenait sa main sur le Klaxon, mais le chevrotement plaintif qu'il émettait a été noyé par le fracas de la Lexus qui emboutissait l'arrière de la 3000 GT.

Les roues droites de la voiture de sport ont bondi sur le trottoir et une gerbe d'étincelles a jailli quand l'aile droite a ricoché contre le parapet. Jay a donné un coup de volant à gauche pour ramener la voiture sur la chaussée. Son rétroviseur extérieur a été arraché, et instinctivement, j'ai baissé la tête en le voyant foncer à travers la pluie droit sur notre pare-brise, qu'il a étoilé au niveau de mon visage.

Angie a heurté la Lexus alors que l'avant de la voiture de Jay partait vers la gauche et que sa roue arrière droite grimpait de nouveau sur le trottoir. M. Cushing s'est maintenu à sa hauteur, le poussant inexorablement vers le garde-fou. Un enjoliveur argenté s'est détaché avant de rebondir contre notre calandre et de disparaître sous nos roues. La 3000 GT, petite et légère, n'était pas de taille à rivaliser avec la Lexus ; d'un instant à l'autre, elle sortirait de la route, et M. Cushing n'aurait plus qu'à la précipiter dans le vide.

Voyant Jay ballotté dans tous les sens alors qu'il luttait pour garder le contrôle de son véhicule malgré les assauts de la Lexus, j'ai baissé ma vitre.

– Maintiens le cap, ai-je lancé à Angie.

Affrontant les bourrasques de pluie, j'ai visé la custode de la Lexus et tiré trois coups de feu successifs. Les flashes ont déchiré l'air tels des éclairs de chaleur, la vitre arrière de la Lexus a volé en éclats.

M. Cushing a écrasé la pédale de frein et je n'ai eu que le temps de rentrer la tête avant qu'Angie ne percute la Lexus. Jay en a aussitôt profité pour accélérer.

Mais il est descendu trop vite du trottoir : les roues droites de la 3000 GT ont rebondi sur la chaussée, puis se sont soulevées. Angie a hurlé ; au même moment, des flashes ont crépité à l'intérieur de la Lexus.

Le pare-brise de la Celica a implosé.

La pluie et le vent ont précipité une myriade d'éclats de verre à travers nos cheveux, sur nos joues, dans notre cou. Angie a fait une embardée sur la droite, les pneus ont de nouveau mordu le trottoir, les enjoliveurs ont raclé le ciment. Un court instant, la Toyota a paru vouloir se plier sur elle-même, mais elle a fini par se redresser.

Un peu plus loin, la voiture de Jay s'est renversée.

Elle a rebondi du côté conducteur, puis s'est retournée sur le toit. La Lexus a foncé vers elle et l'a percutée juste assez fort pour la faire tournoyer comme une toupie en direction du parapet.

– Quels putains d'enfoirés, ai-je lancé en me penchant vers le tableau de bord.

À force de contorsions, j'ai réussi à passer mes poignets à travers les vestiges du pare-brise et à les poser sur le capot. Ignorant les minuscules fragments de verre qui entaillaient ma chair, j'ai stabilisé ma main, puis tiré trois autres coups de feu sur la Lexus.

J'ai dû toucher quelqu'un, car elle est brusquement partie vers la gauche pour aller heurter le garde-fou sous la dernière nageoire dorsale avec une telle force qu'elle a d'abord rebondi sur le côté, avant d'être renvoyée en arrière, sa lourde carcasse dorée dérapant dans notre direction en travers des deux voies devant nous.

– Rentre ! m'a crié Angie en braquant au maximum vers la droite.

La masse dorée dérivait toujours vers nous. Angie a agrippé le volant à deux mains pour tenter d'éviter la collision avec le coffre de la Lexus tandis que de mon côté, j'essayais de regagner mon siège.

Je n'y suis pas parvenu, et Angie non plus.

Sous l'impact, mon corps a été propulsé dans les airs, et j'ai atterri sur le coffre de la Lexus sans que les gouttes de pluie et les éclats de verre me cinglant la poitrine aient beaucoup ralenti ma course. Simultanément, j'ai entendu quelque chose s'écraser contre le béton à ma droite dans un fracas assourdissant, comme si le ciel nocturne se déchirait.

C'est mon épaule qui a touché en premier le tarmac, et j'ai senti un craquement au niveau de ma clavicule. Aussitôt, j'ai roulé sur la chaussée. Et roulé. Et roulé encore. Je serrais le pistolet dans ma main droite, et il est parti à deux reprises alors que le ciel tourbillonnait au-dessus de moi et que le pont tournoyait en dessous.

Enfin, je me suis immobilisé sur une hanche aussi ensanglantée que douloureuse. Mon épaule gauche me paraissait à la fois engourdie et molle, ma peau était luisante de sang.

Mais je pouvais faire jouer ma main droite, et même si la hanche sur laquelle j'avais atterri me semblait criblée de petits cailloux pointus, mes deux jambes avaient l'air à peu près d'aplomb. Je me suis retourné. La Lexus, dont j'ai vu s'ouvrir la portière côté passager, se trouvait à environ dix mètres derrière moi, le coffre désormais soudé au capot plié de la Celica. Celle-ci a libéré un jet de vapeur au moment où je me redressais tant bien que mal, conscient du mélange de pluie et de sang qui dégoulinait de mon visage tel du jus de tomate.

Sur ma droite, de l'autre côté du pont, une Jeep noire s'était arrêtée, et le conducteur me criait des paroles noyées par les bourrasques.

Je l'ai ignoré pour reporter mon attention sur la Lexus.

Culbuto, qui venait de s'en extirper, est tombé sur un genou. Sa chemise blanche était maculée de rouge, un trou sanguinolent béait à la place de son sourcil droit. Je me suis approché de lui en claudiquant pendant qu'il prenait appui sur le canon de son arme pour se redresser. Agrippant la portière ouverte à côté de lui, il m'a observé, et en voyant le va-et-vient incessant de sa pomme d'Adam, j'ai compris qu'il s'efforçait de lutter contre la nausée. Il a regardé le pistolet dans sa main, avant de me regarder.

– Fais pas ça, ai-je dit.

Il a contemplé son torse, le sang qui continuait de tacher sa chemise, et ses doigts se sont crispés sur son flingue.

– Fais pas ça, ai-je répété.

Fais pas ça, je t'en prie, ai-je pensé.

Mais il a levé le pistolet en clignant des yeux sous la pluie torrentielle, son petit corps oscillant tel celui d'un homme ivre.

Je l'ai atteint deux fois en pleine poitrine au moment où sa main armée s'écartait de sa hanche, et il s'est effondré contre la Lexus, la bouche formant un ovale interrogateur, comme s'il s'apprêtait à me poser une question. Il a voulu se raccrocher à la portière, mais son bras a glissé entre l'encadrement et le montant du pare-brise. Son corps a amorcé une chute vers la droite, mais son coude est resté coincé entre la portière et la carrosserie, et il est mort dans cette position – penché vers la route, retenu par la voiture, avec dans le regard l'amorce d'une question mort-née.

Soudain, j'ai entendu un cliquetis métallique, et en jetant un coup d'œil par-dessus le toit de la voiture, j'ai découvert M. Cushing qui pointait sur moi un fusil brillant. Il a visé, une paupière baissée, un doigt squelettique refermé sur la détente. Il souriait.

Et puis, un gros nuage rouge a jailli au beau milieu de sa gorge, éclaboussant le col de sa chemise.

Il a froncé les sourcils, tenté de porter une main à son cou, mais il s'est effondré avant d'y parvenir et son visage a heurté le toit de la Lexus. Le fusil a glissé le long du pare-brise pour finalement s'immobiliser sur le capot. Le grand corps maigre de M. Cushing s'est recroquevillé avant de disparaître de l'autre côté de la voiture, heurtant le sol avec un bruit sourd.

Angie a émergé de l'obscurité derrière lui, son arme toujours brandie, la pluie sifflant sur le canon brûlant. Des éclats de verre scintillaient dans ses cheveux. De fines estafilades lui sillonnaient le front et les ailes du nez, mais elle semblait néanmoins avoir mieux résisté au crash que moi ou Culbuto.

Je lui ai souri, et elle ébauchait à son tour un pâle sourire quand brusquement, son regard a été attiré par quelque chose derrière mon épaule.

– Mon Dieu, Patrick ! Oh, mon Dieu.

En me retournant, j'ai compris d'où provenait le terrible fracas que j'avais entendu au moment où j'avais été éjecté de la Celica.

La 3000 GT de Jay, toujours renversée, gisait à une quinzaine de mètres de nous. Tout l'avant avait défoncé le parapet, et je me suis demandé comment elle avait pu ne pas tomber. Seul un tiers de la voiture reposait sur le pont ; les deux autres surplombaient le vide, retenus seulement par du béton éclaté et des ferrailles déchiquetées. Sous nos yeux, l'avant a légèrement basculé, l'arrière s'est soulevé et les fers ont grincé.

Je me suis précipité vers le garde-fou, où je me suis agenouillé pour essayer d'apercevoir Jay. Il était suspendu la tête en bas, retenu par sa ceinture de sécurité, les genoux sous le menton, les cheveux à moins de trois centimètres du toit.

– Ne bouge pas, ai-je dit.

Ses yeux ont lentement pivoté vers moi.

– Rassure-toi, je n'en ai pas l'intention.

J'ai examiné le parapet luisant de pluie qui s'était remis à gémir. De l'autre côté, il y avait un petit rebord en ciment qu'on ne pouvait considérer comme un appui solide pour tout individu de plus de quatre ans, mais je n'avais pas le choix. Dessous, il n'y avait qu'un gouffre sombre et, à une centaine de mètres plus bas, de l'eau aussi dure que de la roche.

Angie m'a rejoint alors qu'un brusque coup de vent balayait le golfe. La voiture s'est légèrement déplacée vers la droite, puis elle a piqué du nez.

– Oh, non, a murmuré Jay. (Il a émis un rire tremblant.) Non, non, non...

– J'arrive, Jay, a déclaré Angie.

– *Tu* quoi? ai-je fait. Non, pas question. J'ai le bras plus long.

Mais déjà, elle enjambait le garde-fou.

– Et de plus grands pieds, je sais. Et un bras qui a l'air nase. Tu peux le bouger, au moins?

Sans attendre la réponse, elle a agrippé une partie encore intacte du parapet, puis entamé sa lente progression vers Jay. Je marchais à côté d'elle, ma main droite tout près de son bras.

Un autre coup de vent a balayé la pluie, et le pont tout entier a paru vaciller.

Lorsque Angie a atteint la voiture, je lui ai cramponné le bras droit tandis qu'elle s'accroupissait comme elle le pouvait.

Elle s'est penchée pour tendre son bras gauche. À cet instant, j'ai entendu le hurlement des sirènes au loin.

– Jay ? a-t-elle appelé.

– Oui ?

– J'y arrive pas.

Angie s'est baissée encore un peu, j'ai vu les tendons de ses bras saillir sous sa peau, mais ses doigts ont manqué d'un cheveu la poignée.

– Va falloir que tu m'aides, Jay.

– Comment ?

– Tu peux essayer d'ouvrir ta portière ?

Il a tendu le cou pour tenter de localiser la poignée.

– Sais pas. Je m'étais encore jamais retrouvé la tête en bas dans une voiture, si tu vois ce que je veux dire.

– Et moi, je m'étais encore jamais retrouvée suspendue à cent mètres au-dessus de l'eau, a rétorqué Angie. On est quittes.

– C'est bon, j'ai la poignée, a-t-il annoncé.

– O.K. Maintenant, tu vas pousser la portière et attraper ma main, a dit Angie en oscillant légèrement sous les rafales.

Jay a cligné des yeux pour chasser les gouttes qui pénétraient par la vitre, gonflé les joues puis relâché son souffle.

– J'ai la nette impression que si je bouge un cil, tout ce bazar va s'écrouler.

– On n'a pas le choix, Jay.

La main d'Angie a glissé sur mon bras. J'ai resserré ma prise, et ses doigts se sont enfoncés dans ma chair.

– Ouais, a marmonné Jay. N'empêche, je peux vous dire que...

Un soubresaut a soulevé la voiture, le pont tout entier a émis un craquement sonore aussi perçant et désespéré qu'un hurlement, et soudain, le béton déchiqueté qui retenait le véhicule s'est effondré.

– Non, non, non, non, non, non...! s'est écrié Jay.

Avant de basculer dans le vide.

Angie a hurlé en se rejetant en arrière au moment où la ferraille brisée lui fouettait le bras. J'ai agrippé sa main de toutes mes forces, et je l'ai hissée par-dessus le garde-fou tandis que ses jambes battaient l'air.

Le visage d'Angie contre le mien, son bras autour de mon cou, son cœur cognant si fort que je le sentais contre mon épaule tandis que les battements sourds du mien résonnaient à mes oreilles, nous avons scruté à travers les trombes d'eau l'endroit où Jay avait disparu dans un gouffre de ténèbres.

25

— Comment il va ? a demandé l'inspecteur Jefferson à l'urgentiste en train d'examiner mon épaule.

— Il a une fêlure dans la région scapulaire. Peut-être une fracture. Difficile à dire tant qu'on ne lui a pas fait passer de radios.

— Une quoi ?

— Une fêlure. Au niveau de l'omoplate.

Jefferson l'a fixé de son regard endormi en remuant lentement la tête.

— Bon, il tiendra bien le coup encore un moment. On demandera à un docteur de l'examiner plus tard, quand on aura le temps.

— Et merde, a lancé l'urgentiste, avant de remuer la tête à son tour.

Il m'a fait un bandage serré qui démarrait sous l'aisselle, remontait jusqu'à l'épaule, longeait la clavicule, descendait dans mon dos, puis revenait sur ma poitrine de nouveau jusqu'à l'aisselle.

C'était moi, maintenant, que l'inspecteur Carnell Jefferson fixait de son regard endormi. Il s'agissait d'un Noir élancé d'une quarantaine d'années, d'une stature et d'une corpulence moyennes, avec une mâchoire ronde, un air décontracté et un perpétuel petit sourire paresseux aux lèvres. Il portait un imperméable bleu clair sur un costume fauve et une chemise blanche barrée d'une cravate légèrement de travers, en soie avec un motif fleuri bleu et rose, qui pendait de son col ouvert. Ses cheveux étaient si courts que je me suis demandé pourquoi il ne les rasait pas, tout simplement, et la pluie avait beau dégouliner sur la peau ferme de son visage, il ne cillait pas.

Il avait l'air d'un type sympa, le genre de gars avec qui blaguer au club de gym, ou prendre quelques verres après le boulot. Le genre à adorer ses gosses et à ne fantasmer que sur sa femme.

Mais des flics comme lui, j'en avais déjà rencontrés, et je savais d'expérience qu'il ne fallait pas se fier aux apparences. Dans une salle d'interrogatoire, au tribunal pour témoigner ou harceler un témoin, Jefferson devait se transformer en véritable prédateur. Malgré son jeune âge, il était déjà inspecteur ; un inspecteur noir, qui plus est, dans un État du Sud. Aucun doute, il n'était pas arrivé là en faisant ami-ami avec les suspects.

– Alors, monsieur... Kenzie, c'est bien ça ?

– Mouais.

– Vous exercez comme privé à Boston. Exact ?

– C'est ce que je vous ai expliqué.

– Mmm. C'est beau ?

– Quoi ? Boston ?

– Oui. C'est une belle ville ?

– Je m'y plais bien.

– J'ai entendu dire que c'était très joli en automne. (Il a pincé les lèvres, puis hoché la tête.) Et aussi qu'ils appréciaient pas beaucoup les nègres, là-haut.

– Il y a des cons partout.

– Oh, c'est sûr. (Il s'est frotté le crâne du plat de la main, avant de lever les yeux vers la bruine, puis de battre des cils pour en chasser les gouttelettes.) Il y a des cons partout, a-t-il répété. Bon, puisqu'on est là sous la pluie, à causer gentiment des relations interraciales, des cons et de tout ce qui s'ensuit, pourquoi vous me parleriez pas un peu de ces deux cons morts, là-bas, qui bloquent la circulation sur mon pont ?

Ses yeux embrumés ont croisé les miens, et pendant une fraction de seconde, j'ai entrevu le prédateur qu'ils dissimulaient dans leurs profondeurs.

– J'ai abattu le petit gros de deux balles dans la poitrine.

Il a haussé les sourcils.

– J'avais remarqué. Oui.

– Ma partenaire a abattu l'autre au moment où il braquait son fusil sur moi.

Jefferson a tourné la tête vers Angie, assise dans une ambulance en face de celle où j'avais pris place ; un urgentiste nettoyait à l'alcool les coupures sur son visage, ses jambes et son cou pendant que le partenaire de Jefferson, l'inspecteur Lyle Vandemeker, l'interrogeait.

– De Dieu ! a lancé Jefferson avant d'émettre un sifflement admiratif. Si je comprends bien, non seulement elle est super canon, mais en plus, elle est capable de loger une balle dans la gorge d'un con à dix mètres de distance, sous une pluie battante ? C'est quelqu'un, cette fille-là !

– Mouais, c'est quelqu'un.

Il s'est caressé le menton en hochant la tête comme pour lui-même.

– Bon, je vais vous expliquer mon problème, monsieur Kenzie. En gros, il consiste à déterminer qui sont les vrais cons dans cette histoire. Voyez ce que je veux dire ? Vous, vous affirmez que ce sont les deux macchabées étendus là-bas. Et j'aimerais vous croire. Sincèrement. Putain, je serais rudement content de pouvoir vous répondre « O.K., ça roule », de vous serrer la main et de vous souhaiter un bon retour à Beantown [1] . Sérieux. Je vous

1. « La ville des haricots », surnom de Boston.

assure. Mais si jamais vous me racontiez des bobards – attention, c'est juste une supposition –, et si c'était vous et votre partenaire les vrais cons, eh bien, j'aurais pas l'air malin de vous avoir laissés partir. Et comme il semblerait qu'on n'ait pas de témoins pour l'instant, eh bien, tout ce qu'il nous reste, c'est votre parole contre celle de deux types qui n'auront pas l'occasion de l'exprimer vu que vous leur avez tiré dessus plusieurs fois et qu'ils en sont morts. Vous me suivez ?

– Difficilement.

De l'autre côté du terre-plein central, la circulation semblait beaucoup plus chargée qu'elle ne l'était probablement à trois heures du matin en temps normal, car la police avait mis la chaussée opposée à double sens. En arrivant à notre hauteur, tous les conducteurs ralentissaient pour tenter d'apercevoir les dégâts.

Une Jeep noire avec deux planches de surf vert vif arrimées au toit stationnait sur la bande d'arrêt d'urgence, tous feux de détresse allumés. J'ai identifié le propriétaire comme étant le type qui m'avait crié quelque chose juste avant que je bute Culbuto.

C'était une espèce de grand escogriffe bronzé, torse nu, avec de longs cheveux blonds décolorés par le soleil. Il se tenait à l'arrière de la Jeep et semblait engagé dans une discussion animée avec deux flics. À plusieurs reprises, il m'a montré du doigt.

Sa copine, tout aussi maigrichonne et blonde que lui, s'appuyait contre le capot du 4×4. En croisant mon regard, elle m'a fait de grands signes, comme si on était de vieux amis.

J'ai fini par agiter vaguement la main dans sa direction, par politesse, avant de reporter mon attention sur mon environnement proche.

Ce côté-ci du pont était encombré par la Lexus et la Celica, six ou sept voitures de patrouille blanc et vert, plusieurs véhicules banalisés, deux camions de pompiers, trois ambulances et une camionnette noire sur laquelle figurait une inscription en lettres jaunes : PINELLAS COUNTY MARITIME INVESTIGATIONS. Quelques minutes plus tôt, celle-ci avait déposé à l'entrée du pont quatre plongeurs qui devaient maintenant se trouver quelque part dans l'eau, où ils cherchaient Jay.

Près de moi, Jefferson contemplait le trou ouvert dans le parapet par la voiture de Jay. Baigné par les lueurs rouges des gyrophares sur les camions de pompiers, il ressemblait à une blessure béante.

– Z'avez salement amoché mon pont, monsieur Kenzie.

– J'y suis pour rien. C'est la faute de ces deux cons morts, là-bas.

– Ça, c'est vous qui le dites, monsieur Kenzie. C'est vous qui le dites.

À l'aide d'une pince à épiler, l'infirmier ôtait désormais gravillons et fragments de verre incrustés dans mon visage, et j'ai grimacé en distinguant, par-delà les gyrophares et la pluie sombre, la foule massée de l'autre côté de la barricade. Ces gens-là avaient pris la peine de se rendre à pied sur le pont à trois heures du matin, sous la pluie, rien que pour être aux premières loges. La télé ne leur suffisait sans doute pas. Leur propre vie non plus. Rien ne leur suffisait.

L'urgentiste a retiré un gros bout de quelque chose au milieu de mon front; aussitôt, le sang a jailli de la plaie, dégoulinant de chaque côté de mon nez et dans mes yeux. J'ai cillé plusieurs fois pendant qu'il cherchait de la gaze, et alors que je battais des paupières et que les gyrophares de plusieurs véhicules d'urgence, pareils à des stroboscopes, balayaient le site, j'ai soudain aperçu une chevelure et une peau couleur miel parmi les badauds.

Je me suis penché sous le crachin pour scruter les lumières clignotantes, et je l'ai vue de nouveau, à peine un instant ; j'en ai néanmoins déduit que je devais souffrir d'une commotion cérébrale à la suite de ma chute, car c'était impossible.

Mais peut-être pas.

Pendant une fraction de seconde, à travers la pluie, les lumières et le sang dans mes yeux, j'avais croisé le regard de Desiree Stone.

Juste avant qu'elle ne disparaisse.

26

Le Sunshine Skyway reliait deux comtés. Celui de Manatee, côté sud, constitué de Bradenton, Palmetto, Longboat Key et Anna Maria Island. Le comté de Pinella, au nord, regroupait St Petersburg, St Petersburg Beach, Gulfport et Pinellas Park. Les policiers de St Petersburg, ainsi que leurs plongeurs et leurs camions de pompiers étaient arrivés les premiers sur les lieux ; aussi, après quelques discussions houleuses avec la police de Bradenton, avons-nous été pris en charge par les flics de St Petersburg, qui nous ont conduits vers le nord.

Au moment où nous quittions le pont – Angie enfermée à l'arrière d'une voiture de patrouille, moi à l'arrière d'une autre –, les quatre plongeurs, vêtus de caoutchouc des pieds à la tête, ont sorti Jay de la baie de Tampa pour le hisser sur la berge herbeuse.

En passant, j'ai regardé par la vitre. Ils ont allongé dans l'herbe le corps mouillé à la peau aussi blanche que le ventre d'un poisson. Ses cheveux sombres étaient plaqués sur son visage, ses yeux fermés, son front couvert de meurtrissures.

Sans ces meurtrissures, on aurait pu le croire endormi. Il avait l'air apaisé. Il avait l'air d'un gamin de quatorze ans.

– Bon, a commencé Jefferson en revenant dans la salle d'interrogatoire. On a de mauvaises nouvelles pour vous, monsieur Kenzie.

J'avais l'impression qu'un régiment de majorettes avait élu domicile dans mon crâne tellement il m'élançait, et que l'intérieur de ma bouche était tapissé de cuir chauffé au soleil. Je ne pouvais pas remuer le bras gauche – j'en aurais été incapable même sans le bandage –, et les coupures sur mon visage et mon cuir chevelu avaient séché et enflé.

– Comment ça ? ai-je articulé avec peine.

Jefferson a laissé tomber une chemise en carton sur la table entre nous, puis enlevé sa veste, qu'il a accrochée au dossier de sa chaise avant de s'asseoir.

– Ce M. Graham Clifton – comment vous l'appeliez sur le pont, déjà ? Culbuto ?

J'ai hoché la tête.

Il a souri.

– Je trouve ça marrant. Eh bien, Culbuto a reçu trois balles dans le corps. Provenant toutes de votre arme. La première l'a atteint dans le dos avant de ressortir par le sein droit.

– Je vous ai dit que j'avais tiré sur la voiture en mouvement. À ce moment-là, j'ai cru toucher quelque chose.

– Et vous n'aviez pas tort, monsieur Kenzie. Ensuite, quand il est sorti de la Lexus, vous l'avez encore touché à deux reprises, je sais, je sais. Quoi qu'il en soit, ce n'est pas ça, la mauvaise nouvelle. Vous m'aviez bien dit que ce Culbuto bossait pour un certain Trevor Stone, dans le Massachusetts... ?

J'ai acquiescé.

Jefferson m'a regardé en faisant lentement non de la tête.

– Attendez une minute.

– M. Clifton était employé par Bullock Industries, une société de recherche et développement
située à Buckhead.

– À Buckhead ?

– Oui. Près d'Atlanta. En Géorgie. Pour autant
qu'on le sache, M. Clifton n'a jamais mis les pieds à
Boston.

– C'est de la connerie.

– J'ai bien peur que non. J'ai parlé à son propriétaire, à son patron, à ses voisins...

– Ses quoi ?

– Ses voisins, monsieur Kenzie. Vous savez ce
que c'est, n'est-ce pas ? Les gens qui habitent à côté
de chez vous, vous croisent matin et soir, vous
saluent de la tête, ce genre de trucs. Eh bien, il y a
un tas de voisins de ce genre à Buckhead qui jurent
avoir vu M. Clifton à peu près tous les jours au
cours des dix dernières années.

– Et M. Cushing ? ai-je demandé alors que les
majorettes dans mon crâne se mettaient à jouer de
la cymbale.

– Également employé par Bullock Industries.
Également domicilié à Atlanta. Ce qui explique
pourquoi la Lexus était immatriculée en Géorgie.
Quant à votre M. Stone, il a eu l'air de tomber des
nues quand je lui ai téléphoné. Si j'ai bien compris,
c'est un homme d'affaires à la retraite atteint d'un
cancer qui vous a engagés pour retrouver sa fille. Il
n'avait pas la moindre idée de ce que vous fabri-
quiez en Floride. D'après lui, votre dernière conversation remonte à cinq jours. Il pensait sincèrement
que vous aviez quitté la ville avec l'argent qu'il vous
avait remis. Quant à M. Clifton ou M. Cushing,
M. Stone affirme n'avoir jamais entendu parler
d'eux.

– Inspecteur Jefferson ? Vous avez identifié le
véritable propriétaire de Bullock Industries ?

– À votre avis, monsieur Kenzie ?

– Bien sûr que vous l'avez fait.

Il a hoché la tête, baissé les yeux vers son dossier.

– Bien sûr. Bullock Industries appartient à Moore & Wessner Limited, une société de holding britannique.

– Qui elle-même appartient à... ?

Jefferson a consulté ses notes.

– Sir Alfred Llewyn, un comte britannique qui, à ce qu'on raconte, traîne souvent avec les Windsor, joue au billard avec le prince Charles, au poker avec la reine...

– Mais pas à Trevor Stone.

– Hé non. À moins que ce ne soit aussi un comte britannique. Mais ce n'est pas le cas, n'est-ce pas ?

– Et Jay Becker ? Qu'est-ce que M. Stone vous a dit sur lui ?

– La même chose que sur vous. M. Becker avait quitté la ville avec l'argent de M. Stone.

J'ai fermé les yeux pour ne plus voir les néons incandescents au plafond ; en même temps, j'ai tenté par ma seule volonté d'étouffer le vacarme dans mon crâne. Ça n'a pas marché.

– Inspecteur ?

– Mmm ?

– D'après vous, il s'est passé quoi sur ce pont la nuit dernière ?

Il s'est adossé à sa chaise.

– Ravi que vous me posiez la question, monsieur Kenzie. Absolument ravi. (Il m'a tendu le paquet de chewing-gums qu'il avait retiré de sa poche. Lorsque j'ai décliné l'offre, il a haussé les épaules, puis déballé une tablette qu'il a fourrée dans sa bouche avant de mastiquer environ trente secondes.) Bon, votre partenaire et vous, vous vous êtes débrouillés pour retrouver Jay Becker sans en parler à personne. Vous avez décidé de faucher le fric de Trevor Stone et de prendre la tangente, mais les deux cent mille dollars qu'il vous avait donnés ne vous suffisaient pas.

– Trevor Stone vous a dit qu'il nous avait payés deux cent mille dollars ?

Jefferson a acquiescé.

– Donc, vous retrouvez Jay Becker, mais il devient soupçonneux et il essaie de vous échapper. Vous le poursuivez sur le Skyway, et vous faites du rodéo quand surgissent ces deux hommes d'affaires innocents. Il pleut, vous n'y voyez rien, le plan a foiré. Vos trois voitures se plantent. Celle de Becker tombe du pont. De ce côté-là, parfait, c'est réglé ; maintenant, ne reste plus qu'à éliminer les deux témoins gênants. Vous les abattez, vous leur mettez un flingue dans la main, vous explosez leur vitre arrière pour donner l'impression qu'ils ont tiré de la voiture, et le tour est joué.

– Vous ne croyez pas un instant à cette version.

– Pourquoi ?

– Parce que c'est l'histoire la plus débile que j'aie jamais entendue. Et que vous n'êtes pas débile.

– Oh, merci, monsieur Kenzie. Flattez-moi donc encore un peu, s'il vous plaît.

– Selon vous, on en avait après l'argent de Jay Becker, c'est ça ?

– Les cent mille dollars qu'on a découverts dans le coffre de la Celica avec ses empreintes partout. Ouais, c'est bien de cet argent-là dont je voulais parler.

– Et les cent mille qu'on a versés pour payer l'avance sur caution, alors ? Pourquoi on aurait fait ça ? Pour pouvoir échanger un gros tas de billets contre un autre ?

Il m'a fixé en silence de ses yeux de prédateur.

– Et si on avait vraiment mis des flingues dans les mains de Clifton et de Cushing, pourquoi Clifton avait-il des brûlures de poudre sur les doigts ? Il en avait, pas vrai ?

Aucune réponse. Il me regardait toujours, l'air d'attendre quelque chose.

– Si on avait poussé Jay Becker du pont, comment expliquer que tous les chocs sur sa voiture aient été causés par la Lexus ?

– Continuez, monsieur Kenzie.

– Vous savez combien je demande pour une affaire de personne disparue ?

Il a fait non de la tête.

Je lui ai dit.

– C'est beaucoup moins de deux cent mille dollars, hein ?

– En effet.

– Pourquoi Trevor Stone aurait-il refilé quatre cent mille dollars à deux détectives privés pour retrouver sa fille ?

– Il est désespéré. Mourant. Il veut qu'elle revienne à la maison.

– Un demi-million de dollars, c'est une sacrée somme.

Jefferson a tourné sa main droite, paume vers le ciel, dans ma direction.

– Je vous en prie, continuez.

– Et merde.

Les pieds avant de sa chaise sont retombés sur le sol.

– Pardon ?

– Vous m'avez bien entendu. J'ai dit merde et je vous emmerde. Votre hypothèse n'est qu'un ramassis de conneries. On le sait tous les deux. Et on sait aussi qu'elle ne tiendrait pas une minute devant un tribunal. N'importe quel grand jury la trouverait ridicule.

– Ah oui ?

– Oui. (Je l'ai regardé, puis j'ai regardé le miroir sans tain par-delà son épaule, histoire de permettre à ses supérieurs, ou à quiconque se trouvait derrière, de voir mes yeux.) Vous voilà avec trois cadavres, un pont endommagé et des gros titres à la une des journaux, j'imagine. Or, la seule explication valable, c'est celle que ma partenaire et moi, on vous rabâche depuis douze heures. Mais vous ne pouvez pas la corroborer. Du moins, c'est ce que vous prétendez.

– Ce que je prétends ? Comment ça, monsieur Kenzie ? Allez-y, ne soyez pas timide.

– Il y avait ce type de l'autre côté du pont. Une espèce de surfeur. J'ai vu des flics l'interroger après votre arrivée. Il a assisté à ce qui s'était passé. En grande partie du moins.

Jefferson m'a adressé un sourire. Un large sourire. Plein de dents.

– Le gentleman en question, a-t-il dit en regardant ses notes, a été condamné sept fois pour, entre autres choses, conduite en état d'ivresse, possession de marijuana, possession de cocaïne, possession d'Ecstasy, possession de...

– Vous êtes en train de me dire qu'il possède beaucoup de choses, inspecteur. J'ai compris. Quel rapport avec ce qu'il a pu voir sur le pont ?

– Votre maman ne vous a jamais appris que ce n'était pas poli d'interrompre les gens ? a-t-il lancé en m'agitant un doigt sous le nez. Le gentleman en question conduisait malgré un retrait de permis, son Alcootest s'est révélé positif, et on a retrouvé sur lui du cannabis. Votre « témoin », monsieur Kenzie – puisque vous semblez le considérer comme tel – était sous l'empire d'au moins deux substances psychotropes. Il a été arrêté quelques minutes après qu'on a quitté les lieux de l'accident. (Il s'est penché en avant.) Maintenant, dites-moi ce qui s'est réellement passé sur ce pont.

À mon tour, je me suis penché en avant pour affronter les deux faisceaux du regard délibérément intimidant braqué sur moi. Et ce n'était pas simple, je peux vous l'assurer.

— Vous n'avez rien, juste ma partenaire et moi avec des pistolets encore fumants, et un témoin que vous refusez de croire. Donc, vous ne nous relâcherez pas. C'est bien ça, inspecteur ?

— Vous avez parfaitement compris, monsieur Kenzie. Alors, reprenez donc toute l'histoire depuis le début.

— Nan.

Il a croisé les bras et souri.

— Nan ? Vous avez dit « nan » ?

— J'ai dit nan.

Jefferson s'est levé, puis il a placé sa chaise de l'autre côté de la table, près de la mienne. Il s'est rassis, et ses lèvres ont effleuré mon oreille quand il a chuchoté :

— J'ai que vous sous la main, Kenzie. Pigé ? Et vous êtes un sale petit connard d'Irlandais prétentieux et blanc, ce qui signifie que je vous ai pris en grippe dès le premier instant. Alors, qu'est-ce que vous répondez ?

— Prévenez mon avocat.

— J'ai rien entendu.

Sans tenir compte de lui, j'ai frappé un grand coup sur la table.

— Prévenez mon avocat, ai-je lancé aux gus derrière le miroir.

27

Mon avocat, Cheswick Hartman, avait pris l'avion à Boston une heure après mon coup de téléphone à six heures du matin.

À midi, quand il était arrivé au siège de la police de St Petersburg, sur First Avenue North, les flics avaient joué aux cons avec lui. Comme l'incident s'était produit dans le no man's land entre le comté de Pinellas et celui de Manatee, ils avaient envoyé Cheswick voir leurs collègues de Bradenton, dans le comté de Manatee, en feignant ne pas savoir où nous étions.

Les flics de Bradenton avaient jeté un coup d'œil à son costume à deux mille dollars, à son sac de voyage Louis of Boston, et décidé de l'emmerder à leur tour. Le temps qu'il revienne à St Petersburg, il était trois heures. L'asphalte fumait sous le soleil, Cheswick aussi.

Je connais trois personnes à qui il ne faut jamais, et je dis bien jamais, chercher des crosses. La première, c'est Bubba, pour des raisons évidentes. La deuxième, c'est Devin Amronklin, un flic de la Criminelle de Boston. La troisième, aussi étonnant que ça puisse paraître, c'est Cheswick Hartman, et il est peut-être encore plus dangereux que Bubba ou Devin, car il dispose d'un arsenal beaucoup plus fourni.

Considéré comme l'un des meilleurs avocats pénalistes non seulement de Boston mais aussi de tout le pays, il facture dans les huit cents dollars de l'heure pour ses services, ce qui ne l'empêche d'être constamment sollicité. Il possède des propriétés à Beacon Hill et en Caroline du Nord, ainsi qu'une villa dans l'île de Majorque. Il a aussi une sœur, Elise, que j'ai tirée du guêpier où elle s'était fourrée il y a quelques années. Depuis, Cheswick refuse mon argent, et il est prêt à parcourir deux mille kilomètres en avion dans l'heure qui suit mon appel au secours.

Ce qui ne va cependant pas sans lui compliquer sérieusement l'existence, et quand par-dessus le marché des bouseux de flics aux manières déplorables lui font perdre son temps, sa mallette et son Montblanc ont tôt fait de se transformer en arme nucléaire et détonateur.

Par la vitre crasseuse de la salle d'interrogatoire, à travers des stores vénitiens encore plus crasseux, je distinguais la salle de brigade ; vingt minutes après le départ de Jefferson, l'irruption de Cheswick traînant dans son sillage une cohorte de gradés a créé un sacré remue-ménage.

Les flics apostrophaient mon avocat, s'apostrophaient, appelaient Jefferson ainsi qu'un certain lieutenant Grimes, et quand Cheswick a ouvert la porte de la salle d'interrogatoire, Jefferson avait rejoint le groupe.

Après m'avoir jeté un bref coup d'œil, Cheswick a ordonné :

– Donnez de l'eau à mon client. Tout de suite.

Une des huiles est retournée dans la salle de brigade tandis que Cheswick et sa suite entraient. Il s'est penché vers moi pour examiner mon visage.

– De mieux en mieux. (Il a lancé un regard par-dessus son épaule à un homme en sueur aux cheveux blancs avec des barrettes de capitaine sur son uniforme.) Au moins trois de ces coupures faciales sont infectées. J'ai cru comprendre que son omoplate était peut-être brisée, mais je ne vois qu'un bandage, là.

– Eh bien..., a commencé le capitaine.

– T'es là depuis combien de temps ? m'a demandé Cheswick.

– Je suis arrivé à trois heures quarante-six du matin.

Il a regardé sa montre.

– Il est quatre heures de l'après-midi. (Il s'est adressé au capitaine en nage.) Vos hommes ont violé les droits civiques de mon client ; autrement dit, ils ont commis un crime fédéral.

– Foutaises, a riposté Jefferson.

Au moment où un officier plaçait sur la table une cruche d'eau et un verre, Cheswick a sorti un mouchoir de sa poche. Il a soulevé la cruche, puis s'est tourné vers le groupe. En humectant son mouchoir, il a malencontreusement éclaboussé les chaussures de Jefferson.

– Vous avez entendu parler de Rodney King [1], agent Jefferson ?

– Inspecteur Jefferson, a rectifié celui-ci en regardant ses chaussures mouillées.

– Plus quand j'en aurai terminé avec vous. (Cheswick a reporté son attention sur moi et appliqué le mouchoir sur plusieurs de mes écorchures.) Entendons-nous bien, messieurs, a-t-il dit au groupe. Vous êtes dans la merde. Je ne sais pas comment vous

1. En 1991, à la suite de voies de fait sur un civil, Rodney King, quatre policiers ont été inculpés par un grand jury à Los Angeles. Au terme d'une longue procédure très médiatisée, deux d'entre eux ont été condamnés à de la prison ferme, et les deux autres acquittés.

bossez, dans le coin, et je m'en fous complètement, mais vous avez gardé mon client dans une salle non aérée pendant plus de douze heures, ce qui rend ses déclarations irrecevables dans un tribunal. Toutes ses déclarations.

– La salle est ventilée, a riposté un flic, les yeux flamboyants de colère.

– Dans ce cas, allez brancher le climatiseur, a lancé Cheswick.

Le flic se tournait déjà vers la porte quand soudain, il s'est immobilisé en remuant la tête, sans doute accablé par sa bêtise. Il a pivoté, et Cheswick lui a souri.

– J'en déduis que le climatiseur a été éteint délibérément. Dans une pièce en parpaings, alors qu'il fait plus de trente degrés dehors. Continuez comme ça, messieurs, c'est parfait ; j'ai déjà de quoi plaider une demande d'indemnité à cinq zéros. Et ce n'est pas fini. (Il a ôté son mouchoir de mon visage avant de me tendre un verre d'eau.) D'autres motifs de te plaindre, Patrick ?

J'ai vidé le verre entier en moins de trois secondes.

– Ils m'ont dit des gros mots.

Cheswick m'a gratifié d'un petit sourire avant de m'assener sur l'épaule une bourrade amicale propre à me faire hurler.

– Bon, je vais leur parler.

Jefferson s'est approché de Cheswick.

– Votre client a tiré trois fois sur un type. Sa partenaire en a descendu un autre. Un troisième a été éjecté d'un pont au volant de sa voiture et il est mort au moment de l'impact avec la baie de Tampa.

– Je sais, a déclaré Cheswick. J'ai visionné la bande.

– La quoi ? a interrogé Jefferson.

– La quoi ? a demandé le capitaine suant.

– La quoi ? ai-je demandé.

Cheswick a retiré de son attaché-case une cassette vidéo qu'il a flanquée sur la table.

– C'est une copie, a-t-il précisé. L'originale se trouve dans les locaux de Meegan, Feibel & Ellenburg à Clearwater. Elle leur a été apportée ce matin à neuf heures par coursier.

Quand Jefferson a pris la cassette, une goutte de sueur a dégouliné le long de son front.

– Allez-y, je vous en prie, l'a encouragé Cheswick. Cette bande a été enregistrée par quelqu'un qui se dirigeait vers le sud sur le Sunshine Skyway à l'heure de l'accident.

– Qui ? a interrogé Jefferson.

– Une certaine Elizabeth Waterman. J'ai cru comprendre que vous aviez arrêté son petit ami, Peter Moore, hier soir sur ce même pont pour conduite en état d'ivresse et divers autres délits. J'ai cru comprendre aussi qu'il avait donné à vos hommes une version des faits corroborant les événements sur cette cassette, mais que vous aviez choisi de l'ignorer à cause d'un Alcootest positif.

– Ça tient pas la route, s'est entêté Jefferson, qui a cherché du regard un soutien auprès de ses collègues.

Comme il n'en recevait pas, Jefferson a serré la cassette à l'en briser.

– L'image est un peu floue à cause de la pluie et de l'excitation de la personne qui filmait, a repris Cheswick, mais vous avez presque tout l'incident sur cette bande.

– Tu m'épates, ai-je dit avant d'éclater de rire.

– Hé, je suis pas le meilleur pour rien ! a répliqué Cheswick.

28

À neuf heures ce soir-là, nous étions libres.

Dans l'intervalle, un médecin m'avait examiné à l'hôpital Bayshore, sous l'œil vigilant de deux agents postés à trois mètres de nous. Il a nettoyé mes blessures, puis m'a donné un antiseptique pour prévenir le développement de l'infection. Les radios ont révélé une fissure nette dans mon omoplate, mais pas de fracture. Il a changé mon bandage, mis mon bras en écharpe et m'a conseillé d'éviter le football pendant au moins trois mois.

Quand je lui ai demandé des précisions sur les conséquences de l'association entre la fêlure scapulaire et les blessures occasionnées à ma main gauche par mon affrontement avec Gerry Glynn l'année précédente, il a regardé la main.

— Elle est engourdie ?

— Complètement, ai-je répondu.

— Les nerfs ont été endommagés.

— Oui.

Il a hoché la tête.

— Bon, ce ne sera pas nécessaire d'amputer le bras.

— Ravi de l'apprendre.

Le médecin m'observait à travers ses petites lunettes aux verres épais.

– Vous raccourcissez considérablement votre espérance de vie, monsieur Kenzie.

– Je commence à m'en rendre compte.

– Vous prévoyez d'avoir des enfants, un de ces jours ?

– Mouais.

– Mettez-vous à la tâche dès maintenant. Avec un peu de chance, vous serez encore de ce monde quand ils passeront leur bac.

Nous descendions les marches du poste de police quand Cheswick a dit :

– Vous avez misé sur le mauvais cheval, ce coup-ci.

– Sans blague, a répliqué Angie.

– Il n'y a aucune trace nulle part d'un Cushing ou d'un Clifton employé par Trevor Stone. Quant à ce jet que vous m'avez dit avoir pris... Eh bien, le seul jet privé à avoir quitté l'aéroport de Logan entre neuf heures du matin et midi le jour en question était un Cessna, pas un Gulfstream, à destination de Dayton, dans l'Ohio.

– Il a réussi à acheter le silence de tout le personnel de l'aéroport ? a demandé Angie.

– Et pas n'importe quel aéroport, a répondu Cheswick. Logan est équipé du système de sécurité le plus perfectionné du pays. Et Trevor Stone a suffisamment d'influence pour le neutraliser.

– Merde, ai-je marmonné.

Nous nous sommes arrêtés devant la limousine louée par Cheswick. Le chauffeur a ouvert la portière, mais au lieu de monter tout de suite, Cheswick s'est tourné vers nous.

– Vous venez avec moi ?

J'ai fait non de la tête, pour le regretter aussitôt. Les majorettes s'entraînaient toujours, là-dedans.

– On a encore quelques petits détails à régler, a expliqué Angie. Avant de rentrer, il faut aussi qu'on réfléchisse à un moyen de rendre à Trevor Stone la monnaie de sa pièce.

– Vous voulez un conseil ?

Cheswick a jeté sa mallette sur la banquette arrière de la limousine.

– Vas-y.

– Restez à l'écart de ce type. Essayez d'adopter un profil bas jusqu'à ce qu'il meure. Peut-être qu'il vous laissera tranquilles.

– Pas question, a décrété Angie.

– Je m'en doutais. (Cheswick a soupiré.) Je me rappelle une histoire qui circulait sur Trevor Stone. Une rumeur, rien de plus. Des ragots. Bref, au début des années 70, il y avait soi-disant un syndicaliste au Salvador qui créait des problèmes, menaçant les intérêts de Trevor Stone dans les bananes, l'ananas et le café. La légende veut que Trevor ait passé quelques coups de fil. Et un jour, les ouvriers d'une de ses usines de torréfaction de café ont découvert un pied dans une cuve de grains. Puis un bras. Puis une tête.

– Le syndicaliste ? a demandé Angie.

– Non, a répondu Cheswick. Sa gosse de six ans.

– Nom de Dieu, ai-je fait.

Cheswick a tapoté d'un air absent le toit de la limousine en regardant la rue jaune.

– Le syndicaliste et sa femme n'ont jamais été retrouvés. Ils ont rejoint les nombreux « disparus » du pays. Et par la suite, personne n'a plus jamais reparlé de faire grève dans les usines de Trevor Stone.

Il nous a serré la main avant de monter en voiture.

– Une dernière chose, a-t-il ajouté avant que le chauffeur ne referme la portière.

277

Nous nous sommes penchés vers lui.

– Des voleurs se sont introduits dans les locaux de Hamlyn & Kohl la nuit dernière. Ils ont fauché tout le matériel de bureau. J'ai entendu dire que les fax et les photocopieurs se revendaient un bon prix.

– Je crois, oui, a approuvé Angie.

– Je l'espère, parce que les cambrioleurs ont dû abattre Everett Hamlyn pour s'emparer de leur butin.

En silence, nous avons regardé la limousine s'insérer dans la circulation, puis tourner à droite en direction de la voie express.

La main d'Angie a trouvé la mienne.

– Désolée, a-t-elle murmuré. Pour Everett, pour Jay.

J'ai cillé pour chasser quelque chose qui me piquait les yeux.

Angie m'a serré plus fort la main.

J'ai levé la tête vers le ciel d'une nuance de bleu foncé si riche qu'elle en paraissait presque artificielle. C'était un autre aspect de la Floride qui m'avait frappé : cet État – tellement exubérant, tellement luxuriant et coloré – semblait factice en comparaison de certains autres, moins avantagés, au nord.

La perfection a quelque chose de laid.

– C'étaient des types bien, a-t-elle ajouté d'une voix douce.

J'ai acquiescé.

– Ils étaient beaux.

29

Nous nous sommes dirigés vers Central Avenue pour rejoindre la station de taxis que nous avait indiquée en maugréant l'agent de permanence.

– D'après Cheswick, ils vont essayer de nous coincer pour détention d'armes prohibées, utilisation d'armes à feu dans une zone urbaine et autres conneries du même acabit.

– Ça ne tiendra pas, a fait Angie.

– Non, sans doute pas.

Il n'y avait pas de voiture devant la station de taxis, avons-nous constaté en l'atteignant. Central Avenue, ou du moins la partie où nous nous trouvions, n'était pas franchement accueillante. Trois poivrots se disputaient une bouteille, ou peut-être une pipe à crack, dans le parking jonché d'ordures qui jouxtait les ruines calcinées d'un ancien commerce de spiritueux ; de l'autre côté de la rue, plusieurs ados débraillés installés sur un banc devant un Burger King guettaient une proie éventuelle en se faisant passer un joint, et ils ne se sont pas gênés pour mater Angie. J'étais sûr que le bandage autour de mon épaule et mon bras en écharpe me donnaient l'air quelque peu vulnérable de prime abord, mais quand ils m'ont examiné plus attentivement, j'ai rivé mon regard las à celui d'un des membres de la bande jusqu'à ce qu'il tourne la tête et se concentre sur quelque chose d'autre.

La station de taxis se présentait comme une sorte d'Abribus en Plexiglas et, écrasés de chaleur, nous nous sommes appuyés un moment contre la paroi.

– T'as vraiment une sale tête, m'a dit Angie.

J'ai haussé les sourcils en passant en revue les coupures sur son visage, le coquart près de son œil droit, l'estafilade le long de son mollet gauche.

– Toi, par contre...

Elle m'a gratifié d'un sourire fatigué puis, toujours adossés à la paroi, nous avons observé une bonne minute de silence.

– Patrick ?

– Oui ? ai-je murmuré, les yeux clos.

– Quand je suis descendue de l'ambulance, sur le pont, et que les flics m'ont emmenée vers la voiture de patrouille, j'ai, euh...

J'ai rouvert les yeux avant de tourner la tête vers elle.

– Quoi ?

– Je crois que j'ai vu un truc bizarre. Mais rigole pas, hein ?

– T'as vu Desiree Stone.

Angie est venue se planter devant moi et m'a filé une grande claque sur l'abdomen.

– Déconne pas ! Toi aussi, tu l'as vue ?

– Mouais, ai-je répondu en me frottant l'estomac.

– C'était un fantôme, tu crois ?

– Non, je dirais qu'elle n'avait rien d'un fantôme.

Nos chambres d'hôtel avaient été mises à sac pendant notre absence. Au début, j'ai pensé à un coup des hommes de Trevor – peut-être de Culbuto et Cushing avant qu'ils se lancent à notre poursuite –, mais après, j'ai trouvé une carte de visite sur mon oreiller.

INSPECTEUR CARNELL JEFFERSON, ai-je lu.

J'ai replié mes vêtements pour les ranger dans ma valise, repoussé le lit contre le mur et refermé tous les tiroirs.

– Cette ville commence sérieusement à me taper sur le système, a déclaré Angie.

Elle m'a rejoint avec deux bouteilles de Dos Equis, que nous avons emportées sur le balcon en laissant les baies vitrées ouvertes derrière nous. Si Trevor avait fait placer des émetteurs dans nos suites, ça ne changeait plus grand-chose dans la mesure où nos noms devaient désormais figurer en priorité sur sa liste noire ; rien de ce que nous pourrions dire ne le dissuaderait de nous régler notre compte, comme il avait réglé celui de Jay et d'Everett Hamlyn, et comme il tentait de régler celui de sa fille, qui n'avait pas la décence de bien vouloir mourir. Et si c'étaient les flics qui avaient placé des émetteurs, ça ne changeait rien non plus, puisque nous leur avions raconté la vérité au poste.

– Alors, pourquoi Trevor tient-il autant à se débarrasser de sa fille ? a demandé Angie.

– Pourquoi est-ce qu'elle s'obstine à rester en vie ?

– Minute, un problème à la fois.

– O.K. (J'ai posé mes chevilles sur la balustrade avant d'avaler une gorgée de bière.) Trevor veut se débarrasser de sa fille parce que d'une façon ou d'une autre, elle a découvert qu'il avait tué Lisardo.

– Et pourquoi il aurait tué Lisardo, d'abord ?

Je l'ai regardée.

– Parce que...

– Oui ?

Elle a allumé une cigarette.

– J'en ai pas la moindre idée.

Je lui ai emprunté sa clope pour tirer une taffe, histoire de calmer les effets de l'adrénaline qui investissait mon sang depuis que j'avais été éjecté de la voiture, quelque vingt heures plus tôt.

– Même s'il avait tué Lisardo, et même si elle l'avait découvert, pourquoi la tuer ? a-t-elle poursuivi, les yeux fixés sur la cigarette qu'elle avait récupérée. Trevor serait mort avant le procès, de toute façon, et ses avocats se seraient débrouillés pour le maintenir en liberté jusque-là. Alors, pourquoi s'emmerder la vie ?

– C'est vrai.

– Et puis, toute cette histoire d'agonie...

– Oui ?

– La plupart des gens, quand ils sentent la fin approcher, essaient de se réconcilier avec Dieu, avec leur famille, et plus généralement avec la terre entière.

– Mais pas Trevor.

– Non. Pour qu'il réagisse de cette façon s'il est réellement mourant, c'est que sa haine pour Desiree a dû prendre des proportions inimaginables.

– S'il est *réellement* mourant.

Elle a hoché la tête, écrasé sa cigarette.

– Bon, réfléchissons deux secondes à la question. Comment peut-on être sûr qu'il est mourant ?

– Suffit de le regarder.

Angie a ouvert la bouche comme pour protester, puis l'a refermée avant de baisser la tête. Elle l'a relevée un instant plus tard, et après avoir rejeté ses cheveux en arrière, elle s'est adossée à son siège.

– T'as raison, Patrick. C'était idiot. Cet homme a déjà un pied dans la tombe, c'est évident.

– Donc, retour à la case départ. Qu'est-ce qui pourrait amener un type à éprouver suffisamment de haine envers quelqu'un, en particulier envers un être issu de sa chair et de son sang, au point de consacrer ses derniers moments à le traquer ?

– Jay a suggéré une histoire d'inceste.

– O.K. Papa aime un peu trop sa petite chérie. Ils ont une relation de type conjugal, jusqu'au jour où un élément nouveau vient semer la pagaille.

– Anthony Lisardo. Encore et toujours.

J'ai hoché la tête.

– Alors, papa se débrouille pour l'éliminer, ai-je conclu.

– Et comme elle a déjà perdu sa mère, Desiree sombre dans la dépression. Là-dessus, elle rencontre Price, qui profite de sa détresse pour la manipuler et faire d'elle sa complice dans le vol des deux millions.

– Pourquoi ? ai-je demandé en me tournant vers elle.

– Pourquoi quoi ?

– Pourquoi Price aurait-il eu besoin d'elle ? À la rigueur, je comprends qu'il ait eu envie de compagnie pour le voyage, mais pourquoi l'inclure dans sa combine ?

Elle a appuyé la Dos Equis contre sa cuisse.

– Exact. Il n'avait pas besoin d'elle. (Elle a avalé une gorgée de bière.) Putain, je sais plus quoi penser.

Nous avons cogité quelques instants en silence. Devant nous, la lune baignait la baie d'une lueur nacrée et les stries roses dans le ciel violet pâlissaient peu à peu. Quand elles ont disparu, je suis allé chercher deux autres bières.

– Le noir est blanc, ai-je déclaré.

– Hein ?

– Tu l'as dit toi-même, Ange. Dans cette affaire, le noir est blanc, et le haut est en bas.

– Exact. Tout à fait exact.

– T'as vu *Rashomon* ?

– À tes souhaits.

Les yeux mi-clos, je l'ai observée sans relever.

– Oups, désolée, a-t-elle lancé d'un ton léger. Non, Patrick, j'ai pas vu ton Ratchoum.

– C'est un film japonais. Qui montre quatre fois le même événement.

– Pourquoi ?

– Eh bien, il s'agit d'un procès pour viol et meurtre. Les quatre protagonistes donnent chacun une version différente de ce qui s'est passé. Et toi, tu dois essayer de déterminer lequel ne ment pas.

– Ah oui. Je mc rappelle un *Star Trek* dans ce goût-là.

– Tu devrais regarder un peu moins *Star Trek*.

– Hé, au moins, c'est facile à prononcer ! Pas comme ton Rashachose.

– *Rashomon*. (Je me suis pincé l'arête du nez en fermant les yeux.) Ce que je voulais dire...

– Oui ?

– ... c'est qu'on ne considère peut-être pas les choses sous le bon angle. Si ça se trouve, on a eu tort de prendre pour argent comptant certaines soi-disant vérités.

– En s'imaginant par exemple que Trevor était un type bien, et pas un maniaque incestueux à tendances homicides ?

– Par exemple.

– À ton avis, quelles autres soi-disant vérités on n'aurait pas considérées sous le bon angle ?

– Desiree.

– Quoi, Desiree ?

– Tout. (Je me suis penché en avant, les coudes sur les genoux, et j'ai regardé à travers les barreaux de la balustrade la baie en contrebas et les trois ponts jetés au-dessus de la mer étale, chacun déformant et réfractant à sa manière le clair de lune.) Qu'est-ce qu'on sait sur elle ?

– Elle est très belle.

– O.K. Comment on le sait ?

– Allons bon. Tu recommences à jouer les jésuites, c'est ça ?

– Réponds-moi. Comment on sait qu'elle est belle ?

– Parce qu'on a vu des photos d'elle. Parce qu'on l'a entr'aperçue sur le pont la nuit dernière.

– Oui. On l'a vue de nos yeux vue, notre certitude se fonde donc sur *notre* expérience et notre contact personnels avec Desiree et cet aspect particulier de sa personne. CQFD.

– Refais-le-me-le ?

– Elle est très belle. C'est tout ce qu'on sait sur elle, parce que c'est la seule chose dont on puisse témoigner à son sujet. Le reste, ce ne sont que des on-dit. Son père nous a raconté des tas de trucs sur elle, mais manifestement, il pense le contraire.

– Exact.

– Et s'il nous avait menti dès le départ ?

– À propos de la dépression de Desiree, tu veux dire ?

– À propos de tout. Le Zombie prétend que Desiree est une créature merveilleuse. Mais comme le Zombie bosse pour Trevor, j'aurais maintenant tendance à croire qu'il nous a menés en bateau.

Son regard s'animait. Elle s'est redressée.

– Quant à Jay, il se trompait complètement quand il nous a dit qu'elle était morte.

– Exactement.

– Par conséquent, il est possible qu'il se soit trompé aussi dans son jugement sur elle.

– Ou qu'il ait été aveuglé par l'amour.

– Hé...

– Quoi ?

– Si Desiree n'est pas morte, qui est la femme abattue à bout portant qu'on a retrouvée vêtue du sweat-shirt de Jay ?

Je suis retourné dans la chambre chercher le téléphone, puis j'ai appelé Devin Amronklin.

– Tu connais des flics à Clearwater ? lui ai-je demandé.

– Je connais peut-être quelqu'un qui connaît peut-être quelqu'un.

– Tu pourrais te renseigner pour savoir s'ils ont identifié la victime d'une fusillade à l'hôtel Ambassador il y a quatre jours ?

– Donne-moi ton numéro.

Je le lui ai donné, puis Angie et moi avons tourné nos sièges de façon à nous faire face.

– Supposons que Desiree ne soit pas toute de douceur et de lumière, ai-je commencé.

– Supposons encore pire. Supposons qu'elle soit la fille de son père. Le gland ne tombe jamais loin du chêne, comme on dit. Et si c'était elle qui avait persuadé Price de voler le fric ?

– Comment pouvait-elle savoir qu'il y en avait à voler ?

– Aucune idée. On réfléchira à ça plus tard. Bon, elle persuade Price de voler le fric...

– ... mais lui, au bout d'un moment, il se dit : « Hé, cette fille-là, c'est de la mauvaise graine. Elle va me baiser à la première occasion. » Alors, il la plaque.

– En emportant le magot. Mais elle, elle veut le récupérer.

– Sauf qu'elle ignore où Price l'a planqué.

– Et c'est à ce moment-là que Jay surgit.

– L'instrument parfait pour mettre la pression sur Price.

– Là-dessus, Desiree comprend où se trouve l'argent. Mais elle a un problème. Si elle se contente de le faucher, son père ne sera plus le seul à la rechercher ; il lui faudra aussi échapper à Price et à Jay.

– L'idéal, ce serait qu'elle meure.

– D'autant qu'après ça, Jay ne manquera pas de liquider Price.

– Et finira probablement en taule.

– Tu la crois vraiment aussi retorse ? a demandé Angie.

J'ai haussé les épaules.

– Pourquoi pas ?

– Bref, maintenant, elle est morte. Price aussi. Et Jay. Dans ce cas, pourquoi s'est-elle montrée, hier soir ?

Je n'avais aucune réponse à cette question.

Angie non plus.

Mais Desiree en avait une.

Un pistolet à la main, elle a débouché sur le balcon en disant :

– Parce que j'ai besoin de votre aide.

30

– Joli flingue, ai-je observé. Vous l'avez assorti à votre tenue, ou le contraire ?

Elle est sortie sur le balcon, serrant l'arme d'une main légèrement tremblante, visant l'espace quelque part entre le nez d'Angie et mes lèvres.

– Écoutez, a-t-elle dit, au cas où vous ne l'auriez pas remarqué, je suis nerveuse, je ne sais pas à qui faire confiance, et j'ai besoin de votre aide, mais j'ignore encore si je peux compter sur vous.

– Tel père telle fille, a lancé Angie.

Je l'ai gratifiée d'une claque sur le genou.

– Tu m'ôtes les mots de la bouche.

– Comment ça ? a demandé Desiree.

Les yeux fixés sur elle, Angie a avalé une gorgée de bière.

– Votre père, mademoiselle Stone, nous a kidnappés pour pouvoir nous parler. Et maintenant, vous pointez un pistolet sur nous, manifestement pour les mêmes raisons.

– Je regrette, mais...

– On n'aime pas les pistolets, l'ai-je interrompue. Culbuto vous le confirmerait s'il était encore de ce monde.

– Qui ?

Avec prudence, Desiree a contourné ma chaise.

288

– Graham Clifton, a répondu Angie. On l'avait surnommé Culbuto.

– Pourquoi ?

– Pourquoi pas ?

J'ai tourné la tête pour la regarder progresser lentement le long de la balustrade, puis s'arrêter à environ deux mètres de nous, son arme toujours pointée vers le vide entre nous.

Et Dieu qu'elle était belle ! Dans ma vie, j'avais déjà eu l'occasion de sortir avec des créatures superbes, autant de femmes qui se fondaient sur leur aspect extérieur pour estimer leur valeur, car c'était plus ou moins aussi sur ce critère que le monde les jugeait. Élancées ou voluptueuses, grandes ou petites, elles possédaient toutes cet attrait charnel qui laisse les hommes sans voix, consumés de désir.

Mais aucune ne pouvait rivaliser avec l'éclat de Desiree. Sa perfection physique était presque palpable. La finesse de sa peau n'avait d'égale que la délicatesse de son ossature ciselée. Ses seins, libérés de l'entrave d'un soutien-gorge, tendaient le fin tissu de sa robe à chaque courte inspiration qu'elle prenait ; quant à la robe elle-même, une petite chose toute simple en coton à la coupe droite et fonctionnelle, elle ne parvenait pas à dissimuler les lignes fermes de son abdomen, ou le galbe gracieux de ses cuisses musclées.

Ses prunelles de jade étincelaient, rendues plus brillantes encore par la nervosité et la chaude nuance dorée de son teint.

Desiree n'était cependant pas inconsciente de l'effet qu'elle produisait. Lorsqu'elle s'adressait à Angie, son regard ne faisait que l'effleurer, la survoler. Mais quand elle me parlait, elle plongeait ses yeux dans les miens en se penchant presque imperceptiblement vers moi.

– Posez ce pistolet, mademoiselle Stone, ai-je ordonné.

– Je ne peux pas. Je ne... je veux dire, je ne suis pas sûre que...

– Posez-le ou descendez-nous, l'a interrompue Angie. Vous avez cinq secondes.

– Je...

– Un, a commencé Angie.

Les yeux de Desiree se sont emplis de larmes.

– J'aimerais juste être certaine que...

– Deux.

Desiree s'est tournée vers moi, mais je suis resté impassible.

– Trois.

– Écoutez...

– Quatre.

Quand Angie a déplacé sa chaise vers la droite, les pieds ont produit un bref crissement sur le ciment.

– Ne bougez pas, a dit Desiree en dirigeant vers elle l'arme tremblante.

– Cinq, a déclaré Angie avant de se redresser.

Desiree levait vers elle son pistolet quand je lui ai donné une grande tape sur la main pour le lui faire lâcher.

Il a rebondi sur la balustrade, et je l'ai rattrapé au vol juste avant qu'il ne dégringole six étages. Encore heureux, car en jetant un coup d'œil en bas, j'ai vu deux ou trois mômes, dans les sept ou huit ans, occupés à jouer sur la terrasse près du jardin de l'hôtel.

Oh, r'garde ce que j'ai trouvé, m'man. Boum.

Pendant quelques instants, Desiree s'est caché le visage entre ses mains, et Angie m'a lancé un regard interrogateur.

J'ai haussé les épaules. Le flingue de Desiree, un Ruger .22 automatique en acier inoxydable, ne pesait pas lourd dans ma main, mais il ne faut pas se fier à ce genre d'impression quand on tient une arme à feu. Elles ne sont jamais légères.

Desiree avait laissé le cran de sûreté. J'ai éjecté le chargeur avant de le glisser dans ma poche droite et de placer le pistolet dans la gauche.

Enfin, elle a ôté les mains de sa figure, révélant des yeux rougis.

– J'en peux plus.

– De quoi? (Angie a tiré une autre chaise.) Asseyez-vous.

Elle s'est exécutée.

– De tout ça. Les armes, la mort et... Putain, j'en peux plus!

– Vous avez truandé l'Église de la Vérité et de la Révélation?

Desiree a hoché la tête.

– L'idée venait de vous, n'est-ce pas? a poursuivi Angie. Pas de Price.

Demi-hochement de tête.

– Non, c'est lui qui a eu l'idée. Mais quand il m'en a parlé, je l'ai poussé à passer à l'acte.

– Pourquoi?

– Pourquoi? a-t-elle répété, alors que deux larmes roulaient sur ses pommettes puis s'écrasaient sur ses genoux, juste sous l'ourlet de sa robe. Pourquoi? Vous devez... (Elle a aspiré par la bouche, levé les yeux au ciel, essuyé ses joues.) Mon père a tué ma mère.

Celle-là, je ne l'avais pas vue venir. J'ai regardé Angie. Manifestement, elle non plus.

– Dans l'accident de voiture qui a failli aussi lui coûter la vie? a demandé Angie. Vous êtes sérieuse?

Elle a acquiescé.

– Attendez un peu, suis-je intervenu. Si je comprends bien, votre père aurait organisé une fausse attaque ce soir-là? C'est ce que vous êtes en train de nous dire?

– Oui.

– Et il aurait payé ces types pour lui tirer trois balles dans le corps ?

– Ça ne faisait pas partie du plan.

– J'espère bien que non, a répliqué Angie.

Desiree s'est tournée vers elle en cillant. Ensuite, elle s'est tournée vers moi, les yeux légèrement écarquillés.

– Mon père avait payé ces hommes d'avance. Quand ils ont vu que les choses dégénéraient – ils n'avaient pas prévu que la voiture se renverserait –, ils ont paniqué et tiré sur lui après avoir abattu ma mère.

– Foutaises, a déclaré Angie.

Les yeux de Desiree se sont encore agrandis. Elle les a fixés quelques instants sur un point entre nous.

– Écoutez, ai-je repris, il y a tellement de trous dans cette histoire qu'on dirait un vrai gruyère.

– Par exemple, pourquoi ces types n'ont-ils pas tout raconté à la police quand ils ont été arrêtés ? a demandé Angie.

– Parce qu'ils n'ont jamais su qui les avait engagés, a expliqué Desiree. Un jour, quelqu'un a contacté quelqu'un en demandant qu'une femme soit tuée. Son mari sera avec elle, a dit ce quelqu'un, mais ce n'est pas lui la cible. Juste elle.

Nous nous sommes accordé quelques instants de réflexion.

Desiree, qui nous observait toujours, a enchaîné :

– Il y avait des tas d'intermédiaires. Quand l'ordre est parvenu aux tueurs, au bout de la chaîne, ils n'avaient aucun idée d'où il venait.

– Encore une fois, pourquoi tirer sur votre père ?

– Je vous le répète, tout ce que je sais, c'est qu'ils ont paniqué. Vous n'avez pas lu les comptes-rendus de l'affaire ?

– Non, ai-je répondu.

– Eh bien, si vous l'aviez fait, vous vous seriez aperçus que ces trois assassins n'étaient pas des lumières, loin de là. Mais de toute façon, on ne les avait pas engagés pour leur matière grise. Non, on les avait engagés parce qu'ils étaient capables de tuer quelqu'un sans que ça les empêche de dormir.

De nouveau, j'ai interrogé Angie du regard. C'était pour le moins inattendu, pour le moins tiré par les cheveux, et pourtant, curieusement, ça paraissait plausible.

– Pourquoi votre père voulait-il tuer votre mère ?

– Elle avait l'intention de divorcer. Et de réclamer la moitié de sa fortune. Il était coincé ; s'il se battait contre elle au tribunal, elle risquait de déballer tous les détails sordides de leur vie commune : la façon dont il l'avait achetée, dont il m'avait violée quand j'avais quatorze ans et dont il avait abusé de moi par la suite, plus les milliers de sales petits secrets qu'elle connaissait sur lui. (Elle a contemplé ses mains, qu'elle a tournées dans un sens, puis dans l'autre.) Sa deuxième option consistait à la supprimer. Il l'avait déjà exercée sur d'autres avant elle.

– Et maintenant, c'est vous qu'il veut supprimer, a conclu Angie. Parce que vous l'avez percé à jour.

– Oui.

– Comment le savez-vous ? ai-je demandé.

– Après la mort de maman, quand il est rentré de l'hôpital, je l'ai entendu en parler avec Julian et Graham. Il était furieux que les trois tueurs aient été arrêtés, et non pas éliminés, purement et simplement. Au fond, ces abrutis ont eu une sacrée chance de se faire coincer en possession de l'arme et de passer aux aveux. Sinon, mon père aurait engagé un as du barreau pour obtenir leur libération, acheté un ou deux juges au besoin, et une fois relâchés, il auraient été torturés à mort. (Elle s'est mordillé la lèvre.) Mon père est l'homme le plus dangereux du monde.

– On commence à le croire, ai-je dit.

– C'était qui, la femme abattue à l'Ambassador ? a demandé Angie.

– Je ne veux pas en parler.

Desiree a secoué la tête, remonté ses genoux sous son menton, placé les pieds au bord de la chaise et entouré ses jambes de ses bras.

– Vous n'avez pas le choix, a déclaré Angie.

– Oh, Seigneur...

La joue posée sur les genoux, elle a fermé les yeux.

Au bout d'un moment, j'ai lancé :

– O.K., je vais poser la question autrement. Qu'est-ce qui vous a poussée à retourner à l'hôtel ce jour-là ? Pourquoi pensiez-vous savoir où se trouvait l'argent ?

– À cause d'un truc que Jay a dit, a-t-elle murmuré, les yeux toujours clos.

– Et il a dit quoi ?

– Qu'il y avait des tas de gobelets remplis d'eau dans la chambre de Price.

– Ah.

Elle a levé la tête.

– Des gobelets de glace à moitié fondue, plus exactement. Et je me suis souvenue qu'il en avait aussi apporté plein dans la chambre d'un des motels où on s'était arrêtés en venant. Price et moi, je veux dire. Il allait tout le temps en chercher au distributeur. À chaque fois, il n'en rapportait qu'un tout petit peu. En me répétant qu'il préférait ses boissons bien froides. Rafraîchies avec de la glace tout juste sortie de la machine. Soi-disant, celle du dessus était meilleure, parce que les employés ne remplacent jamais l'ancienne au fond de la machine ; ils se contentent de compléter le niveau. Je me rappelle avoir pensé sur le moment qu'il me racontait des conneries, mais je ne voyais pas pourquoi, et de toute façon, j'étais trop crevée pour me poser des questions. Et puis, il commençait à me faire peur. Dès le deuxième soir, il m'avait obligée à lui confier l'argent, et il ne voulait pas me révéler où il l'avait planqué. Bref, quand Jay a mentionné ces gobelets, j'ai bien réfléchi à ce qui s'était passé en Caroline du Sud. (Elle a posé sur moi ses yeux étincelants couleur de jade.) Ils étaient sous la glace.

– Les deux millions ? a demandé Angie.

Elle a hoché la tête.

– Dans un sac poubelle, posés bien à plat au fond du distributeur près de sa chambre, au deuxième étage.

– Bien vu, ai-je observé.

– Mais pas facile à atteindre, a expliqué Desiree. Il fallait remuer toute cette glace, les bras passés par la petite ouverture dans la machine... C'est comme ça que Price m'a trouvée quand il est revenu de chez ses copains.

– Il était seul ?

– Non, une fille l'accompagnait. Elle avait l'air d'une prostituée. Je l'avais déjà aperçue avec lui.

– Elle avait votre taille, votre corpulence, la même couleur de cheveux que vous ? ai-je demandé.

Desiree a acquiescé.

– Elle devait mesurer quatre ou cinq centimètres de moins, mais ce n'était pas frappant, à moins de nous mettre côte à côte. Elle était cubaine, je crois, et de visage, elle ne me ressemblait pas du tout, mais...

Elle s'est interrompue, avant de hausser les épaules.

– Continuez, l'a encouragée Angie.

– Ils m'ont emmenée dans la chambre. Price était défoncé, je ne sais pas ce qu'il avait pris. En tout cas, ça l'avait rendu fou de rage, complètement parano. Ils...

Elle s'est détournée pour regarder l'eau, avant de poursuivre dans un murmure :

– ... ils m'ont fait des choses.

– Tous les deux ?

– À votre avis ? (Son débit était désormais saccadé, laborieux.) Après, la femme a mis mes vêtements. Pour se moquer de moi, je suppose. Ils m'ont enveloppée dans un peignoir pour me conduire dans le quartier de College Hill, à Tampa. Vous connaissez ?

Nous lui avons signifié que non.

– C'est l'équivalent de South Bronx. Là-bas, ils m'ont arraché le peignoir, et après, ils m'ont jetée de la voiture avant de partir en rigolant. (Elle a porté à ses lèvres une main tremblante.) Je... je me suis débrouillée pour revenir. J'ai volé des vêtements sur une corde à linge, fait du stop jusqu'à l'Ambassador, mais quand je suis arrivée, il y avait des policiers partout. Et dans la chambre, un cadavre avec le sweat-shirt que Jay m'avait donné.

– Pourquoi Price a-t-il descendu cette femme, d'après vous ? ai-je questionné.

Desiree a haussé les épaules, les yeux de nouveau rouges et enflés.

– À mon avis, elle a dû se demander ce que je fabriquais devant la machine à glace. Peut-être qu'elle a additionné deux et deux, et que Price se méfiait d'elle. Mais je n'en suis pas sûre. Ce type-là, c'était un vrai malade.

– Pourquoi n'avez-vous pas essayé de contacter Jay ?

– Il était parti. À la poursuite de Price. Alors, je l'ai attendu dans notre cabane sur la plage, et puis, j'ai appris qu'il était en prison, et je... je l'ai trahi.

Ses mâchoires se sont crispées tandis qu'un torrent de larmes jaillissait de ses yeux.

– Trahi ? Comment ça ?

– Je l'ai laissé tomber. Je me disais que des gens avaient dû me voir avec Price, peut-être même avec la fille assassinée. À quoi ça m'aurait avancée d'aller rendre visite à Jay en prison, sinon à m'impliquer ? J'ai flippé, c'est vrai. Pendant un jour ou deux, j'ai complètement perdu la tête. Et puis, je me suis dit, et merde, je vais le sortir de là, lui demander où il avait caché son fric pour que je puisse payer la caution.

– Mais ?

– Mais il venait de s'en aller avec vous. Et quand je vous ai rattrapés... (Elle a retiré de son sac un paquet de Dunhill et un briquet en or, allumé une cigarette puis soufflé la fumée vers le ciel.) Quand je vous ai rattrapés, Jay, M. Cushing et Graham Clifton étaient morts. Et je suis restée là sans pouvoir rien faire. (Elle a secoué la tête avec amertume.) Comme une pauvre conne.

– Même si vous nous aviez rejoints plus tôt, ça n'aurait sûrement rien changé, a dit Angie.

– On ne le saura jamais, n'est-ce pas ? a répliqué Desiree avec un sourire triste.

Angie en a esquissé un à son tour.

– Non, je suppose que non.

Elle n'avait pas un sou et nulle part où aller. Ce que Price avait fait des deux millions après avoir assassiné cette femme et quitté l'Ambassador resterait sans doute toujours un mystère.

Comme notre interrogatoire semblait avoir épuisé Desiree, Angie lui a offert sa suite pour la nuit.

– Je vais juste me reposer un peu, ça ira mieux après, a-t-elle dit.

Mais cinq minutes plus tard, quand nous avons traversé la chambre d'Angie, Desiree, allongée tout habillée sur les couvertures, dormait à poings fermés.

Nous sommes retournés dans ma chambre, et au moment où nous refermions la porte, le téléphone a sonné. C'était Devin.

– Tu veux toujours connaître le nom de cette fille ?

– Oui.

– Illiana Carmen Rios. Une frangine. Dernier domicile connu, 112 Seventeenth Street, à St Petersburg.

– Antécédents ?

– Condamnée une dizaine de fois pour racolage. Le côté positif des choses, c'est qu'elle n'aura plus l'occasion de faire de la taule.

– Je ne sais pas, a dit Angie.

Nous avions battu en retraite dans la salle de bains, où nous avions fait couler la douche. Une nouvelle fois, il nous fallait prendre en compte la possibilité d'un mouchard.

– Tu ne sais pas quoi ? ai-je demandé, alors que des tourbillons de vapeur s'élevaient de la baignoire.

Angie s'est appuyée contre le lavabo.

– Je ne sais pas quoi penser d'elle. Je veux dire, tout ce qu'elle nous a raconté paraît un peu abracadabrant, tu ne trouves pas ?

J'ai hoché la tête.

– Mais comme tout ce qu'on entend depuis le début.

– C'est bien ce qui me turlupine. Dans cette affaire, il n'y a pas un seul protagoniste qui ne nous ait pas plus ou moins raconté des conneries. Et puis, pourquoi est-ce qu'elle aurait besoin de nous ?

– Pour la protéger ?

Elle a soupiré.

– Je ne sais pas, Patrick. Tu lui fais confiance ?

– Non.

– Pourquoi ?

– Parce que je ne fais confiance qu'à toi.

– Hé, tu m'as piqué ma phrase !

– Ouais. (J'ai souri.) Désolé.

Angie a agité les doigts dans ma direction.

– Vas-y, te gêne pas. Tout ce qui est à moi est à toi.

– T'es sûre ?

– Oui, a-t-elle répondu en levant la tête vers moi. Certaine.

– C'est réciproque, Ange.

Sa main a disparu dans la vapeur juste avant que je ne la sente se poser sur mon cou.

– Comment va ton épaule ? a-t-elle demandé.

– Sensible. Ma hanche aussi.

– Je m'en souviendrai.

Elle s'est penchée pour sortir ma chemise de mon pantalon. Quand elle a embrassé la peau au-dessus du pansement sur ma hanche, sa langue a fait courir sur ma peau des frissons électriques.

À mon tour, je me suis penché pour lui passer mon bras valide autour de la taille. Je l'ai soulevée du sol, assise sur le lavabo et embrassée alors qu'elle nouait ses jambes autour de mes reins et que ses sandales tombaient par terre. Pendant au moins cinq bonnes minutes, c'est tout juste si nous avons respiré. Ces derniers mois, je n'avais pas seulement eu envie d'elle ; le désir m'avait tourné la tête, rendu à moitié fou.

– Même si on est vannés, on ne s'arrête pas tant qu'on sera pas tombés dans les vapes, a-t-elle chuchoté.

– Ça marche.

On est tombés dans les vapes vers quatre heures du matin.

Elle s'est endormie blottie contre ma poitrine. Les paupières lourdes, je me suis soudain demandé, juste avant de perdre conscience, comment j'avais pu penser une seule seconde que Desiree était la plus belle femme que j'aie jamais vue.

J'ai regardé Angie nue à côté de moi, contemplé son visage tuméfié, couvert d'égratignures, et à cet instant seulement, pour la première fois de ma vie, j'ai su que je venais enfin de comprendre quelque chose à la véritable beauté.

31

– Salut.

J'ai ouvert un œil, pour découvrir le visage de Desiree Stone près du mien.

– Salut, a-t-elle répété dans un souffle.

– Salut.

– Vous voulez du café ?

– Avec plaisir.

– Chut..., a-t-elle dit en posant un doigt sur ses lèvres.

En tournant la tête, j'ai vu Angie profondément endormie à côté de moi.

– J'ai tout préparé dans l'autre chambre, a ajouté Desiree avant de s'éclipser.

Je me suis assis dans mon lit et j'ai attrapé ma montre sur la commode. Dix heures. J'avais dormi six heures, mais j'avais l'impression de ne pas avoir fermé les yeux plus de six minutes. Ma dernière bonne nuit de sommeil remontait maintenant à plus de quarante heures. Et je n'aurais sans doute guère l'occasion de me reposer au cours de la journée, je le sentais.

Mais pour sa part, Angie semblait bien déterminée à en profiter.

Elle s'était recroquevillée en position fœtale, comme elle le faisait maintenant depuis plusieurs mois sur le sol de mon salon. Le drap était remonté au-dessus de sa taille ; je l'ai ramené sur ses jambes, puis coincé sous le matelas.

Lorsque je me suis levé, elle n'a pas remué. Même pas soupiré. Le plus discrètement possible, j'ai enfilé un jean, un T-shirt à manches longues, et je me dirigeais vers la porte communicante quand je me suis immobilisé brusquement. Je suis revenu m'agenouiller près d'elle, j'ai effleuré de ma paume son visage et déposé un baiser sur ses lèvres en humant son odeur.

En trente-deux heures, j'avais essuyé des coups de feu, chuté d'une voiture en marche, écopé d'une fêlure de l'omoplate et d'innombrables éclats de verre dans ma chair, abattu un homme, perdu plusieurs litres de sang, subi douze heures d'interrogatoire hostile dans une petite salle étouffante. Pourtant, d'une certaine façon, jamais je ne m'étais senti aussi bien qu'en cet instant où la joue tiède d'Angie me chauffait la main.

J'ai récupéré mon écharpe par terre près de la salle de bains, glissé mon bras inerte à l'intérieur et gagné la chambre voisine.

Les lourds rideaux sombres étaient tirés pour empêcher le soleil d'entrer, et la seule source de lumière provenait de la lampe sur la table de nuit. Desiree, assise dans le fauteuil à côté du chevet, buvait son café ; apparemment, elle était nue.

– Mademoiselle Stone ?

– Entrez. Et appelez-moi Desiree.

J'ai plissé les yeux en la voyant se lever dans la pénombre, et à ce moment-là seulement, j'ai constaté qu'elle portait un bikini d'une chaude nuance miel à peine plus claire que sa peau. Les cheveux rejetés en arrière, elle s'est approchée de moi pour me placer une tasse de café dans la main.

– Je ne sais pas comment vous le prenez. Il y a de la crème et du sucre sur le comptoir.

Le temps d'allumer une autre lampe, et je me suis dirigé vers le comptoir de la kitchenette, où j'ai localisé la crème et le sucre près de la cafetière.

– Vous avez piqué une tête ? ai-je demandé en retournant auprès de Desiree.

– Pour m'éclaircir les idées, oui. C'est encore mieux que le café.

Sa baignade lui avait peut-être éclairci les idées, mais elle rendait les miennes terriblement confuses.

Elle a de nouveau pris place dans le fauteuil qui, je venais de m'en apercevoir, était protégé de l'humidité imprégnant sa peau et son maillot par le peignoir dont elle s'était défaite avant de se lever.

– Vous préférez que je le remette ? a-t-elle lancé.

– Faites comme vous le sentez. (Je me suis assis sur le lit.) Alors, qu'est-ce qui se passe ?

– Hein ?

Desiree a jeté un coup d'œil au peignoir, mais ne l'a pas enfilé. Elle a plié les genoux avant de placer ses pieds au bord du lit.

– Qu'est-ce qui se passe ? ai-je répété. Si vous m'avez réveillé, c'est pour une raison bien précise, je suppose.

– Je pars dans deux heures.

– Pour aller où ?

– Boston.

– Je ne crois pas que ce soit très indiqué.

– Je sais. (Elle a essuyé des gouttes de sueur sur sa lèvre.) Mais demain soir, mon père doit sortir, et il faut absolument que j'entre dans la maison.

– Pourquoi ?

Elle s'est penchée en avant, appuyant ses seins contre ses genoux.

– J'ai encore des affaires là-bas.

– Et elles méritent que vous risquiez votre vie pour les récupérer ?

J'ai bu un peu de café, ne serait-ce que pour pouvoir fixer mon regard sur l'intérieur de la tasse.

– Des affaires que ma mère m'avait données. Elles ont une valeur sentimentale.

– Elles seront toujours là après la mort de votre père, j'en suis sûr. Vous les reprendrez plus tard.

– Entre-temps, elles auront peut-être disparu. Non, je fais un petit saut rapide à la maison le soir où je le sais absent, et je suis libre.

– Comment savez-vous qu'il sera absent?

– Demain soir se tiendra l'assemblée annuelle des actionnaires de sa plus grosse société, Consolidated Petroleum. Ils l'organisent tous les ans au Harvard Club Room, à One Federal. Même date, même heure, qu'il pleuve, qu'il vente ou qu'il neige.

– Qu'est-ce qu'il irait faire là-bas? Il n'y assistera pas l'année prochaine, de toute façon.

Desiree a posé sa tasse sur la table de chevet.

– Vous n'avez pas encore bien compris mon père, apparemment.

– Non, mademoiselle Stone. Je suppose que non.

Elle a hoché la tête, essuyé d'un index absent la goutte d'eau qui glissait le long de son mollet gauche.

– Mon père ne croit pas à sa mort imminente. Et même s'il y croit, il va employer toutes les ressources qu'il lui reste pour essayer de s'acheter l'immortalité. Il est l'actionnaire principal d'une vingtaine d'entreprises. La liste de ses investissements de portefeuille rien que pour ses intérêts aux États-Unis est plus épaisse que l'annuaire de Mexico.

– C'est dire.

Une lueur fugitive a brillé dans ses yeux de jade – de rage, m'a-t-il semblé. Mais déjà, elle avait disparu.

– Oui, a-t-elle repris avec un léger sourire. C'est très épais. Et il va passer ses derniers mois à s'assurer que chacune de ces entreprises alloue des fonds à un monument à son nom – bibliothèque, labo de recherches, parc public...

– S'il meurt, comment pourra-t-il s'assurer que toutes ces dispositions pour se fabriquer son immortalité sont bien mises en œuvre ?

– Danny.

– Danny ?

Ses lèvres se sont légèrement entrouvertes, et elle a tendu la main vers sa tasse.

– Daniel Griffin, l'avocat personnel de mon père.

– Ah. Même moi, j'ai entendu parler de lui.

– C'est peut-être le seul avocat plus puissant que le vôtre, Patrick.

C'était la première fois qu'elle prononçait mon nom. L'effet m'a paru curieusement agréable, comme si on me posait une main chaude sur le cœur.

– Vous savez qui est mon avocat ?

– Jay m'a parlé de vous, un jour.

– Ah bon ?

– Un soir, pendant presque une heure. Il vous considérait comme le petit frère qu'il n'avait jamais eu. Il m'a dit que vous étiez la seule personne au monde en qui il avait vraiment confiance. Et que s'il lui arrivait quelque chose, je devais m'adresser à vous.

J'ai soudain eu la vision de Jay assis en face de moi à l'Ambrosia, sur Huntington, lors de notre dernière sortie ensemble ; il riait, levant d'une main manucurée un lourd verre à whisky à moitié rempli de gin, exsudant l'assurance d'un homme qui ne se rappelle même plus la dernière fois où il a dû réviser son jugement. Et puis, j'ai eu la vision de lui alors qu'on le hissait hors de la baie de Tampa, la peau boursouflée et livide, les yeux fermés, l'air d'un gamin de quatorze ans.

– J'aimais beaucoup Jay, ai-je avoué sans l'avoir prémédité.

Peut-être que c'était vrai. Ou peut-être que j'essayais seulement de jauger la réaction de Desiree.

– Moi aussi, a-t-elle répondu en fermant les yeux. (Quand elle les a rouverts, ils étaient embués.) Et il vous aimait beaucoup. Il a dit que vous étiez digne de confiance. Que des tas de gens de tous les milieux se fiaient à vous. Et que Cheswick Hartman travaillait gracieusement pour vous.

– Mais qu'est-ce que vous attendez de moi, mademoiselle Stone ?

– Desiree. S'il vous plaît.

– D'accord. Desiree.

– Je voudrais que, eh bien, que vous couvriez mes arrières demain soir. En principe, Julian devrait accompagner mon père à One Federal, mais au cas où quelque chose tournerait mal...

– Vous savez comment couper le système d'alarme ?

– Oui. Sauf s'il l'a changé, bien sûr, ce dont je doute. Il ne s'attend pas à ce que je prenne une initiative aussi suicidaire.

– Et ces... objets de famille, ai-je dit, faute d'un terme plus approprié, ils valent la peine de courir autant de risques ?

Elle s'est de nouveau penchée en avant pour attraper ses chevilles.

– Avant de mourir, ma mère avait écrit ses mémoires. Elle raconte son enfance au Guatemala, des histoires sur son père et sa mère, ses frères et sœurs, toute une partie de ma famille que je n'ai jamais rencontrée et dont je n'ai jamais entendu parler. Le récit s'arrête le jour où mon père a surgi dans sa vie. Il ne contient rien de vraiment important, mais maman me l'avait donné peu de temps avant de disparaître. Je l'ai caché, et aujourd'hui, je ne supporte pas de penser qu'il est toujours dans

cette maison. Si mon père le trouve, il le détruira. Et
ces derniers souvenirs qu'il me reste de ma mère
disparaîtront à leur tour... (Elle a cherché mon
regard.) Vous voulez bien m'aider, Patrick ?

J'ai pensé à sa mère. Inez. Achetée à quatorze ans
par un homme persuadé que tout était à vendre. Et
à qui, malheureusement, la réalité donnait le plus
souvent raison. Quel genre de vie avait-elle pu
mener dans cette immense maison dominée par un
mégalo cinglé ?

Une vie, ai-je supposé, dans laquelle son seul
refuge consistait à prendre son stylo pour décrire
l'existence qu'elle avait connue avant que Trevor
Stone ne l'enlève aux siens. Et avec qui partager son
monde intérieur le plus précieux, sinon avec sa fille,
également piégée et souillée par ce tyran ?

– Je vous en prie, Patrick.

– D'accord.

Elle m'a pris la main.

– Merci.

– Y a pas de quoi.

De son pouce, elle me caressait la paume.

– Mais si, a-t-elle dit. Vraiment. Je suis sincère.

– Moi aussi. Y a pas de quoi. Vraiment.

– Vous et Mlle Gennaro, vous... ? Je veux dire,
vous êtes... depuis longtemps ?

J'ai laissé la question en suspens entre nous.

Enfin, Desiree a lâché ma main et souri.

– Les meilleurs sont toujours pris. Évidemment.

Elle s'est carrée dans son fauteuil sans me quitter
des yeux. Pendant une bonne minute, nous nous
sommes regardés en silence, puis son sourcil gauche
s'est très légèrement soulevé.

– À moins que ?

– Ils le sont, ai-je affirmé. Et l'un d'eux, Desiree...

– Oui ?

– ... est tombé d'un pont l'autre nuit.

307

Je me suis redressé.

Desiree a croisé les jambes.

– Merci pour le café, ai-je dit. Comment irez-vous à l'aéroport ?

– J'ai toujours la voiture que Jay m'avait louée. Il faut la rendre à l'agence Budget ce soir.

– Vous voulez que je vous accompagne ?

– Si ça ne vous dérange pas, a-t-elle répondu, les yeux fixés sur sa tasse.

– Habillez-vous. Je reviens dans cinq minutes.

Angie dormait toujours si profondément que seule une grenade à main aurait pu la réveiller. Je lui ai laissé un mot avant de rejoindre Desiree, qui a pris le volant de la Grand Am louée par Jay.

Il faisait beau et chaud, comme tous les jours depuis notre arrivée. Vers trois heures cet après-midi, la pluie tomberait pendant une trentaine de minutes, apportant un peu de fraîcheur, puis l'humidité s'évaporerait et la chaleur serait de nouveau écrasante jusqu'au coucher du soleil.

– À propos de ce qui s'est passé dans la chambre..., a commencé Desiree.

– Oubliez ça.

– Non. J'aimais Jay. Vraiment. Et je vous connais à peine.

– Très juste.

– Mais, peut-être que, je ne sais pas... Vous connaissez la pathologie des victimes d'inceste et d'agressions sexuelles, Patrick ?

– Il se trouve que oui, Desiree. Alors, je vous le répète, oubliez ça.

Parvenus dans la zone de l'aéroport, nous avons suivi les panneaux rouges indiquant le terminal Delta.

– Comment vous êtes-vous procuré le billet ? ai-je demandé.

– C'est Jay qui me l'a donné. Il en avait acheté deux.

– Il était d'accord avec votre projet ?

Elle a acquiescé.

– Il en avait acheté deux, a-t-elle répété.

– J'avais compris, Desiree.

– Vous serez revenu dans deux jours. Pendant ce temps, Mlle Gennaro n'aura qu'à profiter du soleil, faire du tourisme, se détendre...

Desiree s'est arrêtée devant le terminal Delta.

– Où voulez-vous nous retrouver, à Boston ? ai-je demandé.

Elle a regardé par la vitre un moment, les doigts pianotant légèrement sur le volant, le souffle court. Puis elle a fourragé distraitement dans son sac à main avant d'attraper sur la banquette arrière un sac de gym en cuir noir. Elle portait une casquette de base-ball le devant derrière, un short en toile et une chemise d'homme en denim dont elle avait retroussé les manches jusqu'aux coudes. Rien d'affriolant, en somme, et pourtant, elle allait coller un bon torticolis à la plupart des types qu'elle croiserait dans l'aéroport. Brusquement, il m'a semblé que la voiture se resserrait sur nous.

– Hum, qu'est-ce que vous vouliez savoir, déjà ? a-t-elle lancé.

– Où et quand, demain ?

– Vous prévoyez d'arriver vers quelle heure ?

– Dans l'après-midi, probablement.

– Pourquoi ne pas se retrouver devant l'immeuble de Jay ?

Elle est descendue de voiture.

Je l'ai rejointe près du coffre, dont elle a retiré un autre petit sac avant de le refermer et de me tendre les clés.

– Pourquoi l'immeuble de Jay ? ai-je demandé.

– C'est là que je compte me cacher. Il m'a donné la clé, le mot de passe, le code de l'alarme.

– O.K. Quelle heure ?

– Six heures.

– Entendu.

– Super. Ça marche. (Elle s'est tournée vers les portes.) Oh, j'ai failli oublier, on a un autre rendez-vous.

– Pardon ?

Desiree a souri.

– Mouais. Jay me l'a fait promettre. Le 1er avril. *Point limite.*

– *Point limite*, ai-je répété, alors que la température de mon corps chutait brutalement malgré la fournaise ambiante.

Elle a hoché la tête, les yeux plissés à cause du soleil.

– Il m'a dit que s'il lui arrivait quelque chose, j'étais censée vous tenir compagnie cette année. Hot dogs, Budweiser et Henry Fonda. Une tradition, je crois.

– Une tradition, oui.

– Alors, c'est entendu. Marché conclu.

– Si Jay l'a dit...

– Il me l'a fait promettre. (Elle a souri et agité la main dans ma direction alors que les portes électroniques s'ouvraient derrière elle.) Alors, c'est d'accord ?

– C'est d'accord, ai-je répondu en agitant la main à mon tour, avant de la gratifier de mon plus beau sourire.

– À demain, Patrick.

Elle est entrée dans l'aéroport, et j'ai suivi des yeux à travers les vitres son joli petit cul qui se balançait alors qu'elle croisait un groupe d'étudiants, puis s'engageait dans un couloir et disparaissait.

Les étudiants contemplaient toujours l'espace qu'elle avait occupé au maximum trois secondes, comme s'il était béni par Dieu, et je faisais comme eux.

Regardez bien, les mecs, ai-je pensé. Certains d'entre vous n'auront plus l'occasion de voir une telle beauté d'aussi près. Jamais, sans doute, une créature n'avait autant approché de la perfection.

Desiree. Même son nom vous touchait en plein cœur.

J'étais debout près de la voiture, avec un sourire jusqu'aux oreilles, l'air sans doute totalement idiot, quand un porteur s'est arrêté devant moi pour demander :

– Ça va, vieux ?

– Euh, oui, merci.

– Vous avez perdu quelque chose ?

J'ai fait non de la tête.

– Trouvé, plutôt.

– Ah, tant mieux pour vous, a-t-il lancé avant de s'éloigner.

Tant mieux pour moi. Oui. Et tant pis pour Desiree.

Tu y étais presque, ma belle. Presque. Mais t'as foiré. T'as foiré dans les grandes largeurs.

Troisième partie

POINT LIMITE

32

Environ un an après m'avoir formé, Jay Becker s'était fait virer de son propre appartement par une danseuse de flamenco cubaine répondant au doux nom d'Esmeralda Vasquez. Celle-ci, qui voyageait avec la troupe itinérante de *L'Opéra de quat'sous*, avait rencontré Jay le deuxième soir où elle se produisait. Trois semaines de représentations plus tard, elle vivait pratiquement avec lui, bien qu'il ait eu un point de vue différent sur la question. Malheureusement pour lui, c'était ainsi qu'Esmeralda envisageait les choses, d'où sa fureur quand elle l'avait surpris au lit avec une autre danseuse du même spectacle. Esmeralda avait mis la main sur un couteau, Jay sur la poignée de la porte, et avec sa nouvelle conquête, ils avaient filé sans demander leur reste.

La conquête en question avait regagné l'appartement qu'elle partageait avec son petit ami, et Jay était venu frapper à ma porte.

– Waouh ! T'as mis en rogne une danseuse de flamenco cubaine ?

– Apparemment, avait-il répondu en plaçant un pack de Beck dans mon réfrigérateur et une bouteille de Chivas sur mon comptoir.

– C'était raisonnable, tu crois ?

– Sans doute pas.

– Oserais-je dire que c'était stupide ?

– Bon, tu comptes me charrier toute la nuit ou tu vas enfin te comporter en brave garçon et me montrer où tu ranges les chips ?

C'est ainsi que nous nous étions retrouvés sur mon canapé, à boire ses Beck et son Chivas en parlant tentatives de castrations perpétrées par des femmes bafouées, ruptures foireuses, petits amis ou maris jaloux, et autres sujets du même acabit qui, dans un contexte moins éthylique, ne nous auraient pas fait autant rire.

À un certain moment, alors que la conversation se tarissait, nous avions tourné la tête vers l'écran du téléviseur, où défilait le générique de *Point limite*.

– Merde, avait lancé Jay. Mets plus fort.

Aussitôt dit, aussitôt fait.

– C'est qui, le metteur en scène, déjà ? m'avait-il demandé.

– Lumet.

– T'es sûr ?

– Certain.

– Je croyais que c'était Frankenheimer.

– Non, Frankenheimer, c'est le réalisateur de *Sept jours en mai*.

– Ah ouais, t'as raison. Putain, je m'en lasse pas, de ce film.

Nous avions donc passé les deux heures suivantes à regarder, fascinés, le président des États-Unis Henry Fonda crisper les mâchoires devant un monde en noir et blanc devenu complètement dingue jusqu'au moment où, à cause d'un cafouillage informatique, un escadron américain franchissait le point limite et bombardait Moscou, à la suite de quoi le pauvre Hank Fonda crispait un peu plus les mâchoires pour ordonner le bombardement de New York afin de calmer les Russes et d'éviter une guerre nucléaire à grande échelle.

Après le film, on s'était disputés pour déterminer lequel, de *Point limite* ou du *Docteur Folamour* était le meilleur. Pour moi, ça ne faisait pas un pli : *Docteur Folamour* était un chef-d'œuvre et Stanley Kubrick, un génie. Jay m'avait accusé de jouer les intellos. Je lui avais reproché d'être trop primaire. Il avait affirmé qu'Henry Fonda était le plus grand acteur de l'histoire du cinéma. J'avais répondu qu'il était de toute évidence bourré.

– Ce qu'il aurait fallu, c'était une sorte de code ultrasecret pour pouvoir rappeler ces bombardiers.

Il s'était calé plus confortablement sur le canapé, les paupières mi-closes, une bière dans une main, un Chivas dans l'autre.

– Un code ultrasecret ? avais-je répété, hilare.

Jay avait tourné la tête vers moi.

– Non, sans blague. Imagine que ce bon vieux président Fonda ait parlé à ces pilotes, qu'il leur ait donné un mot de passe connu seulement de lui et d'eux. Du coup, il aurait pu les rappeler après qu'ils avaient franchi le point limite.

– Impossible, Jay. On avait enseigné à ces types que toute communication qui leur parviendrait au-delà du point limite serait une manœuvre des Russes.

– N'empêche...

Nous avons ensuite regardé *La Griffe du passé*, programmé tout de suite après *Point limite*. Encore un super film en noir et blanc sur Channel 38, à l'époque où Channel 38 valait encore le coup. Au bout d'un moment, Jay était parti aux toilettes avant de faire un saut à la cuisine pour chercher deux autres bières.

– Le jour où je voudrai te transmettre un message, avait-il déclaré d'une voix rendue pâteuse par l'alcool, ce sera notre code.

– Lequel ?

– Point limite.

– Je suis devant *La Griffe du passé*, Jay. *Point limite*, c'est fini depuis une demi-heure. Il reste plus rien de New York. Fais-toi une raison.

– Non, sérieux. (Il s'était battu avec le coussin du canapé, puis redressé.) Si je veux t'envoyer un message depuis ma tombe, ce sera « point limite ».

– Un message depuis ta tombe, rien que ça! (J'avais rigolé.) T'es sérieux?

– Autant qu'un coroner. Non, non, écoute. (Il s'était penché en avant, les yeux écarquillés pour tenter de s'éclaircir les idées.) Dans ce métier, on prend de sacrés risques, vieux. Je veux dire, pas autant qu'avec le Bureau, mais c'est pas une promenade de santé non plus. S'il m'arrivait quelque chose... (Il s'était frotté les yeux, avant de secouer de nouveau la tête.) Tu comprends, Patrick, j'ai deux cerveaux.

– Deux têtes, plutôt. Et comme le dirait cette chère Esmeralda, tu t'es pas servi de la bonne, ce soir; c'est d'ailleurs pour ça qu'elle voulait la couper.

Il avait ricané.

– Non. Enfin, bon, O.K., j'ai deux têtes. Mais je te parlais de cerveaux, Patrick. J'en ai deux. Je t'assure. (Il s'était tapoté le crâne de l'index en plissant les yeux pour m'observer.) L'un des deux, le normal, pose pas de problèmes. Mais l'autre, c'est mon cerveau de flic, et celui-là s'arrête jamais. La nuit, il réveille son pote normal, me tire du lit et m'oblige à penser à des trucs qui me turlupinaient sans que je m'en rende compte. Je veux dire, j'ai résolu la moitié de mes affaires à trois heures du matin, et tout ça grâce à ce deuxième cerveau.

– Tu dois pas t'amuser pour t'habiller le matin.

– Hein?

– Avec tes deux cerveaux. Est-ce qu'ils ont des goûts différents en matière de fringues? Et de quoi encore? De bouffe?

Il m'a fait un bras d'honneur.

– Je déconne pas.

J'ai levé la main.

– Et moi, Jay, je vois grosso modo de quoi tu veux parler.

– Nan..., avait-il rétorqué en balayant ma réponse d'un geste. T'es encore trop vert. Mais tu comprendras. Un jour. Ce second cerveau, vieux, c'est un chieur. Par exemple, tu rencontres quelqu'un – un futur copain, ou une fille qui te plaît, par exemple –, et t'aimerais vraiment que ça fonctionne entre vous, mais ton second cerveau s'active. Même si toi, t'en as pas envie. Et il déclenche toutes sortes de sonnettes d'alarme au niveau de ton instinct, si bien qu'au fond de toi, tu sais que tu peux pas faire confiance à cette personne. Parce que ton second cerveau a détecté un truc qui échappe à son pote normal. Ça peut te prendre des années avant de découvrir ce qu'était le truc en question – peut-être la façon dont le copain a buté sur un mot en particulier, ou celle dont les yeux de la fille se sont éclairés quand elle a vu des diamants alors qu'elle prétendait ne pas s'intéresser à l'argent, ou peut-être celle dont... Qui sait ? Mais il y aura quelque chose. Et ce sera vrai.

– T'es beurré.

– Certes, mais ça m'empêche pas de dire la vérité. Alors, écoute, si jamais je me faisais descendre... ?

– Mouais ?

– Ben, ce sera ni par un mafioso, ni par un petit dealer minable, ni par un type que j'aurai senti venir à des kilomètres. Ce sera par quelqu'un en qui j'ai confiance, quelqu'un que j'aime. Et si ça se trouve, j'aurai encore confiance en lui, ou en elle, quand on m'enterrera. (Il m'avait adressé un clin d'œil.) Mais mon second cerveau, je te jure, c'est un superdétecteur de bobards, et il va me conseiller d'établir une sorte de garde-fou contre cette personne, que j'en aie envie ou pas. Voilà, c'est ça.

– C'est ça quoi ?

– Le plan.

– Quel plan ? T'as pas dit un seul truc sensé depuis vingt minutes.

– Ben, c'est simple : si je meurs, et si une personne qui m'était proche vient un jour te voir avec une histoire de message où il est question de *Point limite*, alors tu sauras que tu dois la mettre hors circuit, la liquider, et plus généralement, la foutre en l'air. (Il avait brandi sa bière dans ma direction.) À notre accord.

– On va pas s'entailler le pouce avec un rasoir, ni mêler notre sang ni rien, hein ?

Il avait froncé les sourcils.

– Avec toi, pas besoin. Bois.

Nous avions trinqué.

– Et si c'est moi qui te piégeais ? avais-je lancé.

Jay m'avait regardé en fermant un œil.

– Là, je l'aurais dans l'os, j'imagine.

Là-dessus, il avait éclaté de rire.

Au fil des années, et à l'occasion de quelques bières, il avait raffiné le « message d'outre-tombe », comme je le surnommais. Le 1er avril avait été rajouté en guise d'ultime pied de nez à la personne, ou aux personnes, qui pourrait lui faire du mal et essayer ensuite de gagner mon amitié.

Il n'y a pratiquement aucune chance pour que ça fonctionne, lui répétais-je tout le temps. Ça revient à placer une mine terrestre dans le désert du Sahara en espérant qu'un type en particulier va marcher dessus. Un type, une mine, un désert de plusieurs millions de kilomètres carrés.

– Je prends le risque, avait-il dit. Peut-être qu'il n'y a pratiquement aucune chance pour que ça fonctionne, mais si jamais cette mine explose, les gens la verront de loin. Souviens-toi de mon second cerveau, vieux. Quand tout le reste de ma personne sera en terre, il pourrait bien t'envoyer un message. Il faut que tu sois là pour l'entendre.

Et je l'avais entendu.

« Tu dois la mettre hors circuit, la liquider, et plus généralement, la foutre en l'air », m'avait-il demandé des années plus tôt.

O.K., Jay. Pas de problème. Avec plaisir.

33

– Lève-toi. Allez, debout !

J'ai tiré les rideaux, et un flot de soleil éblouissant s'est déversé dans la chambre, inondant le lit.

Angie s'était étalée en travers du matelas pendant mon absence. Elle avait rejeté les couvertures, et seul un tout petit triangle de drap blanc lui couvrait les fesses tandis qu'elle levait vers moi des yeux embrumés par le sommeil, ses cheveux lui retombant sur le visage comme un enchevêtrement de mousse noire.

– T'es pas du genre Roméo, le matin, a-t-elle marmonné.

– Dépêche-toi, Ange. Faut qu'on y aille.

J'ai attrapé mon sac de gym, où j'ai commencé à fourrer mes affaires.

– Laisse-moi deviner. Y a du fric sur la table de nuit, c'était sensas, mais fais attention de pas claquer la porte en partant.

Le temps de m'agenouiller à côté d'elle, et je l'ai embrassée.

– Quelque chose dans ce goût-là. Allez, Ange, un effort. L'heure tourne.

Le drap a glissé quand elle s'est redressée, et elle m'a passé les bras autour des épaules. Son corps, doux et chaud, s'est pressé contre le mien.

– On vient de coucher ensemble pour la première fois depuis dix-sept ans, et c'est comme ça que tu me réveilles ?

– Malheureusement, oui.

– T'as intérêt à avoir une bonne raison.

– J'ai mieux que ça. Allez, vite. Je te raconterai tout en allant à l'aéroport.

– L'aéroport ?

– L'aéroport.

– L'aéroport, a-t-elle répété en bâillant, avant de se lever enfin et de tituber jusqu'à la salle de bains.

Les verts forêt, les blancs corail, les bleu clair et les jaunes dorés se sont éloignés, formant peu à peu un riche patchwork alors que nous montions vers les nuages en direction du nord.

– Raconte-moi ça encore une fois, m'a demandé Angie. Le passage où elle était à moitié nue.

– Elle portait un bikini, ai-je précisé.

– Dans une chambre à peine éclairée. Avec toi à l'intérieur.

– Oui.

– Et tu te sentais comment ?

– Nerveux.

– Tss ! Mauvaise réponse. Très mauvaise réponse.

– Non, attends, ai-je protesté, sachant déjà que j'avais signé mon arrêt de mort.

– On a fait l'amour pendant six heures, et t'étais encore tenté par cette petite dinde en bikini ?

Elle a rivé son regard au mien.

– J'ai pas dit « tenté », j'ai dit « nerveux ».

– C'est du pareil au même. (Elle a souri en remuant la tête.) Ah, les mecs, je vous jure.

– Tout juste. Les mecs. Tu vois toujours pas ?

– Non. (Elle a posé le menton sur son poing fermé en plissant les yeux pour me montrer qu'elle se concentrait.) Vas-y, éclaire-moi.

– O.K. Bon, Desiree est une sirène. Elle attire les hommes. Il émane d'elle une sorte d'aura mêlant l'innocence à la sensualité pure.

– Une aura.

– Oui. Les mecs adorent les auras.

– Pigé.

– Dès qu'un mec s'approche, Desirée active son aura. Ou peut-être qu'elle est activée tout le temps, je sais pas. Quoi qu'il en soit, l'effet est puissant. Le mec regarde son visage, son corps, entend sa voix, sent son parfum, et il est cuit.

– Tous les mecs ?

– La plupart, j'imagine.

– Toi aussi ?

– Non. Pas moi.

– Pourquoi ?

– Parce que je t'aime.

Ça l'a stoppée net dans son élan. Son sourire s'est évanoui, son teint a viré au coquille d'œuf, ses lèvres sont restées entrouvertes comme si elle ne savait plus parler, tout d'un coup.

– Tu viens de dire quoi, là ?

– T'as entendu, Ange.

– Euh, oui, mais...

Elle a regardé droit devant elle pendant quelques instants, avant de se tourner vers sa voisine, une Noire d'un certain âge qui nous écoutait depuis notre arrivée dans l'avion sans prendre la peine de dissimuler son intérêt.

– Moi, je l'ai entendu, ma belle, a-t-elle déclaré en tricotant avec des aiguilles aux allures d'arme fatale ce qui ressemblait à une sorte de petit minou. Distinctement. Toute cette histoire d'aura, j'y ai rien compris, mais pour ce qui est de la dernière partie, c'était très clair.

– Waouh, a lancé Angie. Qui l'eût cru ?

– Oh, il est pas si beau gosse que ça ! a rétorqué

324

la femme. Il mérite peut-être un « fichtre », mais je trouve qu'un « waouh », c'est un peu surestimé.

Angie s'est de nouveau tournée vers moi.

– Fichtre, a-t-elle fait.

– Allez-y, m'a encouragé sa voisine, parlez-nous encore de cette traînée qui vous a préparé du café.

– Bref, ai-je glissé à Angie.

Elle a cligné des yeux, placé sa paume sous son menton et feint de refermer sa mâchoire d'un coup sec.

– D'accord, d'accord, revenons à nos moutons.

– Si j'étais pas..., ai-je commencé.

– ... amoureux, a complété la dame.

Je l'ai foudroyée du regard.

– ... avec toi, Ange, eh bien, j'aurais sûrement été cuit moi aussi. Cette fille-là, c'est une vraie mante religieuse. Elle jette son dévolu sur un type, n'importe lequel, et elle l'amène à faire ses quatre volontés.

– J'aimerais bien la rencontrer, est intervenue la voisine d'Angie. Des fois qu'elle réussirait à convaincre mon Leroy de tondre la pelouse... !

– Franchement, ça me dépasse, a déclaré Angie. Les mecs sont vraiment stupides à ce point ?

– Oui.

– C'est lui qui l'a dit, a commenté sa voisine en se concentrant sur son tricot.

– Les hommes sont différents des femmes, ai-je affirmé. La plupart, en tout cas. Surtout dans leurs réactions au sexe opposé. (Je lui a pris la main.) Sur cent mecs que Desiree croise dans la rue, la moitié au moins vont penser à elle pendant des jours. Et quand ils la voient, ils pensent pas seulement des trucs du style : « Beau cul, belle gueule, joli sourire. » Non, ils se consument littéralement. Ils rêvent de la posséder sur-le-champ, de se fondre en elle, de la respirer...

– De la respirer ? s'est étonnée Angie.

– Oui. Les hommes ne réagissent pas à la beauté des femmes de la même manière que les femmes à la beauté des hommes.

– Donc, Desiree serait... ?

Elle a laissé courir ses doigts à l'intérieur de mon bras.

– La flamme, et nous, les papillons de nuit.

– Vous vous en tirez pas trop mal, finalement, a lancé la dame en se penchant pour me regarder. Si mon Leroy m'avait débité ce genre de niaiseries sucrées, il aurait peut-être eu droit à plus de gâteries ces vingt dernières années.

Pauvre Leroy, ai-je pensé.

Quelque part au-dessus de la Pennsylvanie, Angie s'est exclamée :

– Bon sang !

J'ai délogé ma tête de son épaule.

– Quoi ?

– Toutes ces possibilités...

– Quelles possibilités ?

– Tu te rends compte ? Si on renverse notre perspective, si on considère les choses en partant du principe que Desiree n'est pas simplement une fille un peu paumée ou légèrement corrompue, mais une véritable veuve noire, une machine implacable ne visant que son intérêt personnel, alors...

Je me suis redressé.

– Continue.

Elle a hoché la tête.

– O.K. D'abord, elle pousse Price à faucher l'argent. D'accord ? D'accord. Après, elle persuade Jay de la nécessité de le récupérer. Tout en prétendant le contraire. Tu sais, en lui répétant des trucs du style, « Oh, Jay, tu ne crois pas qu'on pourrait être heureux sans cet argent ? », alors qu'elle n'a qu'une idée en tête : « Mords à l'hameçon, mords à l'hameçon, espèce d'idiot. » Et Jay tombe dans le panneau. Mais il ne le trouve pas, ce fric. Et un jour, elle découvre où Price a caché le magot. Il ne lui reste plus qu'à mettre la main dessus. Sauf que maintenant, elle a un problème.

– Jay.

– Tout juste. Elle sait qu'il fera tout pour la retrouver si elle disparaît. Et que dans son métier, c'est un bon. De plus, il faut qu'elle se débarrasse aussi de Price. Donc, elle ne peut pas se contenter de se volatiliser. Elle doit mourir. Alors...

– ... elle tue Illiana Rios, ai-je conclu.

Nous nous sommes regardés, et je ne doutais pas d'avoir l'air aussi abasourdi qu'elle.

– Elle l'a abattue à bout portant, d'une balle en pleine figure, a repris Angie.

– Tu l'en crois capable ?

– Pourquoi pas ?

Je me suis accordé quelques instants pour réfléchir à ces nouvelles données. Pourquoi pas, en effet ?

– Si on accepte cette hypothèse, alors on doit supposer aussi que Desiree est...

– ... totalement dénuée de conscience, de moralité, d'empathie et de toute émotion humaine, a achevé Angie.

– Auquel cas, elle n'est pas devenue comme ça en une nuit. Elle l'est depuis longtemps.

– Tel père telle fille.

À ce moment-là, j'ai eu une révélation brutale. Sous le choc, l'oxygène dans ma poitrine a été comme aspiré par le vortex créé par ce bref instant de terrible lucidité.

– Comment tu définirais le mensonge le plus convaincant ? ai-je demandé à Angie.

– Celui qui contient une bonne part de vérité.

J'ai hoché la tête.

– À ton avis, pourquoi Trevor tient-il autant à liquider Desiree ?

– Vas-y, dis-moi.

– Parce que ce n'est pas lui qui a organisé cette tentative d'assassinat sur le Tobin Bridge.

– C'est elle, a fait Angie dans un souffle.

– Desiree a tué sa mère.

– Et essayé de tuer son père.

– Pas étonnant qu'il soit en rogne contre elle ! a observé la voisine d'Angie.

– Pas étonnant, non, ai-je répété.

34

Tout était là, en noir et blanc, bien visible pour quiconque possédait les bonnes informations et le bon angle d'approche. Après avoir affiché des titres tels que TROIS HOMMES ACCUSÉS DU MEURTRE BRUTAL D'UNE MONDAINE DE MARBLEHEAD ou UN TRIO DE PIRATES DE LA ROUTE TRADUIT EN JUSTICE POUR MEURTRE, les articles avaient rapidement déserté la une des journaux quand les trois tueurs – Harold Madsen, de Lynn, Colum Deveraux, de Boston, et Joseph Brodine, de Revere – avaient plaidé coupable au lendemain de la décision prise par le grand jury de les mettre en accusation.

En arrivant à l'aéroport, nous avions filé directement à la bibliothèque municipale de Copley Square. Installés dans la salle des périodiques, nous avions consulté sur microfilms les archives du *Trib* et du *News* à la recherche des renseignements qui nous intéressaient.

Il ne nous a pas fallu longtemps. De fait, il nous a fallu moins d'une demi-heure.

La veille du jour où devait se réunir le grand jury, l'avocat de Harold Madsen avait pris contact avec le bureau du procureur pour proposer un compromis au nom de son client. Madsen plaiderait coupable d'homicide volontaire avec préméditation contre une peine d'emprisonnement de quatorze ans à vingt ans maximum. En échange, il donnerait le nom de l'homme qui les avait engagés, ses amis et lui, pour tuer Trevor et Inez Stone.

Cette initiative avait fait l'effet d'une bombe, car jusque-là, personne n'avait laissé entendre que le meurtre n'était peut-être pas la conséquence dramatique d'un vol de voiture ayant mal tourné.

RÉVÉLATIONS DU PIRATE DE LA ROUTE : C'ÉTAIT UN CONTRAT ! proclamait le *News*.

Mais lorsqu'il s'était avéré que l'homme ayant soi-disant commandité l'assassinat était décédé deux jours après l'arrestation de Madsen, le procureur avait viré de son bureau l'accusé et son avocat.

« Anthony Lisardo ? avait dit Keith Simon, l'assistant du procureur, à un journaliste du *Trib*. Vous voulez rire ? C'est un gars mort d'une overdose que deux des accusés avaient connu au lycée. Tout ça n'est qu'une manœuvre pathétique tentée par la défense pour essayer de donner à ce crime sordide une dimension spectaculaire qu'il n'a jamais eue. Anthony Lisardo n'avait absolument rien à voir avec cette affaire. »

La défense n'avait pas pu prouver le contraire. Si Madsen, Devereaux et Brodine avaient été contactés par Lisardo, toute trace de ce fait avait désormais disparu avec lui. Et comme leur histoire ne reposait que sur cette prétendue relation avec Lisardo, ils avaient payé plein pot pour le meurtre d'Inez Stone.

Un accusé qui plaide coupable avant un procès potentiellement coûteux pour l'État voit en général sa sentence diminuée de quelques années. Néanmoins, Madsen, Devereaux et Brodine avaient été tous trois condamnés pour homicide volontaire avec préméditation, le juge et le procureur ayant rejeté la qualification d'homicide sans préméditation. Et en vertu des nouvelles dispositions juridiques dans le Massachusetts, l'homicide volontaire avec préméditation n'est passible que d'une seule peine : la perpétuité sans possibilité de libération conditionnelle.

Personnellement, je ne plaignais pas trois salopards ayant abattu de sang-froid une femme, montrant ainsi qu'ils avaient un abcès à la place du cœur. Content de vous avoir connus, les gars. Faites gaffe dans les douches.

Mais le véritable assassin, la personne qui avait tout organisé, qui les avait engagés et payés – cette personne-là méritait un châtiment au moins égal, sinon plus terrible, que celui promis à ces trois minables pour le restant de leurs jours.

– Passe-moi le dossier, ai-je dit à Angie quand nous avons quitté la salle des microfilms.

Elle me l'a tendu, et je l'ai feuilleté jusqu'à ce que je remette la main sur les notes concernant notre conversation avec le capitaine Emmett T. Groning, à Stoneham. Le camarade qui avait accompagné Lisardo le soir où il s'était noyé s'appelait Donald Yeager.

– Vous avez l'annuaire ? a demandé Angie à l'accueil.

Il y avait deux Yeager à Stoneham.

Deux coups de téléphone plus tard, nous avions réduit les possibilités à une seule. Helene Yeager, quatre-vingt-treize ans, n'avait jamais entendu parler de Donald Yeager. En revanche, elle avait connu quelques Michael, quelques Ed, et même un Chuck mais pas ce Chuck-là [1].

Donald Yeager, domicilié au 123, Montvale Avenue, a répondu par un « Allô ? » hésitant.

– Donald Yeager ? a fait Angie.

– Ouais ?

1. Chuck Yeager a été le premier pilote à franchir le mur du son le 14 octobre 1947.

– Ici Candy Swan, directrice des programmes de WAAF à Worcester.

– AAF ? Ah ouais, cool. Z'êtes d'enfer, les mecs.

– Normal, on est la seule station qui déménage un max, a répliqué Angie, qui m'a tiré la langue alors que je levais les deux pouces. Bon, Donald, je vous téléphone parce qu'on a prévu de lancer à partir de ce soir un nouveau créneau dans l'émission de sept heures à minuit ; ça s'appellera, euh, les Hardeux de l'Enfer.

– Cool.

– N'est-ce pas ? Bon, on compte interviewer des fans comme vous, leur demander pourquoi ils aiment AAF, quels sont leurs groupes favoris, ce genre de trucs, quoi.

– Je vais passer à la radio ?

– Sauf si vous avez d'autres projets pour la soirée.

– Non. Pas du tout. Merde, alors ! Je peux le dire aux copains ?

– Bien sûr. J'ai juste besoin de votre consentement verbal et...

– Mon quoi ?

– Vous devez me donner votre accord pour qu'on vous téléphone dans la soirée. Vers sept heures, disons.

– Pour ça, je vous le donne. Plutôt deux fois qu'une, même. P'tain, c'est génial !

– Parfait. Vous serez chez vous à cette heure-là, hein ?

– Je bouge pas de la journée. Hé, je vais gagner un prix, un machin comme ça ?

Elle a fermé les yeux quelques secondes.

– Qu'est-ce que vous diriez de deux T-shirts noirs Metallica, d'une vidéo Beavis et Butthead et de quatre places pour Wrestlemania [1] dix-sept au Worcester Centrum ?

1. Gala de lutte organisé par la World Wrestling Federation.

332

– Ah ouais ? C'est géant, ça ! Géant. Mais hé ?
– Oui ?
– Je croyais que Wrestlemania en était qu'à seize.
– Désolée, je me suis plantée. Rendez-vous à sept heures, donc. Vous n'oublierez pas, Donald ?
– Y a pas de risque, ma belle.

– Où t'es allée chercher tout ça ? ai-je demandé dans le taxi qui nous ramenait à Dorchester, où nous avions prévu de déposer nos bagages, de faire un brin de toilette, de remplacer les armes perdues en Floride et de récupérer notre voiture.
– Je sais pas. Stoneham. AAF. Les deux me paraissaient bien coller.
– La seule station qui déménage *un max*. Cool.

J'ai pris la suite d'Angie dans la salle de bains, et quand je suis revenu au salon, elle fourrageait dans ses piles de vêtements. Elle portait des bottes noires, un jean noir également, et rien par-dessus son soutien-gorge noir.
– Chère dominatrice, fouettez-moi, battez-moi, faites-moi écrire des chèques sans provision...
Elle m'a souri.
– Ah oui ? Ça te plaît, ce look ?
J'ai tiré la langue en haletant.
Un T-shirt noir accroché au bout de l'index, elle s'est approchée de moi.
– Quand on reviendra, tout à l'heure, te gêne pas pour tout enlever.
Me voyant haleter de plus belle, elle m'a décoché un grand sourire radieux avant de m'ébouriffer les cheveux.
– Des fois, je te trouve assez mignon, Kenzie.
Angie se détournait déjà quand je l'ai enlacée par la taille pour l'attirer contre moi. Nous avons

échangé un baiser aussi long et profond que celui de la salle de bains la veille au soir. Peut-être encore plus long. Peut-être encore plus profond.

Lorsque nous nous sommes séparés, ses mains sur mon visage, les miennes sur sa taille, j'ai avoué :

– J'ai eu envie de faire ça toute la journée.

– La prochaine fois, n'essaie pas de maîtriser tes pulsions.

– C'était pas trop mal, la nuit dernière ?

– Pas trop mal ? C'était génial !

– C'est toi qui es géniale, Ange.

Elle a laissé ses mains descendre de mes joues pour les poser sur ma poitrine.

– Quand tout sera terminé, on se barre.

– Ah bon ?

– Oui. M'en fous si c'est à Maui ou dans le Chalet suisse au bout de la rue, mais on colle « Ne pas déranger » sur la porte, on commande tous nos repas au room service et on reste au lit au moins une semaine.

– Comme vous voudrez, mademoiselle Gennaro. C'est vous le patron.

Lorsque Donald Yeager a découvert Angie en noir des pieds à la tête – blouson, jean, bottes et T-shirt du concert « Fury in the Slaughterhouse » avec une savante déchirure sur le côté droit de la cage thoracique –, je suis sûr qu'il a illico commencé à rédiger sa lettre au courrier des lecteurs de *Penthouse*.

– Putain de bordel de merde ! a-t-il lancé.

– Monsieur Yeager ? Candy Swan, de WAAF.

– Sans déc ?

– Sans déc.

Il a ouvert la porte en grand.

– Entrez, entrez.

334

– Je vous présente mon assistant, Willy le Déchaîné.

Willy le Déchaîné ?

– Ouais, ouais, a fait Donald en l'attirant à l'intérieur après m'avoir gratifié d'un rapide coup d'œil. Content de vous connaître, vieux, et tout le bazar.

Sur ce, il m'a tourné le dos, je suis entré derrière lui et j'ai refermé la porte. L'immeuble où il habitait se situait à Montvale Avenue, la principale artère de Stoneham. C'était un bâtiment de deux étages en brique rose, trapu et laid, qui devait abriter une quinzaine de logements dont je supposais le studio de Donald assez représentatif : salon avec un canapé-lit vomissant des draps sales sous les coussins ; cuisine trop petite pour y faire cuire un œuf ; goutte-à-goutte régulier dans la salle de bains, sur la gauche. Un cafard maigrichon a filé le long d'une plinthe près du canapé, sans doute moins affamé que perdu, désorienté par le nuage de fumée fleurant·bon le hasch qui planait sur la pièce.

Donald a ôté du canapé quelques journaux pour qu'Angie puisse s'y installer, sous un poster de Keith Richards d'environ deux mètres sur un mètre cinquante. La photo, que j'avais déjà eu l'occasion de voir, avait été prise au début des années 70. Keith, l'air complètement stone – étonnant, non ? – était adossé à un mur, une bouteille de Jack Daniel's dans une main, son éternelle cigarette dans l'autre, arborant un T-shirt marqué : JAGGER C'EST DE LA MERDE.

Angie s'est assise, et Donald a pivoté vers moi au moment où, après avoir poussé le verrou sur sa porte, je sortais mon pistolet de mon holster.

– Hé ! a-t-il lancé. Qu'est-ce que...

– Écoute, Donald, a commencé Angie. Vu qu'on n'a pas beaucoup de temps, on va essayer d'être brefs.

– Mais quel rapport avec AAF, les mecs ?

Les yeux fixés sur l'arme pourtant toujours au niveau de mon genou, il s'est tassé sur lui-même comme si je l'avais giflé.

– L'histoire d'AAF, c'était du flan, a répondu Angie. Assieds-toi, Donald. Tout de suite.

Il a obéi. C'était un gamin pâle, émacié, avec une tignasse jaune coupée court qui se dressait sur sa tête en forme de pomme. Il a baissé les yeux vers le shilom sur la table basse devant lui.

– Vous êtes des Stups, c'est ça ?

– C'est fou ce que les crétins m'horripilent, ai-je marmonné.

– Non, Donald, on travaille pas pour les Stups, a expliqué Angie. On est juste des gens pressés avec des pistolets. Alors, qu'est-ce qui s'est vraiment passé le soir où Anthony Lisardo est mort ?

Il s'est claqué la figure des deux mains, avec tant de force que je ne doutais pas de voir apparaître des marques sur ses joues.

– Oh, putain ! C'est au sujet de Tony ? Oh putain, oh putain !

– C'est au sujet de Tony, ai-je confirmé.

– Oh, merde !

– Vas-y, balance tout, ai-je ordonné. Maintenant.

– Et après, vous allez me tuer ?

– Mais non, l'a rassuré Angie en lui tapotant le genou. Promis.

– Qui a mis la coke dans ses clopes ? ai-je questionné.

– Je sais pas. Je. Sais. Pas.

– Tu mens.

– Non.

J'ai armé le pistolet.

– O.K., d'accord. J'ai menti. Vous voulez bien écarter ce truc-là ? S'il vous plaît ?

– Dis-moi comment elle s'appelle.

C'est ce « elle » qui a eu raison de sa résistance. Il m'a regardé comme si j'étais la mort incarnée avant de se recroqueviller sur le canapé, les coudes collés à sa poitrine maigre, les pieds au-dessus du sol.

– Dis-le.

– Desiree Stone, vieux. C'était elle.

– Pourquoi ? a demandé Angie.

– Je sais pas. (Il a tendu les mains.) Sérieux. Je sais pas. Tony faisait des tas de trucs pour elle, des trucs illégaux, mais il m'a jamais expliqué ce que c'était. Il m'a juste conseillé de rester à l'écart de cette nana parce qu'elle craignait méchamment.

– Et tu ne l'as pas écouté.

– Mais si. Si, je vous assure. Le problème, c'est qu'elle s'est ramenée ici un jour, soi-disant pour, euh, pour acheter de l'herbe et... Bon sang, c'te fille-là, elle est, enfin, elle... Waouh, c'est quelque chose, quoi.

– Elle t'a tellement bien baisé que les yeux t'en sont sortis de la tête, a conclu Angie.

– C'est sûr, j'ai pris un pied d'enfer, a confirmé Donald. Même que, ben, faudrait donner son nom à une des attractions d'Epcot [1].

– Les clopes, lui ai-je rappelé.

– Ah ouais, bon. (Il a contemplé ses genoux.) Je me doutais pas de ce qu'y avait dedans, a-t-il dit doucement. J'le jure devant Dieu. Je veux dire, Tony était mon meilleur copain. (Il m'a regardé.) Mon meilleur copain, vieux.

– Desiree t'a demandé de lui refiler les cigarettes, c'est ça ? s'est enquise Angie.

Donald a hoché la tête.

– C'était la marque qu'il fumait. Je devais juste laisser le paquet dans la bagnole de Tony. Mais ce soir-là, on est partis faire un tour et on s'est retrouvés au réservoir. Tony a allumé une clope juste

1. Un des parcs de Disney World.

avant d'entrer dans l'eau, et après, il a fait une drôle de tête. Comme s'il marchait sur un truc pas ragoûtant, vous voyez le genre ? Bref, y a rien eu d'autre. Il faisait cette drôle de tête, il s'est touché la poitrine du bout des doigts, et il a coulé.

– T'as pas essayé de l'aider ?

– Si. Mais y faisait nuit. J'ai pas réussi à le retrouver. Au bout de cinq minutes, j'ai paniqué. J'ai foutu le camp.

– Desiree savait qu'il était allergique à la coke, pas vrai ? ai-je lancé.

– Mouais. (Il a hoché la tête.) Tony carburait qu'à l'herbe et à l'alcool, sauf que normalement, vu que c'était un messager et tout, il aurait pas dû...

– Lisardo appartenait à l'Église de la Vérité et de la Révélation ?

Donald a levé les yeux vers moi.

– Ouais. Depuis qu'il était môme, comme qui dirait.

Je me suis assis sur l'accoudoir du canapé avant de prendre une profonde inspiration, inhalant du même coup une bonne bouffée de fumée odorante.

– Tout, a murmuré Angie.

J'ai tourné la tête vers elle.

– Quoi ?

– Tout ce qu'a fait cette fille depuis le premier jour a été calculé avec soin. Sa « dépression », SOS Détresse, tout.

– Comment Lisardo est-il devenu un messager ? ai-je demandé à Donald.

– À cause de sa mère, a-t-il répondu. Ça l'avait rendue à moitié dingue d'avoir un mari usurier qui trempe dans des tas de magouilles. Alors, elle a rejoint l'Église et obligé son fils à venir avec elle. Doit y avoir dix ans de ça. Tony n'était encore qu'un gosse.

– Et Tony ? Qu'est-ce qu'il en pensait ?

Il a balayé la question d'un geste.

– Ben, pour lui, leurs salades, c'était que de la merde. Mais en même temps, il respectait ces types, en un sens, parce qu'ils étaient comme son père, toujours à monter des arnaques. D'après lui, ils avaient plein de fric – des tonnes de fric qu'ils déclaraient pas à l'IRS.

– Desiree était au courant ?

Il a haussé les épaules.

– Si elle l'était, elle m'en a pas parlé ni rien.

– Donald..., l'ai-je averti.

– Je sais pas, je vous assure. Tony, il était du style bavard, O.K. ? Alors, ouais, p'têt qu'il a déballé toute sa vie à Desiree depuis le jour de sa naissance. Un peu avant de mourir, Tony a mentionné un mec qui voulait se casser de l'Église avec un gros pactole, et je lui ai dit comme ça : « Tu devrais pas me raconter ce genre de trucs, Tony. » Mais Tony, il était bavard. C'était plus fort que lui.

Avec Angie, on s'est regardés. Elle avait raison. Chacune des initiatives de Desiree résultait d'un calcul délibéré. C'était elle qui avait pris pour cible SOS Détresse et l'Église de la Vérité et de la Révélation. Pas l'inverse. Même chose pour Jay. Et pour tous ceux, sans doute, qui avaient cru un jour la posséder.

Malgré moi, j'ai émis un petit sifflement admiratif. Il fallait lui reconnaître ça. Dans son genre, c'était un sacré numéro.

– Donc, tu ignorais que les cigarettes étaient trafiquées ? ai-je repris.

– Oui. J'vous jure.

J'ai hoché la tête.

– Tu t'es juste dit que c'était sympa de sa part de refiler un paquet de clopes gratos à son ex ?

– Non, c'est plutôt que, enfin, je voulais pas savoir, quoi. Je... Vous comprenez, Desiree, elle, ben, elle obtient toujours ce qu'elle veut. Toujours.

– Et elle voulait la mort de ton meilleur copain, a déclaré Angie.

– Et tu t'es débrouillé pour pas la décevoir, ai-je ajouté.

– Non, vieux, t'y es pas du tout. J'aimais beaucoup Tony. Beaucoup. Mais Desiree...

– ... était un super coup.

Il a refermé la bouche et contemplé ses pieds.

– J'espère pour toi que c'était vraiment le coup du siècle, ai-je repris. Parce que tu l'as aidée à tuer ton meilleur copain. Et il va falloir que tu vives avec ça sur la conscience jusqu'à la fin de tes jours. Bon courage, mon gars.

Nous nous sommes dirigés vers la porte.

– Elle vous tuera, vous aussi, a lancé Donald.

De concert, nous nous sommes tournés vers lui. Penché en avant, il s'efforçait de bourrer de l'herbe dans son chilom malgré ses doigts tremblants.

– Si vous vous mettez en travers de sa route, elle vous dégommera – comme tout ce qui se met en travers de sa route. Elle se doute bien que j'irai pas la balancer aux vrais flics, parce que je suis... rien du tout. Vous voyez ce que je veux dire ? (Il a levé les yeux.) Mais vous savez quoi ? Ben, Desiree, je crois qu'elle en a rien à foutre de s'envoyer en l'air. Elle a beau être hyperdouée, j'ai l'impression qu'elle pourrait s'en passer sans problème. Mais détruire les gens ? Ça, je suis sûr que ça la fait décoller plus haut que les fusées du 4-Juillet.

35

– Qu'est-ce qu'elle cherche en revenant ici ? a demandé Angie, qui effectuait la mise au point de ses jumelles pour observer les fenêtres éclairées de l'appartement de Jay à Whittier Place.

– Probablement pas les mémoires de sa mère, ai-je répondu.

– Je pense en effet qu'on peut écarter cette hypothèse.

Nous étions garés dans un parking au-dessous d'une bretelle d'accès à la voie express, sur une sorte d'îlot entre la nouvelle prison de Nashua Street et Whittier Place. Enfoncés le plus possible dans nos sièges afin d'avoir une vue dégagée des fenêtres donnant sur la chambre et le salon de Jay, nous avions aperçu deux silhouettes – celles d'un homme et d'une femme – derrière les vitres depuis notre arrivée. Impossible cependant d'affirmer que la femme était Desiree, car les voilages tirés ne nous permettaient pas de distinguer ses traits. Néanmoins, dans la mesure où les alarmes n'avaient pas été activées, il y avait de fortes chances pour que ce soit elle. Quant à l'homme, il pouvait s'agir de n'importe qui.

– Alors, qu'est-ce c'est ? a poursuivi Angie. Elle a sûrement mis la main sur les deux millions ; elle dis-

posait donc d'une planque sûre en Floride et d'assez
de fric pour aller jusqu'au bout du monde. Pourquoi
revenir ? a-t-elle répété.

– Sais pas. Peut-être pour terminer ce qu'elle a
commencé il y a presque un an ?

– Et éliminer Trevor ?

J'ai haussé les épaules.

– Pourquoi pas ?

– Mais dans quel but ?

– Hein ?

– Je disais, dans quel but ? Cette fille n'agit pas à
la légère, Patrick. Elle n'obéit jamais à de simples
pulsions émotionnelles. À ton avis, quand elle a tué
sa mère et essayé de tuer son père, quelle était sa
motivation première ?

– Le désir d'émancipation ?

– Ce n'est pas une raison suffisante.

– Une raison suffisante ? (J'ai baissé mes jumelles
pour regarder Angie.) Je ne crois pas qu'elle ait
besoin d'une raison tout court, tu sais. Rappelle-toi
ce qu'elle a fait à Illiana Rios. Et à Lisardo.

– D'accord, mais il y avait une sorte de logique derrière tout ça. Peut-être tordue, mais une logique
quand même. Desiree s'est débarrassée de Lisardo
parce que c'était le seul lien entre elle et les trois types
qui ont assassiné sa mère. Et elle a abattu Illiana Rios
pour pouvoir couvrir ses traces après qu'elle avait
fauché les deux millions à Price. Dans les deux cas,
elle avait quelque chose à gagner. Mais aujourd'hui,
qu'est-ce qu'elle espère gagner en liquidant Trevor ?
Et qu'est-ce qu'elle espérait gagner au départ, quand
elle a organisé l'assassinat de ses parents ?

– Au départ, on peut supposer qu'elle visait
l'argent.

– Pourquoi ?

– Trevor l'avait sans doute désignée comme principale légataire de sa fortune. Ses parents disparus,
elle hérite de quelques centaines de millions.

– Mouais. Très juste.

– Mais ça n'explique rien. Depuis, son père a dû la rayer de son testament.

– Exact. Alors, pourquoi elle est revenue ?

– C'est ce que je te demande.

Elle a baissé ses jumelles avant de se frotter les yeux.

– Mystère et boule de gomme, hein ?

Je me suis appuyé contre mon siège quelques instants, puis j'ai voulu détendre ma nuque et les muscles de mon dos, pour le regretter immédiatement. Une nouvelle fois, j'avais oublié les dommages subis par mon épaule, et la douleur a explosé dans ma clavicule avant de fuser le long du côté gauche de mon cou et de me vriller le cerveau. Respirant par à-coups, je me suis efforcé de refouler le flot de bile qui me remontait dans la gorge.

– Illiana Rios avait suffisamment en commun avec Desiree au niveau physique pour que Jay soit abusé par la ressemblance, ai-je fini par dire.

– O.K. Et après ?

– Tu crois que c'est une coïncidence ? (Je me suis tourné vers Angie.) J'ignore quelles étaient leurs relations, mais Desiree a décidé de tuer Illiana Rios dans cette chambre d'hôtel précisément à cause de leurs similitudes physiques. Elle avait tout planifié longtemps à l'avance.

Un frisson a parcouru Angie.

– Bon sang, cette fille ne néglige rien.

– Aucun doute. C'est pour ça que je ne m'explique pas la mort de sa mère.

– Pardon ?

– La voiture d'Inez est tombée en panne ce soir-là, tu te souviens ?

– Oui. Ensuite, Inez a donné à Trevor ce coup de fil qui assurait qu'elle se trouverait bien avec lui quand les copains de Lisardo...

– Mais quelle était la probabilité pour que les choses se passent comme ça ? Je veux dire, étant donné l'emploi du temps surchargé de Trevor, ses habitudes de travail et ses relations avec sa femme, quelle était la probabilité pour qu'Inez l'appelle ? Et pour qu'il soit disponible à ce moment-là ? Et même, pour qu'il accepte d'aller la chercher, qu'il ne lui dise pas de prendre un taxi ?

– Ça laisse beaucoup de place au hasard.

– C'est sûr. Et tu l'as dit toi-même, Desiree ne laisse jamais rien au hasard.

– D'après toi, la mort de sa mère n'aurait pas fait partie de son plan ?

– Je ne sais pas. (J'ai regardé par la vitre en remuant la tête.) Avec Desiree, on n'a aucune certitude. Et demain, elle veut qu'on l'accompagne chez Trevor. Soi-disant pour la protéger.

– Sauf que de toute sa vie, elle n'a jamais eu besoin de protection.

– Mouais. Alors, pourquoi tient-elle tellement à notre présence ? Qu'est-ce qu'elle manigance encore ?

Nous sommes restés dans la voiture un bon moment, les jumelles braquées sur les fenêtres de Jay dans l'attente d'une réponse à ma question.

À sept heures et demie le lendemain matin, Desiree s'est montrée.

J'ai bien failli me faire repérer.

Angie et moi ayant estimé que notre besoin de caféine après une nuit de surveillance justifiait le risque, j'étais allé acheter des cafés dans Causeway Street.

Je me trouvais en face de l'immeuble, à environ trois mètres de la voiture, quand la porte d'entrée s'est ouverte. Aussitôt, je me suis figé près d'un pilier soutenant la rampe d'accès.

Un homme d'une cinquantaine d'années, bien habillé, un attaché-case à la main, est sorti le premier de Whittier Place. Après avoir posé sa mallette par terre, il a enfilé son pardessus, puis humé l'air en levant la tête vers le soleil. Sans doute surpris par la tiédeur matinale inhabituelle pour un mois de mars, il remis le pardessus sur son bras, récupéré l'attaché-case et jeté un coup d'œil par-dessus son épaule au petit groupe de banlieusards qui émergeaient de l'immeuble. Avant de sourire à une femme.

Elle ne lui a pas rendu son sourire, et sur le coup, son chignon et ses lunettes noires m'ont trompé. En outre, elle portait un tailleur strict gris anthracite dont la jupe lui arrivait au niveau du genou, un chemisier blanc sévère en dessous et une écharpe gris perle autour du cou. Elle s'est arrêtée pour rajuster le col de son manteau noir alors que les autres résidents gagnaient leur voiture, partaient à pied vers North Station et Governement Center ou encore, empruntaient la passerelle en direction du musée des Sciences et de Lechmere Station.

Desiree les a regardés s'éloigner avec un air méprisant et une façon de raidir ses jambes fines qui trahissaient son hostilité. Mais peut-être que j'allais chercher trop loin.

Là-dessus, le type en costard s'est penchée vers elle pour l'embrasser sur la joue, Desiree lui a effleuré l'entrejambe d'une main légère, puis elle s'est écartée.

Elle lui a dit quelque chose en souriant, et il a remué la tête, une expression déconcertée sur son visage solennel. Ensuite, j'ai vu Desiree se diriger vers la Ford Falcon 1967 décapotable bleu nuit de Jay, restée sur le parking depuis son départ pour la Floride.

J'ai brusquement éprouvé une bouffée de haine pure lorsqu'elle a inséré la clé dans la serrure, car je savais que Jay n'avait ménagé si son temps ni son argent pour restaurer cette voiture, remettre en état le moteur, sillonner le pays à la recherche de pièces bien spécifiques. C'était juste une bagnole, et se l'approprier constituait sans doute le moindre des crimes commis par Desiree, mais j'avais l'impression qu'il s'agissait d'une partie de lui toujours vivante, et que cette fille s'apprêtait à lui donner le coup de grâce.

Quand l'homme a débouché sur le trottoir pratiquement en face de moi, j'ai reculé derrière le pilier. Il a encore changé d'avis au sujet de son pardessus en sentant le vent mordant en provenance de Causeway Street ; il l'a enfilé au moment où Desiree faisait démarrer la Falcon, puis s'est remis en route.

J'ai émergé de ma cachette et croisé les yeux d'Angie dans le rétroviseur.

Elle a pointé le doigt vers Desiree, puis vers elle-même.

J'ai hoché la tête en indiquant l'homme.

Elle a souri, avant de souffler un baiser.

Lorsqu'elle a démarré, j'ai traversé la chaussée pour gagner le trottoir d'en face afin de prendre l'homme en filature vers Lomasney Way.

Une minute plus tard, Desiree m'a doublé au volant de la voiture de Jay, suivie par une Mercedes blanche elle-même suivie par Angie. J'ai regardé les trois véhicules remonter Staniford Street puis tourner à droite en direction de Cambridge Street et d'une multitude de destinations possibles au-delà.

En voyant le type devant moi coincer sa mallette sous son bras et fourrer les mains dans ses poches au carrefour d'après, j'ai compris que nous étions partis pour une bonne marche. Je l'ai laissé prendre cinquante mètres d'avance avant de m'engager à mon tour dans Merrimac Street. Merrimac débouchait sur Congress Street au niveau de Haymarket

Square, et le vent nous a de nouveau cinglés au moment où nous coupions New Sudbury pour rejoindre le quartier des affaires, lequel mélangeait des styles d'architecture plus variés que dans n'importe quelle autre ville de ma connaissance. Le verre miroitant et les dalles de granite dominaient de brusques explosions fantaisistes de trois étages aux allures de pseudo-palais florentins ou gothiques ruskiniens ; le modernisme côtoyait la Renaissance allemande, qui côtoyait le postmodernisme, qui côtoyait le pop'art, qui côtoyait les colonnes ioniques, les corniches à la française, les pilastres corinthiens et les bons vieux bâtiments de granite et de grès typiques de la Nouvelle-Angleterre. Il m'est arrivé de passer des journées entières dans ce quartier sans rien faire d'autre que d'en contempler les divers édifices avec le sentiment, en des jours plus optimistes, qu'il pourrait servir de métaphore à notre façon de vivre – grâce à toutes ces perspectives différentes qui se mêlent sans pour autant nuire à l'ensemble.

N'empêche, si j'avais eu mon mot à dire, j'aurais rayé de la carte le City Hall.

Juste avant de pénétrer au cœur de cette place financière, l'homme a tourné à gauche, traversé State Street, Congress Street et Court Street, foulé les pierres qui commémorent le massacre de Boston, puis il a parcouru encore une vingtaine de mètres pour pénétrer dans l'immeuble de la Bourse.

Je me suis mis à courir, car l'immeuble en question est immense, avec au moins seize ascenseurs dans le hall. Quand j'ai foulé à mon tour le marbre du rez-de-chaussée, dont le plafond se situait à environ quatre étages au-dessus de ma tête, le type avait disparu. J'ai tourné à droite, dans le couloir où se trouvait l'ascenseur express, au moment où les portes se refermaient.

– Attendez! ai-je crié en me précipitant vers la cabine.

Au dernier moment, je suis parvenu à insérer mon épaule valide entre les portes. Elles se sont écartées, non sans m'avoir au préalable à moitié écrasé le deltoïde. Dure semaine pour les épaules.

L'homme adossé à la paroi du fond m'a regardé d'un air exaspéré, comme si j'avais fait intrusion dans son intimité.

– Merci d'avoir retenu la porte, ai-je lancé.

Il a fixé un point droit devant lui.

– À cette heure-là, les autres ascenseurs sont presque tous libres.

– Ah! un chrétien charitable...

Constatant qu'il avait appuyé sur le 38, j'ai hoché la tête, puis reculé d'un pas.

Le type a examiné ostensiblement mon visage meurtri, mon bras en écharpe, mes vêtements froissés au-delà de toute expression après onze heures passées assis dans une voiture.

– Vous avez des affaires à régler au trente-huitième? a-t-il demandé.

– Oui.

J'ai fermé les yeux avant de m'appuyer à mon tour contre la paroi.

– Quel genre d'affaires? a-t-il repris.

– À votre avis?

– Je ne sais pas, justement.

– Ah oui? Eh bien, peut-être que vous vous trompez d'étage.

– J'y travaille, figurez-vous.

– Et vous ne savez pas quel genre d'affaires se traite là-haut? Ben dites donc! C'est votre premier jour?

Son soupir a résonné dans la cabine – laquelle cabine s'élevait à une telle vitesse que j'avais l'impression de sentir mes joues se détacher de mes mâchoires.

– Je crois que vous faites erreur, jeune homme.

– Jeune homme ? ai-je répété, surpris.

En l'observant plus attentivement, je me suis rendu compte que je m'étais trompé d'au moins une dizaine d'années en estimant son âge. Sa peau ferme et bronzée, sa chevelure brune ainsi que sa démarche énergique m'avaient abusé ; malgré la jeunesse de son apparence, il avait au moins la soixantaine.

– Je pense vraiment que vous vous trompez, a-t-il insisté.

– Pourquoi ?

– Parce que je connais tous les clients du cabinet, et que vous, je ne vous connais pas.

– Je suis nouveau.

– J'en doute.

– Sérieux.

– Ça m'étonnerait beaucoup, a-t-il répliqué en me gratifiant d'un sourire paternel tout en magnifiques fausses dents blanches.

Il avait dit « cabinet », et j'étais prêt à parier qu'il ne s'agissait pas d'un cabinet d'experts-comptables.

– J'ai été blessé, ai-je raconté en indiquant mon bras. Je suis le batteur des Guns N'Roses, le groupe de rock. Vous en avez entendu parler ?

À ma grande surprise, il a hoché la tête.

– Bon, on avait un concert hier soir au Fleet, et quelqu'un a fait partir des pièces d'artifice au mauvais endroit. Du coup, j'ai besoin d'un avocat.

– Oh, vraiment ?

– Oui.

– C'est drôle, parce que le batteur de Guns N'Roses s'appelle Matt Sorum, et que vous ne lui ressemblez absolument pas.

Un presque retraité fan des Guns N'Roses ? Comment était-ce possible ? Et pourquoi fallait-il que ça tombe sur moi ?

– Était Matt Sorum. *Était*. Comme ils se sont
engueulés, Axel et lui, j'ai assuré le remplacement.

– Pour jouer au Fleet Center ? a-t-il demandé au
moment où l'ascenseur atteignait le trente-huitième
étage.

– Tout juste, mon pote.

À cet instant, les portes se sont ouvertes, et il les a
bloquées avec sa main.

– Hier soir, au Fleet Center, les Celtics jouaient
contre les Bulls. Je le sais, j'y étais. (Il s'est de nouveau fendu d'un sourire éblouissant.) Qui que vous
soyez, jeune homme, priez pour que cet ascenseur
atteigne le rez-de-chaussée avant les agents de
sécurité.

Après avoir reculé, il m'a regardé tandis que les
portes coulissaient. Derrière lui, j'ai vu les mots
GRIFFIN, MYLES, KENNEALLY & BERGMAN en lettres
dorées.

– Desiree, ai-je chuchoté en souriant à mon tour.

Il a glissé une main entre les portes, qui se sont
écartées aussitôt.

– Qu'est-ce que vous venez de dire ?

– Vous m'avez parfaitement entendu, monsieur
Griffin. Mais vous préférez peut-être que je vous
appelle Danny ?

36

Son bureau était équipé de tout ce dont a besoin un homme prospère, sauf le hangar à jets. Et il y avait encore la place d'en aménager un si Daniel Griffin se ravisait.

Les locaux étaient vides à l'exception d'un secrétaire occupé à remplir les filtres des cafetières dans chaque pièce. Quelque part au loin, quelqu'un passait l'aspirateur.

Daniel Griffin a suspendu son pardessus et sa veste dans sa penderie, puis il est allé s'installer derrière une vaste table de travail. Une fois assis, il m'a fait signe de prendre place en face de lui.

Je suis resté debout.

– Qui êtes-vous ? a-t-il demandé.

– Patrick Kenzie. Je suis détective privé. Pour de plus amples informations sur l'histoire de ma vie, vous n'avez qu'à appeler Cheswick Hartman.

– Oh, vous connaissez Cheswick ?

J'ai hoché la tête.

– Ce ne serait pas vous qui avez sauvé sa sœur de cette... situation inextricable dans le Connecticut, il y a quelques années ?

Sans répondre, j'ai soulevé une lourde statuette de bronze posée sur un coin de la table. Représentation de quelque déesse asiatique ou figure mythologique, elle figurait une femme portant une couronne sur la tête, mais dont le visage était gâché par une trompe d'éléphant à la place du nez. Assise en tailleur devant des poissons qui sautaient de la mer vers ses pieds, elle tenait respectivement dans ses quatre mains une hache, un diamant, un flacon d'onguent et un serpent enroulé sur lui-même.

– Sri Lanka ?

Il a haussé les sourcils, puis acquiescé.

– Qui s'appelait encore Ceylan à l'époque, naturellement.

– Ben tiens.

– Qu'est-ce que vous attendez de moi ?

J'ai jeté un coup d'œil à une première photo montrant une ravissante épouse souriante, puis à une seconde où l'on voyait plusieurs grands enfants entourés d'une ribambelle de petits-enfants modèles.

– Vous votez républicain ? ai-je demandé.

– Pardon ?

– Les valeurs familiales, ça compte pour vous, non ?

– Je ne comprends pas.

– Je peux savoir ce que voulait Desiree ?

– Je ne suis pas certain que ce soient vos affaires.

Daniel Griffin se remettait peu à peu du choc reçu devant l'ascenseur. Sa voix se faisait plus assurée, son regard plus vertueux. Bientôt, il me menacerait une nouvelle fois d'appeler la sécurité ; je devais donc lui couper l'herbe sous le pied.

J'ai contourné la table, puis écarté une petite lampe afin de pouvoir me percher sur le plateau, ma jambe touchant presque la sienne.

– Si vous aviez juste une aventure avec elle, Danny, vous ne m'auriez jamais laissé sortir de la cabine, tout à l'heure. Je suis persuadé que vous avez quelque chose d'énorme à cacher. Quelque chose d'illégal, de contraire à l'éthique, susceptible de vous valoir la prison à vie. Pour le moment, j'ignore de quoi il s'agit, mais je sais comment fonctionne Desiree, et je suis sûr qu'elle ne gaspillerait pas cinq minutes sur vos parties flasques sans avoir la certitude d'obtenir en échange une grosse faveur de votre part. (Je me suis penché vers lui pour desserrer le nœud de sa cravate et déboutonner son col.) Maintenant, dites-moi tout.

Des gouttelettes de sueur brillaient sur sa lèvre supérieure, ses joues creuses s'étaient affaissées.

– Vous outrepassez vos droits, a-t-il déclaré.

J'ai arqué un sourcil.

– C'est tout ce que vous avez trouvé ? O.K., Danny.

Lorsque je suis descendu de mon perchoir, il a repoussé son fauteuil à roulettes pour s'éloigner de moi, mais je me suis dirigé vers la porte. Avant de l'atteindre, j'ai pivoté.

– Dans cinq minutes, quand j'appellerai Trevor Stone pour lui annoncer que son avocat s'envoie Desiree, vous voulez que je lui transmette un message ?

– Vous ne pouvez pas faire ça.

– Ah non ? J'ai des photos, Danny.

Le bluff, c'est décidément formidable quand ça marche.

La main levée, Daniel Griffin a dégluti à plusieurs reprises. Puis il s'est redressé si vite que son fauteuil a tournoyé derrière lui et, les paumes sur le bureau, il a pris une profonde inspiration.

– Vous travaillez pour Trevor ? a-t-il interrogé.

– Avant, oui. Plus maintenant. Mais j'ai toujours son numéro.

– Vous vous sentez une obligation de loyauté envers lui ?

– Pas vous, en tout cas, ai-je répliqué en étouffant un petit rire.

– Alors ?

Je lui ai signifié que non.

– Je ne l'aime pas, je n'aime pas non plus sa fille, et pour autant que je le sache, tous les deux pourraient bien avoir prévu de m'éliminer à six heures ce soir.

Griffin a hoché la tête.

– Ils sont dangereux.

– Première nouvelle, Danny. Bon, apprenez-moi quelque chose, pour changer. Desiree vous a demandé de faire quoi, au juste ?

– Je...

Il s'est interrompu brusquement avant de se diriger vers le minibar dans un coin. En le voyant se pencher, j'ai sorti mon pistolet et ôté le cran de sûreté.

Mais c'est une bouteille d'Évian qu'il a retirée du petit réfrigérateur. Il en a vidé la moitié, puis s'est essuyé la bouche avec le revers de la main. Quand il a découvert mon arme, ses yeux se sont agrandis de surprise. J'ai haussé les épaules.

– C'est un homme malfaisant et sournois qui va bientôt mourir, a-t-il déclaré. Je dois penser à l'avenir. À ceux qui vont gérer sa fortune quand il aura disparu. Qui tiendront les cordons de la bourse, si vous préférez.

– Une grosse bourse.

– Très grosse. Un milliard cent soixante-quinze millions de dollars d'après les dernières estimations.

Le chiffre m'a légèrement ébranlé. Il y a des sommes qu'on peut à la rigueur imaginer remplir un camion ou les coffres d'une banque. Et il y en a d'autres qu'on ne peut imaginer nulle part tellement elles sont astronomiques.

– Ce n'est plus une bourse, ai-je murmuré, c'est un produit national brut !

Il a acquiescé.

– Après sa mort, il faudra bien que ses millions aillent quelque part.

– Merde, vous allez modifier son testament ?

Son regard s'est détaché du mien pour se porter vers la fenêtre.

– À moins que vous ne l'ayez déjà modifié, ai-je repris. Il en a changé les dispositions après la tentative d'assassinat, n'est-ce pas ?

Les yeux toujours fixés sur State Street et l'arrière de la City Hall Plaza, il a hoché la tête.

– Il a déshérité sa fille ?

Nouveau hochement de tête.

– À qui reviendra l'argent, alors ?

Rien.

– Daniel ? À qui reviendra l'argent ?

Il a agité la main.

– Différentes organisations : fondations universitaires, bibliothèques, laboratoires de recherche médicale, ce genre de choses.

– Foutaises. Il n'est pas assez sympa pour ça.

– Quatre-vingt-douze pour cent de ses fonds seront placés sur un compte en fidéicommis à son nom. J'ai une procuration m'autorisant à prélever sur ce compte un certain pourcentage des intérêts générés chaque année à l'intention des laboratoires de recherche médicale susmentionnés. Le reste se cumulera.

– Quels laboratoires de recherche ?

Griffin s'est détourné de la fenêtre.

– Ceux spécialisés dans la cryogénie.

J'ai bien failli éclater de rire.

– Ce vieux salopard a décidé de se faire congeler ?

Il a acquiescé.

– Jusqu'à ce qu'il soit possible de soigner son cancer. Et le jour où il se réveillera, ce sera toujours l'un des hommes les plus riches du monde, car les seuls intérêts de ce compte suffiront à compenser l'inflation au moins jusqu'à l'an 3000.

– Attendez une minute. S'il est mort, ou congelé, ou je ne sais quoi, comment pourrait-il garder un œil sur le magot ?

– Comment pourrait-il empêcher quelqu'un – moi ou mes successeurs – de le dérober, c'est ça ?

– Oui.

– Par l'intermédiaire d'un cabinet privé d'expertise comptable.

Je me suis appuyé contre le mur quelques instants pour essayer de réfléchir à la situation.

– Mais ce cabinet n'entrera en scène qu'après la mort de Trevor ou sa congélation, pas vrai ?

Il a fermé les yeux avant de hocher la tête.

– Et quand a-t-il prévu de se transformer en glaçon ? ai-je demandé.

– Demain.

Pour le coup, je me suis marré. On nageait dans l'absurde.

– Ne riez pas, monsieur Kenzie. Il est peut-être fou, mais il ne faut pas le sous-estimer. Je ne crois pas à la cryogénie. Mais qui sait ? Au cas où j'aurais tort, et lui raison, il dansera sur nos tombes.

– Sauf si vous modifiez le testament. C'est la seule faille dans son plan, hein ? Même s'il vérifie le document avant de grimper dans sa glacière, ou quel que soit le foutu truc dont ils se servent, vous pouvez toujours le changer après ou le remplacer par un autre.

Il a porté à ses lèvres la bouteille d'Évian.

– C'est délicat, mais pas impossible.

– Bien vu. Où est Desiree, en ce moment ?

– Aucune idée.

– O.K. Prenez votre manteau.

– Quoi ?

– Vous venez avec moi, Daniel.

– Pas question. J'ai des rendez-vous. Je...

– Et moi, j'ai plusieurs balles dans mon pistolet qui ne demandent qu'à prendre rendez-vous avec vous. Vous saisissez ?

37

Nous avons hélé un taxi dans State Street et remonté la circulation matinale chargée pour gagner Dorchester.

– Vous travaillez pour Trevor depuis combien de temps ? ai-je demandé.

– Depuis 1970.

– Plus d'un quart de siècle, donc.

Il a opiné.

– Pourtant, vous n'avez pas hésité à tout balancer hier soir pour pouvoir poser les mains sur sa fille.

Griffin a arrangé le pli de son pantalon de façon à ce que le revers tombe parfaitement sur ses chaussures brillantes.

– Trevor Stone, a-t-il repris après s'être éclairci la gorge, est un monstre. Il traite les gens comme de vulgaires marchandises. Des moins que rien. Il les achète, il les vend, il les échange, et le jour où ils ne lui servent plus à rien, il les jette. Je le reconnais, j'ai longtemps pensé que sa fille était son opposée en tous points. La première fois où nous avons couché ensemble...

– C'était quand ?

Cette fois, c'est sa cravate qu'il a rajustée.

– Il y a sept ans.

– Elle en avait seize.

Il a regardé par la vitre la circulation bloquée de l'autre côté de la voie express.

– Je la considérais comme un don du ciel. Une fille gentille, attentionnée, d'une beauté parfaite, appelée à devenir tout ce que son père n'était pas. Avec le temps, je me suis cependant rendu compte qu'elle jouait la comédie. La vérité, monsieur Kenzie, c'est que Desiree est bien meilleure actrice que son père. Mais en aucun cas différente de lui. En vieil homme qui a perdu son innocence depuis belle lurette, j'ai adopté une nouvelle approche de la situation et décidé de profiter de ce qui m'était offert. Desiree m'utilise, je l'utilise, et nous attendons tous les deux avec impatience le décès de Trevor Stone. (Il m'a souri.) Elle ne vaut peut-être pas mieux que son père, mais elle est beaucoup plus jolie et au moins, elle me distrait au lit.

Nelson Ferrare m'a fixé de son regard larmoyant en se grattant à travers son T-shirt Fruit Of The Looms. Derrière lui, je sentais la sueur rance et les relents de nourriture avariée qui infestaient son logement comme de la vermine.

– Tu veux que je surveille ce type ?

Daniel Griffin avait l'air terrifié, mais à mon avis, ce n'était pas Nelson qu'il redoutait en cet instant. C'était surtout son appartement.

– Ouais. Jusqu'à minuit. Trois cents sacs.

Il a tendu la main, j'ai placé les billets dans sa paume.

– Allez, entre, papy, a-t-il dit en s'écartant du seuil.

J'ai poussé Daniel Griffin devant moi, et il est entré dans le salon en titubant.

– Tu lui passes les menottes au besoin, Nelson. Mais tu ne l'abîmes pas. Même pas un tout petit peu.

Il a bâillé.

– Pour trois cents sacs, j'serais même prêt à lui préparer son petit déjeuner. Dommage que je sache pas cuisiner.

– C'est scandaleux ! s'est exclamé Griffin.

– À minuit, tu le relâches, ai-je dit à Nelson. À plus.

Nelson a refermé la porte derrière moi.

Alors que je m'éloignais dans le couloir de l'immeuble, j'ai entendu la voix de Nelson à travers les cloisons minces :

– Bon, je t'explique le règlement de la maison, papy. C'est simple : tu touches la télécommande, je te découpe la main avec une vieille scie rouillée.

J'ai pris le métro pour retourner dans le centre-ville et récupérer ma voiture dans le garage de Cambridge Street où je la laisse. C'est une Porsche 1963 que j'ai restaurée de la même manière que Jay avait restauré sa Falcon : pièce par pièce, pendant des années avant qu'elle soit en état de rouler. Et au bout d'un certain temps, je m'étais presque plus attaché au travail lui-même qu'au résultat. Comme mon père m'avait dit un jour en me montrant un immeuble qu'il avait aidé à construire avant de devenir pompier : « Le bâtiment, j'en ai rien à cirer, mais cette brique, là-haut ? Et celles-ci, au troisième ? C'est moi qui les ai posées. Les premiers doigts à les avoir manipulées, c'étaient les miens. Et elles me survivront. »

Elles lui ont survécu, en effet. L'aboutissement d'un dur labeur survit toujours à celui qui l'accomplit, n'importe quel fantôme d'esclave égyptien vous le confirmera.

Peut-être, pensais-je en ôtant la housse qui protégeait ma voiture, est-ce là ce que Trevor ne peut pas accepter. Compte tenu du peu que je savais sur ses activités (et je pouvais me tromper, elles étaient tellement diversifiées), ses chances d'accéder à l'immortalité me paraissaient très minces. Il n'avait jamais donné dans la construction, me semblait-il. C'était un acheteur, un vendeur, un exploiteur, mais des grains de café salvadoriens et des profits qu'ils généraient, il ne restait plus rien une fois le café avalé et l'argent dépensé.

Quels bâtiments portent tes empreintes, Trevor ?

Quelles maîtresses évoquent ton visage avec bonheur et tendresse ?

Quelle marque laisseras-tu sur cette terre ?

Qui te pleurera ?

Personne.

Je me suis servi du téléphone cellulaire que je conservais dans la boîte à gants pour appeler Angie sur le téléphone cellulaire dans la Crown Victoria. Elle n'a pas répondu.

Après m'être garé devant chez moi, j'ai activé l'alarme, puis je suis monté attendre.

J'ai dû l'appeler au moins dix fois au cours des heures suivantes ; j'ai même vérifié mon téléphone pour m'assurer que le bouton de la sonnerie était bien sur la position « On ». Il l'était.

Peut-être que sa batterie était à plat.

Auquel cas, elle l'aurait rechargée sur l'allume-cigares.

Pas si elle était descendue de la voiture.

Auquel cas, elle aurait essayé de me joindre ici.

Pas si elle manquait de temps, ou s'il n'y avait aucune cabine téléphonique à l'endroit où elle se trouvait.

J'ai regardé un petit moment *Monkey Business* pour me changer les idées, mais ni la vue de Harpo courant le jupon sur le paquebot ni la perspective des quatre Marx Brothers imitant Maurice Chevalier pour quitter le bateau avec le passeport volé au chanteur n'ont suffi à retenir mon attention.

Après avoir éteint la télé et le magnétoscope, j'ai de nouveau composé son numéro de portable.

Pas de réponse.

Il en a été ainsi tout l'après-midi. Pas de réponse. Rien que la sonnerie à l'autre bout de la ligne et la sonnerie qui résonnait dans ma tête.

Et après, le silence. Un silence assourdissant, moqueur.

38

Ce silence m'obsédait toujours quand je suis retourné à Whittier Place pour mon rendez-vous de six heures avec Desiree.

Angie n'était pas seulement ma partenaire. Elle n'était pas seulement ma meilleure amie. Elle n'était pas seulement la fille que j'aimais. Elle était tout ça à la fois, bien sûr, mais aussi beaucoup plus. Depuis notre nuit d'amour en Floride, j'en prenais peu à peu conscience : ce qu'il y avait entre nous – et selon toute probabilité, ce qu'il y avait déjà entre nous quand nous étions gosses – n'était pas simplement spécial ; c'était sacré.

Là où je commençais, là où je finissais, il y avait Angie.

Sans elle – sans savoir où elle se trouvait ni comment elle allait –, je n'étais plus que l'ombre de moi-même ; pis, je n'étais plus rien.

Desiree. Desiree se cachait derrière ce silence. J'en étais certain. À l'instant où je la verrais, je lui expédierais une balle dans la rotule pour l'obliger à répondre à mes questions.

Mais elle est maligne, chuchotait une voix en moi. Rappelle-toi la remarque d'Angie : Desiree n'agit jamais à la légère. Si elle est derrière la disparition d'Angie, si elle l'a ligotée quelque part, c'est sans aucun doute pour l'utiliser comme monnaie d'échange. Elle ne se serait pas contentée de la tuer. Parce que sa mort ne lui rapporte rien. Aucun bénéfice.

Sur la voie express, j'ai pris la sortie qui débouchait dans Storrow Drive, puis tourné à droite pour arriver à Whittier Place par Leverett Circle. Avant d'atteindre le rond-point, cependant, je me suis arrêté et, sans couper le moteur, j'ai allumé les feux de détresse en m'obligeant à respirer à fond afin de me calmer, d'apaiser le flot tumultueux du sang dans mes veines, de réfléchir.

Les Celtes, murmurait la voix, souviens-toi des Celtes, Patrick. C'étaient des fous. Des fous furieux. C'étaient tes ancêtres, et ils ont semé la terreur dans toute l'Europe un siècle avant la naissance du Christ. Personne n'osait les défier. Parce qu'ils étaient dingues, assoiffés de sang, et qu'ils se précipitaient au combat en bandant, couverts de peinture bleue. Tout le monde redoutait les Celtes.

Jusqu'à César. Jules César avait demandé à ses hommes d'où venaient ces rumeurs absurdes au sujet de barbares intrépides en Gaule et en Germanie, en Espagne et en Hibernie. Rome ne craignait personne.

Les Celtes non plus, avaient répondu ses hommes.

Le courage aveugle, avait alors déclaré César, ne saurait rivaliser avec l'intelligence.

Là-dessus, il avait envoyé cinquante-cinq mille hommes affronter deux cent cinquante mille Celtes à Alésia.

Une fois de plus, ceux-ci s'étaient rués à l'attaque tout nus, en érection, avec des yeux injectés de sang, des cris de fureur et un mépris total pour leur vie.

Les légions de César les avaient anéantis.

En recourant à des manœuvres tactiques précises, en bannissant toute émotion, les garnisons romaines avaient vaincu les Celtes intrépides, fougueux et farouches.

Alors que César célébrait sa victoire dans les rues de Rome, il avait affirmé n'avoir jamais rencontré chef plus courageux que Vercingétorix, le commandant des Celtes gaulois. Et, peut-être pour montrer ce qu'il pensait réellement du simple courage, César avait souligné ses propos en brandissant la tête tranchée de son adversaire tout au long de son défilé.

La raison, une nouvelle fois, avait triomphé du muscle. L'esprit avait assujetti le cœur.

Se précipiter au combat comme un Celte, tirer dans le genou de Desiree en espérant obtenir des résultats valables me paraissait désormais complètement stupide. Car Desiree était une tacticienne. Une Romaine.

Peu à peu, assis dans cette voiture arrêtée près des eaux sombres de la Charles River qui s'écoulaient sur ma droite, j'ai senti mon sang bouillonnant se glacer. Les battements de mon cœur ont ralenti. Les tremblements de mes mains ont cessé.

Mais ce qui m'attendait n'était pas une bagarre aux poings. Quand on remporte une bagarre au poing, on se retrouve en sang, et même si l'adversaire l'est un peu plus, il est en général prêt à remettre ça si l'envie lui prend.

Mais ce qui m'attendait, c'était une guerre. Tu la gagnes, me suis-je dit, et tu coupes la tête de ton adversaire. Point final.

– Comment allez-vous ? m'a demandé Desiree en sortant de l'immeuble dix minutes plus tard.

– Bien, ai-je répondu avec un sourire.

En découvrant ma voiture, elle a émis un petit sifflement admiratif.

– Elle est superbe, a-t-elle déclaré. Dommage qu'il ne fasse pas assez chaud pour la décapoter.

— Dommage, oui.

Elle a laissé courir sa main sur la portière avant de l'ouvrir, de monter et de me gratifier d'un rapide baiser sur la joue.

— Mlle Gennaro n'est pas là ?

Ses doigts ont caressé le volant en bois.

— Non, elle a décidé de passer encore quelques jours au soleil.

— Ah, vous voyez ? Je vous l'avais dit. Vous avez perdu un billet d'avion gratuit.

J'ai emprunté à toute allure la rampe d'accès à la voie express, puis déboîté pour me mettre sur la file à destination de la Route 1, ignorant les coups de Klaxon furieux derrière nous.

— Votre façon de conduire me plaît beaucoup, Patrick. Elle est très... bostonienne.

— C'est tout moi, ça : bostonien jusqu'au bout des ongles.

— Bon sang, écoutez-moi ce moteur ! Il ronronne comme un gros chat.

— C'est pour ça que j'ai acheté cette bagnole. Je suis dingue des ronronnements de gros chat.

Elle est partie d'un profond rire de gorge.

— J'imagine !

Les jambes croisées, elle s'est adossée au siège. Ce jour-là, elle portait un pull en cachemire bleu marine à col boule sur un jean orné de motifs peints à la main et des mocassins bruns en cuir souple. Son parfum sentait le jasmin. Ses cheveux dégageaient une odeur de pomme verte.

— Alors, vous vous êtes bien amusée depuis votre retour ? ai-je demandé.

— Amusée ? (Elle a secoué la tête.) À peine arri- vée, je me suis terrée dans l'appartement de Jay. J'avais trop peur de mettre le nez dehors. (Elle a sorti de son sac un paquet de Dunhill.) Je peux fumer ?

– Non. L'odeur est trop tentante.

– Vous êtes un ancien fumeur ?

– Disons plutôt, un accro à la nicotine en bonne voie de désintoxication.

Nous avons traversé le Charlestown Tunnel avant de monter vers les lumières du Tobin Bridge.

– Franchement, je crois qu'on a fait une trop mauvaise réputation à tous nos petits vices, a-t-elle dit.

– Ah oui ?

Desiree a allumé sa cigarette, dont elle a tiré une bouffée avec un sifflement audible.

– Absolument. On doit tous mourir un jour, non ?

– Pour autant que je le sache.

– Alors, pourquoi renoncer à ces plaisirs qui vous tueront de toute façon ? Pourquoi diaboliser certaines dépendances – héroïne, alcool, sexe, nicotine, saut à l'élastique, ou quel que soit votre truc – quand par ailleurs on habite des villes qui crachent des fumées toxiques et des brouillards polluants, on se gave de nourriture trop riche, bref, quand on vit dans le pays le plus industrialisé de la planète ?

– Un point pour vous.

– Si ce machin-là finit par avoir ma peau, a-t-elle poursuivi en indiquant sa cigarette, au moins, je l'aurai choisi. Donc, pas de regrets. J'aurai joué un rôle dans ma propre fin ; je l'aurai contrôlée, en quelque sorte. C'est tout de même plus satisfaisant que de se faire renverser par un camion en se rendant à une conférence sur la cuisine végétarienne, non ?

Malgré moi, j'ai souri.

– Je n'avais jamais entendu personne formuler les choses comme ça, je l'avoue.

Nous nous sommes engagés sur le pont, dont la travée m'a rappelé la Floride, la façon dont l'eau semblait brusquement s'éloigner de nous. Mais pas seulement la Floride, non. C'était là qu'Inez Stone avait trouvé la mort, hurlant sous les balles qui déchiraient sa chair et ses organes vitaux, exposée à la folie et au matricide – qu'elle ait été consciente ou non de cette dernière force destructrice.

Inez... Sa mort faisait-elle partie du plan mis au point par Desiree ?

– Alors, a-t-elle repris, vous estimez ma philosophie nihiliste ?

J'ai nié de la tête.

– Fataliste, plutôt. Imprégnée de scepticisme.

Elle a souri.

– Voilà une réponse qui me plaît.

– Ravi de vous être agréable.

– C'est vrai, quoi, on doit tous mourir un jour, a-t-elle répété en se penchant. Qu'on le veuille ou non. C'est comme ça, on n'y peut rien.

Là-dessus, elle m'a posé sur les genoux quelque chose de doux.

J'ai dû attendre de passer sous un lampadaire pour voir de quoi il s'agissait, car le tissu était sombre.

C'était un T-shirt, avec les lettres FURY IN THE SLAUGHTERHOUSE en lettres blanches. Orné d'une déchirure qui devait arriver au niveau de la cage thoracique de sa propriétaire.

Avant que j'aie pu réagir, Desiree m'avait enfoncé un pistolet dans les testicules et m'effleurait l'oreille de sa langue.

– Elle n'est pas en Floride, a-t-elle chuchoté. Elle est dans un trou quelque part. Pas encore morte, mais ça ne saurait tarder si tu ne fais pas exactement ce que je te dis de faire.

– Je vous tuerai, ai-je chuchoté en retour tandis que nous franchissions le sommet du pont pour redescendre vers l'autre berge.

– C'est ce que disent tous les garçons.

Sur la route sinueuse qui montait vers Marble-head Neck, alors que l'océan bouillonnait et s'écra-sait contre les rochers en contrebas, je me suis obligé à chasser quelques instants de mon esprit l'image d'Angie, à dissiper l'inquiétude qui, tels de gros nuages noirs pesant sur moi, menaçait de m'étouffer.

– Desiree.

– Oui, c'est bien mon nom, a-t-elle répondu avec un sourire.

– Vous voulez que votre père meure. Bon. À la rigueur, je peux le comprendre.

– Tiens donc.

– Venant d'une sociopathe.

– Dis-moi encore des mots doux, Patrick.

– Mais pourquoi tuer votre mère ?

– Oh, tu sais comment c'est, entre mère et fille, a-t-elle répliqué d'un ton léger. Toute cette jalousie refoulée. Tous ces spectacles manqués à l'école, toutes ces disputes pour des cintres métalliques [1]...

– Non, sérieusement.

Ses doigts ont tambouriné sur le canon de son arme.

– Ma mère était très belle.

– Oui, j'ai vu des photos d'elle.

Elle a laissé échapper un petit reniflement de mépris.

– Les photos, c'est de la merde. Elles ne repré-sentent que des moments isolés. La beauté de ma mère n'était pas seulement physique, pauvre couil-

1. Dans sa biographie, *Mommy Dearest*, la fille de Joan Crawford fait allusion à une scène terrible avec sa mère au sujet de cintres en bois et de cintres métal-liques.

lon. Elle était l'élégance incarnée. La grâce. Elle aimait sans réserve, a ajouté Desiree en faisant siffler l'air entre ses dents.

– Alors, pourquoi la tuer ?

– Quand j'étais petite, un jour, elle m'a emmenée en ville. Pour une expédition entre filles, comme elle disait. On a pique-niqué dans le Common, visité des musées et pris le thé au Ritz avant de s'offrir une promenade en bateau dans le Public Garden. Tout était parfait. (Elle a regardé par la vitre.) Et puis, vers trois heures, on est tombées sur ce gosse, un petit Chinois de mon âge – à l'époque, je devais avoir dix ou onze ans. Il pleurait parce que quelqu'un, dans un car de ramassage scolaire, avait balancé un caillou qu'il avait reçu dans l'œil. Ma mère – et ça, je ne l'oublierai jamais – l'a serré contre elle en pleurant avec lui. En silence. Je revois encore les larmes sur ses joues, son chemisier taché par le sang du petit garçon. Elle était comme ça, Patrick. (Elle a tourné la tête vers moi.) Capable de pleurer sur le sort de parfaits inconnus.

– C'est pour cette raison que vous l'avez tuée ?

– Je ne l'ai pas tuée.

– Ah non ?

– Sa voiture est tombée en panne, connard ! Tu piges ? Ça ne faisait pas partie du plan. Elle n'était pas censée se trouver dans la voiture. Elle n'était pas censée mourir.

Desiree a étouffé une brusque toux avec sa main et pris une inspiration liquide.

– C'était une erreur, donc, ai-je dit.

– Oui.

– Vous l'aimiez.

– Oui.

– Sa mort vous a fait de la peine, je suppose.

– Bien plus que tu ne pourrais l'imaginer.

– Tant mieux.

– Quoi ? Qu'elle soit morte, ou que ça m'ait fait de la peine ?

– Les deux.

À l'entrée de la propriété, les grandes grilles de fonte se sont ouvertes devant nous, pour se refermer aussitôt après le passage de la voiture. Mes phares ont d'abord éclairé les buissons et les arbustes taillés avec soin, avant de décrire un arc vers la gauche tandis que je m'engageais sur le petit chemin de gravier blanc qui contournait une pelouse ovale où trônait une énorme vasque à oiseaux, puis rejoignait gracieusement l'accès principal. La maison se dressait une centaine de mètres plus loin, au bout d'une allée bordée de chênes dont les immenses silhouettes impassibles et fières évoquaient celles de sentinelles postées tous les cinq mètres.

Lorsque nous avons atteint le cul-de-sac à l'extrémité, Desiree a déclaré :

– Continue. Par là, a-t-elle ajouté en m'indiquant la direction.

J'ai tourné autour d'une fontaine qui s'est éclairée, déversant des flots de lumière jaune à travers de brusques jaillissements d'eau écumeuse. Une nymphe de bronze, au-dessus, effectuait une lente révolution en me fixant de ses yeux morts dans son visage de chérubin.

La route décrivait un coude à l'angle de la maison, puis s'enfonçait dans une pinède jusqu'à une grange aménagée.

– Gare-toi là, m'a ordonné Desiree, en désignant une clairière à gauche de la bâtisse.

J'ai arrêté la voiture et coupé le moteur.

Desiree a pris les clés avant de descendre, puis elle a braqué son pistolet sur moi à travers le pare-brise pendant que j'ouvrais la portière pour déboucher dans la nuit. Il faisait deux fois plus froid ici qu'en ville à cause du vent furieux qui soufflait de l'océan.

En entendant le bruit reconnaissable entre tous d'une cartouche insérée dans la chambre d'un fusil, j'ai tourné la tête, pour me retrouver nez à nez avec le canon noir de l'arme entre les mains de Julian Archerson.

– Bonsoir, monsieur Kenzie.

– Tiens, le Zombie. C'est toujours un plaisir.

Il me semblait voir un cylindre chromé dépasser de la poche gauche de son manteau. Une fois mes yeux accoutumés à la pénombre ambiante, je me suis rendu compte qu'il s'agissait d'une espèce de bouteille d'oxygène.

Desiree, qui s'était approchée de Julian, a soulevé un long tuyau relié au cylindre, dont elle a démêlé les nœuds avant de s'emparer du masque jaune translucide à l'extrémité.

Masque qu'elle m'a tendu après avoir dévissé le capuchon de la bouteille, d'où s'échappait désormais un sifflement.

– Mets-le.

– Ne soyez pas ridicule.

Julian m'a enfoncé dans la mâchoire la bouche du fusil.

– Vous n'avez pas le choix, monsieur Kenzie.

– Pour Mlle Gennaro, a susurré Desiree. La femme de ta vie...

– Lentement, ai-je déclaré en saisissant le masque.

– Quoi ?

– C'est comme ça que vous allez mourir, Desiree. Lentement.

J'ai placé le masque sur mon visage, pris une profonde inspiration et senti aussitôt l'engourdissement gagner mes joues et l'extrémité de mes doigts. À la deuxième inspiration, une sorte de nuage trouble s'est répandu dans ma poitrine. À la troisième, tout est devenu vert, puis noir.

39

J'étais paralysé. C'est la première pensée qui m'a traversé l'esprit quand j'ai repris conscience.

Impossible de remuer les bras. Impossible de remuer les jambes. Jusqu'aux muscles eux-mêmes qui refusaient de répondre.

J'ai ouvert les yeux, battu des cils à plusieurs reprises pour tenter de déloger les croûtes qui semblaient s'être formées sur les cornées. J'ai eu la vision fugitive du visage souriant de Desiree. Puis du torse de Julian. Puis d'une lampe. Puis à nouveau du torse de Julian. Et du visage souriant de Desiree.

– Salut ! a-t-elle lancé.

La pièce commençait à se matérialiser par-delà leurs silhouettes, comme si tout son contenu avait soudain émergé de l'obscurité derrière eux.

Je me trouvais dans le bureau de Trevor, sur une chaise près du coin gauche de sa table de travail. J'entendais le rugissement de la mer quelque part dans mon dos. Et quand les brumes du sommeil se sont dissipées, j'ai distingué le tic-tac d'une horloge sur ma droite. Elle marquait neuf heures, ai-je constaté en tournant la tête. J'étais resté deux heures dans les vapes.

Baissant les yeux vers ma poitrine, je n'ai vu que du blanc. Mes bras et mes jambes étaient cloués aux montants de la chaise. Un premier drap m'enveloppait le torse, un second les jambes, tous deux vraisemblablement attachés à l'arrière du siège. Par un nœud très, très serré. En gros, j'étais momifié de la tête aux pieds ; il n'y aurait donc aucune trace de ligature, aucune brûlure de corde ni aucune entaille révélant la présence de menottes sur mon cadavre lorsque viendrait le moment de pratiquer l'autopsie que Desiree me réservait sûrement.

– Aucune marque, ai-je dit. Excellent.

Julian a incliné vers moi un chapeau imaginaire.

– Un truc que j'ai appris en Algérie, a-t-il expliqué. Il y a très longtemps.

– Les voyages forment les Zombies, c'est bien connu.

Desiree s'est approchée de moi, puis s'est perchée sur le bureau, les mains sous les cuisses, les jambes se balançant dans le vide. Une vraie écolière.

– Salut, a-t-elle répété, toute de douceur et de lumière.

– Salut.

– On attend mon papa.

– Ah. (J'ai levé les yeux vers Julian.) Puisque le Zombie est ici et que Culbuto est mort, qui fait office de majordome pendant l'absence de Trevor ?

– Ce pauvre Julian s'est réveillé avec la grippe, aujourd'hui, a répondu Desiree.

– Pas de chance, vieux.

Un tressaillement a agité les lèvres du Zombie.

– Alors, papa a dû s'adresser à une société privée de limousines pour se rendre à sa réunion.

– Juste ciel ! Que vont dire les voisins ? C'est épouvantable...

Desiree a ôté les mains de sous ses jambes, sorti de sa poche son paquet de Dunhill et allumé une cigarette.

– T'as compris ce qui va se passer, Patrick ?

J'ai penché la tête pour la regarder.

– Vous abattez Trevor, vous m'abattez, et ensuite, vous vous débrouillez pour laisser supposer qu'on s'est entre-tués.

– Quelque chose comme ça, oui.

Elle a ramené son pied gauche sous son corps tout en m'observant à travers les cercles de fumée qu'elle soufflait dans ma direction.

– Les flics de Floride témoigneront que j'étais engagé dans une sorte de vendetta personnelle contre votre père, que je faisais une fixation bizarre sur lui, que je souffrais de paranoïa aiguë ou pire encore.

– Sûrement, a-t-elle dit en laissant tomber sa cendre par terre.

– Ben dites donc, Desiree, vous vous en tirez rudement bien.

Elle m'a gratifié d'une petite révérence.

– C'est presque toujours le cas, Patrick. Tôt ou tard. Normalement, c'est Price qui aurait dû occuper ta chaise ce soir, mais il a foiré et j'ai dû improviser. Après, c'est Jay que j'ai imaginé à ta place, mais il y a eu des complications, et j'ai encore dû improviser. (Elle a soupiré avant d'écraser sa cigarette sur le bureau.) Cela dit, ça ne me gêne pas. L'improvisation, c'est une de mes spécialités, a-t-elle précisé avec un grand sourire.

– Je vous applaudirais bien, mais je suis comme qui dirait un peu gêné aux entournures.

– Ne t'inquiète pas, c'est l'intention qui compte.

– Bon, puisqu'on n'a pas grand-chose à faire avant que vous nous assassiniez, votre père et moi, permettez-moi de vous poser une question.

– Vas-y, mon grand.

– Price a planqué l'argent que vous aviez volé tous les deux, c'est ça ?

– Oui.

– Mais pourquoi lui en avoir laissé la possibilité, Desiree? Pourquoi ne pas l'avoir torturé pour l'obliger à dire où il avait caché le magot, puis le tuer après?

– Vois-tu, il était assez dangereux, dans son genre, a-t-elle répondu en haussant les sourcils.

– Peut-être, mais dans la catégorie des individus dangereux, il faisait figure de couille molle à côté de vous.

Quand elle s'est penchée vers moi, j'ai décelé une expression approbatrice dans son regard. Elle a de nouveau changé de position, croisé les jambes sur le bureau et attrapé ses chevilles.

– Mouais, c'est vrai, j'aurais pu récupérer les deux millions en moins d'une heure si j'en avais eu envie. Mais il y aurait eu du sang partout. Et puis, la combine de Price valait le coup, Patrick. Si ce foutu bateau n'avait pas coulé avec la came à son bord, ça lui aurait rapporté dans les dix briques.

– Et vous auriez attendu qu'il ait touché le fric pour le liquider.

Desiree a hoché la tête.

– C'est plutôt bien vu, hein?

– Mais malheureusement, l'héroïne s'est échouée sur les plages de Floride...

– Et toute l'affaire s'est révélée nulle et non avenue, oui. (Elle a allumé une autre cigarette.) Ensuite, papa vous a envoyés là-bas, Clifton et Cushing et vous, Cushing et Clifton ont éliminé Jay de l'équation, et il a encore fallu que j'improvise.

– Où est le problème? Vous êtes tellement douée, Desiree.

Elle a souri, les lèvres entrouvertes, le bout de sa langue courant sur ses dents du haut. Puis elle est descendue de son perchoir avant de faire plusieurs fois le tour de ma chaise, tirant sur sa Dunhill en même temps qu'elle m'observait.

Enfin, elle s'est arrêtée et adossée au bureau, ses prunelles de jade toujours fixées sur moi.

Je ne sais pas combien de temps nous sommes restés comme ça, à nous mesurer du regard en attendant que l'autre cille. J'aimerais pouvoir dire qu'à force de sonder les profondeurs lumineuses de ses yeux verts, j'ai fini par la comprendre. J'aimerais pouvoir dire que je suis parvenu à identifier la véritable nature de son âme, à découvrir le lien entre nous deux, et du même coup, avec tous les autres humains. J'aimerais pouvoir le dire, mais je ne peux pas.

Plus je regardais, moins je voyais. Le jade a cédé la place à des soupçons de rien. Et les soupçons de rien, à l'essence du rien. Hormis, peut-être, la pure cupidité, l'avidité à nu, la surface polie d'une machine qui ne savait pratiquement rien faire d'autre que convoiter.

Desiree a encore écrasé sa cigarette sur le bureau, à côté de la première, puis elle s'est accroupie devant moi.

— Tu sais ce qui me fait chier, Patrick?

— À part avoir un cœur complètement pourri?

Elle a souri.

— Mouais, à part ça. Ce qui me fait chier, c'est que quelque part, je t'aime bien. Avant toi, aucun homme n'avait jamais rejeté mes avances. Jamais. Et ça m'excite, figure-toi. Si on avait eu le temps, je t'aurais rendu dingue de moi.

— Aucune chance.

— Ah non?

Agenouillée devant moi, elle a posé sa tête sur mes genoux et, la joue gauche appuyée contre ma jambe, elle a levé son œil droit vers moi.

— Je les rends tous dingues. Demande donc à Jay.

— Vous l'avez rendu dingue?

Elle a frotté sa joue sur mes cuisses.

377

– Ça me paraît assez évident.

– Dans ce cas, pourquoi vous aurait-il incitée à me parler de *Point limite* ?

– C'est ça qui t'a mis la puce à l'oreille ?

– Je me suis toujours méfié de vous, Desiree, mais c'est ça qui a été déterminant, oui.

Desiree a fait claquer sa langue.

– O.K., un bon point pour Jay. Il a essayé de me coincer depuis sa tombe, hein ?

– Oui.

Elle s'est de nouveau accroupie.

– En attendant, ça ne lui a pas rapporté grand-chose. Et à toi non plus. (Elle s'est étirée avant de passer les deux mains dans ses cheveux.) J'envisage toujours toutes les éventualités, Patrick. Toujours. C'est mon père qui m'a appris ça. Dieu sait que je déteste ce vieux salopard, et pourtant, il avait raison. Toujours prévoir un plan de secours. Trois, si nécessaire.

– Mon père m'a appris la même chose. Et Dieu sait que je détestais ce vieux salopard.

Elle a penché la tête à droite.

– Ah oui ?

– Oh oui, Desiree.

– Tu dirais qu'il bluffe, Julian ? a-t-elle demandé en jetant un coup d'œil par-dessus son épaule.

Le visage impassible de Julian a été parcouru d'un léger frémissement.

– Il bluffe, ma chère.

– Tu bluffes, a-t-elle déclaré à mon adresse.

– J'ai bien peur que non, ma chère. Vous avez eu des nouvelles de l'avocat de votre père, aujourd'hui ?

Des phares ont éclairé la maison, des pneus ont fait crisser le gravier de l'allée.

– Ce doit être votre père, a annoncé Julian.

– Inutile de me le préciser, Julian.

Desiree ne me quittait pas des yeux ; ses mâchoires remuaient presque imperceptiblement.

J'ai plongé mon regard dans le sien.

– Vous aurez beau nous tuer, Trevor et moi, ça ne vous servira à rien si le testament n'est pas modifié au bout du compte, Desiree.

La porte d'entrée s'est ouverte.

– Julian ! a braillé Trevor. Julian ! Où êtes-vous ?

Dehors, les pneus ont de nouveau fait crisser le gravier avant de s'éloigner en direction des grilles à l'entrée.

– Où est-il ? a demandé Desiree.

– Qui ?

– Julian ! appelait toujours Trevor.

Julian a esquissé un pas vers la porte.

– Reste ici, a ordonné Desiree.

Julian s'est figé.

– Il accepte aussi de se coucher par terre, d'aller chercher des nonos et de chier sur la pelouse ? ai-je demandé.

– Julian ! Qu'est-ce que vous fabriquez, bonté divine !

Les pas mal assurés de Trevor se rapprochaient peu à peu en résonnant sur le marbre.

– Où est Danny Griffin ? a repris Desiree.

– Pas en mesure de répondre au téléphone, en tout cas.

Elle a sorti son arme de sous son pull.

– Julian ! Pour l'amour de Dieu !

Les lourdes portes se sont ouvertes à la volée, et Trevor Stone s'est encadré sur le seuil, appuyé sur sa canne, vêtu d'un smoking assorti d'une écharpe de soie blanche, tremblant des pieds à la tête.

Agenouillée par terre, Desiree a levé son pistolet vers lui.

– B'soir, papa. Ça faisait longtemps.

40

Trevor Stone a réagi avec un sang-froid étonnant pour un homme qui avait une arme braquée sur lui.

Il a jeté un coup d'œil à sa fille comme s'il l'avait encore vue la veille, au pistolet comme s'il s'agissait d'un cadeau dont il n'avait pas particulièrement envie mais qu'il accepterait quand même, puis il est entré dans la pièce pour se diriger vers son bureau.

– Bonjour, Desiree. Le bronzage te sied à merveille.

Elle a rejeté ses cheveux en arrière, penché la tête pour le regarder.

– Tu trouves ?

Les yeux verts de Trevor ont survolé le visage de Julian avant de se porter sur moi.

– Tiens, monsieur Kenzie. Je vois que vous êtes rentré indemne de Floride.

– Malgré les draps qui me clouent à cette chaise, je suis en pleine forme, Trevor.

Il a posé la main sur la table en même temps qu'il la contournait, avant de prendre place dans le fauteuil roulant près des fenêtres. Desiree a pivoté sur ses genoux, le pistolet toujours pointé dans sa direction.

– À ce que je constate, Julian, vous avez rejoint le camp de la jeunesse, a déclaré Trevor, emplissant la pièce de sa voix de baryton.

Julian a croisé les mains au niveau de sa taille, puis baissé la tête.

— C'était l'option la plus pragmatique, monsieur. Vous en conviendrez, je n'en doute pas.

Lorsque Trevor a ouvert l'humidificateur en ébène sur son bureau, Desiree a armé le chien.

— Juste le cigare du condamné, ma chère enfant.

Il a retiré un cigare cubain aussi gros que mon mollet, puis il l'a allumé après en avoir sectionné le bout. De petits cercles de fumée se sont élevés de l'extrémité incandescente alors qu'il tirait sur le cigare, creusant à plusieurs reprises ses joues dévastées pour bien l'embraser, et une riche odeur de feuilles mortes brûlées m'a chatouillé les narines.

— Ne cache pas tes mains, papa.

— Oh, loin de moi cette idée, a-t-il répliqué en se renversant dans son fauteuil avant de souffler un anneau de fumée au-dessus de sa tête. J'en déduis que tu es venue terminer la tâche que ces trois voyous n'ont pas menée à bien sur le pont l'année dernière.

— Quelque chose comme ça, oui.

Il a incliné la tête et observé Desiree du coin de l'œil.

— Non, c'est exactement ça, Desiree. Rappelle-toi : si ton discours est confus, on risque de croire que ta pensée l'est aussi.

— Les règles de combat selon Trevor Stone, a précisé Desiree à mon intention.

— Monsieur Kenzie, a-t-il repris, les yeux fixés sur ses ronds de fumée, vous vous êtes tapé ma fille ?

— Voyons, papa, l'a rabroué Desiree.

— Non, monsieur, ai-je répondu. Je n'ai pas eu ce plaisir. Ce qui fait de moi une exception dans cette pièce, je suppose.

Ses lèvres ravagées ont formé une parodie de sourire.

– Ah, je vois que Desiree fantasme toujours sur nos prétendues relations sexuelles...

– Tu me l'as dit toi-même, papa : quand un truc marche, on n'en change pas.

Trevor m'a adressé un clin d'œil.

– Je ne prétends pas être exempt de péchés, mais je n'ai jamais violé le tabou de l'inceste. (Il a tourné la tête.) Alors, Julian, comment trouvez-vous ma fille au lit ? Ses prestations vous ont-elles paru satisfaisantes ?

– Tout à fait, a répondu Julian, dont les traits se sont brièvement convulsés.

– Plus encore que celles de sa mère ?

Desiree a tourné la tête vers Julian, puis de nouveau vers son père.

– Je ne pourrais me prononcer sur ce point, monsieur.

– Allons, allons. (Trevor a émis un petit rire.) Pas de fausse modestie, Julian. Pour autant que nous le sachions, ce n'est pas moi le père de cette enfant, mais vous.

Les mains de Julian se sont crispées, ses pieds se sont légèrement écartés.

– Vous imaginez des choses, monsieur.

– Ah oui ?

De nouveau, Trevor m'a adressé un clin d'œil.

J'avais l'impression de me retrouver piégé dans une pièce de Noel Coward revue et corrigée par Sam Shepard.

– Tu crois vraiment m'atteindre ? a lancé Desiree. (Elle s'est relevée.) Tu sais, papa, je me situe tellement au-delà des idées reçues sur ce qui est convenable dans le domaine sexuel que tu ne peux même pas l'imaginer.

Elle est passée devant moi pour aller se placer derrière son père. Penchée vers ses épaules, elle lui a appuyé la bouche du pistolet sur la tempe gauche, avant de le racler si fort sur son front que le guidon a tracé dans la peau un fin sillon rouge.

– Julian serait mon père biologique ? Et après ?

Trevor a suivi des yeux une goutte de sang qui tombait de son sourcil sur son cigare.

– Bon, a repris Desiree en lui pinçant l'oreille gauche, si on te poussait jusqu'au milieu de la pièce, hein ? Comme ça, on serait tous ensemble.

Il a tiré sur son cigare pendant qu'elle faisait rouler le fauteuil, s'efforçant d'avoir l'air aussi détendu qu'à son arrivée dans la pièce, mais je voyais bien que la situation commençait à le déstabiliser. La peur s'était insinuée dans son cœur d'homme fier, je m'en rendais compte à l'expression de son regard, à la soudaine crispation de sa mâchoire détruite.

Desiree l'a amené juste en face de moi, nous mettant en quelque sorte à égalité : nous nous retrouvions tous les deux assis sur nos sièges, à nous demander si nous aurions l'occasion de nous relever.

– Alors, monsieur Kenzie, quel effet ça fait d'être réduit à l'impuissance, sans savoir si votre prochain souffle sera aussi le dernier ?

– Vous êtes aussi bien placé que moi pour répondre à cette question, Trevor.

Sa fille nous a abandonnés pour s'approcher de Julian, avec qui elle a conversé à voix basse en maintenant le pistolet pointé sur la nuque paternelle.

– Vous qui êtes si futé, a commencé Trevor à voix basse en se penchant vers moi, vous avez une idée, peut-être ?

– Eh bien, à mon avis, Trevor, vous êtes mal barré.

Il a fait un grand geste avec son cigare.

– Vous aussi, mon garçon.

– Pas si sûr.

383

Trevor a haussé les sourcils en dardant un regard appuyé sur mon corps momifié.

– Vous croyez? J'aurais tendance à penser que vous vous leurrez, mon garçon. Mais si nous mettons nos ressources en commun, il se pourrait que...

– J'ai connu un type, un jour, qui avait maltraité son fils, commandité le meurtre de sa femme et déclenché à Roxbury et Dorchester une guerre des gangs qui a provoqué la mort d'au moins seize gamins.

– Et?

– Et j'avais encore plus de sympathie pour lui que pour vous. Pas beaucoup, notez bien. Je veux dire, c'était une ordure, vous êtes une ordure, et au fond, ça revient à choisir entre deux types de sous-merdes. Mais lui, il était pauvre, illettré, et la société lui avait prouvé de mille façons différentes qu'elle n'en avait strictement rien à foutre de lui. Vous, en revanche, vous aviez tout ce qu'un homme peut désirer. Or, ça ne vous a pas suffi. Il a fallu que vous achetiez votre femme de la même façon qu'on achète une truie à la foire. Que vous transformiez votre enfant en monstre. Pour en revenir à ce type dont je parlais, il était responsable de la mort d'au moins vingt personnes. Peut-être plus. Et je l'ai descendu comme un chien. Parce que c'est exactement ce qu'il méritait. Mais vous? Même avec une calculatrice, je parie que vous ne pourriez pas faire le compte de tous les décès dont vous êtes responsable, de toutes les vies que vous avez détruites ou rendues infernales au fil des ans.

– Et vous me descendriez aussi comme un chien, monsieur Kenzie? a-t-il demandé avec un sourire.

– Non. Plutôt comme le requin des sables qu'on attrape quelquefois quand on part à la pêche au gros. Je vous hisserais sur le bateau, puis je vous matraquerais un peu, histoire de vous sonner.

Ensuite, je vous ouvrirais le ventre avant de vous rejeter à l'eau, et je regarderais les gros squales attirés par le sang vous dévorer vivant.

– Ben dites donc ! Ce serait quelque chose, en effet.

À cet instant, Desiree est revenue vers nous.

– Vous ne vous ennuyez pas trop, messieurs ?

– Pas du tout, a répliqué Trevor. M. Kenzie ici présent m'expliquait les subtilités du deuxième concerto brandebourgeois en fa majeur, de Bach. Et crois-moi, ma chérie, il a complètement révolutionné la perception que j'en avais.

Elle lui a giflé la tempe.

– Tu m'en vois ravie pour toi, papa.

– Alors, qu'est-ce que tu comptes faire de nous ? s'est-il enquis.

– Après vous avoir tués, tu veux dire ?

– Justement, je m'interrogeais sur ce point. Je me demande pourquoi tu aurais besoin de t'entretenir avec M. Archerson, mon majordome bien-aimé, si tout marchait comme sur des roulettes. Tu es méticuleuse, Desiree, parce que je t'ai appris à l'être. Si tu as besoin de t'entretenir avec M. Archerson, c'est qu'il doit y avoir un os quelque part. (Il m'a regardé.) Cet os aurait-il un rapport avec M. Kenzie le futé ?

– Futé. Ça fait deux fois, Trevor.

– Vous vous y habituerez, m'a-t-il assuré.

– Toi et moi, Patrick, il faut qu'on parle, n'est-ce pas ? (Elle a tourné la tête.) Julian, tu veux bien enfermer M. Stone dans l'office ?

– Dans l'office ! s'est exclamé Trevor. Chouette, j'adore l'office. Toutes ces boîtes de conserve...

Julian a placé les mains sur les épaules de Trevor.

– Vous connaissez ma force, monsieur. Ne m'obligez pas à m'en servir.

– Je n'y penserais même pas, a répliqué Trevor. Allez, Julian, direction les boîtes de conserve. Fissa !

Julian l'a poussé hors de la pièce, et j'ai entendu les roulettes du fauteuil couiner sur le marbre en direction de la cuisine.

– Tous ces jambons ! s'est écrié Trevor. Tous ces poireaux !

Desiree s'est assise sur mes genoux avant d'appuyer son pistolet contre mon oreille gauche.

– Enfin seuls, a-t-elle déclaré.

– C'est-y pas romantique ?

– Au sujet de Danny...

– Oui ?

– Où est-il ?

– Où est ma partenaire ?

Elle a souri.

– Dans le jardin.

– Le jardin ?

– Enterrée jusqu'au cou. (Elle a regardé par la fenêtre.) Mince, j'espère qu'il ne va pas neiger... !

– Déterrez-la.

– Non.

– Alors, vous pouvez dire adieu à Danny.

Il m'a semblé voir des poignards danser dans ses yeux.

– Laisse-moi deviner : si tu ne passes pas un coup de fil à telle heure, il est mort, bla-bla-bla...

J'ai regardé l'horloge par-dessus son épaule au moment où elle changeait de position sur mes genoux.

– Pas exactement. Quoi qu'il arrive, il recevra une balle en pleine tête dans environ trente minutes.

Sa mâchoire s'est affaissée un instant alors qu'elle accusait le coup, puis sa main s'est crispée sur mes cheveux, et le pistolet s'est enfoncé dans mon oreille avec une telle force que j'ai bien cru qu'il allait ressortir de l'autre côté.

– À moins que tu ne le passes pas, ce coup de fil.

– Non. Ça ne changerait rien, car le gars qui le retient en otage n'a pas le téléphone. Soit je me pré-

sente devant chez lui dans trente – non, vingt-neuf –
minutes, soit le monde compte un avocat de moins.
Et qui regrettera un avocat, franchement ?

– S'il meurt, ça t'avance à quoi ?

– À rien. De toute façon, je suis déjà foutu.

– Et ta partenaire, tu l'as oubliée ? a-t-elle lancé
en indiquant les fenêtres d'un mouvement de tête.

– Oh, ne me prenez pas pour un con, Desiree.
Vous l'avez déjà tuée.

Je l'ai regardée droit dans les yeux quand elle a
répondu :

– Non.

– Prouvez-le.

Elle a éclaté de rire.

– Va te faire foutre, mon grand. (Elle m'a agité
son index sous le nez.) Tu commences à désespérer,
et ça se voit, Patrick.

– Je vous retourne le compliment, Desiree. Si
vous perdez l'avocat, vous perdez tout. Vous aurez
beau descendre votre père et me descendre après,
tout ce qu'il vous restera, ce seront ces deux mal-
heureux petits millions. Et nous savons aussi bien
l'un que l'autre que ça ne vous suffit pas. (J'ai penché la tête de façon à déloger le pistolet de mon
oreille, puis j'en ai frotté la glissière avec ma pommette.) Vingt-huit minutes. Ensuite, vous passerez
le reste de votre vie à songer que vous avez bien
failli mettre la main sur plus d'un milliard de dollars.
Et à regarder les autres les dépenser.

La crosse de son arme s'est abattue avec force sur
mon crâne ; pendant quelques instants, un voile
pourpre m'est tombé devant les yeux tandis que la
pièce se mettait à tourbillonner.

Desiree s'est relevée, puis m'a giflé.

– Tu crois que je ne te connais pas, hein ? a-t-elle
hurlé. Tu crois que je...

– Je crois surtout qu'il va bientôt vous manquer
un avocat, Desiree.

Et vlan, encore une baffe, assortie cette fois d'un labourage de la joue gauche à coups d'ongles.

Puis elle a armé le chien de son pistolet, dont elle a pressé le guidon entre mes sourcils en me criant au visage ; je ne voyais désormais plus que le trou béant de sa bouche, d'où s'échappait un flot saccadé d'insultes rageuses. De la bave écumait au coin de ses lèvres, son index crispé sur la détente virait au rose. La violence de ses hurlements, conjuguée à l'onde de choc qu'ils avaient induite, me martelait le crâne.

– Tu vas crever ! a-t-elle conclu d'une voix rauque.

– Vingt-sept minutes.

Quand Julian est entré en trombe dans la pièce, elle a pointé le pistolet vers lui.

Il a levé les mains.

– Un problème ? a-t-il demandé.

– Il te faut combien de temps pour aller à Dorchester ?

– Trente minutes.

– Je t'en accorde vingt. En attendant, on va montrer à M. Kenzie où est sa partenaire. (Elle a baissé les yeux vers moi.) Ensuite, Patrick, tu nous donneras l'adresse de ton copain.

– Julian ne franchira pas sa porte vivant.

Elle a de nouveau brandi le pistolet au-dessus de ma tête, avant de suspendre son geste.

– Ça, c'est son problème, a-t-elle sifflé entre ses dents. L'adresse contre un petit coup d'œil à ta partenaire. Marché conclu ?

J'ai hoché la tête.

– Détache-le.

– Mais, ma chère...

– Ne m'appelle pas « ma chère », Julian. (Elle s'est baissée derrière ma chaise.) Détache-le.

– Ce n'est pas raisonnable, a souligné Julian.

– Je t'écoute, Julian : dis-moi quelles sont mes options.

Julian n'avait pas de réponse à lui fournir.

J'ai senti la pression se relâcher d'abord sur ma poitrine, puis sur mes jambes. Les draps sont tombés par terre devant moi.

Desiree m'a invité à me redresser en me frappant l'arrière du crâne avec son flingue, qu'elle m'a ensuite collé contre le cou.

– On y va.

Après avoir attrapé une torche électrique en haut de la bibliothèque, Julian a ouvert les portes-fenêtres donnant sur la pelouse. Nous l'avons suivi dehors, guidés par sa lampe, dont le halo lumineux dansait dans l'herbe devant lui.

Comme Desiree m'avait agrippé les cheveux et plaqué son arme contre la gorge, j'ai dû me baisser pour me maintenir à sa hauteur tandis que nous abordions un court sentier qui contournait une remise et une brouette renversée pour déboucher, au-delà d'un épais bosquet, sur le jardin.

Celui-ci, à l'instar du reste de la propriété, était immense – au moins la taille d'un terrain de base-ball – et bordé sur trois côtés par des haies d'environ un mètre cinquante de haut couvertes de givre. Nous avons enjambé la bâche enroulée à l'entrée, et la lampe de Julian a éclairé des sillons de terre gelée, ainsi que des brins d'herbe durcis manifestement assez résistants pour survivre à l'hiver. Un brusque mouvement sur notre droite, à ras du sol, a attiré notre attention. Le halo lumineux a filé vers la droite, puis vers la gauche, et un lièvre efflanqué, le poil hérissé par le froid, a bondi hors du cercle de lumière pour disparaître dans une haie.

– Descendez-le, ai-je conseillé à Desiree. Des fois qu'il aurait des sous sur lui...

– Ta gueule.

389

Puis, à l'adresse de Julian, elle a ajouté :

– Dépêche-toi.

– Ma chère, nous...

– Ne m'appelle pas « ma chère ».

– Néanmoins, nous avons un problème, ma chère.

Julian a reculé pour braquer sa torche électrique sur un trou vide d'environ un mètre cinquante de profondeur sur quarante centimètres de diamètre.

Les contours en avaient peut-être été bien délimités au moment de son creusement, mais quelqu'un l'avait complètement chamboulé en voulant s'en extirper. Des griffures plus profondes que celles laissées par les dents d'un râteau déchiraient le sol de part et d'autre, et de la terre avait été largement répandue autour. De toute évidence, la personne qui en avait émergé n'était pas seulement désespérée. Elle était folle de rage.

Desiree a tourné la tête à droite, puis à gauche.

– Julian.

– Oui ?

Il scrutait le fond du trou.

– Il y a combien de temps que tu es passé la voir ?

Julian a consulté sa montre.

– Au moins une heure.

– Une heure.

– Elle a très bien pu avoir accès à un téléphone.

– Où ? a répliqué Desiree en grimaçant. La maison la plus proche se trouve à quatre cents mètres, et les propriétaires sont partis à Nice pour l'hiver. Cette fille est couverte de terre. Elle...

– Ici, a sifflé Julian entre ses dents, avant de jeter un coup d'œil à la demeure derrière lui. Qui sait si elle n'a pas réussi à pénétrer dans la maison ?

Desiree a fait non de la tête.

– Non, elle est toujours dehors. Je le sais. Elle attend son petit copain. Pas vrai ? a-t-elle crié dans la nuit. Pas vrai ?

Un bruissement s'est élevé sur notre gauche. Il provenait peut-être des haies, mais c'était difficile à dire compte tenu du grondement de l'océan à une vingtaine de mètres seulement.

Julian s'est penché vers une haie.

– Je ne sais pas, a-t-il déclaré lentement.

Desiree a lâché mes cheveux pour braquer son pistolet vers la gauche.

– Les projecteurs! a-t-elle lancé. On n'a qu'à allumer tous les projecteurs, Julian.

– Je ne sais vraiment pas, a-t-il insisté.

Le vent a chuchoté près de mon oreille. Ou l'écho du ressac, peut-être?

– Merde, a lâché Desiree. Comment elle a pu...?

Soudain, il y a eu un bruit mouillé semblable à celui d'une chaussure qui patauge dans une flaque de neige fondue.

– Oh, mince, a murmuré Julian.

Il a braqué sa lampe vers sa poitrine, éclairant les deux lames brillantes des cisailles enfoncées dans son sternum.

– Oh, mince, a-t-il répété, les yeux fixés sur les lames comme s'il attendait qu'elles lui expliquent leur présence.

Puis la torche électrique est tombée, et il s'est écroulé. Les pointes meurtrières sont ressorties de son dos, il a cligné des yeux une fois, le menton dans la poussière, puis il a soupiré. Puis, plus rien.

Desiree dirigeait son pistolet vers moi, mais il lui a sauté de la main quand le manche d'une houe s'est abattu sur son poignet.

– Qu'est-ce que...? a-t-elle commencé en se tournant vers la gauche.

Au même moment, couverte de terre de la tête aux pieds, Angie a émergé de l'obscurité et lui a envoyé un direct en pleine figure avec tant de force que Desiree Stone a dû rejoindre le pays des rêves avant même que son corps ne touche le sol.

41

Posté près de la douche dans la salle de bains du rez-de-chaussée, je regardais l'eau éclabousser le corps d'Angie et les dernières traces de terre couler sur ses chevilles avant de disparaître dans la bonde en tourbillonnant. Elle a frotté son bras droit avec une grosse éponge, le savon a dégouliné jusqu'à son coude, où il est resté accroché un moment, formant de longues gouttes qui ont fini par tomber dans la cuvette de marbre. Ensuite, elle a renouvelé l'opération sur l'autre bras.

Elle avait bien dû laver au moins quatre fois chaque partie de son corps depuis que nous étions entrés dans cette pièce, mais j'étais toujours aussi captivé.

— T'as le nez cassé, ai-je dit.

— Ah bon ? T'aurais pas vu du shampooing quelque part ?

Je me suis servi d'un gant de toilette pour ouvrir l'armoire à pharmacie et attraper un petit flacon de shampooing. J'en ai versé dans ma paume, puis je suis revenu vers la cabine de douche.

— Tourne-toi.

Angie s'est exécutée, et j'ai frotté ses cheveux, tout au plaisir de sentir les mèches humides s'enrouler autour de mes doigts, le produit mousser alors que je lui massais le cuir chevelu.

– Mmm, c'est super agréable.

– Sans blague.

– Il est bien amoché ? a-t-elle demandé.

Elle s'est penchée en avant, et j'ai retiré mes mains au moment où elle levait les bras pour frictionner sa chevelure avec plus de force que je n'en mettrai jamais à frictionner la mienne si je tiens à l'avoir encore sur le crâne à quarante ans.

Je me suis rincé les mains dans le lavabo.

– Quoi ?

– Son nez à elle.

– Pire que ça. Comme si elle en avait trois, tout d'un coup.

Quand je suis revenu vers elle, Angie renversait la tête sous le jet, et le mélange mousseux d'eau et de savon a ruisselé le long de son dos.

– Je t'aime, a-t-elle dit, les yeux fermés, la tête toujours penchée en arrière, les mains chassant les gouttes sur ses tempes.

– Sûr ?

– Certaine.

Elle a tendu le bras pour récupérer la serviette ; je la lui ai donnée.

Puis j'ai fermé le robinet de la douche pendant qu'Angie s'essuyait le visage. Lorsqu'elle les a rouverts, ses yeux ont rencontré les miens, et elle a reniflé.

– Son trou, le Zombie l'avait creusé trop profond, a-t-elle dit. Résultat, quand il m'a jetée dedans, j'ai réussi à coincer mon pied sur un caillou qui dépassait de la paroi. À dix centimètres environ au-dessus du fond. J'ai dû bander tous mes muscles pour me tenir en équilibre sur cet appui de rien du tout. Crois-moi, ça n'a pas été facile. Parce que en même temps, je voyais cet enfoiré me balancer de la terre dessus sans manifester la moindre émotion. (Elle a fait descendre la serviette de ses seins à sa taille.) Tourne-toi.

Je me suis tourné vers le mur pour la laisser tranquillement se sécher.

– Vingt minutes. C'est le temps qu'il lui a fallu pour combler cette fosse. Et il s'est assuré que la terre était bien tassée, au moins au niveau des épaules. Il n'a même pas cillé quand je lui ai craché à la figure. Tu peux m'essuyer le dos ?

– Volontiers.

Elle m'a remis la serviette avant de sortir de la cabine, et j'ai passé l'épais tissu éponge sur ses épaules et dans son dos tandis qu'elle tordait ses cheveux et les remontait au sommet de son crâne.

– Mais bon, j'avais beau disposer d'un perchoir, je savais qu'il y avait pas mal de terre sous mon corps. Au début, comme je n'arrivais pas à bouger, j'ai commencé à paniquer, jusqu'au moment où je me suis rappelé ce qui m'avait permis de garder mon pied sur cette pierre pendant les vingt minutes où M. Mort Vivant m'enterrait vivante.

– Et c'était ?

Angie s'est retournée vers moi.

– Toi. (Elle a mêlé sa langue à la mienne.) Nous, quoi. (Elle m'a tapoté la poitrine avant de reprendre sa serviette.) Alors, je me suis contorsionnée, et quand j'ai senti un peu de terre tomber sous mes pieds, je me suis tortillée de plus belle et, oh, peut-être trois heures plus tard, j'ai réussi à progresser d'un chouïa.

J'ai voulu l'embrasser lorsqu'elle a souri, mais mes lèvres se sont heurtées à ses dents. Je m'en fichais, cela dit.

– J'ai eu tellement peur, m'a-t-elle avoué en me jetant ses bras autour du cou.

– Désolé.

Elle a haussé les épaules.

– C'était pas ta faute. C'est moi qui ai merdé ce matin en ne remarquant pas que le Zombie m'avait pris en filature quand je suivais Desiree.

Nous avons échangé un long baiser, ma paume a rencontré plusieurs gouttelettes oubliées sur son dos, et j'ai eu envie de la serrer contre moi jusqu'à ce que son corps se fonde dans le mien, ou le mien dans le sien.

– Où est le sac? a-t-elle demandé lorsque nous nous sommes enfin séparés.

Je l'avais posé par terre. À l'intérieur se trouvaient ses vêtements sales ainsi que le mouchoir dont elle s'était servie pour effacer ses empreintes sur le manche de la houe et des cisailles. Elle y a ajouté la serviette, moi le gant de toilette, puis elle a retiré un sweat-shirt de la pile de vêtements appartenant à Desiree que j'avais placée sur le siège des W.-C. Après l'avoir enfilé, elle a mis un jean, des chaussettes et des tennis.

– Les tennis sont un peu grandes, mais tout le reste me va impec, a-t-elle déclaré. Parée pour affronter les mutants.

Je l'ai suivie hors de la salle de bains, le sac-poubelle à la main.

J'ai poussé Trevor dans le bureau pendant qu'Angie montait rejoindre Desiree.

Nous nous sommes arrêtés devant sa table de travail, et il m'a regardé essuyer les empreintes sur la chaise où j'avais été ligoté.

– Vous effacez toute trace de votre passage chez moi, a-t-il observé. Très intéressant. Mais pourquoi faites-vous ça? Et pour le cadavre de mon major-dome, alors? Car je suppose qu'il est mort, n'est-ce pas?

– Il est mort.

– Comment les policiers vont-ils expliquer son décès?

– Très franchement, je m'en fous. De toute façon, personne n'établira de lien avec nous.

– Futé, disais-je donc. C'est tout à fait vous, jeune homme.

– Et tenace. N'oubliez pas, c'est pour ça que vous nous avez engagés.

– Oui, bien sûr. Mais « futé » sonne tellement mieux, vous ne trouvez pas ?

Je me suis adossé au bureau, les mains croisées sur ma cuisse.

– Vous savez très bien imiter les vieux schnocks à moitié séniles quand ça vous arrange, Trevor.

Il a agité dans l'air le tiers du cigare qu'il lui restait.

– Nous avons tous besoin de jouer notre meilleur rôle de temps en temps.

– Pour un peu, ce serait presque touchant.

Trevor a souri.

– Mais ça ne l'est pas, ai-je ajouté.

– Ah non ?

– Non. Vous avez beaucoup trop de sang sur les mains.

– Tout le monde en a, jeune homme. Vous vous souvenez de l'époque où c'était devenu une mode de jeter tous ses Krugerrands et de boycotter les produits venus d'Afrique du Sud ?

– Bien sûr.

– Les gens voulaient se donner bonne conscience. Après tout, qu'est-ce qu'un Krugerrand en comparaison d'une injustice aussi flagrante que l'apartheid ? N'est-ce pas ?

De mon poing, j'ai étouffé un bâillement.

– Pourtant, au moment même où les Américains si vertueux boycottent l'Afrique du Sud, ou la fourrure, ou quel que soit le produit qu'ils décideront de boycotter demain, ils se voilent la face devant le système qui leur permet d'obtenir du café en Amérique centrale ou en Amérique du Sud, des vêtements en Indonésie ou à Manille, des fruits en

Extrême-Orient, et à peu près tous les produits importés de Chine. (Il a tiré sur son cigare, puis m'a dévisagé à travers la fumée.) On sait comment fonctionnent ces gouvernements, comment ils gèrent l'opposition, combien pratiquent une sorte d'esclavage, ce qu'ils font à ceux qui menacent leurs arrangements juteux avec les entreprises américaines. Et on ne se contente pas d'ignorer ces réalités ; non, on les encourage activement. Tout ça parce que vous tenez à vos belles chemises, à votre café, à vos tennis dernier cri, à vos fruits en conserve, à votre sucre... Et ce sont les gens comme moi qui vous les procurent. Nous soutenons ces gouvernements et nous maintenons des coûts de production aussi bas que possible pour que vous puissiez en bénéficier. (Il a souri.) N'est-ce pas admirable de notre part ?

J'ai levé ma main valide, que j'ai laissée retomber plusieurs fois sur ma cuisse, produisant un son semblable à un applaudissement.

Sans se départir de son sourire, Trevor a encore tiré une bouffée de son cigare.

J'applaudissais toujours. J'ai applaudi jusqu'à sentir ma cuisse me picoter et ma main s'engourdir. J'ai applaudi encore et encore, emplissant la pièce du bruit de la chair frappant la chair, jusqu'au moment où la lueur amusée a disparu dans les yeux de Trevor.

– D'accord. Vous pouvez arrêter, maintenant.

Mais j'ai continué, fixant d'un regard vide son visage vide.

– J'ai dit, ça suffit, jeune homme.

Clap, clap, clap, clap, clap, clap.

– Vous voulez bien cesser de faire ce claquement agaçant ?

Lorsqu'il s'est levé, je l'ai repoussé dans son fauteuil d'un coup de pied. Puis j'ai augmenté la force et accéléré le rythme de mes applaudissements. Il a fermé les yeux. J'ai serré mon poing, que j'ai tapé sur le bras du fauteuil, encore et encore, à raison de cinq coups par seconde. Les paupières de Trevor étaient hermétiquement closes.

– Bravo ! ai-je fini par dire. Vous êtes le Cicéron des magnats de l'industrie, Trevor. Félicitations.

Il a ouvert les yeux.

De nouveau, je me suis appuyé contre le bureau.

– Écoutez-moi bien, Trevor : là, maintenant, je me fous de cette gosse que vous avez découpée en morceaux. Je me fous de savoir combien de mission- naires et de bonnes sœurs sont aujourd'hui enterrés avec une balle dans la nuque à cause de vos ordres ou de la politique que vous avez mise en œuvre dans vos républiques bananières. Je me fous aussi que vous ayez acheté votre femme et sans doute fait de sa vie un enfer.

– Alors, qu'est-ce qui vous tient à cœur, monsieur Kenzie ?

Trevor a voulu porter le cigare à ses lèvres, mais je l'ai expédié d'une gifle sur le tapis où il s'est consumé.

– Ce qui me tient à cœur ? Jay Becker et Everett Hamlyn, espèce d'ordure.

Les gouttes de sueur accrochées à ses cils l'ont fait cligner des yeux.

– M. Becker m'avait trahi.

– Parce que s'il ne l'avait pas fait, il aurait commis un péché mortel.

– M. Hamlyn avait décidé d'informer les auto- rités de mes transactions avec M. Kohl.

– Parce que vous aviez détruit l'entreprise à laquelle il avait consacré sa vie.

De la poche intérieure de sa veste, il a sorti un mouchoir pour étouffer une quinte de toux.

– Je vais mourir, monsieur Kenzie.

– Je ne crois pas. Si vous vous pensiez réellement sur le point de mourir, vous n'auriez tué ni Jay ni

Everett. Mais au cas où l'un d'eux se serait avisé de vous traîner devant un tribunal, vous n'auriez pas pu grimper tout de suite dans votre caisson cryogénique, n'est-ce pas ? Et le temps que les procès se terminent, votre cerveau aurait été bousillé, vos organes complètement nases, et ça n'aurait plus servi à rien de vous congeler.

– Je vais mourir, a-t-il répété.

– Aujourd'hui, c'est indéniable. Et alors ?

– J'ai de l'argent. Votre prix sera le mien.

Je suis allé écraser le cigare.

– Deux milliards de dollars.

– Je n'en ai qu'un.

– Tant pis, ai-je répondu en poussant le fauteuil vers l'escalier.

– Qu'est-ce que vous allez faire ?

– Moins que ce que vous méritez, mais plus que ce que vous imaginez.

42

Nous avons gravi lentement le grand escalier, Trevor s'appuyant sur la rampe, multipliant les pauses, respirant avec peine.

– Je vous ai entendu rentrer, tout à l'heure, et je vous ai regardé traverser votre bureau, ai-je dit. Votre démarche était nettement plus assurée.

Il a tourné vers moi le visage convulsé d'un martyr.

– Elle surgit à l'improviste, a-t-il expliqué. La douleur.

– Votre fille et vous, vous n'abandonnez jamais, hein ?

J'ai souri en remuant la tête.

– Le renoncement, c'est la mort, monsieur Kenzie. L'abdication, c'est la fin.

– L'erreur est humaine, le pardon divin. On pourrait continuer comme ça pendant des heures. Allez, Trevor. À vous.

Il a peiné jusqu'au palier.

– À gauche, ai-je dit avant de lui rendre sa canne.

– Au nom du ciel, qu'allez-vous faire de moi ?

– Au bout du couloir, tournez à gauche.

L'arrière de la maison était orienté à l'est. Le bureau de Trevor ainsi que sa salle de jeux, au rez-de-chaussée, donnaient sur la mer. Même chose pour la chambre de Trevor et celle de Desiree au premier.

Au second, cependant, une seule pièce surplombait l'eau. Les cloisons, ainsi que les fenêtres, étaient amovibles, et en été, on pouvait poser une balustrade autour du parquet, ôter les plaques du plafond pour révéler le ciel et installer des panneaux de bois dur afin de protéger le parquet. Ce ne devait pas être facile de tout ouvrir chaque fois qu'il faisait beau, ni de tout refermer en prévision d'éventuelles intempéries quelle que soit l'heure à laquelle Trevor Stone décidait d'aller se coucher, mais lui devait s'en soucier comme d'une guigne. La tâche incombait au Zombie et à Culbuto, supposais-je, ou à ceux qui leur servaient de domestiques.

En hiver, la pièce offrait l'aspect d'un salon français avec ses chaises dorées de style Louis XIV, ses sofas et autres méridiennes tendus de tissu broché, ses tables basses fragiles incrustées d'or et ses tableaux de gentilshommes et de gentes dames en perruque s'entretenant d'opéra, de la guillotine, ou de n'importe quel autre sujet cher aux Français en cette période où les jours de l'aristocratie étaient comptés.

– La vanité, ai-je commencé en regardant tour à tour le nez en bouillie de Desiree et le visage dévasté de Trevor, a causé la perte de l'aristocratie française. Elle est à l'origine de la Révolution et du départ de Napoléon pour la Russie. Du moins, c'est ce que les Jésuites m'ont dit. (J'ai jeté un coup d'œil à Trevor.) Je me trompe ?

Il a haussé les épaules.

– L'approche est un peu réductrice, mais pas complètement erronée.

Sa fille et lui se trouvaient désormais ligotés sur des chaises disposées l'une en face de l'autre à environ vingt-cinq mètres de distance. Angie était descendue au rez-de-chaussée, où elle explorait l'aile ouest à la recherche de fournitures.

– J'ai besoin d'un docteur pour mon nez, a lancé Desiree.

– Désolé, mais on est un peu à court de chirurgiens esthétiques pour l'instant.

– C'était du bluff ? a-t-elle questionné.

– Quoi ?

– Pour Danny Griffin.

– Mouais. Du début à la fin.

D'un souffle, elle a écarté une mèche de cheveux tombée sur sa figure, puis hoché la tête comme pour elle-même.

Angie est revenue et, ensemble, nous avons repoussé les meubles pour dégager une grande étendue de parquet entre Desiree et son père.

– T'as mesuré la pièce ? ai-je demandé à Angie.

– Oui. Elle fait exactement vingt-huit mètres de long.

– Je ne sais même pas si j'arriverais à envoyer un ballon de foot à vingt-huit mètres. Combien, entre la chaise de Desiree et le mur ?

– Un mètre quatre-vingts.

– Et pour Trevor ?

– Pareil.

J'ai remarqué ses mains.

– Jolis gants.

Elle les a tendus vers moi.

– Tu aimes ? Je les ai empruntés à Desiree.

À mon tour, je lui ai montré ma main valide, également gantée.

– C'est à Trevor. Du veau, je crois. Très doux, très souple.

De son sac, elle a retiré deux pistolets : un Glock 17 autrichien neuf millimètres et un Sig Sauer P226 neuf millimètres de fabrication allemande. Le Glock était noir et léger. Le Sig Sauer, fait d'un alliage argenté d'aluminium, pesait un peu plus lourd.

– Il y avait un tel arsenal dans l'armoire à fusils que j'ai eu du mal à choisir, m'a expliqué Angie. Mais j'ai pensé que ceux-là conviendraient parfaitement.

– Et côté chargeurs ?

– Le Sig contient quinze cartouches. Le Glock, dix-sept.

– Dont une engagée dans la chambre, naturellement.

– Naturellement. Mais pour l'instant, les chambres sont vides.

– Qu'est-ce que vous fabriquez, bonté divine ? a lancé Trevor.

Nous l'avons ignoré.

– À ton avis, qui a l'avantage ?

Angie a observé avec attention le père et la fille.

– Difficile à dire. Desiree est jeune, mais Trevor a une sacrée force dans les mains.

– Tu prends le Glock, O.K. ?

– Avec plaisir.

Elle m'a passé le Sig Sauer.

– Prête ?

J'ai pressé la crosse de mon pistolet entre mon bras blessé et ma poitrine, tiré sur la glissière en me servant de ma main valide et introduit une balle dans la chambre.

Le Glock pointé vers le sol, Angie a fait la même chose.

– Attendez ! s'est écrié Trevor quand je me suis dirigé vers lui en le visant.

Dehors, les flots se déchaînaient sous les étoiles incandescentes.

– Non ! a hurlé Desiree quand Angie s'est dirigée vers elle en la visant.

Trevor se contorsionnait sur sa chaise, tendant les cordes qui l'emprisonnaient. Sa tête est partie vers la gauche, puis vers la droite, puis vers la gauche.

J'avançais toujours.

Derrière moi, j'entendais la chaise de Desiree marteler le parquet, indiquant que son occupante se débattait elle aussi, et devant moi, la pièce paraissait se resserrer autour de Trevor à mesure que je m'approchais. Son visage grandissait au-delà du guidon, et je voyais ses yeux papilloter. La sueur dégoulinait de ses cheveux, des spasmes lui contractaient les joues. Soudain, ses lèvres d'un blanc laiteux se sont retroussées sur ses dents, et il a hurlé.

Enfin, j'ai appuyé l'arme contre le bout de son nez.

– Alors, quel effet ça fait ?

– Non, a-t-il hoqueté. Je vous en prie.

– J'ai dit, « Quel effet ça fait, Desiree ? » ! a lancé Angie à l'autre bout de la pièce.

– Je vous ai posé une question, Trevor.

– Je...

– Quel effet ça fait ?

Ses yeux ont filé à droite et à gauche du canon tandis que de petits vaisseaux sanguins éclataient sous la cornée.

– Répondez-moi.

Ses lèvres tremblotaient ; il les a brusquement pincées, faisant saillir les veines dans son cou.

– C'est merdique ! a-t-il braillé.

– Tout juste. C'est ce qu'a dû ressentir Everett Hamlyn avant de mourir. L'impression de n'être que de la merde. Jay Becker aussi. Même chose pour votre femme et cette gosse de six ans dont on a retrouvé les morceaux dans une cuve pleine de grains de café. Ils ont tous eu l'impression de n'être que de la merde, Trevor. De n'être rien du tout.

– Ne me tuez pas, m'a-t-il supplié. Je vous en prie, je vous en prie...

Des larmes ont jailli de ses yeux vides.

J'ai écarté le Sig Sauer.

– Je ne vais pas vous tuer, Trevor.

L'air abasourdi, il m'a regardé ôter le chargeur, que j'ai laissé tomber dans mon écharpe. L'arme plaquée contre mon poignet blessé, j'ai actionné la glissière pour éjecter la cartouche de la chambre. Après l'avoir ramassée, je l'ai rangée dans ma poche.

Sa perplexité a encore grandi quand j'ai pressé le bouton de verrouillage de la glissière pour la dégager de la carcasse, avant de la placer également dans mon écharpe. J'ai ensuite ôté le ressort au-dessus du canon. Je l'ai montré à Trevor, puis inséré dans l'écharpe. Enfin, j'ai enlevé le canon lui-même, qui est venu s'ajouter aux autres pièces.

– Cinq pièces au total, ai-je dit à Trevor. Le chargeur, la culasse, le ressort, le canon et la carcasse. Je suppose que vous avez l'habitude de démonter vos armes ?

Il a hoché la tête.

Je me suis adressé à Angie.

– Desiree n'a pas trop de mal avec la notion de démontage ?

– Si j'ai bien compris, papa l'a parfaitement formée.

– Fantastique ! (J'ai reporté mon attention sur Trevor.) Comme vous le savez sûrement, le Glock et le Sig Sauer sont identiques en termes d'assemblage.

– Je sais, oui.

– Cool.

Avec un sourire, je me suis détourné. Après avoir compté quinze pas, je me suis arrêté et j'ai ôté de mon écharpe les pièces du pistolet pour les aligner sur le parquet.

Le temps de rejoindre Angie et Desiree, et j'ai de nouveau compté quinze pas à partir de l'autre chaise. Angie est venue aligner par terre les cinq éléments du Glock.

Nous sommes retournés auprès de Desiree ; Angie lui a libéré les mains, puis elle a resserré les liens autour de ses chevilles.

Desiree me dévisageait, préférant respirer bruyamment par la bouche plutôt que par son nez cassé.

– Vous êtes dingue, a-t-elle dit.

J'ai acquiescé.

– Vous vouliez la mort de votre père, n'est-ce pas ?

Sans répondre, elle a fait mine de contempler le sol.

– Hé, Trevor ! ai-je appelé. Vous voulez toujours la mort de votre fille ?

– Plus que jamais.

La tête penchée, Desiree m'observait désormais à travers ses yeux mi-clos et les cheveux couleur miel qui lui retombaient sur le visage.

– Bon, je vous explique la situation, Desiree, ai-je déclaré pendant qu'Angie allait libérer les mains de Trevor et vérifier les liens autour de ses chevilles. Vous avez tous les deux les chevilles attachées. Les entraves de votre père sont un peu moins serrées que les vôtres, mais pas beaucoup. J'ai supposé qu'il mettrait plus de temps à se redresser, alors j'ai laissé un peu de mou. (J'ai indiqué le parquet.) Les pistolets sont là. Récupérez-les, assemblez-les et utilisez-les comme bon vous semble.

– Vous ne pouvez pas faire ça.

– Ma chère Desiree, vous en appelez à la notion de moralité. Or, nous *pouvons* tous faire ce qui nous chante. Vous en êtes la preuve vivante.

Angie et moi, nous nous sommes retrouvés au milieu de la pièce, d'où nous les avons regardés assouplir leurs mains.

– Au cas où vous auriez la brillante idée d'unir vos forces pour vous lancer à notre poursuite, sachez qu'on a l'intention de filer directement au *Boston Tribune* a déclaré Angie. Alors, inutile de perdre votre temps. Celui de vous deux qui s'en tirera, s'il y en a un qui s'en tire, a tout intérêt à sauter au plus vite dans un avion. (Elle m'a poussé du coude.) Tu veux ajouter quelque chose ?

Je les ai vus essuyer leurs paumes sur leurs cuisses, agiter leurs doigts pour les détendre, puis se pencher vers les cordes qui ligotaient leurs chevilles. Si leurs mouvements seuls suffisaient à attester la ressemblance génétique entre eux, elle était néanmoins encore plus manifeste dans leurs yeux de jade. S'y dissimulait une même force cupide, implacable, impénitente. Une force primordiale, que l'on imaginait plus volontiers dans la puanteur des grottes que dans l'atmosphère aérée de cette pièce.

J'ai secoué la tête.

– Amusez-vous bien en enfer ! a lancé Angie.

Nous sommes sortis de la pièce en prenant soin de verrouiller les portes derrière nous.

Pour redescendre, nous avons emprunté cette fois l'escalier des domestiques, avant de franchir une petite porte qui donnait sur la cuisine. Au-dessus de nos têtes, quelque chose raclait le plancher. Soudain, il y a eu un choc sourd, suivi presque aussitôt par un autre.

Une fois dehors, nous avons emprunté le sentier qui longeait la pelouse derrière la maison. La mer s'était calmée, ai-je constaté.

Alors que nous traversions le jardin en direction de la grange et de ma Porsche, j'ai sorti les clés récupérées auprès de Desiree.

Il faisait sombre autour de nous, mais les étoiles nimbaient la nuit d'une faible clarté. Parvenus près de ma voiture, nous avons levé les yeux. La demeure massive de Trevor Stone luisait doucement, et j'ai cherché à distinguer où l'étendue d'eau noire au-delà rencontrait le ciel à l'horizon.

– Regarde, m'a dit Angie.

Elle m'indiquait un minuscule astérisque lumineux qui filait à travers le ciel, traînant derrière lui un sillage incandescent, pour se diriger vers un point situé hors de notre champ de vision. Il n'y est cependant pas parvenu. Après avoir parcouru les deux tiers de sa route, il a implosé sous l'œil apparemment indifférent des étoiles autour de lui.

Le vent furieux qui soufflait au moment de mon arrivée était tombé. La nuit était on ne peut plus tranquille.

Le premier coup de feu a évoqué un pétard.

Le second, une communion.

Nous avons attendu, mais seul le chuchotement lointain des vagues lasses troublait le silence, désormais.

J'ai ouvert la portière pour Angie qui, une fois installée à l'intérieur, a poussé la mienne pendant que je contournais la voiture.

J'ai reculé, repris l'allée, longé de nouveau la fontaine illuminée et les chênes en sentinelle, puis contourné la petite pelouse avec la vasque gelée.

Alors que le gravier blanc disparaissait sous la calandre, Angie a sorti un boîtier de télécommande trouvé dans la maison, pressé un bouton, et les immenses grilles de fonte ornées du blason familial avec les lettres TS au milieu se sont ouvertes tels des bras en signe de bienvenue ou d'adieu – deux gestes qui, selon les circonstances, peuvent paraître semblables.

ÉPILOGUE

C'est seulement à notre retour du Maine que nous avons appris ce qui s'était passé.

Ce soir-là, en quittant la propriété de Trevor Stone, nous avions pris la route jusqu'à Cape Elizabeth, où nous avions loué un petit bungalow surplombant l'océan à des hôteliers surpris de voir arriver des clients avant le grand dégel de printemps.

Nous n'avons ni lu les journaux, ni regardé la télé, ni fait grand-chose à part accrocher « Ne pas déranger » sur la porte, commander nos repas au room service et nous accorder des grasses matinées en regardant moutonner les vagues hivernales de l'Atlantique.

Desiree avait abattu son père d'une balle dans le ventre ; il lui en avait logé une dans la poitrine. Ils s'étaient effondrés sur le parquet l'un en face de l'autre, se vidant peu à peu de leur sang alors que le ressac venait lécher les fondations de la demeure qu'ils avaient partagée pendant vingt-trois ans.

On disait la police déroutée par le cadavre du majordome dans le jardin et les indices prouvant que père et fille avaient été ligotés sur des chaises avant de s'entre-tuer. Le chauffeur de la limousine qui avait ramené Trevor chez lui ce soir-là avait été interrogé, puis relâché, et les enquêteurs affirmaient n'avoir relevé aucune trace dans la maison d'une présence autre que celle des victimes au moment des faits.

Cette même semaine, Richie Colgan avait commencé à faire paraître ses articles sur SOS Détresse et l'Église de la Vérité et de la Révélation. Celle-ci avait aussitôt engagé des poursuites contre la *Tribune* et Richie, mais aucun juge n'en avait interdit la publication, et huit jours plus tard, SOS Détresse fermait temporairement les portes de plusieurs centres en Nouvelle-Angleterre et dans le Midwest.

Pourtant, en dépit de tous ses efforts, Richie ne devait jamais découvrir l'identité des puissants qui se cachaient derrière P.F. Nicholson Kett. Celui-ci devait également rester introuvable.

Mais à Cape Elizabeth, nous ne savions rien de tout cela.

Rien ne comptait pour nous que la présence de l'autre, le son de sa voix, le goût du champagne et la chaleur de son corps.

Nous discutions de tout et de rien, et je n'avais pas eu de conversations aussi agréables depuis longtemps. Les yeux dans les yeux, nous observions de longs silences chargés de tension érotique, et souvent, il nous arrivait d'éclater de rire en même temps.

Un jour, dans le coffre de ma voiture, j'ai retrouvé un recueil des sonnets de Shakespeare. C'était un cadeau d'un agent du FBI avec qui j'avais travaillé l'année précédente sur l'affaire Gerry Glynn. L'agent spécial Bolton me l'avait offert quand j'avais sombré dans les affres de la dépression. En me disant qu'il pourrait m'apporter un certain réconfort. Sur le moment, comme je ne le croyais pas, j'avais relégué le bouquin au fin fond de mon coffre. Mais dans le Maine, lorsque Angie dormait encore ou prenait sa douche, j'ai lu presque tous les poèmes, et bien que n'ayant jamais été un grand amateur de poésie, je me suis surpris à apprécier la langue de Shakespeare, le flux sensuel de ses mots. Indéniablement, il en savait beaucoup plus long que moi sur l'amour, le deuil, la nature humaine... Tout, quoi.

Parfois, la nuit, emmitouflés dans les vêtements que nous avions achetés à Portland le lendemain de notre arrivée, nous nous glissions dehors par la porte de derrière. Serrés l'un contre l'autre pour nous protéger du froid, nous descendions jusqu'à la plage où, assis sur un rocher dominant la mer d'encre, nous nous efforcions de mesurer toute la beauté déployée devant nous.

L'ornement de la beauté, a écrit Shakespeare, est suspect.

Il avait raison.

Mais la beauté pure, dépourvue d'ornement et d'affectation, est sacrée, digne de notre respect, de notre loyauté.

Lors de ces nuits au bord de la mer, je prenais la main d'Angie pour la porter à mes lèvres. Je l'embrassais. Et parfois, alors que les flots se déchaî-naient sous un ciel de plus en plus sombre, je me sentais empli d'admiration. Je me sentais humble.

Je me sentais comblé.

Imprimé en France
Achevé d'imprimer en juillet 2004
sur les presses de l'Imprimerie Maury-Eurolivres
45300 Manchecourt
pour le compte
des Éditions Payot & Rivages
106, bd Saint-Germain - 75006 Paris

Dépôt légal : mars 2003
N° d'imprimeur : 108266